Lenk

Anschlussblatt 1246, Zweisimme

Urs Mannhart

Luchs

Roman

bilgerverlag

«Die Höhe des Mont Blanc hängt davon ab, wie man ihn besteigt.»
Ludwig Wittgenstein

1

Stockdunkel war es, und alles ging zu schnell. Die Pranke war kaum richtig drin, Metall schnappte hoch, ein Draht zischte, schnürte sich um die Pranke. Und hielt. Das Tier versuchte loszukommen, stemmte die eine Vorderpranke in den Schnee, um mit der anderen heftig zu zerren, suchte mit den Zähnen nach dem Draht, der sich ins Fell grub, konnte ihn nicht fassen, gab auf, wurde ruhig, ganz kurz, um Momente später erneut zu wüten. Je heftiger das Tier kämpfte, desto tiefer schnitt der Draht ins Fell, staute das Blut.

Wenig später tauchten drei Männer auf. Sie hatten hinter dem Felsrücken gewartet, bei ihren Wagen mit den grossen Dachantennen. Nun traten sie an den Rand des Forstwegs und blickten den Abhang hinunter. Aus der Dunkelheit fauchte ihnen das Tier wutschnaubend entgegen. Die Männer, in Gore-Tex-Jacken gehüllt, standen breitbeinig da, sagten nichts. Benjamin Gellert schickte einen Lichtkegel in den schwarzen Wald. Der schneebedeckte Boden funkelte im Schein der Stirnlampe. Bald erkannten die Männer den Körper, der sich neben dem toten Reh in der Falle quälte. Ein Augenpaar blitzte sie an. Julius Leen, der jüngste der drei, kniff die Augen zusammen, um besser sehen zu können. Schien nicht besonders gross zu sein, der Luchs. Leen dachte an das Foto, das er vor wenigen Tagen in der Zeitung gesehen hatte. Der Luchs wandte seine Augen ab, legte sich in den Schnee und lag wie erschlagen da. Benjamin Gellert liess den Lichtkegel verschwinden. Julius Leen schaute ihn an, aber Gellert sagte nichts. Auch Nik Stalder blieb stumm. Die drei Männer verharrten still in der Dunkelheit des Nadelwaldes. Alles stand und lag ruhig.

Leen blickte in die Nacht hinaus, dann wieder zu Gellert hin. Dieser wandte den Kopf, flüsterte Stalder etwas zu. Leen bemerkte Stalders unruhige Hände, die mit dem Blasrohr spielten, den Giftpfeil mit dem Betäubungsmittel zwischen den Fingern bewegten; bemerkte dessen rastlos arbeitende Augen. Es erstaunte ihn, dass Stalder nach fünf Jahren Luchsprojekt immer noch nervös war.

Gellert holte das grossmaschige Netz aus dem Kofferraum, überreichte Leen das eine Ende, instruierte ihn kurz. Um einen besseren Tritt zu haben, ging Leen in Gellerts Spuren die Böschung hinunter. Wie Leen sparte sich auch Stalder die Batterie seiner Stirnlampe für später auf.

Nach wenigen Schritten hielt Gellert ein erstes Mal inne, richtete den Lichtkegel auf den Pelz. Der Luchs lag ruhig und ungelenk in der Falle. Leen konnte die Pinsel auf den Ohrenspitzen erkennen, auch den ausgeprägten Backenbart und betrachtete die Zeichnung des gefleckten Fells. So ruhig, der Luchs, dachte Leen.

Gellert nahm das Licht zurück vor seine Füsse, tat sorgsam den nächsten Schritt im unwegsamen Hang, schob sich einen Ast aus dem Gesicht.

So ruhig, der Luchs, dachte Leen erneut. Er wollte im Dunkeln nach dem Luchs spähen, dabei verfehlte er Gellerts Spur, rutschte aus. Er konnte den Sturz mit der rechten Hand zwar auffangen, bremste aber Gellert mit dem zwischen ihnen aufgespannten Netz. Das war ihm peinlich. Er wusste, Stalder und Gellert hatten schon manchen Luchs gefangen, und er fürchtete, ihnen heute Nacht eher Last als Hilfe zu sein.

Sie kamen näher. Gellert richtete erneut die Lampe auf den Luchs. Hinter dem toten, von den vier Tretfallen umringten Reh lag der Luchs reglos im Schnee. Die rechte Pranke gefangen in der untersten Falle, hielt er den Kopf von den Männern abgewandt. Leen konnte sehen, wie der Luchs atmete, wie sich dessen Bauch leicht hob und senkte. Doch nicht so klein, der Luchs, dachte Leen. Er wollte seine Augen sehen. Gellert schwenkte die Lampe zurück zu Leen, zu Stalder, ging weiter über den eben erst gefallenen Schnee. Nur der schwarze Waldboden, der an manchen Stellen zum Vorschein kam, bot ihnen Halt.

Sie waren bis auf zehn Meter beim Luchs. Als Gellert seine Lampe wieder auf den Luchs richtete, konnte Leen dessen Augen sehen. Mandelförmig stachen sie hervor, ein Funkeln. Dann blendete Gellert Leen ins Gesicht, bedeutete ihm, das Netz nun vollständig von den Holzstäben zu rollen.

Leen nickte, knipste seine Lampe an, spürte seinen Puls, spannte das Netz und bewegte sich, nun seitlich von Gellert, auf den Luchs zu. Es fehlten nur wenige Schritte.

Er sah den Luchs vor sich. Sah die blitzenden Augen. Sah, wie sich das Fell über den Rippen bewegte. Bemerkte, wie unstet der Luchs atmete. Weil Leen keine Erfahrung darin besass, wie man sich in der Nähe eines gefangenen Luchses zu verhalten hatte, schaute er hoffnungsvoll und ängstlich zugleich zwischen Luchs und Gellert hin und her. Gellert bewegte sich unglaublich langsam. Stalder, einige Meter hinter den beiden, blieb stehen, klaubte den Giftpfeil aus der Jackentasche, bereitete das Blasrohr vor.

Die Langsamkeit, mit der es die letzten Bewegungen auszuführen galt, peinigte Leen. Er klammerte sich mit aller Kraft an Holzstab und Netz, starrte immer wieder in Gellerts Gesicht. Ehe dieser etwas sagen konnte, riss sich der Luchs aus der Starre, sprang schrill fauchend auf, setzte zu einem gewaltigen Sprung an. Gellert und Leen wichen beide erschrocken zurück, stolperten, zogen das Netz über die eigenen Köpfe. Gellert trat in eine Falle, verfing sich im Draht, fiel rücklings auf das tote Reh, riss Leen – der durch das Netz mit ihm verbunden war – um, sodass dieser sich den Ellbogen aufschlug und die schwarz gepunktete Raubkatze knapp über ihn und Gellert hinwegfliegen sah. In der Stille hörten die Männer, wie sich die Krallen der Luchspranken in die Borke eines nahen Baumstammes gruben.

Nach einem lautlos langen Augenblick richtete Gellert seine Stirnlampe auf den Stamm. Leen blickte durch die Maschen zum Luchs hoch, von Furcht erfüllt. Die erste Verankerung, die dem Luchs höchstens anderthalb Meter Bewegungsfreiheit hätte zugestehen sollen, hatte versagt.

Stalder sah die schnee- und erdbedeckte Schraube, die im Boden stecken sollte, am Draht hängend in der Luft schwingen. Die Schlinge aber spannte sich noch um die Pranke des Luchses. Als dieser weiter die Tanne hochklettern wollte, griff die zweite im Boden verankerte Schraube, der Draht straffte sich, riss dem Luchs die Krallen aus der Borke, und er stürzte – auf Gellert zu, der unter der Tanne lag.

Leen betrachtete ohnmächtig, was sich vor seinen Augen abspielte. Der Luchs schlug dumpf auf dem Waldboden auf, blieb liegen. Keiner der Männer regte sich. Sogar Gellert, der nun unmittelbar neben dem Tier lag, war unfähig, sich zu rühren. Erst da durchbrach Stalder die Reglosigkeit. Das Blasrohr am Mund, schickte er den Giftpfeil ab – der tatsächlich die Hüfte des Luchses traf.

Der Pfeil steckte, das Tier fauchte, platzierte die Hinterläufe, bereit für den nächsten Sprung, hob drohend die krallenbesetzten Vorderpranken, und Gellert hechtete panisch zur Seite, bis die Falle, in der er steckte, ihn nicht mehr weiter flüchten liess. Die Kampfgeste des Luchses dauerte nur kurz, das Mittel wirkte, die Krallen zogen sich zurück, die Pranken sanken. Noch blitzten die Augen im Kegel von Stalders Stirnlampe, das Blitzen wurde aber rasch zu einem Flackern, einem Glimmen, bis die Katzenaugen nur noch halb geöffnet waren, die Muskelkraft nachliess und das Glimmen erlosch.

Julius Leen schloss die Augen, liess den Kopf in den Nacken fallen und atmete erlöst aus. Er schob sich die Stirnlampe zurecht, schaute zum reglos auf dem toten Reh liegenden Gellert, schaute zum Luchs hinüber, der nervös zuckte, schaute zu Stalder, der das Blasrohr in der Jackentasche verstaute.

Gellert erhob sich vorsichtig, setzte sich die Lampe auf, die ihm vom Kopf gefallen war, und blickte zum Luchs. Dieser schien besiegt. Gellert schaute sich um und verstand erst jetzt, dass er auf dem toten Reh lag. Leen hörte, wie Gellert leise, überzeugt und französisch fluchte.

Leen wühlte sich aus dem Netz, starrte gebannt auf den Luchs, wiederholte in Gedanken den französischen Fluch.

Stalder hatte schon längst die Böschung erklommen, stand auf dem abfallenden Forstweg und suchte im Kofferraum des Toyota Tercels nach den Utensilien, als sich Gellert endlich aus der Falle befreit hatte. Wenig später standen alle drei wieder oben bei ihren Fahrzeugen, wo sie sich gratulierend die Hände drückten, auf die Schulter klopften, erschöpft lachten.

Hin und wieder kontrollierte Gellert, ob der Giftpfeil wirkte, indem er die Lampe auf den Pelz richtete. Noch zuckte der Luchs ein wenig.

«Falls das Mittel gut wirkt, dauert es zehn Minuten bis zur vollständigen Betäubung», beantwortete Stalder, ins Dunkel blickend, eine Frage Leens.

Leen betastete seinen schmerzenden Ellbogen und versuchte, seine eiskalten Finger warm zu kriegen.

Fröstelnd stand er da, starrte in den Nachthimmel, ohne wirklich zu sehen. Blass und klein eine Mondsichel, so verloren im Nachthimmel wie er neben diesen Männern. Wie er als Zivildienstleistender neben diesen auf den Luchs spezialisierten Grossraubwildbiologen.

Nik Stalder machte die Lampe an, blickte auf die Uhr, machte die Lampe aus.

«Noch fünf Minuten», sagte er leise.

Der Wald blieb stumm und kalt. Die drei Männer gruben die Hände tief in die Taschen, bewegten, so gut das ging, die Zehen in den Bergschuhen.

Leen lenkte seinen Blick vom Himmel hinein in den Wald, wieder dorthin, wo er den Luchs vermutete. Alles war schwarz. Er bemühte sich, starrte. Er fand neue Konturen, in denen er den Luchs zu erkennen glaubte, und nichts regte sich mehr, nur die weit ausladenden Äste der Tannen bewegten sich kaum merklich im leichten Wind.

Stalder machte die Lampe an, blickte auf die Uhr, machte die Lampe aus. Leen beobachtete ihn, bemerkte erneut seine rastlos arbeitenden Augen. Auch Gellert sprach kein Wort, unterdrückte bloss ein langes Gähnen.

Leen hörte sich lautlos eine staubige Jazz-Hymne summen.

Stalder machte die Lampe an, blickte auf die Uhr, liess die Lampe brennen.

«Los!» Stalder blendete den anderen ins Gesicht.

«Das Schaffell», fiel Gellert ein. Stalder holte es aus dem Kofferraum. Als sie sich dem Luchs näherten, bestand keine Gefahr mehr. Das Betäubungsmittel wirkte.

Beim Luchs angekommen, befreiten die Männer die Pranke aus dem festgezurrten Drahtseil. Unter dem Draht war das Fell eingeschnitten, blutete aber nicht, und die Beweglichkeit der Pranke liess nicht auf eine ernsthafte Verletzung schliessen, wie Nik Stalder nach dem ersten Blick befürchtet hatte.

Benjamin Gellert, knapp dreissig, gross gewachsen, meist etwas unsorgfältig rasiert und gutmütig, richtete seine in den schwarzen Locken verankerte Stirnlampe etwas tiefer, betrachtete den Luchs, schob die Hände unter die dicke Jacke, um sie kurz zu wärmen. Vorsichtig grub er sie anschliessend unter den Luchs und trug ihn den Hang hoch bis zum Forstweg. Bevor er den Luchs auf den Boden legte, war Stalder mit dem Schaffell zur Stelle, damit sich der Luchs während seines Betäubungsschlafs nicht unterkühlte. Gellert legte den Luchs auf das Fell, Stalder fasste ihn an den Kieferknochen und öffnete ihm den Mund. Zähne, Zunge, alles blutverschmiert.

«Unschön», sagte Stalder. «Muss ziemlich in den Draht gebissen haben.» Nik Stalder, der etwas über dreissig war und der hinter seinem grimmigen Gesicht auch eine gute Laune verbergen konnte, richtete sich in knappen und präzisen Bewegungen auf, schob die Stirnlampe tiefer.

Gellert beugte sich über das Tier, streckte den Zeigefinger in die Schnauze und entfernte etwas vom schon trockenen und mit Erde vermengten Blut.

«Sieht elend aus», hörte sich Leen sagen, der ein sauberes Gebiss mit glänzenden, aus speichelüberzogenem Zahnfleisch herausragenden Zähnen erwartet hatte.

«Wird schon wieder werden», erwiderte Gellert.

Abgesehen von der Schnauze fand Leen das Tier, das nun mit gestreckten Läufen auf dem Schaffell vor ihm ausgebreitet lag, ungemein schön. Es war das erste Mal, dass er einen Luchs vor sich liegen hatte. Während Stalder und Gellert zu ihren Autos gingen, kniete Leen vor den Luchs hin, vorsichtig und langsam, beinahe andächtig, wie vor einem kleinen Altar. Die abgetragene Gore-Tex-Jacke, die ihm Gellert ausgeliehen hatte, war etwas zu gross, reichte ihm bis fast zu den Knien. Die Handschuhe waren ein dünn und schrumplig gewordenes Paar von Stalder, hätten Langlaufhandschuhe sein können. Er könne sie behalten, hatte Stalder gesagt. Die klobigen Bergschuhe, in denen er steckte, gehörten dem Projekt, er würde sie – zusammen mit der Gore-Tex-Jacke – im Sommer zurückgeben.

Als er sich vorbeugte, strich Leen eine lange und fingerdicke Rasta-Strähne aus dem Gesicht, zog die Handschuhe aus und fuhr mit den Fingern übers warme, weiche Fell. Er war beeindruckt, konnte sich kaum satt sehen, berührte die Pinsel, diese straffen Haarbüschel an den Ohrenspitzen, berührte die Sinushaare, ohne der Schnauze zu nahe zu kommen. Dem künstlichen Schlaf mochte er nicht viel Vertrauen schenken.

Stalder und Gellert knieten neben den Luchs und breiteten Plastikbehälter, Messer, Messband, Schere, Gummibänder, Pipetten, Spritzen, Papiere und Briefumschläge flink und umsichtig am Rand des Schaffells aus. Gerne hätte Leen die beiden gefragt, ob der Luchs sein Fell der Jahreszeit anpasse. Die Ernsthaftigkeit, die in ihren Gesichtern lag, und die Eile, mit der sie ihre Hände bewegten, machten Leen aber klar, dass jetzt kaum der richtige Moment war, um Fragen zu stellen. Zudem ahnte er, dass sich ihm einige dieser Fragen gar nicht stellen würden, wäre er bisher nicht zu faul gewesen, die zusammengehefteten Blätter über den Luchs zu lesen, die ihm Gellert vergangene Woche in die Hände gedrückt hatte.

«Dürfte mehr Fleisch auf den Rippen tragen», sagte Stalder wie zu sich selber, verzog die schmalen Lippen und machte ein besorgtes Gesicht.

Gellert neigte sich vor: «Ja. Schade um dieses Reh. Da wären noch einige Portionen zu holen gewesen.»

Leen verstand nicht, wieso das Reh, das der Luchs doch vergangene Nacht selber gerissen hatte, nun nichts mehr hergeben sollte.

Stalder griff zu den Augentropfen und öffnete dem Tier die Lider.

«Wie lange schläft der Luchs?», fragte Leen. Angesichts der arbeitenden Hände der beiden Wildbiologen kamen ihm seine auf den Oberschenkeln ruhenden Hände deplatziert vor.

«Eine Dreiviertelstunde», antwortete Stalder, ohne vom Luchs aufzusehen. Mit dem Zeigefinger hielt er das obere Lid. Ein grosser Tropfen löste sich von der Pipette und fiel ins ausdruckslose Auge, das Stalder schliesslich behutsam zudrückte und sich ans andere Auge machte, um dem Tier anschliessend eine Augenbinde umzulegen. Gellert murmelte irgendetwas von Halsbändern. Stalder kümmerte sich nicht darum, zog aus einem vakuumverpackten Fläschchen eine rötliche Flüssigkeit in eine Spritze.

«Muss er noch mehr betäubt werden?», fragte Leen etwas zögerlich.

Er habe es ihm doch gestern erklärt, sagte Stalder wie nebenher, liess die Nadelspitze im Licht der Stirnlampe funkeln, schickte einen kleinen Spritzer in die Luft, stach eher unfein in die Hüfte des Luchses und tupfte die Einstichstelle ab.

Leen blickte betreten vor sich hin.

«Jetzt nehmen wir Blut», erklärte Stalder. «Für die genetischen Untersuchungen, und mit der Spritze löse ich die angespannten Muskeln. Spar dir deine Fragen für später. Wir müssen mit allem fertig sein, bevor der Luchs aufwacht.»

«Ja», sagte Leen in einem Ton, in dem man Fehler eingesteht, und schaute den beiden bei der Arbeit zu. Nach einer Weile wandte sich Stalder an Leen, leuchtete ihm mit der Stirnlampe ins Gesicht, sodass Stalder Leen ganz gut, Leen Stalder aber überhaupt nicht sehen konnte, und reichte Leen ein Papier.

«Das Fangformular», bedeutete Stalder. Er solle aufschreiben, was er ihm sage.

Stalder und Gellert entnahmen dem Luchs Blut, zupften ihm Haarbüschel aus dem Pelz, suchten lange vergeblich nach Hoden, massen Rückenlänge, Schulterhöhe, Hinterläufe, Stummelschwanz, Pinsel, Pranken, die sichelförmigen Krallen, die blutverkrusteten Zähne, den mächtigen, säbelförmigen Eckzahn separat. Schliesslich hängten sie das Schaffell samt Luchs an einer Federwaage auf. Mit 17,1 Kilogramm war die Lüchsin ein Leichtgewicht. Leen trug alle Angaben ins Fangformular ein, froh, immerhin etwas tun zu können. Ihm war kalt, er war müde. Die Zahlen und Ziffern, die ihm Stalder zurief, hatten seiner Ansicht nach kaum etwas mit dem Tier zu tun, das da vor ihnen lag. In die letzte freie Zeile schrieb er das Datum, den 10. März 2000, und streckte das Formular Stalder hin, der es kommentarlos entgegennahm.

Gellert legte dem Luchs eines der Halsbänder, die mit einem Sender versehen waren, um den Nacken und bemass den Umfang. Es war ein schwarzes, zwei Finger breites Halsband, mit einer kleinen, schräg abstehenden Antenne. Damit würde sich das Tier später orten lassen.

Das kleinere der mitgebrachten Halsbänder werde genügen, murmelte Gellert, und trennte mit einem Taschenmesser das Stück, das überstand, ab. Das Plastik war zäh, liess sich nur mühsam zerschneiden.

Stalder drängte ihn, der Luchs schlafe nicht mehr lange.

Gellert erwiderte, er solle schon einmal die Frequenz kontrollieren. Das Halsband sende auf Kanal 53 minus 7.

Stalder ging zum Auto und hängte sich den Empfänger um den Hals. Ein teures, einem Autoradio nicht unähnliches Gerät. Er verkabelte es mit einer Antenne, die aus einem Holzgriff, vier Aluminiumstangen und einer Hand voll Schrauben und Muttern gefertigt war. Um nicht schon wieder untätig herumzustehen und um sich in der Kälte etwas zu bewegen, holte auch Leen Empfänger und Handantenne. Zusammen mit dem anderen Zivildienstleistenden, Uliano Scafidi, war er derjenige, der diese Lüchsin künftig häufig peilen gehen würde.

Die kleinen Lautsprecher der beiden Empfänger knisterten und knackten in der Stille des Waldes, in dem sich ausser dem Luchs und den drei Männern niemand zu befinden schien, und das Knistern wandelte sich in ein Pochen, als Stalder mit seinem Gerät nahe an Kanal 53 gelangte.

Während er auf den Zeiger des Empfängers starrte und die Handantenne langsam über dem Kopf kreisen liess, schritt Stalder die schmale Strasse auf und ab. In gleichmässigen Abständen durchbrach das Pochen seines Empfängers die Ruhe des Waldes.

«Fast keine Störungen», meinte Stalder zufrieden.

«Hoffentlich», sagte Gellert und zog am Halsband die letzte Schraube fest.

Minus 7 klinge gut, fand Stalder, nachdem er sich von der Feineinstellung überzeugt hatte.

Leen, mit dem Empfänger noch nicht so vertraut, kämpfte lange mit einem hartnäckigen Rauschen, empfing schliesslich auf 53 minus 9 das beste Signal. Er tippte Stalder etwas unsicher an und fragte, ob es möglich sei, dass er auf minus 9 besseren Empfang habe.

Möglich sei dies schon, meinte Stalder, musterte Leen und fügte an, er solle zuerst die Empfangsempfindlichkeit reduzieren, solle langsam gegen das Minimum, gegen Stufe 9 gehen, um sich mit der Frequenz sicher zu sein.

Trotz der kalten Hände zog Leen den linken Handschuh aus, weil er gesehen hatte, wie feinfühlig Stalder mit nackten Fingerkuppen den Empfänger zu bedienen verstand, und verringerte, nach Anweisung Stalders, die Empfangsempfindlichkeit seines Gerätes, erhielt schliesslich auch auf 53 minus 7 das beste Signal.

Leen war beruhigt und schrieb die Zahl zu den übrigen Zahlen auf dem kleinen Stück Karton, einer flach gedrückten WC-Rolle, die er seit dem zweiten Tag hier bei sich trug, und zog den Handschuh wieder an.

Stalder kniete wieder neben den Luchs, betrachtete das Halsband. «Das ist zu gross», raunzte er, und blickte Gellert grantig an. «Sie wird es abstreifen.» Er fuhr mit dem Handrücken unter das Halsband, fand ausreichend Platz zwischen Plastik und Nacken.

Es müsse eben etwas locker sein, entgegnete Gellert dem demonstrativ seine Hand fixierenden Stalder. Sie werde es nicht abstreifen. Er hob dem Luchs sorgsam den Schädel, fuhr mit dem unteren Teil des Halsbandes an den Kieferknochen und versuchte unter den kritischen Blicken Stalders dem Tier das Halsband über den Kopf zu zerren. Es gelang nicht.

Das Halsband sei nicht zu gross, wiederholte Gellert, sie werde es nicht abstreifen, werde ja noch Gewicht zulegen.

Stalder blickte auf die Uhr, als sei Gellerts Zeit für Gegenargumente abgelaufen. Fünfunddreissig Minuten waren bereits vergangen. Schliesslich gab er nach.

Wenig später liessen Gellert und Stalder mit ihren Kameras ein Blitzgewitter über den schlafenden Luchs niedergehen. Nachdem der Luchs von beiden Seiten und aus unterschiedlichen Perspektiven abgelichtet worden war, fragte Gellert Leen, ob er ihn zusammen mit dem Luchs fotografieren solle.

Leen zögerte. Er hatte sich noch nie gerne ablichten lassen. Er blickte zum Luchs, schaute auf das weiche Fell, den Backenbart, die Sinushaare, die Pinsel, und liess sich schliesslich neben dem Luchs kniend fotografieren.

Leen fragte, ob er ein Bild von Stalder und Gellert mit dem Luchs machen solle, worauf sich Gellert die Sache zu überlegen schien, sich jedoch abwandte, als Stalder abwinkte und erklärte, er habe dergleichen Bilder schon genug.

Gellert schlug vor, Wildhüter Konrad Bänninger anzurufen, damit dieser einen Namen für die Lüchsin vorschlagen könne – als Belohnung für dieses Reh, das er ihnen gemeldet habe.

Dazu sei später noch genug Zeit, erwiderte Stalder. Er nahm dem Tier die Augenbinde ab, steckte sich die Spritze in die Jackentasche und machte sich auf, mit dem Luchs auf den Armen jene Wiese zu erreichen, die sich oberhalb des Forstwegs befand und die sie zuvor als idealen Ort für die Freilassung ausgewählt hatten.

Leen und Gellert warteten auf dem Forstweg, folgten Stalders Stirnlampe in der Ferne. Er war jetzt über den Luchs gebeugt.

Gellert ärgerte sich, wie lange Stalder brauchte. Brummelte, wie schnell der doch sonst immer mit der Spritze sei.

Auf die Frage von Leen, wozu diese Spritze gut sei, sagte Gellert, sie ermögliche es dem Luchs, rascher vollständig aufzuwachen.

Bald entfernte sich Stalder rennend vom Luchs. Noch bevor er mit dem Schaffell unter dem Arm keuchend bei Gellert und Leen stand, regte sich der Luchs. Er hob den Oberkörper, ganz ungelenk, wie Leen schien, die Bewegungen stockend. Die Betäubung sass ihm offenbar noch in den Muskeln. Leen hatte damit gerechnet, dass sich das Raubtier langsam wegschleppen würde. Nach wenigen Augenblicken flüchtete die Lüchsin aber in eindrücklichem Tempo in scheinbar zufällige Richtung davon und verschwand rasch in einer nahen Baumgruppe.

Gellert stellte seinen Empfänger auf Kanal 53 minus 7 ein, hob die Antenne über den Kopf. Die Signale des laufenden Luchses erreichten die Antenne in unregelmässigen Abständen, wurden zunehmend schwächer, so schwach, dass bald nicht mehr zu deuten war, in welche Berner Oberländer Himmelsrichtung der Luchs flüchtete.

Mittlerweile war es halb eins in der Früh. Die Männer waren müde, die Nacht wurde kälter.

Sie machten sich auf, die rings ums Reh aufgestellten Tretfallen abzubauen und zusammen mit den Bodenschrauben, Metallhaken, Stangen, Drähten und Stromkabeln in ihren Fahrzeugen zu verstauen. Während er Kabel aufwickelte warf Leen noch einmal einen Blick in die toten Rehaugen. Bräunlich reflektierte die gläserne Leere das Licht seiner Stirnlampe.

«Willst du noch mehr sehen?», fragte Nik Stalder, als er bemerkte, wie Leen in die Rehaugen starrte.

Leen verstand nicht.

Stalder griff zum Messer, schnitt dem Tier, als wäre das Fell ein Spannteppich, die Kehle auf. Zum Vorschein kam das blutunterlaufene Innenfutter des Körpers, und Leen blickte so fasziniert wie geekelt ins schmierige Durcheinander der Luft- und Speiseröhren und all der Dinge, die den Rehhals ausfüllten und für die er keinen Namen hatte.

«Früher haben wir die Luchsrisse, die nach dem Fang nutzlos liegen blieben, nach Hause geschleppt und aufgetischt», erzählte Stalder nüchtern. «Gutes Fleisch. Wir haben immer noch ein paar Stücke im Tiefkühler, schöne Luchsrisse, inzwischen etwas begraben unter der Sammlung von Luchskot.»

Leen, die Hände in die Ärmel der viel zu grossen Gore-Tex-Jacke zurückgezogen, schaute Stalder unverwandt an. «Luchskot?»

«Im Kot zeigt sich, wie viele verschiedene Beutetiere der Luchs nutzt», erklärte Stalder und stocherte weiter im Hals herum. «So konnten wir einundfünfzig verschiedene Tiere feststellen. Auch Krankheiten lassen sich oft im Kot eruieren.» Jetzt suchte Stalder, tiefer gebückt, nach Kerben, die das Luchsgebiss ins Fleisch gegraben hatte. Allem Ekel zum Trotz fand Leen diese Spurensuche spannend.

«Vermutlich waren mindestens zwei Bisse nötig, um das Reh zu töten», sagte Stalder und zeigte die Bissspuren. Vier Einstiche waren deutlich auszumachen, weitere Verletzungen sichtbar. Während er Daumen und Zeigefinger auf der Suche nach weiteren Einschnitten in der offenen Kehle des Rehs bewegte, trennte er hin und wieder eine störende Sehne mit dem Messer.

Leen fragte, was mit dem Reh passieren werde.

«Das lassen wir hier», antwortete Stalder. «Wildhüter Bänninger wird es morgen entsorgen.»

«Vielleicht sollten wir es noch eine Nacht liegen lassen», entgegnete Gellert aus einigen Metern Entfernung. «Wer weiss, vielleicht kommt sie doch noch einmal zu ihm zurück.»

«Na ja», machte Stalder, «nach all der Panik glaube ich eher, dass sie von nun an einen grossen Bogen um diesen Wald macht.»

«Wir können das ja noch mit Bänninger besprechen», meinte Gellert abschliessend.

Als alle Stangen, Schrauben und Drähte in den Autos verstaut waren, schlug Stalder Gellert vor, dass er morgen die neue Lüchsin peilen gehen solle. Gellert hatte nichts dagegen einzuwenden und setzte sich neben Leen, der bereits auf dem Beifahrersitz wartete. Gellert schloss den Empfänger an die grosse Dachantenne an, fuhr los. Hinter den schmutzigen Windschutzscheiben blitzte der Schnee im Licht der Scheinwerfer, im Rückspiegel glimmten die Lichter von Stalders Auto. Vom Getriebe gebremst, schlängelten sich die Fahrzeuge in Richtung Saanenmöser. Auf der kurvenreichen Strasse unterhalb der Saanerslochflue empfing Gellert die Signale des Luchses nur unregelmässig. Die renne offenbar noch immer, sagte Gellert. Leen war zu schläfrig, um Gellerts Worte ganz wahrzunehmen. Auch fielen ihm die Fragen nicht mehr ein, die er sich während der Untersuchung verkniffen hatte.

Die beiden Autos liessen den Wald hinter sich, erreichten die Hauptstrasse, bogen ab in Richtung Simmental. Die Strassen waren silbern und leer, die Dörfer eine Sammlung dunkler, ungefüger Fassaden, einsamer Bierreklamen und hell erleuchteter Fussgängerstreifen.

«Siebzehn Komma eins», murmelte Gellert, an das Gewicht der Lüchsin denkend, «siebzehn Komma eins. Dürfte mehr sein, dürfte wirklich mehr sein.» Leen schlief im Dunst der surrenden Autoheizung.

Milchiger Bodennebel strich über die Strassen Zweisimmens, als Stalder und Gellert ihre Wagen talwärts steuerten. Unweit der Strasse führte der Lauf der Simme einen Nebelschleier mit sich, der sie begleitete, bis sie in Weissenbach bei Boltigen von der Hauptstrasse abzweigten. Auf einem Kiesplatz vor der Scheune eines renovierten Bauernhauses, in dessen erstem Stock sich ihre Mietwohnung befand, parkten sie. Uliano Scafidi, der andere Zivildienstleistende, ein junger Basler norditalienischer Herkunft, hatte sich zeitig schlafen gelegt. Die Bauernfamilie Zulliger, der das Haus gehörte, schlief ruhig im Parterre.

Quelle: AP

Datum: 17:21 / 14-03
Ressort: vsx
Dienstcode: MAW
Priorität: 4

Schweiz / Luchs

Berner Amt für Natur erhielt Pranken eines gewilderten Luchses

Ein Wilderer hat seinen Protest gegen den Luchs auf makabere Weise kundgetan. Er schnitt einem gewilderten Luchs die Pranken ab und schickte sie laut Mitteilung vom Montag dem Amt für Natur des Kantons Bern. Gegen den unbekannten Täter wurde eine Strafuntersuchung eingeleitet.

Die Raubtierpranken waren in Haushaltspapier eingewickelt und in einem anonym aufgegebenen Paket ans Amt für Natur des Kantons Bern geschickt worden. Die Pranken waren zudem mit Namen von Personen des Amts beschriftet, eine trug den Namen des früheren Kantonsoberförsters von Obwalden. Dieser hatte 1972 mit Bewilligung des Bundes die ersten Luchse in der Schweiz in seinem Kanton ausgesetzt. Der makaberen Sendung war eine Postkarte mit der Aufschrift «Aus dem Berner Jagddschungel» beigelegt. Da die Begleitumstände eindeutig auf Wilderei hindeuteten, sei umgehend eine Strafuntersuchung gegen unbekannt eingeleitet worden, schreibt das Amt für Information.

Mit Entsetzen und Empörung reagierte das Bundesamt für Umwelt, Wald und Landschaft (Buwal) auf die makabere Sendung.

Diese Protestform sei eine Eskalation. «Wer so etwas macht, diskreditiert seine Botschaft», sagte Buwal-Sprecher Rolf Wespe auf Anfrage. Wo der gewilderte Luchs gelebt hatte, war vorerst nicht bekannt.

2

Alfred Huggenberger schrie die Bestellung quer durch die Wirtsstube. Die Wirtin, Mary genannt, eine seelisch gebrochene Witwe, die ihren Mann, Kommandant der Freiwilligen Feuerwehr, im Dorfbrand von 1982 verloren hatte, lehnte am Schanktisch, blickte von der Illustrierten auf und gab zu verstehen, sie habe verstanden, fünf Bier und ein Rivella rot. Beat Büchi, an dessen Kopf vorbei Alfred Huggenberger geschrien hatte, rieb sich das Ohr.

«Tolles Organ, dein Grossmaul», rief Samuel Tanner, der in die Jahre gekommene Gemeindeschreiber mit seinem zeitlosen Seitenscheitel.

Alfred Huggenberger kümmerte sich nicht um solcherlei Kommentare, warf ein Auge zu den einzigen auswärtigen Gästen – ein Paar mit Kind und Hund an einem der Tische in der gegenüberliegenden Ecke der Gaststube –, dann schob er den «Blick» beiseite, auf dessen Titelblatt neben grossen Lettern ein geöffnetes Postpaket abgebildet war, in dem sich vier abgehackte Luchspranken befanden.

«Ich will den Teufelskerl, der diese Tatzen nach Bern geschickt hat, kennen lernen. Will mit ihm auf die Jagd», warf Huggenberger in die Runde.

Der bullige, hartgesichtige Alfred Huggenberger, dessen Augenbrauen auch über der Nase wucherten und dessen kurzes, pechschwarzes Haar im breiten, kartoffelhäutigen Nacken nahtlos in die Rückenbehaarung überging, legte seine stämmigen Unterarme über der Zeitung auf den Tisch, die schwieligen Hände in Glasnähe. Alfred Huggenberger war Jäger, Schafhalter und Schweinezüchter auf dem väterlichen Hof, den er bald übernehmen würde. Dieser lag wenig ausserhalb des Dorfes, auf einem flachen Flecken Land; Hammerschwand hiess es dort, das Vereinshaus der Feldschützen lag gleich nebenan. Draussen sah man Huggenberger oft mit einer rot-blau-weissen Mütze der Schweizerischen Kreditanstalt.

Am Tisch sassen ihm vertraute Gesichter, alles Männer, die mit zwei Ausnahmen in der Landwirtschaft tätig waren, alle hier in Lauenen, einer unscheinbaren Gemeinde, klein und abgelegen, ganz hinten im Lauenental, südliches Berner Oberland. Wenn auf den Feldern nichts und im Stall nicht mehr als im Sommer zu tun war, gönnten sich diese Männer im ausklingenden Winter vor dem abendlichen Melken die eine oder andere halbe Stunde im gut geheizten Restaurant Tungelhorn, wo das Dorf zu einer Mitte fand.

Letzte Sonnenstrahlen fielen schräg durch die grossen Fenster in die Wirtsstube, auf die grüne Tapete und die dunkelbraune Holztäfelung. Dort hingen Bilder von Breitschultrigen, die sich im Sägemehl wälzten, Bilder von preisgekrönten Milchkühen. Über der Tischrunde thronte der Kopf einer mächtigen Gämse. Unter ihrem Hals ein kleines Schild: Der Name Alfred Huggenbergers war dort eingraviert. Huggenberger selbst hatte den Gamskopf dort stolzerfüllt an die Wand geschraubt. Unter der Gämse sass aber nicht Alfred Huggenberger, sondern Albrecht Fennler. Fennler war bedächtiger Gemüsebauer, zuverlässiger Feldschütze und erfahrener Jäger, der zwar vom Jagdgesetz wusste, aber die Zahl der Tiere, die er sich im Herbst zu schiessen vornahm, im Frühling stets selber bestimmte. Er war schon etwas älter, litt an einer rheumatischen Hüfte und klagte in schwachen Momenten, wie schlecht sich sein Gemüse vor den Toren seines Hofes im Unteren Louimoos verkaufen lasse. Albrecht Fennler war drahtig und rothaarig und trug einen unvergleichlich imposanten Schnauzbart, den Touristen immer wieder fotografieren wollten, was Albrecht Fennler ausnahmslos ablehnte.

Zwischen Alfred Huggenberger und Albrecht Fennler sass Max Pulver, schmächtiger und zurückhaltender als Huggenberger, aber immer noch ein Brocken von einem Mann. Die expandierende Glatze hielt er stets unter einem gelb-grünen Hut verborgen. Weil sein Hof am Dorfeingang, eingeklemmt zwischen Kirche und Landwirtschaftlicher Genossenschaft, nicht viel abwarf, arbeitete Max Pulver auch als Hilfssigrist in der Kirche und als Lagerist in der Genossenschaft.

Auf der anderen Seite sass Gemeindeschreiber Samuel Tanner, der seit seiner Konfirmation nicht nur den strengen Seitenscheitel, sondern ebenso zeitlose Mephisto-Schuhe trug. Er hatte seine Schweigepflicht nach Lehrabschluss bald als unnütz empfunden und war in ganz Lauenen ungeachtet der Öffnungszeiten der Gemeindeverwaltung als Auskunftsperson geschätzt. Er wusste auch Dinge, die mit seinem Amt wenig oder nichts zu tun hatten. Zum Beispiel, dass die neue Verkäuferin im Dorfladen nicht nur – wie sich mittlerweile herumgesprochen hatte – Käse beinahe aufs Gramm genau abschneiden konnte, sondern auch eine Tätowierung trug, einen Delfin auf dem zierlichen Oberarm. Oder dass der zugezogene Hotelier beim See hinten, Rainer Wackernagel, nicht nur ein Baugesuch einzureichen beabsichtige, sondern auch zwei uneheliche Kinder zu versorgen habe. Seit zweiundvierzig Jahren schon arbeitete Tanner im engen Gemeindeschreiberbüro, das mangels besserer Gemeindefinanzen in einem abgasumschwadeten Hinterzimmer von Eugen Hächlers Automobilwerkstätte untergebracht war. Der mürrische Hächler und die Abgase hatten ihm in all den Jahren aber nichts anhaben können – Tanner war rüstig und sah nicht ein, wieso man ihn in drei

Jahren pensionieren wollte. Er hatte vor, bald eine Dorfchronik zu veröffentlichen, und sammelte deshalb seit längerem schon alles, was sich in irgendeiner Form in die Chronik aufnehmen liess.

Neben Tanner, am äussersten Rand der Holzbank, sass Fritz Rusterholz, meist ein beige-braun kariertes Béret vor sich auf dem Tisch oder noch auf dem Kopf. Fritz Rusterholz, gelernter Elektromechaniker, fiel seiner schmächtigen Figur und seines Dialekts wegen auf: Er war sofort als zugezogener Seeländer zu erkennen. Er arbeitete als Landwirt auf dem Hof seines Bruders Ernst Rusterholz, der nach einem Unfall im Hunzenwald körperlich angeschlagen war. Sein Bruder hatte hierher geheiratet, sein Hof lag auf dem Hundsrügg, dem Sonnenhang Lauenens, und beherbergte auch Therese und Theobald Baerwart, die Schwiegereltern von Ernst. Wie Albrecht Fennler und Max Pulver war auch Fritz Rusterholz Mitglied bei den Lauener Feldschützen, wo er stets auf Scheibe sieben schoss und letztes Jahr erstmals einen kleinen Zinnbecher gravieren lassen konnte. Der Zinnbecher stand zusammen mit anderen Auszeichnungen der Feldschützen in der Glasvitrine, unsichtbar hinter dem breiten Rücken Alfred Huggenbergers. In Lauenen interessierte sich niemand wirklich für einen Feldschützen. Das Schiessen im Schützenhaus galt im besten Fall als Trockenübung für das, was wirklich zählte: die Jagd.

Am oberen Ende des Tisches schliesslich, ganz aussen, sass Beat Büchi. Starrnackig und milchgesichtig war er, dieser gewissenhafte und wortkarge Chauffeur der Postautolinie Lauenen – Gstaad. Von seinem Stuhl aus konnte er stets sowohl sein Postauto als auch das sich im Fenster spiegelnde Zifferblatt der Wanduhr im Auge behalten. Zu Arbeitszeiten liess sich Büchi niemals zu einem Bier überreden und fürchtete sich jeden Frühling vor einer Fahrplanänderung.

Sie alle schauten nun zu Alfred Huggenberger hin, der nochmals den «Blick» zu sich heranzog, um das Foto zu betrachten.

«Schickt der Kerl doch tatsächlich Luchstatzen nach Bern – prächtig, einfach prächtig», brach es aus Alfred Huggenberger abermals bewundernd hervor. «Da werden die Schafsköpfe endlich begreifen, welche Sprache hier im Oberland gesprochen wird.» Huggenberger blickte ins beinahe leere Glas, kippte sich den letzten Schluck Bier in den Rachen, um sich anschliessend mit breitem Handrücken über die Lippen zu fahren. «Vielleicht merken diese studierten Schlawiner nun, dass es noch Leute gibt, die nicht den ganzen Tag im zentralgeheizten Büro hocken und am Bleistift kauen, sondern auf Land und Vieh angewiesen sind und so einen verfluchten Luchs nicht brauchen können», donnerte Huggenberger.

«Schön gesagt», warf Max Pulver ein. Er wühlte mit kurzen, ungelenken Fingern in der Bauchtasche seiner staubigen, nach Viehfutter riechenden Arbeitskleidung im abgeschossenen Gelb-Grün der Landwirtschaftlichen Genossenschaft und zog ein zerdrücktes Päckchen Zigaretten hervor. «Vielleicht machen sich diese Schmalbrüstler nun ein paar Gedanken darüber, wie wir hier eigentlich leben», sagte Pulver, während er eine Mary Long aus dem Päckchen klopfte.

«Die müssen einsehen, dass im Oberland nicht alles so aussieht wie in einem Tourismusprospekt», bestätigte Samuel Tanner.

Max Pulver entlockte dem kleinen, in seiner knolligen Hand gehaltenen Feueranzünder eine Flamme. Albrecht Fennler schaute sich nach den Touristen in der anderen Ecke um. Das junge Paar unterhielt sich in einem süddeutschen Dialekt und liess sich von den Polterern am vorderen Tisch nicht ablenken.

«Vielleicht sollten wir uns keine allzu grossen Hoffnungen machen», seufzte Alfred Huggenberger.

Fritz Rusterholz hielt den Mund leicht offen, als wolle er etwas sagen. Sein goldener Eckzahn glänzte.

«Die reden ja schon vom Wolf und vom Bären», fuhr Alfred Huggenberger fort, «immer mehr von diesen stadtverwöhnten Blümchensammlern und Sonntagsflüchtlingen setzen sich dafür ein, dass diese Viecher zu uns in die Berge kommen. Gerade jetzt, wo wir endlich Ruhe hatten, für ein paar mickrige Jahrzehnte, wollen sie diese Viecher aus den Zoos befreien und hier aussetzen.» Er streckte seine mächtige Hand zu Pulver hin, liess sich von diesem eine Mary Long geben. Das war eine eingeübte Selbstverständlichkeit, die keinen Dank nötig hatte.

«Der Luchs ist ein anmutiges Tier», entgegnete Albrecht Fennler und zog die Blicke der Runde auf seinen wippenden Schnauzbart. «Aber ich sehe nicht ein, warum man ihn ausgerechnet in der Schweiz freilassen muss, wo doch jedem Kind einleuchtet, dass hier für solche Raubtiere kein Platz ist. Die sollen doch die Viecher in den Karpaten lassen.»

«Aber diese Tatzen», wunderte sich Samuel Tanner. «Steht denn, wo das Paket aufgegeben wurde?»

«Ich glaube nicht», erwiderte Alfred Huggenberger, nahm den «Blick» nochmals zur Hand und suchte nach Ortsnamen. «Weisst du nichts, Büchi? Du bist doch auf der Post. Oder ist dein Bus schon privatisiert?» Mit einer Mary Long im Mundwinkel überflog Huggenberger den Artikel.

Beat Büchi, Gegner von Privatisierungen aller Art, wusste nichts von dem Paket.

«Steht nirgends, auf welcher Post das Paket aufgegeben wurde», erklärte Alfred Huggenberger. «Aber hier steht, dass es schon sechzig Luchse gibt in den Schweizer Alpen.»

«Sechzig?», fragte Fritz Rusterholz erstaunt. «Also deshalb diese vielen Spuren im Hunzenwald.»

«Sechzig?», fragte auch Max Pulver. «Bald gibt es mehr Luchse als Rotwild.»

«Und die Luchse jagen ohne Patent», warf Albrecht Fennler ein.

«Ich nehme an, die Behörden wissen genau, wo und wann das Paket aufgegeben wurde», vermutete Samuel Tanner.

Albrecht Fennler strich sich ruhig über den Schnauzbart. «Ich werde einmal den Glutz fragen, der weiss vielleicht was.»

«Glutz hätte sicher auch einige Tipps parat, wie man einen Luchs schiesst, ohne dass man sich vierzehn Tage lang jede Nacht im Wald den Arsch abfriert», sagte Alfred Huggenberger.

«Wenn du keinen kalten Arsch willst, musst du vom geheizten Schützenhaus aus schiessen», provozierte Samuel Tanner und wusste genau, dass Alfred Huggenberger nicht gut auf die Feldschützen zu sprechen war, seit das kantonale Umwelt-Inspektorat auf jenem Feld der Hammerschwand, das vor den Zielscheiben lag, eine zu hohe Bleibelastung nachgewiesen und es verboten hatte, Vieh dort weiden zu lassen.

«Oder statt Luchse sollten wir vielleicht gleich Politiker erschiessen», polterte Huggenberger. «So ein eingebildeter Bundesberner sollte mir den neuen Zaun bauen auf dem Chüetungel, um die ganze Weide, vom Hängstesprung bis zum Stierewald, dann wollen wir sehen, ob so ein Politiker, die zarten Hände voller Blasen und Holzsplitter, sich noch für den Luchs einsetzt.»

«Du mit deinen zwei Dutzend Schafen», spottete Albrecht Fennler.

«Sind doch nichts wert, wenn du ehrlich bist», meinte Max Pulver. Zigarettenrauch qualmte aus seinem Mund.

«Wärst ja froh, der Luchs würde endlich ein paar von ihnen reissen, dann würdest du wenigstens mit der Versicherung etwas Geld verdienen», fügte Samuel Tanner hinzu.

Fritz Rusterholz machte erneut den Anschein, als wolle er etwas sagen.

«Ob sich meine Schafe lohnen oder nicht, das könnt ihr ruhig mir überlassen. Wenn es uns Bauern ums Geld ginge, so wären wir alle im Mittelland und würden mit osteuropäischen Saisonniers einen Industriehof führen. Das muss man sagen, wenn man ehrlich ist. Aber wie auch immer: Der Jäger, der die Tatzen geschickt hat, soll uns ein Vorbild sein, so wollen wir die Sache anpacken. Wenn wir einen erlegt haben, sägen wir ihm die Tatzen ab und schicken die Dinger dem Buwal.»

«Ich weiss nicht», brummelte Albrecht Fennler.

Mit der leisesten Stimme konnte Fennler die lautesten Dinge sagen. Er sass wie immer unter der ausgestopften Gämse. Albrecht Fennler hatte nie eine abschätzige Bemerkung gemacht, obschon er zu Hause edlere, grössere Trophäen an der Wand hängen hatte. Mit seinen Worten zog Fennler die Blicke, die zuvor auf Huggenberger geruht hatten, auf sich, auf seine kleinen, wie unberührtes Melkfett glänzenden Augen und auf seinen buschigen, rostroten Schnauz, hinter dem seine Lippen vollständig versteckt blieben, der beim Sprechen auf und ab wippte und ansonsten wie ein verriegeltes Scheunentor vor seinem Mund stand.

«Mir gefällt das nicht», sagte er dann noch.

Fritz Rusterholz stellte sein Glas hin und strich sich die schütteren Strähnen aus der Stirn, Max Pulver tippte auf die Zigarette über dem Aschenbecher. Sogar Beat Büchi, der sich ansonsten kaum rührte, lugte schief unter den Brauen hervor.

«Was gefällt dir nicht?», wollte Alfred Huggenberger wissen.

«Du hast schon Recht», beschwichtigte Albrecht Fennler. «Es wird Zeit, in Lauenen einen Luchs zu schiessen. Die eingeschickten Tatzen sind schön, weil man weiss, dass im Bernbiet nun ein Luchs weniger sein Unwesen treibt. Aber die Sache erregt zu viel Aufsehen. Gestern wars im Fernsehen, heute sind die Zeitungen voll davon. Das wäre alles nicht so schlimm, wenn wir hier in Lauenen einen anständigen Wildhüter hätten. Aber dem Bänninger traue ich nicht über den Weg. Der weiss, dass wir von den Jagdbestimmungen nicht viel halten. Hat seit kurzem auch diese lächerlichen Kleber auf dem Auto.»

«Was für Kleber?», fragte Samuel Tanner.

«Diese dämlichen Luchsspuren», erklärte Albrecht Fennler. «Die hat der Bänninger quer übers ganze Auto geklebt, als wäre der Luchs über die Kühlerhaube spaziert. Ich kann den Kerl nicht riechen.»

Wildhüter Konrad Bänninger war in Lauenen bei niemandem beliebt. In diesem Punkt war sich die Tischrunde einig. Hingegen war Albrecht Fennler der Einzige, der es auch Leuten wie Bänninger zuschrieb, dass es in den vergangenen Jahren im Zusammenhang mit Luchsen zu hohen Geldstrafen gekommen war. Er schilderte den Fall von Tierpräparator Chèvre im freiburgischen Châtel-St-Denis, der vor zwei Jahren mit sieben ausgestopften Luchsen auf dem Arbeitstisch ertappt worden war, für die er keine Bewilligung vorzeigen konnte. Das habe ihn zehntausend Franken und die Jagdlizenz gekostet. Auch der von Känel in der Lenk sei bei einer Hausdurchsuchung letzten Spätsommer nur mit Glück einer saftigen Busse entronnen: Albrecht Fennler erzählte, wie von Känel kurz vor der Hausdurchsuchung den Luchs in die Jauchegrube geschmissen hatte. «Das müsstest du eigentlich wissen, Hugger. Du gehst doch mit dem von Känel ins Militär.»

Alfred Huggenberger verzog argwöhnisch die buschigen Brauen.

Albrecht Fennler lehnte sich in voller Ellbogenbreite über den Tisch und erklärte, was er mit den Beispielen von Chèvre und von Känel sagen wollte: «Aktionen wie die eingesandten Tatzen, die so viel Aufsehen erregen, reiten uns ins Verderben. Nachts sind alle Kühe schwarz. Darum muss der Luchs verschwinden, wie er gekommen ist: Leise und ungesehen.»

«So ein Quatsch, Fennler», brauste Huggenberger auf. «Ich werde den von Känel fragen, was an der Geschichte mit einem Luchs in der Jauchegrube dran sein soll, aber ich sehe nicht, wieso der Krüppel von einem Luchs nicht mit Radau und Krawall ausgerottet werden soll. Je lauter, desto besser. Das kann der Sache nur gut tun. Die Leute sollen sehen, dass wir uns das nicht gefallen lassen. Und zwar alle Leute, auch die stadtverwöhnten Blümchensammler. Ich lass mich nicht mundtot machen.»

Büchi, der Postangestellte, kontrollierte im Spiegelbild des Fensters die Uhrzeit: 16.45. In zwölf Minuten würde er losfahren müssen.

Das Tablett in schwächlichen Händen haltend, kam die Wirtin zum Tisch. Sie stellte Büchi das Rivella rot hin, liess sich die von ihm abgezählten Münzen in die Hand legen. Büchi hatte Angst vor dem Tag, an dem er wegen eines Gesprächs im Tungelhorn den Ruf seiner Pünktlichkeit ruinieren und mit dem Postauto zu spät losfahren würde und bestand auch deshalb seit jeher darauf, sein Rivella sofort zu bezahlen. Dann griff Mary zu den randvollen Biergläsern, verteilte sie und wünschte Prosit.

«Danke», sagte Huggenberger, als das letzte Glas auf dem Tisch stand und die Wirtin sich entfernte.

«Radau und Krawall, meinst du, Hugger?», fragte Fennler.

«Ja genau, das siehst du doch in den Städten», erwiderte Huggenberger. «Wenn jemand auf sich aufmerksam machen will, macht er eine Demo. Wenn genug Sachschaden entsteht, kommts in den Nachrichten.»

«Du hast keine Ahnung, was das alles auslösen kann, Hugger», gab Fennler zu bedenken. Er nahm sich Zeit, den buschigen Schnauz in den Bierschaum zu tauchen.

Alfred Huggenberger wollte die Geschichten von Tierpräparator Chèvre und Schafhalter von Känel nicht gelten lassen. Chèvre habe gegen das Arbeitsgesetz verstossen, da sei es klar, dass sein Verhalten geahndet werde. Die angebliche Hausdurchsuchung von Känels in der Lenk beweise hingegen, dass die Behörden einem nichts anhaben könnten.

Mit Ausnahme von Büchi – er wollte mit Flinten nichts zu tun haben, weil er, gehetzt vom engen Fahrplan, mit seinem Bus übers Jahr hin gesehen mehr Rehe und Füchse tötete als mancher Jäger in drei Wochen intensiver Jagd – kannten die Übrigen am Tisch den Tierpräparator Chèvre nicht bloss vom Hörensagen. Chèvre war in Lauenen eine beliebte Adresse, um Gams- und Rehköpfe ausstopfen zu lassen. Auch der Gamskopf, unter dem Fennler sass, war ein Produkt aus Chèvres Hand.

Max Pulver, dessen Mary Long bald nur noch aus einem versengten Filter bestand, nickte, als Huggenberger sprach, und kratzte sich in den wenigen Haaren, die sich unter seiner Mütze fanden. Büchi nahm einen Schluck Rivella und wartete auf Fennlers Antwort.

Albrecht Fennler beharrte auf seinem Standpunkt.

Die Männer blickten einander an, es wurde still. Obschon sie Ellbogen an Ellbogen am Tisch sassen, lagen Distanzen zwischen diesen Männern.

Wirtin Mary stand hinter dem Schanktisch, über eine Illustrierte gebeugt. Dass sich die Gäste aus Deutschland dankend verabschiedeten und das Lokal verliessen, schien sie nichts anzugehen.

Was er hier als Lauener Schafhalter mit dem Chèvre im Freiburgischen und dem von Känel in der Lenk zu tun haben sollte, wollte Alfred Huggenberger nach einer Pause von Fennler wissen.

«Was du mit den beiden zu tun hast, das wird dir, wenn du deinen geschossenen Luchs an die grosse Glocke hängst, die Kantonspolizei erklären», meinte Fennler. Die beiden Fälle hätten Staub aufgewirbelt. Seit dem Fall Chèvre könnten sich auch die Dümmsten ein Bild davon machen, was im Oberland und im Freiburgischen mit dem Luchs passiere. Das habe sicher auch damit zu tun, dass Alois Glutz nicht mehr auf der Kantonspolizei arbeite. Mit Glutz hätten sie einen Kantonspolizisten gehabt, der für ihre Sache einstand. Das sei nun vorbei, pensioniert sei pensioniert. Nun sitze dort ein Haufen junger Lümmel in den Büros. Die warteten nur auf jemanden, der gegen irgendein dämliches Gesetz verstosse. Zudem hätten die Umweltschützer soeben den Luchs zum Tier des Jahres erklärt, überall würden diese unsäglichen Luchsschützer herumfahren, für den Luchs werben, wo es nur ginge, meist in den Städten, weil ihnen dort die Leute zuhörten, weil die Leute dort, die ja immer grüner und sozialer würden, es furchtbar romantisch fänden, dass da irgendwo ein Luchs im Wald sitze, obschon sie ihn nie und nimmer zu sehen kriegten, überhaupt sähen die ja nur einmal pro Schaltjahr einen richtigen Wald von innen. Aber nicht nur in den Städten würden die Luchsschützer für ihren Liebling werben, nein, auch hier im Oberland. Die hielten Vorträge an den Schulen. Eben habe er sich sagen lassen, letzte Woche sei so einer in Saanen vor den Schülern gestanden. Die fänden also auch hier Leute, die ihren Sprüchen auf den Leim gingen. Jedenfalls machten sie die Leute auf den Luchs aufmerksam, und nun schicke einer vier Tatzen nach Bern, schreibe auch noch eine Postkarte, damit klar sei, dass die Jäger am Werk seien, und bringe das Fass damit zum Überlaufen. Die Geschichte um dieses Lumpenviech, das die halbe Schweiz mit einem wunderschönen und schützenswerten Tier verwechsle, sei schon so gross, dass es in den Nachrichten im Schweizer Fernsehen an erster Stelle komme.

Als Fennler kräftig Luft holte, zog es ihm einige Schnauzhaare in den Mund. Alle Augen waren auf ihn gerichtet. Alle schwiegen. Einer solchen Rede schien niemand ohne Anlauf Kontra geben zu wollen.

«Bevor es in Lauenen überhaupt Ärger geben kann, muss hier erst einmal jemand einen Luchs schiessen», sagte Fritz Rusterholz unvermutet.

Tanner, Fennler, Büchi, Huggenberger und Pulver wandten sich Fritz Rusterholz zu, dessen ruhige und etwas zu vornehme Anwesenheit leicht vergessen ging. Angesichts der verblüfften Blicke, die ihm zuschossen, verstummte Rusterholz. Der Tonfall des Seeländischen hing über dem Tisch.

Er habe zwar keine Ahnung von der Jagd, sagte Beat Büchi, die Verwirrung nutzend, und spielte mit der rechten Hand am Glas Rivella, als sei es ihm peinlich, etwas von sich zu geben. «Aber ich habe kürzlich gesehen, wie die Biologen den Luchs suchen», fuhr Büchi fort. «Die haben ein Gerät umgeschnallt und eine Antenne in der Hand, und die Luchse tragen Halsbänder.»

«Ja genau», unterbrach ihn Fritz Rusterholz, seine Verunsicherung überspielend. «Ich habe vergangene Woche einen Biologen beim Lauenensee hinten beobachtet. Ich habe den früher schon einmal gesehen, hatte aber gedacht, die würden mit den Antennen das im Sturm gefallene Holz irgendwie röntgen, um zu sehen, ob man es noch fürs Bauen gebrauchen kann.»

«Das Holz röntgen», lachte Huggenberger. «Auf diese idiotische Idee kommst auch nur du.»

Schallendes Gelächter füllte die Tischrunde. Bloss Büchi, der betrübt schien, dass seine Worte untergegangen waren, lachte verhalten und schaute auf die Uhr.

«Idiotisch oder nicht», entgegnete Rusterholz, sich gegen das Gelächter aufbäumend. «Wenn ich Jäger wäre, würde ich mir so eine Antenne besorgen, würde herausfinden, auf welcher Frequenz diese Luchshalsbänder senden, mich an einen Luchs heranschleichen und aus sicherer Distanz schiessen.»

«Schwachsinn», kommentierte Fennler mit seiner kaum aus der Ruhe zu bringenden Stimme.

«Ich weiss, das würde funktionieren», beharrte Rusterholz. «Ich kenne mich aus mit Frequenzen. War schliesslich Funker im Militär.»

«Ich war auch Funker», sagte Fennler, «aber Korporal. Wenn das mit den Frequenzen so einfach wäre, hätte es schon so manch einer versucht. Unter den hundert Frequenzen im Lauenental wirst du nie die Frequenz von einem Luchshalsband herausfiltern können.»

«Fennler hat Recht», urteilte Tanner.

«Ja», sagte auch Huggenberger. «Erstens wärst du zu dämlich, die richtige Frequenz herauszufinden, zweitens zu unvorsichtig, dich an einen Luchs heranzumachen, und drittens würdest du den Luchs ja doch nur treffen, wenn er exakt vor Scheibe sieben im Schützenhaus vorbeiwandern würde.»

«Was heisst vorbeiwandern?», grölte Pulver. «Stillstehen müsste der Luchs. Mindestens drei Minuten stillstehen, genau vor der Sieben, damit er genug Zeit hätte, seine Flinte einzustellen.»

Die Männer liessen ihre Fäuste auf den Tisch poltern und lachten laut. Auch Büchi lachte nun sein schiefwinkliges Lachen.

Fritz Rusterholz wurde missmutig, senkte seinen Blick. «Ihr seid nur neidisch auf meine Idee», sagte er, eher zu sich selbst. «Es wäre die schnellste Methode, einen Luchs zu schiessen.»

«Die schnellste Methode? Das hab ich gehört, Rusterholz», polterte Huggenberger. «Das muss ich mir nicht zweimal überlegen. Gib mir die Hand.» Er streckte Fritz Rusterholz die mächtige, behaarte Hand hin.

«Wozu soll ich dir die Hand geben?»

«Gib mir die Hand, sag ich. Du hast gesagt, du erledigst den Luchs schneller als jeder andere. Das ist eine Wette.»

Fritz Rusterholz blickte ihn unverwandt an. «Von einer Wette habe ich überhaupt nichts gesagt. Ich sagte nur, mit der Technik der Biologen …»

«Ich weiss genau, was du gesagt hast. Gemeindeschreiber Tanner ist Zeuge. Gib mir die Hand. Ich wette dreitausend Franken, dass ich dir eher einen Luchs vor die Haustür lege als du mir.»

Die Gesichter der Männer wurden ernst. Keiner lachte mehr. Gemeindeschreiber Samuel Tanner setzte unverzüglich sein Amtshausgesicht auf. Alle blickten Huggenberger an, seine ausgestreckte Hand. Rusterholz lehnte sich in den Stuhl zurück, um der Hand nur ja nicht zu nahe zu sein.

«Mit dir wette ich doch nicht. Ich bin Feldschütze, nicht Jäger. Ich habe kein Patent.»

«Zum Luchseschiessen habe ich auch kein Patent.»

Die Männer lachten kurz, bevor sie wieder die beiden Gesichter und die ausgestreckte Hand Huggenbergers anstarrten.

«Gib mir die Hand», sagte Huggenberger. Alle Augen waren nun auf Fritz Rusterholz gerichtet. Huggenberger hielt unverändert seine Hand hin, seine oft nach Schiesspulver oder Schweineborsten, Schafswolle oder Kuhscheisse und jetzt nach einer Mischung von all diesen Dingen riechende Hand.

«Dreitausend sind doch eine anständige Summe, Rusterholz.»

Fritz Rusterholz sass noch einen Moment regungslos da, umzingelt von fünf Augenpaaren und einer hingestreckten Hand. Dann schlug er ein.

3

Konrad Bänninger, als Wildhüter zuständig für das Saanenland, das Lauenental, das Turbachtal und Gsteig, klang ganz erfreut, als Nik Stalder ihn einen Tag später anrief, über die dramatische Szene bei der Falle und den erfolgreichen Fang der Lüchsin berichtete. Stalder dankte ihm für die Zusammenarbeit, denn der kleingewachsene, umtriebige, vom Luchs faszinierte Bänninger war es, der den Luchsforschern das zufällig erblickte Reh gemeldet hatte. Auf solche Meldungen waren die Biologen angewiesen, um Luchse zu besendern. Der Luchs ernährte sich über drei bis fünf Tage von seinem Riss, schlief tagsüber in einiger Entfernung von seiner Beute und kehrte in der Nacht zu ihr zurück. Deshalb waren Tretfallen, um das Beutetier herum platziert, die sicherste Möglichkeit, einen Luchs zu fangen. Luchse liessen sich auch mit Kastenfallen einfangen, die man an ausgesuchten Stellen im Gelände aufstellte. Im Simmental standen derzeit zwar drei solcher Kastenfallen, der Mechanismus, der die Gittertore zufallen liess, war aber bei keiner Falle aktiviert.

Wildhüter Bänninger liess sich von Stalder gerne dazu überreden, der Lüchsin einen Namen zu geben, und sagte, er hoffe, ihnen bald wieder helfen zu können.

Damit war die Lüchsin auf den Namen Mena getauft.

Auf Wunsch Benjamin Gellerts wartete Konrad Bänninger noch zwei Tage, ehe er das tote Reh in der Tierkörpersammelstelle in Zweisimmen entsorgte. Mena war nicht zum Reh zurückgekehrt. Zwei Nächte später konnte sie allerdings nicht weit hinter Gstaad bei einem neuen Reh aufgespürt werden: Stalder, Spezialist für derartige

Nachtpeilungen, freute sich über ihren neuen Riss. Auch Gellert war froh, die leichtgewichtige Lüchsin bei neuer Beute zu wissen. Zudem empfand er Genugtuung, dass es ihnen nach drei misslungenen Fangversuchen in den letzten zwei Wochen, nach drei eisigen Nächten, die sie schlaflos auf dem zurückgestellten Autositz zugebracht hatten, endlich gelungen war, einen neuen Luchs mit einem Sender auszustatten. Im Moment hatte Gellert jedenfalls Recht mit der Behauptung, Mena werde das Halsband nicht abstreifen.

Mit Mena waren es nun dreizehn von geschätzten sechzig Luchsen in den schweizerischen Nordwestalpen, deren Standort regelmässig erfasst wurde. Der Fang von Mena war wichtig, weil die Halsbänder von drei Weibchen – Mila, Kora und Rena – nur noch schwache Signale von sich gaben. Weibchen waren insofern wichtiger als Männchen, weil sich nur dank den Weibchen Informationen über Jungtiere gewinnen liessen. Solange noch Schnee lag, solange also auf Grund der Spuren die Chancen einigermassen gut standen, die Beute eines Luchses zu finden, war es möglich, Mila, Kora oder Rena oder sogar alle drei mit einer Tretfalle einzufangen und neue Batterien in ihre Sender einzulegen. Falls dies nicht gelingen sollte, gingen diese Tiere den Biologen verloren.

Egal ob im Simmental oder am Bosporus stationiert, unter den auf Grossraubwild spezialisierten Biologen herrschte Konsens darüber, dass die Alpen das einzige Gebiet in Mitteleuropa bildeten, das sich als Lebensraum für den gegen Ende des neunzehnten Jahrhunderts regional ausgerotteten Luchs eignete: Zweihunderttausend Quadratkilometer Wälder, Weiden und alpine Gipfel, üppige Huftierbestände. Im Namen der Initiative SCALP (Status and Conservation of the Alpine Lynx Population) setzten sich Experten aller Alpenländer dafür ein, den Luchs nach hundertjähriger Abwesenheit im gesamten Alpenbogen zwischen Wien und Nizza wieder anzusiedeln. Die Alpen aber waren nicht nur für den Luchs ein geeigneter Lebensraum, sondern zugleich das vom Menschen am stärksten genutzte Gebirge der Welt. Dass eine Wiederansiedlung des Luchses unter diesen Voraussetzungen ohne Widerstand vor sich gehen würde, damit rechneten selbst die grössten Optimisten nicht.

In der Schweiz hatte die Wiederansiedlung des Luchses mit einem Kuhhandel begonnen. In den Siebzigerjahren wollte die Jägerschaft in Obwalden in ihren Wäldern Hirsche aussetzen, um das teure Jagdpatent besser ausschöpfen zu können. Weil der Rotwildbestand ohnehin hoch war, befürchtete der damalige Obwaldner Oberförster Leo Lienert massive Schäden am Baumbestand und verlangte im Gegenzug die Wiederansiedlung des Luchses – nachdem 1894 in der Schweiz der letzte Luchs erlegt worden war. Nicht wenige sträubten sich gegen eine Wiederansiedlung des ehemals heimischen Raubtieres, und sie sträubten sich mit einer Stimme, als hätten sie 1894 ganz persönlich den Finger am Abzug gehabt.

Politisch aber setzte sich dieser Kompromiss durch, und in der Innerschweiz wurden die ersten Luchse freigelassen. Sie stammten aus Zoos in den Karpaten, wussten sich der neuen Wildnis anzupassen, vermehrten sich, wanderten auf der Suche nach neuen Territorien über den Brünig in die Nordwestalpen. Dort hatten sich die Luchse Ende des zwanzigsten Jahrhunderts zu einer Population entwickelt, deren Grösse zwar als knapp überlebensfähig galt, die aber, weil sie örtlich isoliert blieb und sich mit keiner anderen Population durchmischen konnte, durch Inzucht und Epidemien gefährdet war. Wegen Autobahnschneisen und anderen künstlichen Hindernissen gelangten keine Tiere in die Ostalpen, und weil Freilassungen in West-Österreich bisher zu keiner Population geführt hatten, die diesen Namen verdiente, klaffte im Alpenbogen zwischen dem Zürichsee und Innsbruck eine Lücke.

Das erklärte Ziel der Grossraubwildbiologen war, den Luchs im gesamten schweizerischen Alpenraum neu anzusiedeln. Die ostschweizerische Lücke mit der Umsiedlung einzelner, in den Nordwestalpen gefangener Tiere zu füllen, war das mittelfristige Ziel jener, die von Bern und vom Simmental aus für das Luchsprojekt arbeiteten. Jeder besenderte Luchs, der regelmässig gepeilt wurde, lieferte Daten für dieses Vorhaben. Jeder war ein Beispiel dafür, wie sich der Luchs in landwirtschaftlich und touristisch intensiv genutzten Gebieten bewegte, welches Gelände er bevorzugte und wie er seine Beutetiere aussuchte – und wann und unter welchen Umständen er Reh und Gämse links liegen liess und ein Schaf oder eine Ziege riss.

Mit dieser Problematik hing auch der Auftrag zusammen, den die Biologen vom Bund und den Kantonen Bern, Waadt und Freiburg vor gut zwei Jahren angenommen hatten. Weil sich in den Jahren 1995 und 1996 in diesen Kantonen die Übergriffe von Luchsen auf Nutztiere häuften, wünschten die Behörden, möglichst viel über die Entwicklung der Schäden an Nutztieren in Erfahrung zu bringen, über die Möglichkeiten, die Anzahl dieser Übergriffe zu minimieren und über die Auswirkungen des Luchses auf seine wilden Beutetiere. Der Auftrag, vom Bund koordiniert und mit dem Leitfaden *Konzept Luchs Schweiz* politisch verankert, war auf einen Zeitraum von drei Jahren angelegt und würde Ende 2000 auslaufen. Bis zum Ende des Jahres also würden die Biologen noch im Simmental stationiert sein, dem Luchs mit Handantenne und Tretfallen auf der Spur bleiben. Ob die Kantone Zürich, St. Gallen, Appenzell und Thurgau es den Biologen erlauben würden, einzelne Luchse in die

Ostalpen umzusiedeln, war zwar noch unklar. Zahlreiche Parlamentarier standen dem Projekt ablehnend oder zumindest skeptisch gegenüber. Vor allem, weil es der Bund bisher nicht für nötig erachtet hatte, den Kantonen das Recht einzuräumen, über den Abschuss von so genannten Schaden stiftenden Luchsen zu befinden. Und ob der Bund und die Kantone das Geld bewilligen würden, das nötig war, um in den Ostalpen eine neue Feldstation zu unterhalten, war alles andere als gesichert. Fehlende Geldgeber und drohende Arbeitslosigkeit waren unter Biologen ein Dauerthema.

Eingenistet in einem engen, überstellten Büro in der Berner Innenstadt, leiteten Marianne und Paul Hiltbrunner das Luchsprojekt, diese kleine, heterogene Gruppe von Grossraubwildbiologen. Die beiden waren ihrer Eigenwilligkeit wegen nicht in allen Kreisen gleichermassen beliebt. Paul war ein altmodisch gekleideter, hartnäckiger und nachtragender 52-Jähriger, willig, alles zu unternehmen, was ihm und dem Luchsprojekt dienlich war. Er war völlig desinteressiert gegenüber Dingen, die nichts mit Luchsen zu tun hatten, war verärgert über die Verantwortlichen des Bundesamtes für Umwelt, Wald und Landschaft Buwal, die offenbar nicht bemerkt hatten, wie wichtig es den Kantonen war, so genannte Schaden stiftende Luchse eigenmächtig abzuschiessen; und es ärgerte ihn zu sehen, wie diese unsensible Haltung die Umsiedlung einzelner Luchse in die Ostschweiz gefährdete. Paul Hiltbrunner aber nutzte seinen Ärger gezielt, um die entsprechenden Leute rhetorisch zu bearbeiten, er war umsichtig, hatte Beziehungen, Sinn fürs Machbare und war allergisch gegenüber dem Vorwurf, er lasse die Meinung seiner Frau Marianne nicht gelten.

Marianne Hiltbrunner wiederum war allergisch gegenüber der Behauptung, man lasse ihre Meinung durchaus gelten, war etwas jünger als Paul, maskulin gekleidet, noch hartnäckiger als Paul und hatte in den letzten Jahren – ohne die Unterstützung ihres Mannes in Anspruch zu nehmen – zahlreiche wissenschaftliche Publikationen zur Problematik der genetischen Vielfalt des eurasischen Luchses verfasst.

Wer im Luchsprojekt mittun wollte, musste sich nicht nur durchsetzen gegen eine grösser werdende Zahl von Grossraubwildbiologen, die es verstanden, sowohl im Mikroskop wie auch im Fernglas stets das Wesentliche auszumachen, die an allen europäischen Universitäten heranwuchsen und um alles in der Welt den Luchs und sein Leben erforschen wollten. Sondern er musste sich auch die Sympathien von Paul und Marianne Hiltbrunner erwerben. Denn die beiden entschieden an verschiedenen Universitäten sowohl über den Ausgang von Lizentiatsprüfungen als auch über die Annahme von Doktorarbeiten. Nik Stalder war nicht nur wegen seines Perfektionismus und seiner Hartnäckigkeit zu seiner Stelle gelangt, sondern vor allem dank seinem Fachwissen über Anästhesie. Benjamin Gellert war einer der wenigen, die schon als Maturand das Peilen lernten, und war angestellt worden, weil es ihn nie gestört hatte, auch sieben Tage die Woche zu arbeiten, wenn dies verlangt war.

Früher hatten auch Marianne und Paul Hiltbrunner unzählige Stunden draussen gearbeitet, «im Feld», wie das unter Biologen hiess. In den letzten Jahren aber sassen die beiden meist drinnen im immer enger werdenden Büro am Hirschengraben, im papiernen Biotop der Fachliteratur, der mit Fang-, Peil-, Wurf-, Kot-, Riss- und Schadensformularen überfüllten Bundesordner und der Sammlung alter und neuer, in- und ausländischer Landkarten. Vom Hirschengraben aus regelten die beiden Hiltbrunners als landesweit dominierende und eigentlich einzige Experten in Sachen Luchs alle

Arbeitsverträge, Reglemente und Finanzierungen mit dem Bund, den betreffenden Ämtern und der Umweltschutzorganisation Pro Natura, setzten sich ein für den regelmässigen Informationsaustausch unter den Luchsspezialisten aus Italien, Frankreich, Österreich und dem Balkan. In den letzten Monaten waren die beiden ausserdem oft in der Ostschweiz unterwegs, trafen sich mit Vertretern der Wildhut, mit Umweltbeauftragten, Schafhaltern, mit Politikern und Förstern.

Von den eingesandten Pranken erfuhren die Luchsforscher in Weissenbach, der einzigen so genannten Feldstation des Luchsprojekts, vier Tage nach dem Fang von Mena. Paul Hiltbrunner hatte angerufen und erzählt, was vorgefallen war, was er und Marianne in einem Kommuniqué geschrieben hätten und dass in den Nachrichten darüber berichtet werden würde.

Nach dem Abendessen gingen Nik Stalder, Benjamin Gellert und die beiden Zivildienstleistenden Uliano Scafidi und Julius Leen hinunter zu den Zulligers, denen das Haus und die Stallungen dahinter gehörten. Denn hier in der Stube der Zulligers stand ein funktionierender Fernseher.

Bernadette Zulliger bat die Männer herein und freute sich, sie wieder einmal zu sehen. Julius Leen liess sich von Bernadette Zulliger die Hand drücken. Als sie sich entschuldigte, sich nicht an seinen Namen zu erinnern, bedeutete ihr Leen, es sei schon in Ordnung.

Die Decke hing niedriger als im ersten Stock. Gellert streifte mit seinem Kraushaar im Gang die Holzbalken. Bernadette Zulliger bat die Männer, sich an den Tisch zu setzen, und wies Sohn und Tochter an, auf der Bank etwas Platz zu machen. Leen setzte sich zwischen Gellert und Scafidi hinten auf die Bank und schob eine Zeitschrift zur Seite; ein Jagdmagazin wars, auf der Titelseite ein mächtiger Elch in einem leicht nebligen, moosigen Wald. «Jagen im hohen Norden», lautete der Schriftzug unter dem Bild.

Julius Leen, der erst vor knapp zwei Wochen zu den Luchsforschern gestossen war und zum ersten Mal in Zulligers Stube sass, schaute sich um. Die Stube war unordentlich, Nischen und dunkle Winkel überall. Am Boden abgewetzte Teppiche. Der Fernseher auf der Kommode war in braunes Plastik und die Aura der Sechzigerjahre gehüllt und flimmerte. Die Möbel waren mit unzähligen Zinnbechern, Gläsern, Pflanzen, aufgerissenen Briefumschlägen und zerwühlten Zeitschriften beladen. Hinter dem Tisch bemerkte Leen eine Wanduhr, daneben drei Gamsgeweihe auf weissen Schädeldecken. Über dem Sitzofen verzierte Holzteller. Im Durchgang zwischen Esszimmer und Küche, aus der es nach Zwiebeln und Kartoffeln roch, hing eine mächtige Kuhglocke. Über den Bildschirm liefen Werbespots, auf dem Stubentisch lag ein Haufen frischer Wäsche. Leen hätte die Wohnung am liebsten schnell wieder verlassen.

Zulligers wussten, dass der Fernseher der Luchsforscher seit dem langen Stromausfall – verursacht durch den Jahrhundertsturm Lothar in der Neujahrswoche – aus unerfindlichen Gründen nicht mehr funktionierte. Der altmodische Apparat der Zulligers hingegen hatte den Sturm schadlos überstanden. Bernadette Zulliger störte sich nicht, dass weder Gellert noch Stalder Geld für einen neuen Fernseher ausgeben wollten. Offenbar hatte sie die Grossraubwildbiologen gerne in ihrer Stube.

«Hats endlich geklappt mit einem Fang?», erkundigte sich Bernadette Zulliger und warf Wäschestücke vom Tisch in den daneben stehenden Wäschekorb.

Stalder bejahte: «Vor vier Tagen haben wir ein Tier gefangen. Und erst noch ein Weibchen.»

«Und wie habt ihr sie getauft?»

«Mena, Bänninger hat es so gewünscht. Sie hat wenig Fleisch auf den Rippen, ist aber kräftig. Wäre uns fast aus der Falle entwischt.»

«Und jetzt wollt ihr die Nachrichten schauen, weil euch endlich jemand gefilmt hat, wie ihr einen Luchs bändigt?»

«Schön wärs», lachte Gellert und reichte Frau Zulliger die feuchten Socken, die vor ihm auf dem Tisch lagen. Sie nahm sie dankend an und warf sie in den Korb.

«Ja, schön wärs», wiederholte Stalder. «Wer aber bloss brav seine Arbeit macht, kommt nicht im Fernsehen.»

«Wer kommt denn?»

«Vermutlich niemand. Ausser ein Postpaket, das nach Bern geschickt wurde ...»

Nik Stalder wurde vom Gurren der Tür unterbrochen, die sich hinter ihm öffnete.

Der stämmige, pausbäckige Hans Zulliger trat in die Stube, an ihm hing der Geruch von Stall und Stroh.

«Ah, die Luchsforscher», brummte er mit staubiger Stimme. Er nahm sich den Zahnstocher aus dem Mundwinkel, blieb vor dem Sitzofen stehen. «Gut, dass ich euch sehe. Oskar Bohnenblust, der Chauffeur vom Molkereilastwagen, hat sich beschwert wegen dem Kiesplatz. Habt ihr wieder einen neuen Dienstverweigerer, der nicht parken kann?», fragte Hans Zulliger, während er sich mit hochgekrempelten Hemdsärmeln und einem Ächzen die Holzschuhe auszog und sie unter den Sitzofen stellte.

Stalder zögerte, wandte sich Hans Zulliger zu, schaute kurz zu

Leen hin, der neben ihm sass. «Ja, wir haben einen neuen Zivildiener, einer von denen, die nicht beim ersten Mal alles begreifen.»

Leen wünschte sich, die Wohnung längst verlassen zu haben. Er war unsicher, ob Stalder einfach nur ein arrogantes Arschloch war, mit dem auszukommen sich ohnehin nicht lohnte und das er in vier Monaten, wenn sein Zivildienst hier vorbei sein würde, nie mehr würde sehen wollen. Oder hatte er es mit einem im Grunde genommen charmanten Mann zu tun, dessen holpriger Humor lediglich schwer zu verdauen war? Leen schaute zuerst Stalder, dann Zulliger an. Er war dem stämmigen Landwirt in seinen ersten zwei Wochen hier in Weissenbach einige Male im Treppenhaus begegnet, hatte ihn auch gegrüsst. Zulliger aber hatte nie etwas zu ihm gesagt, tat dies auch jetzt nicht, sondern blieb einfach nur beim Sitzofen stehen. Leen vermutete, dass seine Rasta-Haare dem knapp fünfzigjährigen Landwirt missfielen.

«Hab Bohnenblust versprochen, es euch auszurichten», fuhr Zulliger fort. «Er werde das nächste Mal, wenn er auf dem Kiesplatz nicht wenden kann, so lange hupen, bis jemand umparkt. Müsst selber wissen, ob ihr morgens um halb sieben aus dem Schlaf geholt werden wollt.»

«Wird nicht nötig sein», erwiderte Stalder und sah Leen an, der genötigt nickte.

«Ihr müsst aufpassen, dass ihr zu eurem Schlaf kommt», riet Bernadette Zulliger. «Tagsüber arbeiten und nächtelang auf einen Luchs warten, das geht euch doch ans Lebendige.»

«Wir versuchen einfach ...», begann Gellert.

«Die sind doch noch jung, Mutter», fuhr Hans Zulliger dazwischen. «Denen kann etwas Schlafmangel nicht schaden. Dir würds auch gut tun. Wenn du am Morgen zeitiger auf den Beinen wärst, müsstest du nicht abends ungebügelte Wäsche vom Tisch räumen, wenn Besuch kommt.»

«Noch ein dummer Spruch, und du kannst deine verdreckten Überhosen am Brunnentrog waschen.»

Hans Zulliger grinste seine Frau an, sie schüttelte den Kopf und schaffte den vollen Wäschekorb zur Seite. Hans Zulliger setzte sich zuoberst an den Tisch, schaute kurz in den Fernseher, der immer noch Werbung zeigte. Dann wandte er sich zu Stalder und Gellert.

«So, was bringt euch zu uns? Ist euch schon wieder der Kaffee ausgegangen? Oder ists zu einsam im ersten Stock?»

«Wir kommen wegen den Nachrichten», beantwortete Gellert brav die Frage.

«Schöne Ausrede. Kann ich euch trotzdem einen Kaffee anbieten? Und etwas von der Fleischplatte? Oder ist der neue Dienstverweigerer ein Hülsenfrüchtler?»

Leen suchte nach einer angemessenen Antwort, erfolglos.

«In diesem Fall bringe ich den fleischlosen Kaffee», spöttelte Zulliger.

«Hör mal auf mit deinen Sprüchen», sagte Bernadette, die mittlerweile die ganze Wäsche weggeräumt und sich auch an den Tisch gesetzt hatte.

«Die wissen schon, wie ichs meine, Mutter», beschied Hans Zulliger und wandte sich zu Sohn und Tochter, um zu fragen, ob sie auch was haben wollten. Mit einer ablehnenden Bemerkung verschwand die Tochter – sie war vielleicht fünfzehn – in ihrem Zimmer, und der etwas ältere Sohn sprach Undeutliches von einem Glas Milch. Hans Zulliger steckte sich den Zahnstocher, den er beim Reden aus dem Mund genommen hatte, dorthin zurück und ging in die Küche, wobei er sich an der grossen Kuhglocke vorbeidrücken musste.

Leen warf ihm musternde Blicke hinterher, dachte an die drei Geweihe, die an der Wand hingen, an den Elch auf der Jagdzeitschrift.

«Sie haben vorher etwas von einem Paket gesagt», wandte sich Bernadette Zulliger an Stalder.

«Genau», sagte er.

Da begannen gerade die Nachrichten.

«In einem Paket wurden vier abgehackte Luchspranken nach Bern gesandt. Abgeschickt im Aargau.»

Eine Moderatorin, das Lächeln in die Mundwinkel gepresst, erschien im Bild und begann mit Berichten aus dem Ausland.

«Abgehackte Luchstatzen?», fragte Bernadette Zulliger.

«Ja.»

«Von einem eurer Luchse?»

Die Moderatorin las einen Text vor über eine Gewerkschaftsdemonstration in Frankreich.

«Das wissen wir nicht», antwortete Gellert. «Tito ist es sicher nicht, den haben wir noch vor drei Stunden gepeilt.»

«Nicht nur gepeilt, sondern auch gesehen», präzisierte Leen, wie aufgeweckt durch den Namen des Luchses. «Tito lag ruhig auf einem Felsvorsprung hinter ein paar Ästen, sah mich an, liess sich nicht stören. Ich war rund siebzig Meter von ihm entfernt, sehen konnte ich ihn gut.»

Die Moderatorin nahm ein neues Blatt zur Hand, sprach weiter über Ereignisse im Ausland, Leen verstummte, überrascht von seiner lebhaften Schilderung.

«Aber könnte es einer sein mit einem Halsband?»

«Das müssen wir morgen herausfinden», erwiderte Gellert.

«Ich hoffe für euch, dass es kein Luchs mit Halsband ist», seufzte

Bernadette Zulliger. «Weiss man denn, aus welchem Dorf das Paket verschickt wurde?»

«Irgendwo aus dem Aargau. Auch Paul, unser Chef in Bern, weiss noch nichts Genaueres. Der Gruss auf der Postkarte kommt aber aus dem ‹Berner Jagddschungel›.»

«Hmm», brummte Frau Zulliger. «Gibts schon Vermutungen?»

«Natürlich gibts einige Adressen, die in Frage kommen. Dem von Känel in der Lenk, bei dem letztes Jahr eine Hausdurchsuchung gemacht wurde, trau ich nicht über den Weg. Und ein, zwei Bauernhöfe am Gurnigel, die man nach dem letzten bewiesenen illegalen Abschuss im Auge hatte. Aber das war im Dezember 1996. Seither wars ja, abgesehen eben von der Hausdurchsuchung beim von Känel, ruhig um den Luchs. Klar kennen wir einige Gesichter, die uns beim Peilen begegnen, denen ich so etwas zutraue. In Abländschen, in Wimmis, Frutigen, Lauenen. Überall gibt es Leute, die den Luchs und uns Biologen zum Teufel jagen wollen. Aber das sind nur Gesichter, einige Namen. Dem Untersuchungsrichteramt werden wir damit kaum helfen können.»

«Hat Paul eigentlich die Wildhüter angerufen?», fragte Gellert. «Die wissen vielleicht etwas.»

«Ich werd mit Bänninger telefonieren», stimmte Stalder zu. «Im Grunde sollte man auch Wildhüter Spitteler fragen, der für das Untere Simmental zuständig ist. Dem trau ich aber zu, dass er von der Sache weiss und keinen Mucks von sich gibt.»

Frau Zulliger sah die Männer etwas länger an. «Ihr tut mir Leid. Kaum habt ihr endlich wieder einen Luchs einfangen können, wird schon einer abgeschossen.»

«Nun, wenn es einer von unseren Luchsen ist, könnte man eventuell mit den Fingerabdrücken am Halsband etwas anfangen. Aber ich würde mir auch davon nichts versprechen», sagte Stalder.

Hans Zulliger trug nun ein Tablett voller Tassen, Löffel, Wasser, Kaffeepulver, Zucker, Assugrin, Milch, Aufschnitt und Käse auf den Tisch. «So, ich hab genug geschuftet, bedient euch selber. Und klärt mich auf, um was es geht. Ich hab wegen dem Fernseher nicht recht verstanden, von was ihr redet.»

«Wir reden über abgehackte Luchstatzen, die nach Bern geschickt worden sind», unterrichtete Bernadette ihren Mann und verteilte Unterteller, Tassen und Löffel.

«Hmm», brummte nun auch Hans Zulliger und wandte sich Stalder und Gellert zu. «Und ihr sucht nun den Luchs, zu dem die Tatzen passen?»

«So in etwa», antwortete Stalder, ohne dass seine Stimme Unmut verraten hätte. «Wir werden morgen ...»

«Jetzt kommts», rief der Sohn, das Glas Milch in der Hand. Alle wandten ihre Köpfe zum Fernseher. Das Foto eines Luchses erschien hinter der Moderatorin. Frau Zulliger unterbrach das Kreisen des Löffels, mit dem sie im Kaffee gerührt hatte. In der Stube war kurze Zeit ausser der Stimme der Moderatorin nichts zu hören. Schliesslich erschien das Paket mit den abgehackten Pranken im Bild.

Leen erinnerte sich, wie Stalder und Gellert zuvor über Paul Hiltbrunner gesprochen hatten, der als Chef des Luchsprojekts aufgefordert worden war, im Fernsehen zum Vorfall Stellung zu nehmen. Stalder hatte spekuliert, weshalb Paul nicht vor die Kamera gewollt hatte, und Gellert hatte mit einem breiten Grinsen behauptet, es sei sicherlich seine Frau Marianne gewesen, die Paul den Auftritt verboten habe, und alle am Tisch hatten herzhaft gelacht. Nun, da die Männer das Paket mit den breiten, kräftigen Pranken sahen, mit dem gefleckten Fell, das direkt hinter dem Sprunggelenk in einer blutverkrusteten Narbe endete, waren ihre Gesichter todernst. Auch Bernadette Zulliger, ihr Sohn und ihr Mann schauten gebannt auf den Fernseher. Der Zahnstocher in Hans Zulligers Mundwinkel bewegte sich eine ganze Weile lang nicht.

Ein Mitarbeiter vom Amt für Natur des Kantons Bern zeigte die an den Pranken befestigten Zettel, auf denen die Namen von verschiedenen Männern notiert waren.

«Ist ja verrückt, was die sich ausdenken», murmelte Frau Zulliger.

Der Mitarbeiter vom Amt für Natur erklärte, welche Biologen, Politiker und Naturschützer mit den Namen auf den Zetteln gemeint waren.

«Da kann mir einer sagen, was er will. Ich finde das kindisch», empörte sich Bernadette Zulliger.

Nik Stalder, Benjamin Gellert und Uliano Scafidi blieben stumm, starrten gefesselt auf den Bildschirm. Julius Leen beobachtete Stalder und Gellert. Gellert sass da, matt, reglos, gedemütigt. Stalder, seine Person zurückgezogen hinter die kleinen, wässrigen Schlitze, aus denen er herausschaute, murmelte vier Silben still in sich hinein, ein einziges Wort, das Leen noch oft zu hören bekommen sollte: «Granitschädel.»

Der ehemalige Obwaldner Oberförster Leo Lienert, einer der auf den Zetteln genannten Männer, erschien im Bild. Im Hintergrund der Wald, in dem er vor knapp dreissig Jahren die ersten Luchse freigelassen hatte. Er sei bitter enttäuscht über das eingesandte Paket, sagte Lienert ins hingestreckte Mikrofon.

Hans Zulliger sah forschend zu Gellert, zu Stalder hinüber. Die beiden schauten, wie die Kamera eine Schafherde ins Bild rückte, hörten, wie ein Kommentator von einer Rekordzahl von Schafen sprach, die im vergangenen Jahr durch den Luchs getötet worden waren. Wenig später erschien wieder das in die Mundwinkel gepresste Lächeln der Moderatorin. Es folgten weitere Nachrichten aus der Schweiz. Irgendetwas über die gesunkenen Holzpreise nach dem Sturm.

Stalder wandte den Kopf ab, blickte stumm auf den Tisch.

«Tant de merde», sagte Gellert leise und gereizt. Er rutschte von der Bank und stand auf, liess den Kaffee stehen. «Die Batterien der beiden alten Empfänger müssen neu geladen werden, wenn wir morgen alle vier ausrücken wollen.»

«Gute Idee!» Stalder war etwas überrascht. «Und schau nach, ob wir genügend Landeskarten haben. Hinten im Wandschrank liegen noch ein paar alte. Ich bleib noch einen Moment. Wenn jemand anruft, weisst du, wo ich bin. Mit Bänninger würde ich gerne selber reden.»

«Ist gut.» Gellert verabschiedete sich hastig.

«Wenn morgen alle peilen gehen, muss jemand die Antenne mit dem Wackelkontakt reparieren», fiel Scafidi ein, eher zögerlich, sodass es beinahe schon wie eine Frage klang.

«Du hast die noch immer nicht geflickt?», fragte Stalder.

«Hab mir eben gedacht, dass wir die ohnehin nicht mehr brauchen.»

«Morgen brauchen wir sie.»

«Ich schau, was ich machen kann», beschwichtigte Scafidi, trank den Kaffee aus, bedankte sich bei Zulligers und ging. Ehe Stalder mit Hans Zulliger ein Gespräch über den Luchs aufnahm, verzog sich auch Leen nach oben, wo es ihm angenehmer war. Er mochte nicht mit zwei wortkargen Provokateuren, die er nicht einzuschätzen verstand, an einem Tisch sitzen. Im Gegensatz zu Scafidi, der sich an der Handantenne zu schaffen machte, und zu Gellert, der rat- und ruhelos alle Akkus kontrollierte, bereitete sich Leen nicht mehr als üblich auf den morgigen Tag vor: Er legte sich mit seinem Discman und einigen CDs mit Jazz aus den Fünfzigerjahren ins Kajütenbett, grübelte, allmählich in den Schlaf kippend, darüber nach, wieso er so begeistert von der Begegnung mit Tito erzählt hatte.

4

Julius Leen überhörte Oskar Bohnenblusts Molkereilastwagen, trug noch die Kopfhörer seines Discmans und befand sich im Tiefschlaf, als Nik Stalder am nächsten Morgen die Tür öffnete und deutlich vernehmbar ins Zimmer der Zivildienstleistenden rief. Leen hörte ihn zwar, verstand aber nichts. Anhand seiner müden Knochen begriff er bloss, dass man ihn heute nicht lange schlafen liess. Er kroch aus dem Kajütenbett, auf dem sich niemand hinlegen konnte, ohne mit Schädeldecke und Fusssohle gleichzeitig den Holzrahmen zu berühren, und stellte fest, dass Uliano Scafidi, im Bett über ihm, bereits aufgestanden war.

Schlaftrunken trat Leen in den Gang, rieb sich die Augen. Stalder kam zielstrebig aus seinem mit Literatur zur Prädation, Anästhesie und Veterinärmedizin angefüllten Zimmer geschossen. Leen liess ihn vorbeiziehen, schlurfte ins Bad, musterte, auf der Schüssel sitzend, wie jeden Morgen das Luchs-Poster, eine Aufnahme eines ihm unbekannten Fotografen namens Jacques Sélavy, knotete sich die Rastas zusammen, hielt den Kopf unters kalte Wasser.

Er trat in die grosse, helle Stube, in der ein Arbeitstisch mit zwei Computern und drei Regale voller Kartonkisten, Ladestationen, Halsbänder, Ersatzbatterien, Stirnlampen, Plastikkoffer, Bundesordner und Bücher erheblichen Raum beanspruchten und deren eine Wand komplett mit sechs präzise zusammengefügten Landeskarten tapeziert war. Das waren die Nordwestalpen, Massstab 1:50 000. Verteilt auf den Karten steckten dreizehn rote und blaue Stecknadeln, die den bei der letzten Peilung eruierten Standort eines Luchses markierten. Rot für die Weibchen, blau für die Männchen, die so genannten Kuder.

Der Tisch mitten in der Stube war mit Geschirr, Brot, Milch- und Cornflakes-Packungen vollgestellt, es stand dort auch eine Flasche Pingu-Sirup, eine Vorliebe Gellerts. Am Tisch selbst aber sass niemand. Stalder, die Outdoor-Hose mit den zahlreichen Seitentaschen bereits angezogen, hockte mit einem Stück Brot in der Hand vor dem Computer, suchte auf der Website des «St. Galler Tagblatts» nach dem Bericht über die eingesandten Pranken, zu denen er gestern Abend noch auf Anfrage eines Journalisten Stellung genommen hatte. Und Scafidi stand in Skihosen in der Küche und briet sich ein Ei.

«Wir versuchen es besser mit dieser Antenne, Scafidi», sagte Gellert, der in seiner dunkelblauen Thermo-Unterwäsche mit raschen Schritten und einer seltsamen Metallkonstruktion in der Hand in die Stube kam, wo er Leen knapp zunickte. «Nichts gegen deine Reparatur, aber mit der anderen Antenne brauchst du nur einmal umzufallen, und sie ist wieder kaputt.» Er legte die Metallkonstruktion, die Leen noch nie gesehen hatte, zwischen Butter und Nesquik auf den Tisch, klappte verschiedene Scharniere auf, bis das Ding einer Fernsehantenne ähnelte.

Stalder, den gesuchten Artikel nun auf dem Bildschirm, warf einen kritischen Blick hinüber zu Gellerts Antenne, fragte ihn, ob er sicher sei, dass das Ding auch funktioniere.

«Ich weiss, sie funktioniert. Ist meine eigene Konstruktion.»

«Und wie soll ich dieses Ding in der Hand halten?», fragte Scafidi, der das Ei in der Pfanne wendete. «Ich meine, wieso diese sechs Stäbe, wenn normale Antennen vier haben?»

«Keine Sorge, du musst nicht mit dieser Antenne peilen gehen. Du und Leen, ihr sollt die Antennen nehmen, die ihr gewohnt seid.»

Leen wusste, er war auch mit der anderen Antenne noch nicht recht vertraut. Ein Umstand, den er bald ändern wollte. Er setzte sich an den Tisch, schnitt sich eine Scheibe Brot ab und blickte zu den Fotografien an den getäfelten Wänden, die nicht von den sechs Landeskarten vereinnahmt waren. Fotografien, die Stalder und Gellert in den vergangenen Jahren im Feld erstellt hatten. Luchse in freier Wildbahn. Luchsmutter Mila mit zwei Jungen nahe beim Wurfplatz. Rena, nichts als zwei Pinselohren und gestochen scharfe Augen. Spuren im Schnee, vom offenen Feld ansteigend einem Waldrand zu, in gleissender Sonne, darunter der Name Zico. Alles Luchse, deren Pranken jene Pranken sein konnten, die nun in Bern gerichtsmedizinisch untersucht wurden.

Die Sache hätte ihm egal sein können. Er erledigte bloss seinen Zivildienst hier. Er würde in dreieinhalb Monaten wieder weg sein, zurück in einer Stadt, auf der Suche nach neuer Arbeit. Vielleicht war es die neue Umgebung hier in der Feldstation, in den Alpen, wo die Dinge noch nicht zur Gewohnheit geworden waren. Diese Alpen, die dem Luchs wegen nun mehr als nur den Zweck zu erfüllen hatten, dem stahlblauen Himmel postkartengerecht eine eindrucksvolle Silhouette abzugewinnen. Oder vielleicht hatte er tatsächlich die betäubte, ruhig atmende Mena vor Augen. Jedenfalls stellte er leicht irritiert fest, in ihm regte sich so etwas wie eine Hoffnung, dass die Pranken von einem unbesenderten Luchs stammten.

Stalder war zufrieden, wie er im Artikel zitiert wurde, und setzte sich an den Tisch.

«Was hast du dem Journalisten denn erzählt?», fragte Gellert.

«Nichts Spezielles. Du hättest ihm dasselbe erzählt», antwortete Stalder. «Dass die Zahl der gerissenen Schafe letztes Jahr zwar tatsächlich einen Rekord darstelle, dass aber diese 157 Risse gemessen an den 39 000 Schafen, die in den Nordwestalpen gesömmert werden, nicht einmal fünf Promille ausmachen.»

Das wolle er auch lesen, sagte Scafidi, schob sich das beidseitig gebratene Ei in den Teller und setzte sich vor den Computer.

«Mach nicht zu lange auf dem Netz, Scafidi», riet Gellert. «Du blockierst das Telefon, und vielleicht versucht uns Bänninger anzurufen.»

«Du musst nicht aufs Netz gehen, die Seite vom ‹Tagblatt› ist noch auf dem Schirm», sagte Stalder. «Bänninger wird sich kaum so schnell melden. Der muss zuerst die Ohren aufspannen, und wenn der mit seinen Luchsspuren auf der Kühlerhaube irgendwo parkt, gefriert sowieso allen der Mund ein. Und Wildhüter Spitteler, dem ich es zutraue, den Wilderer zu kennen, wird uns kaum etwas verraten.»

Scafidi fragte, was denn mit dem Spitteler sei. Stalder erzählte, wie der unnahbare, kauzbärtige Spitteler vergangenen Herbst ein Theater aufgeführt hatte, als in derselben Woche und im selben Hang drei Gämsen gefunden wurden, alles Luchsrisse.

Leen wollte wissen, wie denn eigentlich Hans Zulliger zum Luchs stehe.

«Das würd ich auch gerne wissen», brummte Gellert. Der Zulliger mit seinen Sprüchen sei ihm suspekt.

Der Zulliger sei schon in Ordnung, verteidigte Stalder. Vielleicht nicht gerade ein Luchs-Liebhaber, aber sicher einer, der nie einen Luchs schiessen würde. Er habe mit ihm über Schafhaltung, territoriales Verhalten der Luchse und die mögliche Umsiedlung einzelner Tiere in die Ostalpen gesprochen. Zulliger sei Realist. Man könne sich auf ihn verlassen. Wildhüter Spitteler hingegen spiele einem andauernd etwas vor.

Leen schien, dass Gellert mit dieser Antwort nicht ganz zufrieden war, denn der blickte wie abgelenkt aus dem Fenster. Leen tat es ihm gleich und entdeckte erst jetzt den Schnee, der so dicht fiel, dass die andere Flanke des Simmentals nicht zu sehen war und er sich Sorgen machte, wie ihm bei diesem Wetter eine zuverlässige Peilung gelingen sollte. Er griff nach der Rasta-Strähne, die in seinen Teller hing, und flocht sie im Nacken in die übrigen Haare. Er bemerkte, dass niemand das Radio eingeschaltet hatte, beobachtete, wie Stalder abwesend die noch harte Butter auf sein Brot drückte.

Scafidi kam zurück zum Tisch, sicherte sich das letzte Stück Brot. «Die haben den Pranken erstaunlich viel Platz eingeräumt in der Zeitung.»

«Ein gefundenes Fressen», sagte Stalder. «Im ‹Blick› ist das Bild von den Pranken auf der ersten Seite.»

«Meinst du, wir werden eine Stecknadel von der Karte nehmen müssen?», fragte Leen Gellert, der sich über die Peilformulare der letzten Tage gebückt hatte, die zwischen der Antenne und einer Schüssel Cornflakes auf dem Tisch ausgebreitet lagen.

«Das wirst du merken, wenn du heute einen Luchs peilst, der ohne Füsse unterwegs ist», entgegnete Scafidi, einen verwegenen Ausdruck im Gesicht und einen Bissen Ei im Mund.

Ob dies Basler oder norditalienischer Humor war, blieb undurchsichtig. Stalder rang sich ein Lächeln ab, Gellert hatte jetzt kein Ohr für Scherze.

«Die Pranken von Tito, Tell und Saba können es nicht sein, sie wurden noch am Tag, an dem das Paket eintraf, gepeilt», stellte Gellert mit einem Blick auf die Stecknadeln fest.

«Und die Pranken von Mena werden es nicht sein», fügte Stalder hinzu. «Die im Paket sahen nicht aus, als gehörten sie zu einem mageren Siebzehn-Kilo-Luchsweibchen.»

«Wie willst du das wissen? Du hast die Pranken ja auch nur im Fernsehen gesehen», fragte Gellert.

«Ich kann mich täuschen, ja, aber ich bin sicher, dass es nicht Menas Pranken sind.»

Gellert liess sich nicht auf eine Diskussion ein und schaute wieder auf die Formulare. Scafidis Messer knirschte auf dem Teller.

Gellert suchte nach dem Löffel, mit dem er seine Flocken zu essen begonnen hatte, konnte ihn auf dem Tisch nicht finden, liess es bleiben. Er sprach weiter, nannte die Namen von Hera, Saba, Balu und Rena, die waren in Ordnung, erst vorgestern gepeilt, also am Tag, da das Paket bereits unterwegs war. Die eingesandten Pranken konnten dennoch von einem Luchs mit Halsband stammen. Gellert zählte auf: «Mila, Kora, Vino, Zico, Nero und Mena.»

Stalder spülte mit kalter Milch einen Bissen Brot hinunter. «Wie gesagt: Mena kannst du weglassen. Aber um sicher zu sein, werden wir auch Mena peilen, werden alle restlichen Luchse peilen, alle sechs, alle heute.»

«Ja», sagte Gellert und fand seinen Löffel neben dem Bildschirm.

Auf diesem lief seit einer Weile ein Bildschirmschoner. «In meinen glücklichsten Augenblicken fühle ich mich vom Aussterben bedroht», lautete die Zeile, die flackernd und blau über den Bildschirm glitt. Heute fand Leen diese Worte besonders merkwürdig – zwar hatten sie etwas mit Artenschutz zu tun, waren aber zu absurd, um von einem Biologen geschrieben worden zu sein. Leen dachte an die eben genannten Luchsnamen, zu denen Stalder und Gellert gewiss zahlreiche Bilder in ihren Köpfen haben mussten, denen sie ohne zu zögern die entsprechende Stecknadel auf der Kartenwand zuordnen konnten.

Gellert löffelte die weich gewordenen Cornflakes.

Stalder liess sein Butterbrot liegen, verschwand im Zimmer der

Zivildienstleistenden, in dem neben den beiden Kajütenbetten Tretfallen, Netze, Werkzeug und auch eine zusammengeklappte Kastenfalle gelagert war, kam zurück mit einem alten Empfänger, nahm die Akkus aus der Ladestation, prüfte deren Ladung und setzte sie in den Empfänger.

Das Telefon klingelte. Es stand auf dem Fenstersims in der Ecke, dort wo die Wand mit den Landeskarten tapeziert war, sodass sich der Anrufende und Angerufene bei Gesprächen über Koordinaten, über Fundstellen gerissener Beutetiere oder über den Verlauf einer bislang erfolglosen Peilung rasch verständigen konnten. Gellert ging zum Telefon. Paul Hiltbrunner, der Chef vom Projekt, war am Apparat, undeutlich waren einige seiner Worte auch am Tisch zu vernehmen. Leen verstand nicht, worum es ging. Es war Hiltbrunner, der meistens sprach, Gellert murmelte wiederholt Zustimmung und nickte dazu, ohne je auf die Karte zu blicken. Während Stalder das Dutzend Batterien in den Empfänger steckte, sah er ab und an zu Gellert hin, wie um zu fragen, worum sich das Gespräch drehte.

Leen stellte sich vor, wie gekränkt Paul und Marianne Hiltbrunner sein mussten. Er kannte die beiden im Grunde nicht, hatte sie bloss ein einziges Mal gesehen, an seinem ersten Arbeitstag, als er im Büro in Bern Papierkram erledigte, und die beiden waren damals zu beschäftigt, um sich mit ihm, mit einem, der nur vier Monate blieb, zu unterhalten. Er wusste nicht, wie lange sie sich schon für die Wiederansiedlung des Luchses und dessen Überleben in der Schweiz einsetzten. Er wusste aber, dass sie früher im Französischen und Schweizerischen Jura gepeilt hatten, sicher in den Achtziger-, vielleicht schon in den Siebzigerjahren.

Gellert legte den Hörer auf, blieb beim Fenster stehen und blickte ins Ungefähre.

«Was sagt er denn?», fragte Stalder.

«Pro Natura fragt an, wie es mit weiteren Exkursionen aussieht», sagte Gellert.

«Diese Peilungen am Wochenende?»

«Ja. Immer mehr Leute interessieren sich. Paul meint, diese Pranken hätten den Luchs bei den Städtern noch attraktiver gemacht. Sekundarlehrer von Basel und Bern haben angerufen und wollen mit der ganzen Klasse kommen.»

«Da hast du dir was aufbinden lassen von Pro Natura. Ganze Klassen von Basel und Bern. Wir brauchen endlich eine Schulklasse von Zweisimmen», rief er und warf die Hände in die Luft. «Wieso rufen die überhaupt das Büro und nicht die Feldstation an?»

«Weiss nicht. Die fanden wohl zuerst die Nummer von Paul», erwiderte Gellert, der immer noch beim Telefon stand.

«Paul ist einfach nicht zuständig dafür. Er hat nichts damit zu tun. Er muss sich nicht ärgern, wenn zu viele Leute an der Exkursion teilnehmen. So viele, dass alles so langsam geht, dass ihr den Luchs nie findet, so wie vor ein paar Wochen auf dem Jaunpass.»

«Ja, ich weiss. Paul sagte eben …»

«Du musst ihm klarmachen, dass er solche Anrufe direkt an dich weiterzuleiten hat. Oder besser, er leitet sie direkt an Pro Natura. Die machen doch das Geld mit diesen Exkursionen, dann sollen sie auch die administrative Arbeit erledigen. Du bist eh schon viel zu kooperativ, gibst deine Wochenenden her dafür, verdienst ein Taschengeld, schiebst deine Diplomarbeit auf die lange Bank und bist am Montag auf dem Hund, nur weil du Ärsche berguntauglicher Sekundarlehrer durch die Alpen schiebst, weil diese Städter in ihren brandneuen Wanderschuhen nach drei Schritten Blasen kriegen.»

«So schlimm ists nun auch wieder nicht.»

«Nicht?»

«Nein, und Paul ist momentan nicht in Stimmung für Kritik. Er hat gesagt, dass er dich noch sprechen muss.»

«Wieso hast du ihn mir denn nicht gegeben? Ich sitze zwei Meter neben dir.»

«Paul hat gesagt, er müsse ein andermal mit dir reden. Es geht um deine Aussage, die im ‹St. Galler Tagblatt› steht und nicht mit seinem Kommuniqué übereinstimme.»

«Ja verflucht», donnerte Stalder und liess in den Teller fallen, was er gerade in den Händen hielt. «Werd ich jetzt zensiert? Wir sind doch die Feldstation. Wir sind sieben Tage die Woche draussen, wir kennen unsere Luchse, wir kennen die Leute, die hier leben. Paul hat die letzten zwei Jahre hauptsächlich auf einem Bürostuhl und bei Apéros von irgendwelchen Grossraubwild-Kongressen verbracht.»

Er solle sich abregen, sagte Gellert.

Er rege sich nicht auf. Er sage nur, was Sache sei. Er habe nichts verbrochen, und er werde Paul Hiltbrunner das auch sagen. Und er müsse Hiltbrunner klarmachen, dass diese Geschichte mit den Pro-Natura-Exkursionen anders laufen müsse. Es mache keinen Spass, ihm, Gellert, zuzusehen, wie er sich für diese Sache abrackere, während seine eigenen Arbeiten liegen blieben.

Tonlos und resigniert pflichtete ihm Gellert bei.

«Können wir die Luchse aufteilen, ich will bald los», warf Leen dazwischen.

Gellert, Stalder und Scafidi wandten sich zu Leen. «Das nenn ich einen Zivildiener», lobte Stalder und wies Gellert an, die Aufteilung vorzunehmen.

Gellert setzte sich mit einem Seufzer zurück an den Tisch. Er nahm die Liste zur Hand, auf der die Peildaten aller Luchse aufgeführt waren, füllte die Tabelle aus.

Nach einer Weile schlug Gellert vor, Vino und Zico selber zu peilen. Stalder könne Kora und Nero holen, Leen solle Mila und Scafidi solle Mena peilen.

Stalder blickte ihn prüfend an, widersprach ihm. So ginge das nicht, jedenfalls nicht heute. «Heute müssen wir von jedem Luchs mindestens eine Dreierpeilung haben. Jeder von uns muss möglichst nahe an den Luchs ran. Und wenn etwas seltsam erscheint, muss eine Viererpeilung her. Das wird Zeit brauchen. Vino und Zico, diese beiden Kuder mit ihrem riesigen Gebiet: Von denen schaffst du nicht an einem Tag eine genaue Dreierpeilung. Schon gar nicht bei diesem Wetter. Ich weiss, dass du Pierre nicht gerne anrufst, weil der immer von seinen Überstunden jammert. Er mit seinen 30 Prozent. Kein Wunder. Aber bis du von Weissenbach aus im Revier von Vino bist, hat ihn Pierre schon fast gepeilt. Vielleicht sitzt Vino sogar bei ihm in Montreux, dann hat er ihn in einer halben Stunde. Und falls du Zico früh findest, kannst du vielleicht Leen helfen.»

«Leen wird Mila schon alleine finden, die mit ihrem kleinen Gebiet.»

«Dann kommst du eben, wenn Zico gepeilt ist, zurück nach Weissenbach, hast ausnahmsweise zwei Stunden Zeit für dich und kannst an deiner Arbeit schreiben.»

«Wenn du meinst. Ich werde Pierre anrufen.»

«Ich meins so, wie ichs sage», knurrte Stalder.

Gellert stand auf, blickte zur blauen Stecknadel, welche die letzte Peilung Vinos markierte, wählte die Nummer von Pierre Pussieux.

5

Fritz Rusterholz trat auf die Strasse, hörte noch, wie Alfred Huggenberger drinnen im Restaurant Tungelhorn lauthals eine Runde bestellte, sich bei Pulver eine Mary Long ausriss und wie Beat Büchi sich gegen ein Bier sträubte und ein Rivella verlangte, dann schnitt die hinter Rusterholz ins Schloss fallende Tür die Stimmen ab. Draussen dämmerte es, die Strassen waren leer. Ruhe lag über den Feldern, die vom Louibach durchquert wurden und bedeckt waren von schwerem Schnee, der weiter oben, an den Flanken der ums Wildhorn versammelten Gipfel, silbern schimmerte.

Fritz Rusterholz zog sich sein beige-braun kariertes Béret in die Stirn. Vor ihm lag die schneegeräumte Strasse, auf der er jetzt hinauf zum Hundsrügg, zum Hof seines Bruders unterwegs war. Der Hof war der höchstgelegene, aber nicht der stolzeste unter dem guten Dutzend Gehöften, die sich den bauchigen Hang des sonnenverwöhnten Hundsrügg teilten; er stand unweit unterhalb der ersten Tannen des Hunzenwaldes, der sich fern, aber mächtig über dem Dorf erhob. Oberhalb der Baumgrenze waren die letzten paar hundert Höhenmeter bis zum Gipfel der Lauenehore einem steilen, unwirtlichen Grashang überlassen.

Zwei Jahre lebte Fritz Rusterholz nun schon auf dem Hof seines Bruders, und sie schimpften ihn immer noch Seeländer. Das musste mit seinem Bruder Ernst zusammenhängen. Dieser hatte sich vor zwölf Jahren hier eingeheiratet, war ein gutmütiger, aber ungeselliger Mensch, der wenig davon hielt, auch nur sporadisch im Tungelhorn eine Stange zu heben, und der im Dorf mit nichts von sich reden gemacht hatte ausser mit diesem tragischen Unfall im Hunzenwald und mit der Tatsache, dass er aus dem Seeland kam.

Auf dem Hof seines Bruders arbeitete Fritz Rusterholz, seit sich seine Frau von ihm hatte scheiden lassen und er aus dem Seeland weggezogen war, um nicht zusehen zu müssen, wie kein Gras über die Sache wuchs. Sein Bruder Ernst Rusterholz verlor wenige Monate nach Fritz' Ankunft bei einem Arbeitsunfall – beim Holzen im Hunzenwald – seine Frau und ruinierte seinen Rücken. Der chronisch schmerzende Rücken war möglicherweise bloss eine Folge von unendlich mächtigen Schuldgefühlen, die eigene Frau mit einer Tanne erschlagen zu haben, obschon bloss Unglück, nicht aber Ungeschick oder Unvermögen für den Unfall verantwortlich war. Auf den Röntgenbildern seines Rückens war jedenfalls nichts Aussergewöhnliches zu erkennen, Physiotherapeuten in Spiez und Bern nahmen sich seiner Wirbelsäule an, aber es blieb dabei: Ernst Rusterholz konnte nur noch leichte Arbeiten ausführen. Die Tragödie im Hunzenwald machte Ernst noch ungeselliger, und er war nun völlig von den Schwiegereltern und Fritz abhängig, um den Hof überhaupt irgendwie weiter bewirtschaften zu können.

Die Schwiegereltern, Therese und Theobald Baerwart, machten das Leben auf dem Hundsrügg nicht einfacher. Die 64-jährige Therese Baerwart war von grimmiger Natur, beseelt von einem Hang zu Tradition und Selbstüberschätzung. Auf dem Hundsrügg war sie seit jeher zuständig für Ordnung, Sitte und christlichen Glauben, eine untrennbare Dreifaltigkeit. Sieben Tage die Woche stand sie um halb sieben vor dem Hof und kehrte den Vorplatz oder schaufelte Schnee – auch wenn es absolut nichts zu kehren oder zu schaufeln gab. Tagsüber machte sie sich meist in der Küche zu schaffen, wo sie aus unscheinbaren Zutaten nahrhafte Mahlzeiten zuzubereiten verstand. Kartoffeln, weder von Ernst, Fritz oder Theobald geliebt, waren eigentlich immer dabei. Fielen Reste an, wurden diese anderntags wiederverwertet. Zu ihren Spezialitäten zählten Fotzelschnitten, diese aus altem Brot und Eiern gezimmerten Brocken, die sie, mit Schokoladestücken belegt, auch schon als Dessert zu servieren gewagt hatte.

Der 67-jährige Theobald Baerwart besass schlechte Ohren und ein grosses Fernrohr, mit dem er in klaren Nächten das Himmelszelt absuchte. Der Tod seiner Tochter hatte ihn aus allen Bahnen geworfen. Isoliert in einer von aussen nicht einsehbaren Welt, war er schreckhaft und wortkarg. Er verlor sich in aufwändige Arbeiten geringen Nutzens, studierte längst veraltete «Anzeiger». Sträubte sich gegen Unterbrechungen aller Art, wollte das Leben und dessen Abläufe in Fluss halten. Sprach nie vom Tod, besuchte seit dem Unfall keine einzige Beerdigung, wurde wütend, ungefähr zwei Mal im Jahr, immer dann, wenn Therese einen neuen Versuch unternahm, ihn dazu anzuhalten, sich ein Hörgerät zu besorgen.

Im Hinterkopf nagte bei den beiden Baerwarts noch immer der Verdacht, Schwiegersohn Ernst hätte den Tod ihrer Tochter verhindern können. Es war zwar nie vorgekommen, dass sich Ernst einen derartigen Vorwurf hätte anhören müssen. Unausgesprochen aber wog er umso schwerer.

Fritz hatte die Fügung angenommen. Hatte eingewilligt, aus seinem vorübergehenden Aufenthalt in Lauenen einen dauernden zu machen, auch wenn er damals drauf und dran war, sich einen Ruck zu geben und in Gstaad eine Stelle als Elektromechaniker zu suchen.

Fritz Rusterholz ging langsam. Die Schritte an der frischen Luft verschafften ihm nicht die Erleichterung, die er sich von ihnen erhofft hatte. Er dachte an den Händedruck. Es hätte nicht sein müssen. Diese kräftigen, kerbigen Hände mit der mehligen Haut, diese mit Zähnen, Zungen, Bierschaum und Gelächter gefüllten Mäuler, dieser protokollarische Amtshausblick von Gemeindeschreiber Tanner. Fritz Rusterholz war, als hätte er mit dem Händedruck Alfred Huggenberger bereits zum Sieg gratuliert.

Aber er würde mitspielen. Er würde es dem Hugger zeigen. Der würde seine Meinung über ihn, einen Seeländer, noch gehörig revidieren müssen.

Bei der Bushaltestelle vor der Post warteten zwei, drei Leute, ihre Langlaufskis an die Fassade gelehnt. Fritz schaute sie kurz an. Der Wunsch, bereits zu Hause zu sein, stand ihnen in die Gesichter geschrieben. Er grüsste halblaut, trottete an ihnen vorbei. Das Leuchtschild über der Eingangstür der alten Post, die den Brand von 1982 auch nicht schadlos überstanden hatte, tauchte Fritz Rusterholz für wenige Meter in blassgelbes Licht. Zu hören war nichts ausser dem abschnittsweise zugefrorenen Mülibach, der im gepflästerten Kanal durch den Dorfkern gurgelte, dem Louibach entgegen.

Es war für die Landwirte noch nicht Zeit, in die Käserei zu gehen. Die meisten würden in einer halben Stunde mit Melken, dieser undankbar gewordenen Arbeit, beginnen. Einige Bauern hatten den Vertrag mit der Swiss Dairy Food, Inhaberin der Käserei, bereits gekündigt. Swiss Dairy Food zahlte einen schlechten Literpreis und pochte darauf, dass den Kühen kein Silofutter verabreicht werden durfte, weil es ihre Vorschriften zur Produktion von Hartkäse so wollten. Falls weitere Bauern einen anderen Abnehmer für ihre Milch fänden, stand die Käserei möglicherweise vor der Schliessung, Käsermeister Adolf Attenhofer, ein Mann von Ansehen und Achtung in Lauenen, würde dann arbeitslos. Der Sorgen mit der Milch hatten sich Ernst Rusterholz und sein Bruder entledigt. Lange hatten sie mit Therese und Theobald Baerwart deswegen diskutiert. Es war klar, dass Ernst mit dem kaputten Rücken nicht so weiterarbeiten konnte. Therese Baerwart konnte zwar immer noch tüchtig Hand anlegen, weder sie noch Theobald aber konnten realistisch einschätzen, was im Alltag alles zu bewältigen war. Ernst und Fritz kostete es viel Mühe, die beiden zu überzeugen, man müsse das Milchkontingent verkaufen und auf Mutterkühe umstellen. Sie verwendeten den Erlös des Milchkontingents, um die Stallungen umzubauen. Nun hielten sie zwölf Mutterkühe und ebenso viele Kälber auf ihrem Hof. Alle waren blondrot, der Rasse Limousin zugehörig, von sanftem Wesen, anspruchslos, leichtkalbig, fruchtbar und unauffällig im Schlachthof. Ihre Kälber liefen ihnen auf dem Hundsrügg übers Freiland nach, soffen ihre Milch. Dank dieser Umstellung hatten die Gebrüder Rusterholz und das Ehepaar Baerwart viel Zeit und Ruhe gewonnen. Dank den Kälbern gab es auch genügend Kuhdung. Deshalb war es nicht nötig, das alte Bauernhaus dem Abwassersystem der Gemeinde anzuschliessen. Das hätte mehr als bloss eine Stange Geld gekostet. Nur wenn er übellaunig war, gab Theobald zu verstehen, dass er das Melken vermisste.

Dem Streit mit der Swiss Dairy Food waren sie frühzeitig ausgewichen, das freute Fritz Rusterholz, auch wenn ihm Attenhofer Leid tat. Aber im Streit um den Luchs stand er nun mittendrin.

Fritz Rusterholz würde seinem Bruder nichts von der Wette sagen. Den Baerwarts schon gar nicht. Er wollte zuerst Strategien entwickeln. Er prüfte mehrmals, ob nicht hinter den Vorhängen, an denen er vorbeiging, jemand zu sehen war. Die Ruhe im Dorf schien hinterhältig. Als hätte Gemeindeschreiber Tanner schon allen im Dorf von der Wette erzählt.

Fritz Rusterholz zog an den ramponierten, vor Eugen Hächlers Automobilwerkstätte abgestellten Gebrauchtwagen vorbei den sich windenden Weg hoch in den Hundsrügg. Als er den ersten Anstieg hinter und den Dorfkern unter sich hatte und sich ihm die in Dunst und Dunkelheit verschwindende Silhouette der Berge zeigte, die sich gegen das Wallis hin auftürmten, da erschallten im verschalten Glockengaden der spätgotischen Kirche die Glocken. Sie schlugen Viertel vor fünf, Rusterholz blickte kurz zum Kirchturm. Mit der Kirche hatte er seit der Scheidung nichts mehr am Hut. Die mit Weihrauch und Weisheiten fuchtelnden Pfaffen konnten ihm gestohlen bleiben, die christliche Ordnungsliebe, dieses Besengefuchtel von Therese gab ihm den Rest.

Als er höher stieg, erkannte er unten im Dorf die drei Langläufer, die immer noch im maisgelben Schein des PTT-Zeichens an der Haltestelle standen. Auf dem Parkplatz vor dem Tungelhorn setzte sich der Bus in Bewegung. Buschauffeur Büchi war pünktlich wie immer.

Fritz Rusterholz liess den Bus zwischen Landi und Eugen Hächlers Automobilwerkstätte aus dem Blickfeld ziehen, blickte hoch in den Hunzenwald, in diese Licht schluckende Flanke.

«Dreitausend Franken sind doch eine anständige Summe, Rusterholz», fuhr es ihm durch den Kopf. Wie er diesen Hugger hassen konnte. Wie er ihn in diesem Augenblick hasste.

Fritz Rusterholz wusste, wie mit einem Sturmgewehr umzugehen war. Wer im Schützenhaus schiessen konnte, konnte es auch im Wald. Er brauchte bloss die richtige Technik. Er wusste nicht, ob es stimmte, was er am Tisch über die Signale gesagt hatte. Es traf aber zu, dass er im Militär bei den Funkern war, er verstand ein bisschen was davon. Das allein würde aber nicht ausreichen. Er brauchte den Rat eines Professionellen. Er wusste, wo dieser zu finden war: Sein Freund Robert Richner in Müntschemier.

In der nächsten Kurve wurde die Sicht frei auf ganz Lauenen.

Gegen Osten das Seitental des Schönebodemäders, das Rothorn, die Tungelmatte, die Felsen der Holzersflue, abgeschlossen vom Einschnitt, den der Geltenbach in die alpine Landschaft gefressen hatte. Über dem Geltengletscher Wildhorn und Arpelistock, weiter rechts das Spitzhorn, an dessen Fuss, auf einer unscheinbaren Hochebene, der Lauenensee. Davor das Louimoos, Fennlers Felder, vom begradigten Louibach durchzogen, schräg hinten die Hammerschwand mit Skilift, Hof und Schützenhaus, dann der eigentliche Dorfkern mit der spätgotischen Kirche, am Dorfeingang die Landwirtschaftliche Genossenschaft und Eugen Hächlers Automobilwerkstätte. Und hinter all dem der lange, an den meisten Stellen baumlose Rücken des Wispilegrats.

Er dachte – war es zum ersten Mal? – an den Delfin. So nannten die Männer im Tungelhorn die neue Verkäuferin im Dorfladen mit ihrem Tattoo. Sie war ihm aufgefallen. Nicht erst letzte Woche, als sie ihm Käse verkauft hatte. Er wünschte ein halbes Pfund, sie setzte das Messer an und legte ihm 251 Gramm auf die Waage. Schaute ihn, den Sprachlosen, an, als sei es das Natürlichste der Welt. Weil er nichts aus dem Mund brachte, bloss verdutzt aus der Wäsche schaute, fragte sie, ob sie ihn falsch verstanden habe, ob er nicht ein halbes Pfund wolle. Mit irgendeinem Nicken hatte er schliesslich wieder in die Gegenwart gefunden.

Abgesehen von ihrem Talent, Käse zu schneiden, und abgesehen von diesem Tattoo, das er bei seinem letzten Einkauf leider nicht zu Gesicht bekommen hatte, wusste er nichts über sie. Sie wusste aber noch viel weniger über ihn, aber sie würde von ihm noch hören, würde von seinem Sieg erfahren, würde erzählt bekommen, wie er es geschafft hatte, die Bestie zu schiessen und dem Hugger eins auszuwischen.

Die ganze Sache würde ihm ein neues Gesicht verleihen im Dorf. Die Leute würden ihn anders anschauen. Der Delfin würde ihn ansprechen. Der Gedanke verblüffte ihn, und er stellte sich vor, wie es sich anfühlen würde, den Delfin zu küssen. Wie sich der erste Kuss anfühlen würde. Vielleicht sogar hinter der Käsetheke. Sie mit dem Käsemesser in der Hand. Sicherlich nicht so lau wie mit seiner Ex.

Er war sich ziemlich unsicher, ob er sich ein zweites Mal verheiraten sollte. Und ob es Sinn machte und ob er Aussichten auf Erfolg hatte, wenn er sich für eine wie den Delfin zu interessieren begann. Sicher war nur, dass er nicht ewig auf dem Hof mit dem Bruder und dessen Schwiegereltern leben wollte. Das war kein Leben, sich für einen renovierungsbedürftigen Hof abzurackern, der nicht ihm gehörte, und jeden Abend mit einem ungeselligen, wortkargen Bruder und den senil werdenden Baerwarts einen mit matschig weich gekochtem Gemüse und einer ungeniessbaren braunen Sauce besudelten Kartoffelstock zu essen und sich dabei an einer grundhässlichen Blümchentapete die Augen wundzuschauen.

Manchmal flüchtete er nachts aus dieser Umklammerung, stürzte sich urplötzlich nach draussen, unter den freien Himmel, wo er stehen blieb oder umherging, bis ihn fror. Wenn das nichts half, flüchtete er in den Keller, eilte mit überhitztem Kopf die abgetretenen Stufen hinunter, pferchte sich ein zwischen die feuchtkalten Wände im Schatten fressenden Licht einer Neonröhre und montierte mit fiebrigen Händen und in einem Anflug von Arbeitswahn aus den ihm zugesandten Einzelteilen einen Jaucheverteilerstutzen. Manchmal schaffte er zwei dieser rund vierzig Kilogramm schweren Stücke in einer Nacht. Dieser Nebenverdienst bot ihnen neben den Zahlungen der Invalidenversicherung und einigen Subventionen, die hier Direktzahlungen hiessen, das einzige Einkommen.

Er und sein Bruder, sie hatten beide ihre Frauen verloren. Auch wenn seine Frau nicht von einer Tanne erschlagen worden war, er teilte sich mit seinem Bruder irgendwie dieses Schicksal. Er aber hätte sich lieber nicht jeden Tag von Ernst an seine eigene Situation erinnern lassen wollen. Seine Erinnerungen waren durchdrungen von untilgbaren Bildern seiner Frau, den Stationen einer einst grossen Liebe. Erst in letzter Zeit hatten sich auch fremde Frauen in seinen Gedanken eingenistet.

Er dachte über den Luchs nach. Einmal hatte ein Luchs vor ihm die Strasse überquert, als er abends mit dem Traktor unterwegs gewesen war. Zufall, wahrscheinlich, darauf konnte er nicht bauen. Spuren hatte er auch schon gesehen, oben im Hunzenwald. Jedenfalls war er ziemlich sicher, dass es sich dabei um Luchsspuren gehandelt hatte. Er hatte die Pfotenabdrücke kurz betrachtet, war ihnen gefolgt. Er fand sie elegant, wie sie sich da einer Böschung entlang schlängelten, zwischen Jungtannen hindurch, hinauf zu einem tief eingeschneiten Wanderweg, wo sie exakt der Geländekante folgten, um schliesslich ein Felsband hochzusteigen, wo er ihnen nicht mehr folgen konnte.

Das hatte ihn beeindruckt. Er konnte jedoch nicht tagelang Spuren suchen, schon gar nicht im Hunzenwald, wo schon in wenigen Wochen kein Schnee mehr liegen würde. Spuren zu verfolgen garantierte ohnehin keineswegs, einmal einen Luchs vor die Flinte zu bekommen. Das mit den Frequenzen musste einfach klappen.

In der nächsten Wegbiegung erkannte er schon den Hof. Im Küchenfenster brannte Licht, Therese Baerwart bereitete offenbar gerade das Abendessen zu. Rösti, wahrscheinlich, Rösti mit Speckwürfeli, wenn sie guter Laune war. Mit brauner Sauce, matschig weich gekochtem Gemüse. Neben dem Haus waren der renovierte

Stall und daneben die Umrisse von seinem alten Renault und drei Jaucheanhängern zu erkennen. In den nächsten Tagen würde er deren Verteilerstutzen reparieren müssen. Aufwändige Arbeiten, mit denen nicht viel zu verdienen war. Er wollte nicht ausrechnen, wie viele Jaucheverteilerstutzen er zusammenbauen musste, um dreitausend Franken zu verdienen.

6

Dichter Schnee fiel aus dem Simmentaler Himmel, beschwerte die Bergflanken, verlangsamte den Verkehr, hängte sich an die wenigen Fussgänger, die unter einem Schirm oder einem Hut Schutz suchend durch die Strassen gingen. In hoch gelegenen Dörfern war der Wetterbericht nichts als ein Lawinenbulletin.

In diesem Schneetreiben fuhr Julius Leen das Simmental hoch. Gehüllt in die zu gross bemessene Gore-Tex-Jacke Gellerts sass er in einem Fiat Panda, ein kleiner, lärmender Blechwürfel. Der Zweiplätzer mit frei zugänglicher Ladefläche hatte einmal der Post gehört, war also maisgelb gestrichen. Ehe er in den Besitz des Luchsprojekts gewechselt war, hatte man ihm seitlich eine rote Linie verpasst. Das hinderte jedoch niemanden daran, die Person hinter dem Steuer für den Briefträger zu halten. Neben Leen lag im aufgeklappten Handschuhfach der Empfänger: Kanal 67 minus 1, der Kanal der Lüchsin Mila. Aus dem Lautsprecher drang das unstete Knistern, an das er sich mittlerweile gewöhnt hatte.

Im Auto war es laut, in den engen Kurven rutschten der Rucksack und die Schneeschuhe auf der Ladefläche herum, Schlaglöcher brachten alles zum Scheppern. Im winzigen Rückspiegel vibrierte eine mattgraue Strasse im weissen Gestöber. Vorne mühte sich ein einsamer, krakeliger Scheibenwischer.

Trotz der dicken Jacke war ihm kalt. Die Heizung funktionierte nicht, das Wageninnere war nicht warm zu kriegen. Auf dem Beifahrersitz lagen Stapel von Landeskarten, Peil- und Kotformulare, Telefon, Kompass und einige Getreideriegel.

Der alte Empfänger gefiel ihm nicht. Er hatte zwar auch schon mit diesem schwerfälligen Apparat peilen gehen müssen, immer dann, wenn Stalder und Gellert gleichzeitig peilten und die neuen Empfänger für sich beanspruchten. Heute ärgerte sich Leen aber besonders, weil es doch so wichtig war, Mila genau zu orten. Es galt, tatsächlich Mila und nicht bloss deren Halsband zu peilen. Dazu war in der Tat mehr als eine Dreierpeilung nötig.

Leen hoffte, das Gelände würde nicht felsig sein. Scafidi schaffte auch in felsigem Gelände Dreierpeilungen. Der war schwindelfrei, leidenschaftlicher Alpinist, autodidaktischer Lawinenexperte. Er aber wäre lieber im Sommer hier in den Alpen unterwegs gewesen, das Amt hatte ihn jedoch gezwungen, am ersten März zu beginnen. Dass er im Luchsprojekt gelandet war, hatte vor allem der Zufall zu verantworten.

Was Leen zu dieser Arbeit hier qualifizierte, war seine Lehre als Kartograf, auch wenn ihn nun – drei Jahre nach Lehrabschluss – nichts mehr mit dem Beruf verband als die Liebe zur minuziösen Darstellung der Erdoberfläche. Die Hierarchien, die er während der Lehre im Bundesamt für Landestopografie erfahren hatte, konnte er nicht ausstehen. Früh war er zu Hause ausgezogen, hatte sich eine Mansarde, eine Freundin und verschiedene Jobs gesucht. Er blieb nie lange. Auf Tankstellen, in Kopierläden arbeitete er, als Aufsicht in einem Kinderzoo, als Chauffeur eines Behindertentaxis, als Mitarbeiter in einer Fahrradwerkstatt. Einmal hatte er sich auf eine sonderbare Ausschreibung hin gemeldet. Jemand suchte geduldige Leute, die einen Monat lang für eine wissenschaftliche Untersuchung in Lauterbrunnen im Berner Oberland Gämsen beobachteten. Wenig später stand er täglich fünf Stunden am Fernrohr, konzentrierte sich nur auf eine Gämse und zählte, wie oft dieses Tier innerhalb von zehn Minuten ihr Äsen unterbrach und aufschaute. Diese Arbeit kam ihm total absurd vor, er verstand nicht, was daran hätte wissenschaftlich sein sollen, es interessierte ihn auch nicht – ihm sagte bloss der meditative Charakter zu. Später war er Hundeerzieher im Berner Familienhundeclub, Kassier im Kino ABC, Aushilfe im Alpinen Museum. Von den Leuten, in deren Auftrag er damals Gämsen beobachtet hatte, erfuhr er schliesslich vom Luchsprojekt.

Eigentlich wollte Leen vor seinem Zivildienst ein halbes Jahr auf einer gut bezahlten Stelle arbeiten, sodass er während des Dienstes einen anständigen Lohnersatz erhalten würde. Als Kartograf aber wollte ihn niemand bloss für ein halbes Jahr einstellen. Er fand sich damit ab, bewarb sich für das Luchsprojekt.

Er wollte wissen, wie es sich anfühlt, unmittelbar vor den funkelnden Augen einer wild lebenden Raubkatze zu stehen. Wollte für einige Monate aus seinem Stadtleben heraustreten, erkunden, wie viel Wildnis es in der Schweiz noch gab. Er musste einen Tag zur Probe arbeiten, das war anstrengend. Gellert war ihm auf Anhieb sympathisch. Sie sassen lange im Auto, Gellert nahm regelmässig einen Schluck Pingu-Sirup. Leen, der tiefer und tiefer im Beifahrersitz versank, besah untätig die an ihnen vorbeiziehenden Schneehänge, die eisbehangenen Felsburgen und die sich windenden Talschaften, ohne sich die gefahrene Strecke oder die Lage der Täler zueinander zu merken. Als Gellert endlich Signale empfing, war das Peilen in einer halben Stunde und einer kurzen Wanderung erledigt. Leen hatte sich eigentlich vorgestellt, man würde während Stunden möglichst lautlos durchs schneeverhüllte Unterholz schleichen. Gellert meinte, das sei meistens so. Er solle sich keine falschen Hoffnungen machen, er werde nur selten einen Luchs zu Gesicht bekommen, und wenn, dann meist im Fernglas. Leen hörte nicht genau hin, wagte endlich einen Schluck Pingu-Sirup und unterschrieb den Vertrag.

Die zwei Monate bis zum Dienstanfang vertrieb er sich in Portugal, wo er seine ältere Schwester besuchte. Zurück in Bern, stand er sechs Wochen am Bahnhof, verteilte Gratiszeitungen, wobei er sich weigerte, die mit dem Titel des Gratisblatts bedruckte Jacke zu tragen. Zwei Wochen lang schlief er im Berner Inselspital als Versuchsperson, was ihm achthundert Franken und vierzehn miserable Nächte einbrachte. Das Wirrwarr aus Drähten und surrenden Geräten mit einer Hundertschaft von Knöpfen und Lämpchen sollte seinen Schlaf untersuchen, machte diesen aber vielmehr unmöglich, was er nur verkraftete, weil er zwischen dem Zeitungsverteilen und dem Dasein als Versuchsperson genügend Zeit hatte, richtig zu schlafen.

Heute, zwei Wochen nach seinem ersten Arbeitstag, würde er Stalder und Gellert und auch dem Alpinisten Scafidi zeigen, dass sie mit ihm nicht die schlechteste Wahl getroffen hatten, würde ihnen zeigen, dass er ganz brauchbar war und dass er nicht im Sinn hatte, sich in ein, zwei Wochen wegschicken zu lassen, obschon ihm die vier Monate, für die er sich verpflichtet hatte, angesichts all der Schneemassen und der nicht wärmer werden wollenden Tage oft verdammt lange erschienen.

Während er durch Zweisimmen fuhr, im Ohr den Lärm des Motors und das Knistern des Empfängers, schlich ihm hin und wieder ein anderes Auto entgegen, oder es tauchte vor ihm aus dem Schneetreiben ein noch langsameres Fahrzeug auf, dem er anschliessend in sicherem Abstand folgte, bis seine Umrisse von einer Nebenstrasse verschluckt wurden.

Er dachte an das Gefühl, mit einer Viererpeilung zurück zur Feldstation zu kommen. Eine Viererpeilung zu schaffen – den

Luchs direkt zu sehen oder frische Spuren oder einen Riss von ihm zu finden –, das war vor allem dem Zufall überlassen. Er dachte auch daran, wie es wäre, einen Luchs zu finden, dem vier Pranken fehlten.

Leen nahm die Abzweigung in Richtung Lenk. Bald sah er die verschneiten Dächer von Blankenburg. Mila zu finden, musste vergleichsweise einfach sein. Einige Kuder streiften durch verdammt grosse Gebiete, in der Feldstation war einmal von über vierhundert Quadratkilometern die Rede. Weibchen, das wusste er inzwischen, bewegten sich auf rund zweihundert Quadratkilometer grossen Territorien, die in der Wurfzeit, Ende Mai und Anfang Juni, merklich zusammenschrumpften. Zu Beginn der Ranz, die von Mitte März bis Anfang April dauerte, waren die Luchse viel unterwegs, besonders die Kuder, und unter ihnen vor allem Balu, den Gellert «Wanderhode» nannte. Balu kam ursprünglich aus der Innerschweiz, siedelte sich im Lauf der Zeit im Stocken- und im Simmental an. In dieser Gegend lebte aber kein Weibchen. So ging der Kuder jeweils zur Ranzzeit zurück in die Innerschweiz, wo er die Gebiete der Weibchen kannte. Überquerte vor Interlaken unbeschadet die Autobahn, schwamm durch die Aare, und nach zwei Wochen kam er wieder den ganzen Weg zurück zum Stockhorn. Die Wanderhode während dieser Zeit zu peilen, kam einem Kunststück gleich.

Mila war sicherlich leichter aufzuspüren. Er hatte sie bereits zweimal gepeilt, einmal mit Gellert, einmal alleine, und sie bewegte sich in einem kleinen Revier, immer hinten in der Lenk.

Leen kontrollierte den Kanal. Der Empfänger knisterte. Er fuhr zügiger, wollte endlich erste Signale.

Die Ortstafel von St. Stephan zog vorbei, wenig später zwei Pferde. So rasch sie auch aus seinem Blickfeld verschwanden, so hatte er doch erkannt, wie sie da standen, in ihre Gestalt gegossen, wie sie ruhig und stolz ihren Kopf über die breiten Bretter des Holzzaunes hielten und blickten. Auch wenn er diesen Tieren und jener sonderbaren Art, mit der sie ins Ungefähre starrten, nicht viel abgewinnen konnte, bewunderte er die beiden. Er war sich nicht ganz klar, ob er sie um ihren Körper beneidete, in dem sie einfach nur zu Hause waren, oder um die Ruhe, mit der sich ihr Leben hinzog.

Der Schneefall liess nicht nach. Leen montierte die Schneeketten. Es gelang nicht auf Anhieb, sie richtig aufs Rad zu kriegen.

Am Dorfeingang an der Lenk lag Streukies auf der Strasse. Einige lenkten ihre Autos langsam durch den engen Dorfkern, vor allem Touristen. Womöglich waren darunter auch Luchswilderer, dachte Leen. Gruss aus dem Berner Jagddschungel. Er bewegte sich mitten durch diesen Dschungel, und nichts Aussergewöhnliches fiel ihm auf. Leen erinnerte sich an einen von Känel in der Lenk, von dem in der Feldstation gestern die Rede war. An eine erfolglose Hausdurchsuchung. An die Granitschädel. Denkbar, dass von Känel Freunde im Aargauischen besass und die Luchspranken, nach ein paar Stangen Bier, im Aargau auf die Post gebracht hatte. Denkbar, dass er, Leen, sich auf der Suche nach einem Luchs befand, der schon tot war.

Im Dorfkern bog Leen ins Iffigtal, ein kleines Seitental, ab.

Auch dieses Tal: Schon nach wenigen Metern eine Welt für sich.

Eigentlich schien ihm seine Arbeit absurd. Über Jahre hinweg fuhren vier oder fünf Leute auf Staatskosten fast sieben Tage die Woche kreuz und quer durch die Alpen, spulten zwischen Spiez und Montreux Tausende von Kilometern ab, bloss um herauszufinden, wo sich einige Luchse tagsüber zum Dösen hinlegten, um zu analysieren, wie sie Rehe und Gämsen verzehrten, um Luchskot zu sammeln und in der Tiefkühltruhe aufzubewahren. Dann all diese Angaben auf dem Peilformular: Ob das Waldstück, in dem sich der Luchs aufhielt, dicht war, obs in der Nähe Felsen gab, auf welcher Meereshöhe sich der Luchs befand, und wie viele Meter, horizontal und vertikal, er zur nächsten Strasse, zu den nächsten Häusern entfernt war. Leen war völlig unklar, wie diese Kleinigkeiten helfen sollten, den Luchs in den Alpen langfristig anzusiedeln. Das Luchsprojekt würde ihm kaum ein überzeugendes Bild der praktischen Wissenschaft liefern. Exakte, wissenschaftliche Methoden waren ihm bisher stets als arrogant oder haarspalterisch vorgekommen. Das war noch immer so, möglicherweise sollte er aber einfach aufhören, die Grossraubwildbiologen, mit denen er zu tun hatte, mit Luchsschützern zu verwechseln. Biologen arbeiteten mit messbaren, verwertbaren Daten, Tierschützer mit Emotionen.

Er bog in die nächste Kurve, konzentrierte sich auf den Empfänger. Seit dem Tag, an dem er zwei Stunden lang auf dem falschen Kanal einen Luchs gesucht hatte, versicherte er sich abermals, auf dem richtigen Kanal zu sein.

Vom Iffigtal war nichts zu sehen, es schneite in Leintüchern. Auch in der nächsten Kurve blieb der Empfänger stumm. Leen wurde misstrauisch. Er blickte in den vibrierenden Rückspiegel, hielt an, stieg aus, zog die Kapuze hoch. Der Wind strich in sanften Wirbeln über die Wälder, über die Böschung in sein Gesicht. Alles war lautlos weiss. So still, man hätte Gletscher wachsen hören können.

Er zog Stalders Handschuhe aus, liess die Handantenne, die sensibler war als jene auf dem Autodach, über dem Kopf kreisen.

Ganz fein konnte Leen Milas Signale hören. Dass die Lüchsin am Leben war, war damit noch lange nicht bewiesen.

Wahrscheinlich hatte er im Auto wegen des Motors die Signale überhört. Er prüfte, woher die besten Signale kamen. Als ehemaliger

Kartograf hatte er keine Mühe, auch bei diesen Bedingungen seinen Standort zu bestimmen. Er streckte den Kompass in die konturlose Landschaft, setzte sich ins Auto, notierte Winkel und Empfangsqualität, liess einen Kleinwagen vorbeischleichen, zwängte die vor Kälte steif gewordenen Finger zurück in die Handschuhe, fuhr weiter.

Nach fünf Peilungen glaubte er zu wissen, aus welchem Waldstück Milas Halsband seine Signale schickte. Mit der Landeskarte auf dem Schoss sass er im Panda, zog mit dem Bleistift dem hingelegten Kompass entlang die fünfte Linie über das von seinen Vorgängern rege benutzte, von Bleistiftstrichen und Radierungen gezeichnete Papier. Die Schnittpunkte markierten ein rund anderthalb Quadratkilometer grosses Gebiet. Liess er jedoch die beiden ersten Peilungen ausser Betracht, so ergab sich ein ungleich besseres Bild. Leen versuchte sich vorzustellen, wo Mila sitzen könnte, mit oder ohne Pranken, und bereitete sich auf eine längere Wanderung vor.

Vom Iffigfall, von der mächtigen Kaskade, die er in seiner Nähe wusste, hörte er nur ein fernes Rauschen. Alles war gedämpft, in Watte gehüllt. Jeder Sommer schien unmöglich. Falls da draussen ausser ihm etwas Lebendes existieren sollte, so hatte es sich ziemlich sicher in eine tiefe, warme Erdhöhle verkrochen.

Der ganze Nachmittag lag vor ihm, fünf Stunden Tageslicht. Die Rastas unter der Kapuze, die Schneeschuhe an den Füssen, den Empfänger um den Hals, die Antenne dem Rucksack aufgesteckt, stapfte er los.

Die Bergflanke des Betelbergs, an dessen Fuss er sich befand, stieg nur zögerlich an. Seine Schneeschuhe sanken mit jedem Schritt tief ein. Der Orientierung wegen folgte er vorerst dem Waldrand.

Nach einer halben Stunde fand er zu einer Hütte. Er stand unters Vordach, griff zur Karte, strich sich den Schweiss von der Stirn, seine Finger waren kalt. Dann streckte er die Antenne in die Höhe. Nichts als das übliche Knistern. Erst als er die Frequenz leicht veränderte, vernahm er Signale, deutlich schlechter als erwartet. Er zog weiter, stieg höher den Hang hinauf, um bessere Winkel zu erhalten.

Er tauchte in den Wald ein. Schnee fiel nur spärlich zwischen den mächtigen Tannen hindurch. Die dunklen Stämme hoben sich scharf vor dem Schnee ab, der wie hingegossen auf den Ästen und am Boden lag. Es kam ihm vor, als störe er. Seine Schritte hörten sich laut an.

Wind ging keiner hier. Die Signale von Milas Halsband erreichten Leen aus einer ganz neuen Richtung. Sein Bleistift zeichnete jetzt Schnittpunkte, die keinen Sinn ergaben. Seine Vorstellung von Milas Aufenthaltsort musste falsch sein. Möglicherweise war dies aber auch ein Hinweis, dass Mila sich bewegte, dass sie am Leben war.

Er schritt vorsichtig weiter. Etwas an der Art des Waldes missfiel ihm. Die Sichtweite war gering, die Beschaffenheit des Bodens schwer auszumachen. Bei der nächsten Messung konnte Leen erstmals die Empfindlichkeit des Empfängers reduzieren. Ein untrügliches Zeichen, dass er dem Halsband näher kam. Vielleicht dreihundert, vielleicht hundert Meter.

Als er den Empfänger nach wenigen Schritten wieder einschaltete, wurde der Zeiger an die rechte Skalenwand gewuchtet, ein Signal unterbrach jäh die Stille. Leen fuhr zusammen. Er heftete die Augen auf den Zeiger, zerrte sich mit den Zähnen die Handschuhe von den klammen Händen, reduzierte die Empfindlichkeit des Empfängers auf den Minimalwert neun. Aber der Zeiger schlug mit unverminderter Kraft gegen das Anzeigemaximum.

Mila oder Milas Halsband, die lebende Lüchsin oder bloss ihr Sender – egal was, es befand sich in unmittelbarer Nähe.

Leen blickte verunsichert in den schneeverhüllten Wald, schob die Kapuze nach hinten. Es war nichts zu erkennen, was auf einen Luchs hindeutete, rein gar nichts.

Er wagte nicht, sich zu rühren, blickte in alle Richtungen, konnte nicht begreifen, weshalb der Empfänger derart verrückt spielte, wünschte sich den neuen Empfänger, dem er vertraute. Wünschte sich diesen Wald, all diesen Schnee weg.

Das Signal wurde stärker, ohne dass er sich von der Stelle rührte. Er hielt die Antenne bald in diese, bald in jene Richtung, drehte sie schliesslich vollständig. Die Signale erreichten ihn jetzt von überallher im Maximalwert.

Bilder drängten in seinen Kopf. Bilder vom Vortrag letzten Donnerstag, zu dem ihn Stalder und Gellert mit in die Universität Bern genommen hatten. Farbige Folien zur Situation der Luchse in Schweden. Untersuchungen, Statistiken und am Schluss einige Dias. Das erste zeigte einen kräftigen Kuder, der drei Meter über dem Boden auf einem Tannenast harrte, wie eingefroren, mit eisigem Blick in die Kamera.

Leen vergrub sich in den Jackenkragen, zog die Antenne ein und richtete langsam seinen Blick ins Geäst. Seine Augen fixierten zunächst die stammnahen Äste, eilten dann von Tanne zu Tanne, von der nächsten zur übernächsten – bis seine Augen schmerzten und ihm nichts als Verzweiflung blieb: Nichts, nirgends. Auch kein Halsband, das an einem Ast baumelte. Er war aber überzeugt, keine fünfzig Meter vom Halsband entfernt zu sein. Horchend, wartend, stand er da, die kalten Fingerkuppen am Empfänger.

Das Signal wurde schwächer. Bald konnte er feststellen, aus welcher Richtung es kam. Er versicherte sich nach allen Richtungen, ehe er den ersten Schritt tat. Er ging langsam, hielt die Antenne ausgestreckt. Er zweifelte am Empfänger, an den Batterien. Aber er wusste, Stalder hatte sie geladen über Nacht. Ob es auch am Halsband Milas, das nicht mehr das jüngste war, liegen konnte, konnte er nicht beurteilen.

Er ging langsam, zählte seine Schritte. Ein dumpfes Geräusch. Er blickte wild um sich. Bloss Schnee, der von einem Ast gefallen war. Langsam ging er weiter.

Bis Spuren vor ihm lagen, frische Spuren.

Faustgrosse Spuren einer Raubkatze im tiefen Schnee. Leen war erleichtert, liess den Arm, der die Antenne nun schon eine Ewigkeit hochgehalten hatte, sinken. Nun waren es sicher nicht Milas Pranken, die auf dem Arbeitstisch der Gerichtsmediziner lagen.

Der Verlauf der Spuren verriet, was vorgefallen war: Mila war auf ihn zugekommen, mit kurzen, kürzer werdenden Schritten. Leen kniete über den Abdrücken und stellte sich vor, wie sich Mila bewegte, befühlte die Spuren und stellte verwundert fest, dass seine Finger nicht mehr kalt waren. Er glaubte, den Abdruck des Stummelschwanzes sehen zu können, dort, wo sie gesessen haben musste. Von diesem Platz führten weit auseinander liegende Abdrücke weg. Mila hatte sich offenbar, nachdem sie ihn beobachtet hatte, in grossem Tempo davongemacht. Sie schien allein unterwegs, ohne männlichen Begleiter. Leen überlegte, welcher Kuder sich in ihrer Nähe befinden könnte, stellte den Kanal Neros ein, empfing aber keine Signale. Diese Witterung war offenbar auch Luchsen zu garstig, um sich zu paaren.

Leen schaute in den Wald hinein, der die Spuren verschluckte, warf einen Blick zurück an den Ort, wo er so ratlos gestanden hatte, und fragte sich, wie es möglich sein konnte, dass er Mila nicht gesehen hatte.

Das Telefon, zu dem er griff, zeigte 14.32, und er staunte, wie rasch ihm die Peilung gelungen war. Eine Viererpeilung. Mila hatte ihm mit ihrem Entgegenkommen die Sache wesentlich erleichtert. Er trat aus dem Wald, nahm einen grossen Schluck aus der Thermosflasche. Er tat einen Blick, der, wäre nicht der dichte Schneefall gewesen, weit übers Tal hinaus gereicht hätte, schwang sich den Rucksack wieder auf den Rücken, verbarg seine Rastas unter der Kapuze, zog sich die Handschuhe über, suchte die Spur, die er auf dem Hinweg gebahnt hatte, und wählte nicht ohne Stolz Gellerts Nummer. Meldete ihm, Mila sei unversehrt.

Um sich aufzuwärmen und um sich für die Viererpeilung zu belohnen, sass er wenig später in der Lenk in der rauchigen Gaststube des Ochsen, dessen niedrige Decke ihn an die Stube der Zulligers erinnerte, bloss Trophäen hingen hier keine, und die Ablagen waren nicht mit alter Briefpost überhäuft. Die warme Ovomaltine schmeckte etwas wässrig, aber es war schön, die klammen Hände um den grossen heissen Becher zu halten. In Gedanken war er noch bei der eben knapp verpassten Mila, bei ihren Spuren. Sass hier in die Jacke gehüllt und in sich hineingekrümmt am Tisch, sog mit allen Poren die Gaststubentemperatur auf und schenkte den übrigen Gästen erst Aufmerksamkeit, als ihm das Wort «Luchs» zu Ohren kam. Es stammte nicht von den beiden Männern am Nebentisch, sondern von weiter vorne, wo unter einer mächtigen Fahne – das Dorfwappen der Lenk, wie Leen vermutete – und einer grossformatigen Fotografie, die einen stolzen Landwirt mit einem massigen Stier zeigte, eine Männerrunde sass, alles Landwirte, der Kleidung nach zu schliessen. Jeder hatte die Unterarme wie griffbereites Werkzeug auf dem Tisch ausgebreitet, vor der rechten Hand das Bierglas, einige Zigaretten. Leen schaute vorsichtig zu diesen Männern hin, spitzte die Ohren.

Es war kein Kunststück mitzubekommen, dass die Männer über den Luchs herzogen. Leen schaute kurz hinter den Schanktisch, zur stämmigen jungen Frau mit der Frisur eines Knaben, wie um sich zu vergewissern, dass sein heimliches Zuhören niemandem auffalle. Er verstand nicht alles, was geredet wurde, aber ihm war klar, dass die Männer den Luchs zum Teufel wünschten. Jemand berichtete von einem eben erst eröffneten Konto und suchte Männer, die darauf einzahlten, mindestens zweihundert Franken, damit es zu einem schönen Betrag komme, für den Fall, dass einer Gerichtskosten zu begleichen habe. Die Männer reagierten unterschiedlich, ein Raunen wanderte durch die Runde, ein rascher Wortwechsel folgte, und Leen ärgerte sich über den einen, der viel sagte, dies aber so leise tat, dass er nichts mitbekam. Leen, die Hände immer noch um den Becher gefaltet, wurde unruhig. Er wusste nicht, was er tun sollte. Er sass hier im Ochsen, klebte an einem Becher kälter werdender Ovomaltine, und sieben Meter von ihm entfernt befand sich ein Tisch voll besetzt mit Granitschädeln, wie Stalder sagen würde. Jedes Tal eine Welt für sich, und jeder Schädel unverrückbar, mit ihren kräftig geäderten, wild behaarten Unterarmen, ausgebreitet auf dem Tisch, diesen Unterarmen, die das ganze Jahr über unbedeckt blieben, weil ihnen die Ärmel sowohl beim Melken wie auch beim Trinken im Weg waren. Mit allen ihnen zur Verfügung stehenden Flüchen waren diese Männer über den Luchs hergezogen, und wenn es zwei Minuten später um ein Konto und um Gerichtskosten ging, dann musste das mit dem Luchs zu tun haben.

Leen war klar: Er hatte hier einen Hort des organisierten Verbrechens aufgespürt. Er hätte zu gerne gewusst, wie dieser von Känel aussah, von dem gestern die Rede war. Nicht ausgeschlossen, dass der hier in der Runde sass. War der Drahtzieher, vielleicht. Es waren nur vier Männer, nur acht behaarte Unterarme, dennoch wusste Leen nicht, wie er sich diese kerbigen Visagen hätte merken sollen. Hier im Oberland sahen alle Männer so aus wie die hier. Jedenfalls hatte er in seinen ersten zwei Wochen nur solche Männer gesehen. Alle hatten sie diese Gesichter, die er hätte anstarren können wie Antlitze seltener Tiere im Zoo, alle hatten sie wettergegerbte Haut, bierfeuchte Schnauzhaare, geäderte Wangen. Einige waren sehnig, ausgedörrt, andere hatten Bierbäuche, Helmglatzen und schwere, unbewegliche Knollenhände, und alle waren sie versammelt an Tischen wie diesem hier, in deren Mitte ein vollgestümmelter Aschenbecher, die Schultern von der Last der Arbeit gekrümmt über den Biergläsern, und so würden sie immer sitzen, so waren sie schon immer gesessen, gleich mürrisch, gleich reizbar, auch gleich alt. Junge Männer gab es im Oberland keine.

Gerne hätte Leen den Tisch gewechselt, wäre um einige Meter näher zu den Männern gerückt, aber seine Rasta-Mähne machte ihn hier schon auffällig genug. Lieber schaute er zu, dass er sich mit seinem maisgelben Briefträgerauto, das neben den anderen vor dem Lokal stand, aus dem Staub machte, bevor ein weiterer Granitschädel eintrat und den anderen verkündete, ein Luchsforscher halte sich in der Beiz auf. Hastig stand Leen auf, gab der Wirtin zu viel Trinkgeld, schob sich am Tisch der Männer vorbei, den Blick auf das Dorfwappen und den Stier gerichtet, und hoffte, selber unbeachtet zu bleiben, trat in den Schnee hinaus, sah, als er davonfuhr, die schwere Eingangstür des Ochsen kurz im Rückspiegel, vibrierend.

Mila, Kora, Vino, Zico, Nero und Mena: Sie alle konnten an jenem Tag mit sicheren Dreier- oder Viererpeilungen lokalisiert werden. Damit stand fest, dass die eingesandten Pranken nicht von einem besenderten Luchs stammten. Zwar war die Population um ein Mitglied beraubt, aber das Luchsprojekt verfügte immer noch über dreizehn besenderte Luchse, immer noch dreizehn Tiere, die sie in gewisser Weise als ihre Tiere betrachteten. Die lieferten nicht nur die Daten, auf die sich ihre wissenschaftlichen Arbeiten stützten, sondern boten auch Grundlage für jene Informationen, die die Luchspolitik des Bundes lenkten.

Neben Leen war auch Gellert eine Viererpeilung gelungen, er hatte Zico für einen kurzen Moment beobachten können, in einem vergleichsweise lichten Waldstück zwischen Schwarzsee und Schafharnisch. Darüber hinaus erwies sich die Mitarbeit von Pierre Pussieux als äusserst sinnvoll: Vino hatte sich tatsächlich in der Nähe von Montreux, Pierres Wohnort, aufgehalten.

Wer die abgehackten Pranken eingesandt hatte, blieb allerdings weiterhin im Dunkeln. Von einem aufgebrachten Leen liessen sich Gellert und Stalder detailliert schildern, was dieser im Ochsen in der Lenk aufgeschnappt hatte. Stalder machte ein Gesicht, als würde ihm kalter Kaffee serviert, aber so ein Gesicht machte er immer. Aus seinen kleinen Augenschlitzen konnte Leen auch nach zwei Wochen nichts herauslesen, darum wollte sich Leen an Gellert halten. Auch dieser fand das Erzählte offenbar nicht aussergewöhnlich, schilderte ihm bloss, wie von Känel aussah – gedrungen, schmieriges, grau meliertes Haar, rote Knollennase. Leen wusste nun nicht mehr, wozu seine Beobachtung nützlich sein konnte. Als er sich vorher im Ochsen unvermutet einer Gegnerschaft gegenübersah, von deren physischer Präsenz er bisher nicht gewusst hatte, die Hände am warmen Milchbecher und die Ohren ganz am Tisch der Männer, war er ergriffen vom Gefühl, die Wurzel jener Indizien gesammelt zu haben, die später dazu beitragen würden, einen schwierigen Fall zu lösen. Wenn er jetzt in die fragenden und eher desinteressierten Gesichter Stalders und Gellerts blickte, hinter ihnen die sechs Landeskarten im Massstab 1:50 000, wie ein Zeichen dafür, dass die Probleme weitläufig und ähnliche Hasstiraden und Schwafeleien gegen den Luchs in hundert anderen Beizen zu hören waren, fand er seine Beobachtungen nur noch belanglos und war schliesslich froh, als sich Stalder und Gellert von ihm abwandten.

Erst als Nachricht kam vom Untersuchungsrichteramt in Thun, blühten in Leen die im Ochsen erwachten Gefühle wieder etwas auf. Das Amt teilte mit, es wünsche lediglich schriftliche Hinweise über Verdächtige und bedaure, die Ermittlungen infolge anstehender Arbeiten erst in einigen Monaten angehen zu können.

Gellert war wütend über das Amt, über die «Süsswassermatrosen von Bürokratenheinis», wie er sich ausdrückte. Gellert hatte zwar keine konkreten Vorstellungen, wie der Fall anzupacken wäre, befand sich aber, seit er das Schreiben des Untersuchungsrichteramtes gelesen hatte, in einer missmutigen Laune, in der er jede Art der Selbstjustiz gerechtfertigt fand. Nur eine ausufernde Diskussion mit dem nüchtern argumentierenden Stalder überzeugte Gellert, dass Selbstjustiz in diesem Fall nicht nur unmöglich, sondern auch kontraproduktiv wäre und dass er nicht einem Luchs nachtrauern, sondern sich lieber für verbesserte Lebensbedingungen der neunundfünfzig übrigen Tiere einsetzen solle.

Leen, der sich schon selbstherrliche, spannende, bei Nacht, Nebel und Schnee vollführte Racheakte vorgestellt hatte und der die Diskussion stumm verfolgte, musste Stalder Recht geben, auch wenn er das ungern tat. Lieber hätte er sich auf Gellerts Seite gestellt. Wie ihm schien, liess sich dieser erst von Stalders moralischer Integrität überzeugen, als Stalder die Nummer der jungen, begeisterungsfähigen Biologielehrerin der Sekundarschule Zweisimmen organisierte, mit dieser, als er sie endlich erreichte, gekonnt konversierte, sodass sie gerne bereit war, den Grossraubwildbiologen in vier Wochen eine Biologiestunde zur freien Verfügung zu stellen. Stalder würde den Vortrag halten. Er würde, wie er sagte, dafür sorgen, «dass jene, die in zwanzig Jahren in den Dörfern hier das Sagen haben, mit mehr als den überlieferten Vorurteilen an die Problematik herangehen». Er hielt es für sinnvoller, Heranwachsenden vom Luchs zu erzählen, als sich gegenüber alteingesessenen Granitschädeln zu exponieren.

Gellert seinerseits, motiviert durch Stalder, regte in Zusammenarbeit mit Nadja Orelli, einer blond gelockten, energetischen Tierliebhaberin von Pro Natura, an, dass ab sofort alle Peilenden eine Luchsbroschüre von Pro Natura mit sich tragen sollten, um sie Interessierten unterwegs in die Hand zu drücken.

Mit Selbstjustiz hatte das nichts zu tun, stellte Leen ernüchtert fest.

Stalder hiess die Idee halbherzig gut, verlangte aber von Scafidi und Leen, mit diesen Broschüren zurückhaltend umzugehen. Seiner Meinung nach konnten nicht alle Oberländer gut mit der Wahrheit umgehen, und schon gar nicht mit Zahlen: «Wenn du einem Bauern erklärst, in den Nordwestalpen leben sechzig Luchse, und wenig später erzählst du ihm, so ein Luchs reisse pro Jahr fünfzig Rehe oder Gämsen, dann beginnt es bei dem im Hirn zu arbeiten, da drehen sich die Zahnräder und bald schon rauchts dort oben, weil er sich ausgerechnet hat, dass auf diese Weise jährlich dreitausend Rehe oder Gämsen wegkommen, und diese Zahl erscheint diesen Granitschädeln so unvorstellbar hoch, dass es schliesslich hoffnungslos ist, ihnen auch nur noch ein bisschen etwas von der Biologie des Luchses näher bringen zu wollen, die haben von diesem Moment an nur noch die Bestie vor Augen, eine blutrünstige Bestie, die alljährlich dreitausend Rehe auf dem Gewissen hat, in zehn Jahren also dreissigtausend, und so eine Bestie gehört naturgemäss geschossen.»

Leen nickte erstaunt, betrachtete den lieblich dreinblickenden Luchs auf dem Titelblatt der Broschüre, die ihm Gellert in die Hand drückte, und war irgendwie froh, bisher nichts von diesen Zahlen gewusst zu haben. Froh, den Landwirten, die ihn beim Peilen bisher meist unfreundlich oder einsilbig angesprochen hatten, nichts von dreitausend toten Rehen erzählt zu haben. In Rehen und Gämsen gezählt, schien ihm diese Zahl selber unvorstellbar gross.

7

Albrecht Fennlers Hof lag ausserhalb des Dorfkerns, allein mit sich und seinen Gemüsefeldern im Unteren Louimoos. Eine schmale Strasse säumte im Osten die Felder, sie führte vom Restaurant Tungelhorn her zum Lauenensee, dem viel besuchten Ausflugsziel am Ende des Tals, wo Gelten- und Tungelbach von jenen Graten herabstürzten, die sich südlich gegen das Wallis hin auftürmten. Hinter dem Hof floss der unscheinbare Louibach. Mit dem ganzen Geltental, dem Chüe-, dem Stieretungel, dem Sulzgraben, der Hammerschwandflue und dem Schönebodemäder besass der Louibach ein riesiges Einzugsgebiet. So war es in der ohnehin versumpften Ebene immer wieder zu Überschwemmungen gekommen. Um das Land nicht mehr brach und verwildert liegen zu lassen, entschied die Gemeinde in den Sechzigerjahren, den Louibach zu begradigen und das Untere Louimoos trocken zu legen. Der Hof im Unteren Louimoos, seit Generationen in der Hand der Fennlers, nutzte das fruchtbare, aber mit keinem schweren Gefährt befahrbare Land für den Anbau von Gemüse.

Albrecht Fennler sass in der massvoll beheizten Wohnstube auf der Sitzbank, über der wuchtig drei Gamstrophäen thronten. Vor ihm auf dem Stubentisch, neben einer alten Petroleumlampe, lag der Aussaatkalender, in dem mit einer exakten Bleistiftschrift der diesjährige Gemüseanbau geplant war. Auf der Suche nach einem Baugesuch von Hotelier Wackernagel ging Albrecht Fennler im «Anzeiger» die Baupublikationen durch, wobei er, ohne den Blick vom Amtsblatt zu nehmen, mit langsamen Bewegungen hartes Brot in den Kaffee tunkte, um dieses anschliessend unter seinem mächtigen Schnauzbart verschwinden zu lassen. Am Radio auf dem vor allem mit Silva-Büchern belegten Bücherregal setzten gerade die morgendlichen Neun-Uhr-Nachrichten ein, als Marc, der neunzehnjährige Sohn, schlurfend in die Stube trat. Er war ein feingliedriger junger Mann, dessen wenig gepflegte Haare genau dieselbe rostrote Farbe besassen wie der Schnauz seines Vaters. Er durchstöberte den Stapel alter Zeitungen.

«Willst du dir das Zugsbillett sparen und mit mir fahren?», fragte ihn Albrecht. «Dein Schrotthaufen ist ja nicht fahrtauglich. Ich fahre in einer halben Stunde.» Auf Marcs alten Opel Corsa, den er letzten Sommer ungeprüft für zweihundert Franken erstanden und in burschikoser, seelenvergnügter Laune mit selbst gebastelten Nummernschildern aus Karton versehen hatte, war Albrecht Fennler schlecht zu sprechen.

«Nichts gegen meinen königsblauen Opel.»

«Was nicht fahren kann, gehört auf den Schrottplatz. Königsblau oder nicht.»

«Lass das meine Sorge sein, ich krieg den Wagen schon wieder auf die Räder.»

«Und wann, wenn ich fragen darf? Ich will im Dorf nicht hören, wir hätten nur Schrott ums Haus. Wenn ich hier im Sommer Gemüse verkaufe, muss die Karre weg sein. Auch macht die Lotterkiste keinen guten Eindruck auf die Feriengäste.»

«Ich werde ihn in den nächsten Wochen reparieren.»

«In den nächsten Wochen. Das hab ich gehört. Willst du jetzt mit mir mitfahren?»

«Ich geh mit Büchi.»

«Hast du Geld fürs Billett?»

«Brauche kein Billett, habe den Marschbefehl», entgegnete Marc, ohne vom Papierstapel aufzublicken.

«Wann musst du denn dort sein? Hast du vormittags überhaupt Anschluss in Zweisimmen?», fragte Albrecht und erklärte, er würde den Umweg nach Matten gerne machen.

Marc schien gefunden zu haben, wonach er suchte, zog einen Umschlag zwischen alten Zeitungen hervor: den Marschbefehl.

Albrecht, der unter den Baupublikationen nichts von Wackernagels Projekt gesehen und auch sonst nichts gefunden hatte, was zu beanstanden gewesen wäre, blickte fragend zu seinem Sohn, der nun in kurzen, unvollständigen Sätzen Antwort gab und darauf bestand, Bus und Zug zu nehmen. Er wolle alleine gehen. Es sei schliesslich seine Aushebung, und falls er, sein Vater, nochmals die Rekrutenschule machen wolle, sei er gerne bereit, ihm den Marschbefehl zu überlassen.

«Wenn du wüsstest, wie hart die Rekrutenschule zu meiner Zeit gewesen ist, würdest du mit Freude gehen», sagte Albrecht. «Hast du dich jetzt entschieden, zu welchen Truppen du willst?»

«Nein», erwiderte Marc ohne Regung.

«Das hätte es zu meiner Zeit nicht gegeben», meinte Albrecht und blätterte um, überflog die Mitteilungen aus dem Lauener Gemeinderat. Marc holte die Butter vom Fenstersims, bestrich sich ein Stück Brot. Eine Weile sagten beide nichts.

«Wenn ich dir nochmals meinen Rat geben darf: Geh zu den Funkern. Oder zu den Aufklärern, dort lernst du etwas von Taktik und Technik. Ich hab nie gesagt, es müsse ein Grenadier aus dir werden, aber es lohnt sich, etwas Anständiges zu wählen. Hast du dir die Panzerfahrer schon angeschaut?»

Albrecht blickte seinen Sohn forschend an. Dieser hatte bisher nicht den Eindruck gemacht, als gingen ihn die Worte seines Vaters etwas an.

«Ich will nichts von all dem, will überhaupt nicht ins Militär, ich will zum Theater», beschied Marc mit kräftiger Stimme und blickte seinem Vater ins Gesicht.

Albrecht stutzte. Blickte Marc verdutzt an. Noch bevor er etwas sagen konnte, stand Dora, seine Frau, in der Küche, stand in Jeans und T-Shirt und kräftigen, grau melierten Locken vor dem Tisch und warf Albrecht vor, wieder das alte Brot zu essen, wenn sie sich schon die Mühe gemacht habe, frisches zu backen. Albrecht reagierte nicht, staunte immer noch auf seinen Sohn, der über den Brief gebeugt am Tisch sass. Dora hielt ihrem Mann ein Papier hin und erklärte, das sei die E-Mail von einer Familie in der Nähe vom Bodensee, die sich für ihr Angebot «Schlafen im Stroh» interessiere.

Fennler las es flüchtig, streckte es seiner Frau entgegen. «Schreib denen, dass unser Stroh nicht geheizt ist und dass sie sich im Sommer nochmals melden sollen.»

«Das ist es ja gerade», erklärte Frau Fennler. «Diese Leute wollen schon jetzt für den Sommer reservieren.»

«Schreib ihnen, man könne nicht wissen, ob der Schopf im Sommer überhaupt noch steht und dass wir nicht mit solchen stumpfsinnigen Reservationen belästigt werden wollen. Schon gar nicht in einer Zeit, in der so viel Schnee liegt, dass nicht sicher ist, ob es jemals wieder Sommer wird. Ich habe jetzt keine Zeit, ich muss zu Alois Glutz nach Schönried. Wir sollten unbedingt etwas verlangen für diese Reservationen. Ist schliesslich unser Aufwand.»

«Unser Aufwand und unser Verdienst», entgegnete Dora und nahm Albrecht das Papier aus der Hand. «Der Schopf ist reserviert», fügte sie an und wandte sich schwungvoll ab.

«Hast du schon etwas gehört wegen der Arbeit auf dem Parkplatz beim See hinten?», fragte Albrecht.

«Der Tanner braucht wohl noch etwas Zeit, aber ich bin zuversichtlich», entgegnete sie und verschwand in ihrem Zimmer.

Albrecht schaute ihr nach, brummte Undeutliches über Gemeindeschreiber Samuel Tanner und dessen Dorfchronik, beugte sich erneut über den «Anzeiger», wandte sich nach einer Pause seinem Sohn zu.

«So, zum Theater willst du?», fragte Albrecht. Marc antwortete nicht.

Albrecht tunkte ein Stück Brot in den Kaffee, steckte es unter den Schnauzbart, ohne dabei seinen Sohn aus den Augen zu lassen. Schliesslich trank er den Kaffee aus, mit mürrischer Miene, lehnte sich über den Tisch und fragte: «Hast du jetzt herausgefunden, wann du in Matten sein musst?»

Marc antwortete nicht.

«Bist du sicher, dass dich der Zug pünktlich nach Matten bringt?»

«Ich werde pünktlich sein», antwortete Marc, legte den Marschbefehl zurück aufs Altpapier und stand auf, ohne sich auf einen Augenkontakt einzulassen.

Nach seinen Erledigungen im Geräteschuppen ging Albrecht Fennler zurück in die Stube, wo sein Sohn sass, wünschte ihm alles Gute und riet ihm, sich für etwas Anständiges zu entscheiden, immerhin gehe es um etwas, das ihn bis zu seinem 42. Lebensjahr prägen werde. Er solle die drei Stangen Bier, die er zu viel getrunken haben werde, schon im Dorf vorne erbrechen und solle ihm aufschreiben, bei welchen Truppen er sei, damit er am Morgen gleich wisse, mit wem er es künftig zu tun habe. Marc stand Albrecht unbeteiligt gegenüber. Auch als Albrecht ihm schliesslich zwanzig Franken in die

Hand drückte und ihm auf die Schulter klopfte, zeigte er keine Regung. Bedankte sich nicht.

Albrecht Fennler stieg ins Auto, fuhr Richtung Zweisimmen, kümmerte sich nicht gross um den Schnee auf der Strasse und dachte an die deutschen und niederländischen Touristen, die im Sommer wieder zum Preis eines Doppelzimmers in seiner Scheune übernachten und die seine Frau am Frühstückstisch mit Komplimenten eindecken würden, die sie nicht verdiente. Würden diese Gäste nicht die Haushaltskasse beträchtlich aufbessern, so hätte er seiner Frau – «Schlafen im Stroh» war Doras Idee gewesen – längst schon erklärt, er mache nicht mehr mit.

Von Mitmachen konnte aber auch so kaum die Rede sein. Während Dora die Gäste betreute, ihnen ein reichhaltiges Frühstück bereitete, ihnen Wander- und Einkauftipps gab, sie manchmal sogar um den Lauenensee begleitete, bestand Albrechts Beitrag etwa darin, an Tagen, an denen sich um acht Uhr noch keiner der Gäste blicken liess, Elma, die Muttersau mit dem lautesten Grunzen, in die Scheune zu schicken. Albrecht hoffte, Dora erhalte diese Stelle von der Gemeinde. Im Sommer auf dem Parkplatz beim Lauenensee anstelle der noch nicht lieferbaren Parkuhren Parkgelder einzutreiben, das wäre eine gute Arbeit für seine Frau, vor allem wäre es ein regelmässiges Einkommen.

Der ausklingende Winter brachte ein letztes Mal Schnee ins Berner Oberland. Gondelbahnen und Skilifte schleppten die in farbige Anzüge Gehüllten auf die Gipfel, wo ihnen warme Getränke und Nussgipfel zu hochalpinen Preisen verkauft wurden. Auch Lauenen, das mit einem einzigen Skilift im schwach abfallenden Hang der Hammerschwandflue vor allem von Familien geschätzt wurde, zählte vergleichsweise viele Besucher.

Die Lauener hatten sich wie alle übrigen Oberländer noch nie von der Hektik der Touristen anstecken lassen. Die Leute gingen ihren Arbeiten nach, folgten ihren Gewohnheiten. In den Wäldern lagen Tausende Kubikmeter Holz als stumme Zeugen des Sturms. Viele Waldbesitzer versuchten zumindest einen Teil des Fallholzes wegzuschaffen, bevor mit dem Frühling der Borkenkäfer kommen würde. Andere wollten nicht in etwas investieren, mit dem auch in gewöhnlichen Jahren keine schwarzen Zahlen zu schreiben waren, und liessen das Fallholz liegen.

Kurz vor Gstaad tauchte vor Fennler auf der Gegenfahrbahn ein Postauto auf. Es war Büchi, der mit schiefem Kopf sein Fahrzeug durch die Kurve lenkte. Die beiden grüssten einander. Fennler dachte an seinen Sohn, den Büchi nun abholen würde. Er fürchtete, Marc würde später werden, was Huggenberger, Pulver und Rusterholz schon lange waren: Nichtsnutze. Der gestrige Abend im Tungelhorn hatte seine Meinung über diese Männer nur bestätigt. Sie begriffen nicht, was der Abschuss eines Luchses bedeutete. Huggenberger hatte ja noch nicht einmal eingesehen, dass er mit den Arbeiten, die ihm dessen Vater auftrug, seine Zeit verschwendete und dabei lediglich lernte, wie ineffiziente Landwirtschaft funktionierte. Pulver war noch schlimmer. Das ganze Dorf wusste, dass der Hilfssigrist nun schon seit Wochen jammernd zwischen staubigen Regalen der Landwirtschaftlichen Genossenschaft stand und es nicht schaffte, die Inventur zu machen, die bereits seit November vorliegen sollte. Und hoch über dem Dorfkern, auf dem Hundsrügg, kniete Fritz Rusterholz im nasskalten Keller und isolierte die Mauern mit billigem Schaumstoff, Fennlers Meinung nach ein kläglicher Versuch, zu verhindern, dass Rusterholz und sein Bruder zusammen mit den senilen Baerwarts in der alten Lotterhütte in fünf Jahren nicht doch gemeinsam an Rheuma sterben würden.

Büchi war vielleicht die Ausnahme unter diesen Halbschwachen. Hatte zwar von nichts eine Ahnung, machte aber seine Arbeit recht. Der wusste, wie er seinen Fahrgästen bereits beim ersten Gasgeben klarmachen konnte, dass die Minuten auch im Lauenental bloss sechzig Sekunden zählten.

Irgendwann würde er seinem Sohn noch gehörig die Leviten lesen müssen.

In Schönried parkte Fennler vor dem Vis-à-Vis-Laden Glutz. Inhaber Alois Glutz, Alt-Kantonspolizist und amtierender Präsident des Simmentaler Jägervereins, stand seit seiner Pensionierung noch öfter als zuvor hinter dem Ladentisch, hatte es aber nicht übers Herz gebracht, der älteren Frau, die stundenweise bei ihm arbeitete, zu kündigen, obschon er die anfallende Arbeit durchaus alleine hätte bestreiten können. Lieber klagte er über die viele freie Zeit, die er nun hatte.

Der Laden war eine Ansammlung von hoch geschätzten Milchprodukten aus der örtlichen Käserei, einer begrenzten Auswahl Backwaren und einer Vielzahl von dicht gestapelten Hero-Dosen, die so zeitlos geworden waren wie die Besen, Schürzen, Plastikhandschuhe, Putzmittel und Servietten, die um sie versammelt waren. Entlang dem Schaufenster nicht ganz einwandfreies Gemüse, eher zweitklassige Früchte und Werkzeug für den täglichen Gebrauch. Neben der Kasse ein quietschender Ständer mit Postkarten, Ansichten aus dem Simmental der Siebziger- und Achtzigerjahre. Wer wusste, was sich alles in den Schubladen hinter dem Ladentisch verbarg, erhielt auch klobige Funkgeräte, kiloschwere Taschenlampen und nicht minder solide Munition, alles aus Altbeständen der Berner Kantonspolizei.

Alois Glutz, der gerade beschäftigt war, mit seinem schwerfälligen Charme eine Stammkundin zu bedienen, freute sich, Fennler zu sehen, servierte ihm einen Kräuterkaffee. Albrecht Fennler wollte nur wenig Schnaps und fragte Glutz nach den abgehackten Luchstatzen.

Glutz, die kleinen Augen im grossen Gesicht, dem auch nach seiner Pensionierung die Gewissheit eines Kantonspolizisten abzulesen war, stets im Recht zu sein in einer von Kriminellen gefährdeten Welt, wusste nicht, wer die Tatzen eingeschickt hatte, war aber hellauf begeistert über die Tat. Falls es ihm als frisch Pensioniertem diesen Sommer langweilig werden sollte, könne er sich durchaus vorstellen, einige Stunden aufzubringen, um der verteufelten Bestie nachzustellen.

Albrecht Fennler, dem derartige Begeisterungsausbrüche fremd waren, fragte nochmals, ob er denn wisse, wer den Luchs geschossen habe. Glutz hob entschuldigend seine massigen Schultern: Auch in Schönried hätten alle über die Pfoten gesprochen, es gäbe nicht einmal ein Gerücht. Enttäuscht rührte Fennler in der dampfenden Kaffeetasse. Glutz schlürfte nachdenklich und machte Fennler schliesslich den Vorschlag, im Namen der Simmentaler Jäger einen Brief aufzusetzen, um die Aktion der eingesandten Tatzen öffentlich zu verurteilen. «Alles nur pro forma», versicherte Glutz. Fennler stand dem Alt-Kantonspolizisten unverwandt gegenüber, trocknete sich mit dem Handrücken die Enden der langen Schnauzhaare, die etwas Kaffee abbekommen hatten. Nach längerer Diskussion bestach ihn diese Idee, mit einem Brief das gefährdete öffentliche Image der Jäger zu stützen. Schliesslich standen die beiden hinter dem Ladentisch und setzten – immer wieder unterbrochen von Kunden – einen Brief auf, den sie sowohl an das Amt für Natur, an das

Bundesamt für Umwelt, Wald und Landschaft als auch an die Medien richteten.

Während Alois Glutz und Albrecht Fennler Sätze formulierten, wieder durchstrichen und das Gedachte mit einem neuen Satz noch besser auszudrücken meinten, stand Marc Fennler auf der Piste des Militärflugplatzes in Matten, im Oberen Simmental; zusammen mit dreiundsechzig anderen Neunzehnjährigen, die zur Rekrutenaushebung aufgeboten waren, unter bewölktem Himmel und fühlte sich elend. Eingereiht ins Alphabet der Familiennamen befand er sich in einem Halbkreis, in dessen Mitte ein Uniformierter aufgebläht dastand und sprach, laut und kantig.

Er blickte in die Gesichter einiger Männer. Mit einigen verbanden ihn Erinnerungen. Von der Schule. Von der Jugend in Lauenen. Er schaute nur kurz. Stemmte die Hände in die Hosentaschen, dachte an Zwieback in Aluminiumfolie. An Matsch und Metall und Tarnfarbe und Turnhallen. An den Geruch von Benzin, Disziplin, Sexheften und Männerschweiss, an schlechtes Essen, enge Zimmer, an all die Dinge, die er bisher über die Rekrutenschule gehört hatte.

Er beobachtete, wie einer der Uniformierten ans andere Ende des Halbkreises ging. Er dachte an Sonja, seine Freundin, an Leica, ihren nicht weniger energetischen Hund, eine plattgesichtige, gewaltbereit dreinblickende Boxermischlings-Dame, mit der sie zu allen Tages- und Nachtzeiten zu Ausflügen aufzubrechen Lust haben konnte. Sonja war ein kurzhaariges, kurz gewachsenes, drahtiges Energiebündel, stets neugierig, nicht auf den Mund gefallen und etwas älter als Marc. Sie stammte aus der Innerschweiz, jobbte im Winter als Snowboard-Lehrerin, arbeitete im Sommer als Bedienung im Hotel Lauenensee und trug einen Haifischzahn um den Hals.

Mit Sonja und Leica durchstreifte er das Geltental, zog über den Wispilegrat, stieg auf den Chüetungel, duschte in einem tosenden Becken des Tungelbachs, kletterte auf den Wildstrubel.

Sonja verstand ebenso wenig wie er, wozu Schirme, Handtaschen und Lippenstifte erfunden worden waren, sie zierte sich nicht, wenn es galt, mit den Fingern zu essen, und war wie er der Meinung, dass Sex etwas Lautes, Rohes und Animalisches war und auch so praktiziert werden sollte.

Letzten Winter hatte Sonja unbedingt einen Iglu bauen wollen, um darin zu übernachten. Im Sommer konnte sie sich stundenlang in eine Wiese legen und zeichnen. Er hatte zu warten, bis die Zeichnung fertig war, wollte dann aber umso mehr über das Gezeichnete und ihre Überlegungen dazu wissen. Diese Frau inspirierte ihn. Und obschon sie viel Zeit miteinander verbrachten, vor allem im Sommer, hatte er sie noch nie mit auf den Hof im Unteren Louimoos mitgenommen. Er hatte nicht die geringste Lust, sie seinen Eltern vorzuführen. Mit seinen Eltern wollte er ohnehin möglichst wenig zu tun haben.

Er dachte an Sonja, dachte ans Theater, das ihm so wichtig geworden war. Er dachte an die Zweiteilung der Person. Da gab es den, der auf dem Flugplatz stand, an seine Freundin dachte und sich elend fühlte, und da gab es den, der beobachtete, wie er auf dem Flugplatz stand, an seine Freundin dachte und sich elend fühlte, und der das Ganze dauernd kommentierte.

Während der eine Uniformierte sich Schritt für Schritt durch die Reihen bewegte, hatte sich in der Mitte des Halbkreises ein anderer aufgebaut und erklärte, wie die Aushebung ablaufen werde.

Marc fragte sich, wieso ihm das Schicksal keine Verspätung organisiert hatte, die Batterien seiner Uhr lahm gelegt oder den

Büchi zu spät kommen lassen hatte, sodass er in Gstaad den Zug verpasst hätte.

Der Uniformierte, der seine Reihe durchging, kam näher.

Marc dachte wieder ans Theater. An seine Freunde im Freiburgischen, mit denen er sich regelmässig traf, um ein wenig bekanntes Stück von Beckett einzuüben. Dachte an die Schule im Tessin, die er gerne besuchen würde. Im August, an Stelle der Rekrutenschule. Dachte an die zehntausend Franken Schulgeld, die er irgendwie auftreiben müsste für diesen Traum, für diese Illusion. Wahrscheinlich würden sie nicht einmal das Stück von Beckett auf eine Bühne bringen. Auch nicht auf eine lausige.

Noch zwei Männer, bevor er an der Reihe war.

Marc hatte sich in den letzten Monaten mit Fragen des Theaters beschäftigt – und die Frage, ob er denn ins Militär gehen oder ob er versuchen sollte, mit einem psychiatrischen Gutachten davonzukommen, hatte er vor sich hergeschoben. Die Aussicht, sich nun fünfzehn Wochen lang vollkiffen zu müssen, damit er die Rekrutenschule durchstehen würde, war kein attraktiver Gedanke.

Jetzt stand der Uniformierte vor Marc. Er blickte ihm in die Augen, streckte die rechte Hand aus. Marc verstand nicht, zog seine Rechte aus der Tasche, stellte aber fest, dass der Offizier ihm nicht die Hand schütteln wollte. Nach einem auffordernden Blick dämmerte es Marc: das Dienstbüchlein. Wenn er sich recht erinnerte, lag es auf seinem Zimmerboden unter Briefen, CDs, Büchern und Requisiten fürs Theater.

Der Uniformierte blickte Marc Fennler streng ins Gesicht und schickte ihn nach Hause. Ohne Dienstbüchlein keine Aushebung. Er solle in vier Wochen wieder antreten.

Marc Fennler traute seinen Ohren nicht. Er fühlte sich überaus erleichtert. Achtundzwanzig Tage Aufschub. Achtundzwanzig Tage Zeit, sich Gedanken zu machen.

Bevor ihm klar war, was er sich davon versprach, sass er im Schnellzug nach Spiez, jener Stadt, deren Gymnasium er bis letzten Sommer besucht hatte, stand wenig später zu seiner eigenen Verblüffung in der Spiezer Innenstadt mit entblösstem Oberkörper bei einem alten, sanftmütigen Arzt, den er davon überzeugt hatte, dass mit seinem Rücken etwas nicht stimmte.

Der Arzt brachte Marcs Rücken behutsam in eine aufrechte Position und hiess den jungen Mann, sich nicht mehr zu rühren. Kaum hatte ihm der Arzt den bleiernen Strahlenschutz umgeworfen, die mächtige Apparatur an den Rücken geschoben und sich auf weissen Sandalen geräuschlos ins Aussenzimmer aufgemacht, um dort die Aufnahme auszulösen, vollzog Marc Fennler einen Ausfallschritt. Auf dem Röntgenbild, das ihm der Arzt fünf Minuten später zeigte, sah die Wirbelsäule wahnsinnig schief und ungesund aus. Dem verblüfften und von Mitleid erfüllten Arzt, der kaum glauben konnte, dass dieser problematische Knochenbau nicht schon lange festgestellt worden war, musste Marc versprechen, bei seinem Hausarzt in Gstaad in eine genauere Untersuchung und womöglich in eine Physiotherapie zu gehen. Er gab ihm das Röntgenbild in einem gelben Umschlag mit und sagte, er hoffe, dass die Militärärzte von einer Rekrutierung absehen würden. Falls es Schwierigkeiten gäbe, könne man ihn jederzeit anrufen.

8

Zwei Tage später las Nik Stalder beim Abendessen den anderen die Meldung vor, die aufgrund des Schreibens von Alois Glutz und Albrecht Fennler veröffentlicht wurde. Mit Nachdruck betonte Stalder die Stelle, an der es hiess, die Aktion der eingesandten Pranken werde von den Obersimmentaler Jägern scharf verurteilt. Benjamin Gellert hatte dafür nur ein Achselzucken übrig, Stalder sprach von einer fadenscheinigen Rechtfertigung und meinte, er wäre nicht überrascht, wenn die Verfasser dieses Kommuniqués gut befreundet wären mit jenem, der die Pranken eingesandt hatte.

Diese Meldung war auch beinahe schon alles, was in den Medien nachhallte. Hie und da gab es noch ein Interview mit einem Vertreter der Behörden oder mit einem der Jägerschaft, unter anderem mit Alois Glutz, Präsident der Kantonalen Jagdkommission. Danach wurde es um den Luchs wieder still, im Fernsehen wie auch im Blätterwald.

Die besenderten Luchse, die während der Ranz zusammenfanden, lenkten die Aufmerksamkeit der Biologen in den folgenden Tagen und Wochen auf angenehmere Dinge. Zahlreiche blaue Stecknadeln rückten Ende März ganz nah zu den roten: Julius Leen konnte während einer ganzen Woche zusammen mit Raja auch immer gleich Nero peilen. Die beiden durchstreiften die Südhänge hinter Lauenen, die Holzersflue, die Flanke des Schönebodemäder, das untere Geltental. Vino verabschiedete sich aus Montreux, um zu Kora ins freiburgische Hinterland zu kommen, Tell besuchte Jule am Niesen oberhalb von Wimmis. Balu, die Wanderhode, begab sich schon früh in die Innerschweiz und war nach zehn Tagen wieder zurück. Uliano Scafidi konnte Mila zusammen mit einem Kuder beobachten, der kein Senderhalsband trug. Bloss bei Zico wussten die Luchsforscher nicht so recht. Zwar hielt er sich im Revier von Saba auf, konnte aber nie mit dem Weibchen zusammen lokalisiert werden und bewegte sich auch dann noch in einem eng begrenzten Gebiet, als sich die anderen Kuder von den Weibchen trennten und in langen Wanderungen ihr Territorium markierten.

Insgesamt gaben die Peilungen Anlass, auf guten Nachwuchs zu hoffen. Wenn sich ein Weibchen in siebzig Tagen, also Ende Mai, Anfang Juni, stets am selben Ort aufhielt, würde dies ein untrügliches Zeichen sein, dass der Männerbesuch nicht ohne Resultat geblieben war. Ende Juni und Anfang Juli würden sich die Grossraubwildbiologen dann aufmachen, den Wurfplatz zu suchen und die Jungen mit Ohrmarken zu kennzeichnen.

Versunken in der zugeknöpften Gore-Tex-Jacke, lenkte Julius Leen den Wagen aus dem Gilbach heraus zurück gegen Adelboden, zwei Autostunden von Weissenbach entfernt, besah im zitternden Rückspiegel den Hahnenmoospass, eine sich duckende Silhouette unter einem Himmel, der sich nicht zwischen Grau oder Blau entscheiden konnte. Jedenfalls war Frühling etwas, das im Unterland stattfand.

Auf Kanal 76 minus 1 nichts als ein Knistern. Von Tito fehlte jede Spur. Seit Stunden schon war Leen auf der Suche, war vom Simmental ins Diemtigtal gefahren, war dort, die entlarvende Antenne in der Hand, zwei missmutigen Landwirten begegnet. Ein jeder für sich hatte sofort gewusst, was Leen hier suchte. Beide grüssten mürrisch. Sie sprachen, als wüssten sie alles über Leen. Nichts wollten sie hören von ihm ausser den Namen des Fleckens, an dem sich der Krüppelluchs aufhalte. Leen antwortete ausweichend, mit ausgetrocknetem Mund. Er dachte nicht daran, die Broschüren von Pro Natura, die auf seinem Beifahrersitz lagen, auch nur zu erwähnen. Der eine fragte, wieso man nicht auch noch Wolf und Bär auf die Schafe loslassen wolle, der andere meinte, man werde bald Rehe und Gämsen aussetzen müssen, um das Aussterben dieser Arten zu verhindern.

Möglich, dass Stalder Recht hatte mit seiner Meinung, dass es besser sei, Granitschädel zu ignorieren und es in den Schulen mit der Aufklärung über den Luchs zu probieren. Und noch mal zwanzig Jahre zu warten, bis in den Dörfern hier andere das Sagen haben würden.

Aus dem Diemtigtal bog Leen ab in den Meniggrund, auf die Grimmialp, nach Riederen, ohne Erfolg. Unten im Simmental, kurz nach Latterbach, geriet er in den Kugelhagel der Feldschützen, die hier – eine Ungeheuerlichkeit sondergleichen, wie ihm schien – schamlos über die Hauptstrasse und dem Anschein nach nicht mehr als zwanzig Zentimeter über sein Autodach hinweg ihre Schüsse auf die am gegenüberliegenden Hang gelegene Zielscheibe donnern liessen. So etwas, war Leen überzeugt, gab es nur im Oberland. Möglich, dass hier alle Städter geduckt und etwas schneller fuhren und erleichtert waren, wenn sie dieses Strassenstück unversehrt hinter sich gebracht hatten.

Leen fragte sich, wie viele Kugeln wohl jetzt gerade auf einen Luchs geschossen wurden. Er wusste, dass oberhalb von Latterbach, unweit der beschossenen Zielscheiben, eine Kastenfalle stand, weil es dort eine Felslücke gab, die von Luchsen gerne passiert wurde. Ob diese Kastenfalle im nächsten Winter tatsächlich scharf gestellt werden würde, um einzelne Tiere einzufangen und in die Ostalpen zu verfrachten, schien ungewiss.

In Wimmis parkte und peilte er unweit von einem Haus, das von seinem ausladenden Dach erdrückt worden zu sein schien. Vor dem Haus stand ein roter Subaru, an dessen Heck, wie Leen erst bei genauerem Hinsehen bemerkte, ein kreditkartengrosser Aufkleber angebracht war. Fleckig braun auf weissem Grund zeigte er genau jenen treuherzig blickenden Luchs, der auf dem Titelbild seiner Pro-Natura-Broschüre abgebildet war. Allerdings hatte irgendein Bastler und Zyniker ein Fadenkreuz so über das Tier gezeichnet, dass die Mitte der Zielvorrichtung genau auf das Herz des Luchses zu liegen kam.

Leen staunte den Aufkleber irritiert an, musterte das Haus. Er machte einen langsamen Schritt auf das Auto zu, als nähere er sich einer Gefahr. Er wollte wissen, ob das Fadenkreuz bloss hingezeichnet oder ob es gedruckt war. Als er näher kam, ging unvermutet eine knarrende Tür auf, ein kleiner Mann mit schief aufgesetzter Zipfelmütze trat aus dem Haus. Dieser sah Leen prüfend an, entfernte sich dann zu Fuss, und Leen war nicht sicher, ob der Mann nicht noch irgendetwas gebrummelt hatte. Näher an den Wagen getraute er sich nun nicht mehr.

Leen war nicht wohl in seiner Haut. Ein Granitschädel, der nun mit zweihundert Franken in der Tasche zur Bank zottelt, dachte er. Oder der zynische Grafiker, der sich mit Anti-Luchs-Aufklebern im Dorf einen Namen macht. Leen hatte die Dorfausfahrt von Wimmis noch nicht hinter sich, als er einem zweiten und dritten Kleber begegnete. Er war froh, hier von Tito keine Signale erhalten zu haben.

Er dachte zurück an die rauchverhangene Tischrunde im Ochsen. Das brockenweise verständliche Schwadronieren dieser Männer im Ohr, bog er ins Frutigtal. Er ärgerte sich, von allen und überall für einen Biologen gehalten zu werden. Auch hatte er keine Lust, mit von Stalder und Gellert entliehenen Argumenten für den Luchs einzustehen. Überhaupt war es ihm als rastabehaartem Städter unmöglich, einem kernigen, alteingesessenen Landwirt zu erzählen, es habe genügend Platz hier für den Luchs. Einem, der in seinem Dorf jeden Flecken Land kannte und der wusste, zu welcher Tageszeit an welchem Waldrand sich üblicherweise wie viele Rehe zeigten und der behauptete, seit der Luchs im Tal sei, blicke man vergebens dorthin – was sollte er so einem schon erzählen? Das passte alles nicht. Passte so wenig wie diese Gore-Tex-Jacke.

Grübelnd schlängelte sich Leen durch alle Kurven nach Adelboden hoch, im Heck seines Wagens schepperten die Handantenne und die Schneeschuhe. Auch im Gilbach war Tito nicht zu finden. Das Knistern des Empfängers würde ihn bald zur Verzweiflung bringen. Er wollte nicht mit leeren Händen nach Weissenbach zurück. Er wollte weder Stalder noch Gellert enttäuschen, jetzt schon gar nicht, wo in der Feldstation nach den eingesandten Pranken dumpfe Niedergeschlagenheit herrschte. Stalder wetterte in schwachen Minuten gedankenverloren über Granitschädel, Gellert kochte nichts anderes mehr als Fondue, Scafidi verkroch sich in Fachliteratur zur Käsefermentation. Leen fand es bitter, dass der Fall mit einer nichtsnutzigen Anzeige gegen unbekannt in einer staubigen Akte verschwinden würde. Er fand es sonderbar, wie Stalder und Gellert nach so einem Vorfall ohne viel Aufhebens zur Tagesordnung übergehen konnten. Vielleicht mochte das auch ein Kennzeichen der Wissenschaftlichkeit ihrer Arbeit sein, und von Wissenschaft hatte er eben noch nie viel verstanden.

Das änderte aber nichts daran, dass er Tito unbedingt aufspüren wollte. Tito war nicht irgendein Luchs, Tito war der Held der Homepage von Pro Natura, und mit der Digitalkamera, die begraben unter Landeskarten und Broschüren auf dem Beifahrersitz lag, sollte er ein Foto von ihm machen oder zumindest von dem Ort, an dem er sich aufhielt. Zusammen mit Gellert würde er zudem einen Text verfassen, der ebenfalls auf der Homepage platziert werden würde.

Abgesehen von der Geschichte Balus, der Wanderhode, gefiel Leen jene von Tito am besten. Die Umweltschutzorganisation Pro Natura, die den Luchs zum Tier des Jahres 2000 erklärt hatte, wünschte nicht von ungefähr, von den Luchsforschern mit Geschichten gerade über Tito beliefert zu werden. Der junge Luchs hatte im vergangenen Jahr für Schlagzeilen gesorgt, nachdem er im Kanton Freiburg mehrere Schafe gerissen hatte und vom Bund aufgrund des *Konzept Luchs Schweiz* zum Abschuss freigegeben worden war. Kurz darauf entfernte sich Tito jedoch mehr als fünf Kilometer von der Schafweide, verliess damit das Gebiet, auf dem er legal geschossen werden konnte, und setzte sich ins Berner Oberland ab. Ein Umstand, dank dem Tito landesweit bekannt wurde und der die Diskussion über die Abschussbewilligungen anheizte. Viele Bergbewohner verlangten vom Bund, dass er die Kompetenz für die Abschüsse an die Kantone abtrete, damit der bürokratische Aufwand kleiner werde und man rascher reagieren könne. Viele hofften deshalb auf das neue *Konzept Luchs Schweiz*, in dem das Politikum der Abschussbewilligungen neu reglementiert werden und das per 1. Mai in Kraft treten sollte.

Dass Pro Natura Tito auf ihrer Homepage porträtierte, war nicht zuletzt dank einer Freundschaft Gellerts zustande gekommen. Nadja Orelli, die bei Pro Natura für den Internet-Auftritt verantwortlich war, hatte zusammen mit Gellert einige Semester Biologie studiert, bevor sie das Studium gegen den Job bei Pro Natura eintauschte.

Während der Studienzeit waren sie einige Male zusammen klettern gegangen, hatten Pflanzen bestimmt, über Fachliteratur oder über die Hürden des Studiums diskutiert und nach langen Wanderungen gemeinsam in ungeheizten SAC-Hütten übernachtet. Später verloren sich die beiden aus den Augen, sodass Gellert überrascht war, als Nadja eines Morgens, ein halbes Jahr war das her, in der Feldstation anrief und ihm den Vorschlag der Homepage mit Tito unterbreitete. Paul und Marianne Hiltbrunner nahmen die Idee begeistert auf.

Bei der Frage, wie die Homepage mit Tito genau aussehen sollte, gingen die Meinungen der Luchsforscher hingegen auseinander. Lange bekämpfte Nik Stalder Paul Hiltbrunners Vorschlag, auf einer Karte stets den aktuellen Standort des Kuders anzugeben. Denn Stalder befürchtete, wohl zu Recht, Luchsgegner könnten die Angaben nutzen, um dem Luchs nachzusteigen und ihn zu wildern. Schliesslich einigte man sich darauf, den Aufenthaltsort nur ungenau und mindestens fünf Tage nach der Peilung anzugeben. Mit solchen Angaben konnte kein Wilderer etwas anfangen.

Leen fand diese Homepage eine sympathische Einrichtung. Tito gelangte dank dieser Aktion in entfernte, warme Stuben, konnte jagen, lauern, faulenzen, markieren, bloss begatten noch nicht. Bis zur Geschlechtsreife fehlte ihm noch ein Jahr. Und bis er ihn finden würde, könnte es auch noch eine ganze Weile dauern: Er verliess Adelboden Richtung Engstligenalp, steuerte auf den taubengrau sich ins Tal stürzenden Engstligenfall zu. Er wäre viel lieber zu Fuss unterwegs, in den klobigen Bergschuhen, in denen sich seine Füsse nun wohl fühlten. Würde sich nach dem Peilen bei einer noch unbewohnten Alphütte an einen Stapel Holz lehnen, Schuhe und Jacke ausziehen, in die Sonne blinzeln, zuhören, wie der geschmolzene

Schnee durch die Dachrinnen gluckste, unregelmässig, lebhaft, wie ein gutes Stück Jazz, und irgendwann, wenn er das Stück nicht mehr hören mochte, langsam das Peilformular ausfüllen. Dabei trotz der langen Pause so früh fertig sein, dass es noch für einen zweiten Luchs reichte, vielleicht für Mila oder Raja. Oder er würde sich eine Stunde ins Hotel Lauenensee setzen, mit dem Hotelier schwatzen, dem Rainer Wackernagel, dem sympathischen, etwas eingecremt glänzenden, aufwändig gekleideten Konversationstalent. Wackernagel interessierte sich brennend für den Luchs und würde ihm vielleicht erneut hell begeistert von seinen Plänen berichten, hinter seinem Hotel, im Oberen Louimoos, einen Luchs-Trail zu bauen. Einen Spazierweg, idealerweise rollstuhlgängig, mit hölzernen Luchs-Silhouetten.

Am Fuss der schneebedeckten Engstligenalp, auf dem Kiesplatz vor der Talstation der Luftseilbahn, empfing Leen noch immer nicht das leiseste Signal. Enttäuscht blickte er zu einer an den Himmel geschmierten Wolke hoch, horchte zum Engstligenfall, der dumpf und sonderbar fern in eine Tiefe donnerte, die von hier nicht zu erkennen war. Ratlos studierte er die Karte. Er erwog, Gellert ein zweites Mal anzurufen, liess es aber bleiben. Natürlich würden Gellert und Stalder sagen, es sei schon in Ordnung. Sie würden sagen, es komme immer wieder vor, ohne ein einziges Signal zurückkehren zu müssen, und Tito sei eben manchmal schwer zu finden, er solle sich nichts draus machen. Sie würden es aber so sagen, dass herauszuhören wäre, es sei eben doch nicht in Ordnung.

Leen blickte auf den Beifahrersitz, wo auf einem Stapel Peilformulare und neben der Digitalkamera der flach gedrückte WC-Karton lag, auf dem er sich alle Frequenzen notiert hatte. Er hatte diese WC-Rolle gewählt, weil sie aus einem Material war, das seine

Wanderungen durch Schnee und Regen in den Hosentaschen unbeschadet mitmachte. Er hatte die Liste heute schon unzählige Male angeschaut. Er lag richtig.

Abgesehen von dieser Irrfahrt heute gelang es ihm eigentlich immer vergleichsweise gut, den Standort der Raubkatze auf eine Hektare genau zu bestimmen. Dank etwas Glück hatte er dabei bereits drei Luchse zu Gesicht bekommen. Das waren Momente, die ihn, gleichmütig, wie er sonst oft war, faszinierten und ihn für die langen Stunden entschädigten, die er im Auto sass, mit kalten Füssen und klammen Händen durch sich endlos windende Täler fuhr, eingeklemmt zwischen schneebeschwerten oder nasskalten und betongrauen Felsklötzen, und nichts tat, als dem Knistern des Empfängers zuzuhören.

Möglich, dass es auch diese selbständige Arbeit war, die ihn gewissenhafter arbeiten liess, als er es von sich kannte. Er erlaubte sich meist erst eine Pause, wenn er einen Luchs gepeilt hatte und es deutlich war, dass die Zeit für einen zweiten nicht mehr ausreichte. Auf dem Weg zurück nach Weissenbach stellte er den Empfänger meist auf einen neuen Kanal ein. Einmal hatte er so die Signale eines zweiten Luchses eingefangen. Eine sonderbare Unruhe regte sich in ihm, und er brach, nicht ohne Erstaunen über seinen Ehrgeiz, noch am späten Nachmittag zu einer zweiten Wanderung auf, die nicht erfolgreich war, da der Luchs mit Einbruch der Dämmerung sein Tageslager verliess und sich entweder zum Riss oder aber auf die Suche nach neuer Beute machte, mit einem Tempo, das ein genaues Peilen verunmöglichte.

Heute würde es aber nichts sein mit einem zweiten Luchs, heute würde er nicht einmal Tito finden. Bald war es vier Uhr. Er ärgerte sich, dass man ihm heute diesen Tito zugeordnet hatte, während

Scafidi Zico und Saba peilen konnte, die sich sicherlich in der Nähe des Stockhorns aufhielten, wo das Peilen einfach war, und an einem sonnigen Plätzchen den Pflichten der Ranz nachkamen. Mürrisch liess Leen das Engstligental hinter sich, machte sich auf den Rückweg nach Weissenbach.

Lieber wäre er nach Bern gefahren. Weissenbach, das waren gerade mal zwölf Bauernhäuser, aus deren Fenstern sich das eine oder andere Gesicht reckte, wenn die Biologen mit ihren grossen Dachantennen durch die Dorfstrasse fuhren, die sich so schmal und kurvenreich entlang der Fassaden schlängelte, dass Autos nur an zwei bestimmten Stellen aneinander vorbei kamen und dass an jedem zweiten Vordach ein gerundeter Spiegel nötig war, um entgegenkommenden Verkehr rechtzeitig zu erkennen. Dann gab es in diesem Dorf noch das Rössli, eine schummrig beleuchtete, dunkel möblierte Schankstube, die zu besuchen die Biologen nicht einmal während übermütigen Tagen Lust hatten. Neben dem Rössli ein verwaister Bahnhof, Halt auf Verlangen. Ein Zug zog vorbei, Schneestaub im Schlepptau, und die Neonröhre in der Telefonzelle flackerte. Neben der Zelle eine Sitzbank, eine Errungenschaft des Verschönerungsvereins, wie das hier hiess. Dort wartete Leen am einen oder anderen Wochenende auf den Zug, der ihn nach Bern brachte, wo er alleine durch die Gassen zog oder sich mit Freunden traf.

Unter der Woche kam Leen höchstens am Donnerstag aus den Alpen, aus diesem Schraubstock eines Simmentals heraus: Wenn er mit Stalder, Gellert und Scafidi abends nach Bern fuhr, um an der Universität einen Vortrag über den Luchs anzuhören. Die Vorträge waren stets gut besucht, enorm viele angehende und bereits diplomierte Biologinnen und Biologen wollten mit dem Luchs arbeiten, wollten sich ein Stück vom Kuchen, der hier verteilt wurde, sichern, hielten geschäftig Ausschau nach der wissenschaftlichen Nische, die noch niemand belegt hatte.

Es war augenfällig: Gellert und Stalder wurden in diesem Vorlesungssaal mit Bewunderung und Neid bedacht. Alle kannten die beiden, alle wollten mit ihnen über den Luchs reden, wollten von ihnen wissen, wie es den Luchsen im Oberland gerade erging. Beneidet wurden die beiden, weil sie es geschafft hatten, tatsächlich hautnah mit der wilden Katze zu arbeiten.

Nach dem Vortrag, auf der Rückfahrt im Zug nach Weissenbach, waren meist alle hundemüde, schwiegen einander an, bloss Stalder debattierte lebhaft über die Mängel des eben gehörten Vortrages, ohne dass ihm jemand ernsthaft widersprach.

Was Stalder und Gellert den ganzen Tag über anstellten, wenn sie nicht an einem Vortrag sassen und nicht peilen gingen, war Leen schleierhaft. Er wusste bloss, Gellert erarbeitete etwas, das mit Populationsdynamik und Raumnutzung zu tun hatte. Daneben hatte er jüngst auch noch angefangen, in Stalders Büchern über Anästhesie zu lesen und mit Spritze und Blasrohr zu üben, wie man einen Luchs betäubte. Als Zielscheibe diente ihm ein Sitzkissen auf dem Sofa.

Gellerts Geduld hielt Leen für phänomenal. Er mochte ihn gut. Er sorgte sich auch um ihn, weil Gellert anscheinend kein Privatleben besass. Zusammen mit Scafidi war Leen kürzlich zum Schluss gekommen, man müsse ein paar gut aussehenden Frauen ein Senderhalsband überstreifen, damit Gellert erkenne, dass es neben dem Luchs auch noch andere Lebewesen gäbe.

Leens Verhältnis zu Stalder blieb dagegen distanzierter. Er war sich zwar inzwischen sicher, dass er eigentlich ganz in Ordnung war. Er schien sogar eine Frau zu haben, aber von der hörte man kaum etwas. Leen konnte sich gut vorstellen, dass er mit ihr so kühl umging wie mit allen hier in der Feldstation. Man wusste nie, in welcher Laune sich Stalder gerade befand, in welchen Gedanken er steckte. Leen stellte sich immer etwas Wissenschaftliches vor. Von Gellert wusste er, dass Stalder seine Diplomarbeit vor zwei Jahren abgeschlossen hatte und nun daran arbeitete, in der Wissenschaftsszene Fuss zu fassen. Sein Spezialgebiet war die Prädation: Die Beziehung zwischen Raub- und Beutetier.

Weil sich die Luchse tagsüber nicht beim Riss aufhielten, verbrachte Stalder die Nacht oft im Wald, ein, zwei Autostunden von Weissenbach entfernt, und lokalisierte den betreffenden Luchs. Morgens um zwei Uhr kam er nach Hause, war nach fünf Stunden Schlaf schon wieder unterwegs, um den Riss zu suchen, zu fotografieren, die Nutzung in einem Formular zu erfassen.

Gemessen am Aufwand schien Leen der Ertrag dieser Arbeit gering. Leen konnte sich den Ehrgeiz Stalders nur durch die Nische erklären, in der sich Stalder unter den Grossraubwildbiologen, auch an diesem Kongress in Kopenhagen, den er im Juni besuchen würde, wahrscheinlich zu behaupten hoffte.

Leen fühlte sich beschissen, ohne Tito gefunden zu haben, zu solchen Enthusiasten zurückzukehren und womöglich von Scafidi erzählt zu bekommen, wie er heute eine Dreier- und eine Viererpeilung geschafft habe. Scafidi hatte andere Motive als er, im Luchsprojekt Zivildienst zu leisten. Scafidi war nicht nur autodidaktischer Lawinenspezialist und Hersteller von eigenem Käse, sondern auch leidenschaftlicher Tourenskifahrer, der sich nicht schämte, seine Peilrouten so anzugehen, dass er nach dem Peilen zu einer attraktiven Abfahrt kam. Für Scafidi schien dieser Zivildienst ein Ferienlager.

Wenn Scafidi an seinen freien Tagen weder Freunde in Basel besuchte, noch hochalpine Skitouren bewältigte, tat er, was die übrigen drei nicht verstehen konnten: Mitten im Berner Oberland, wo beinahe an jeder zweiten Hausecke würziger und preiswerter Alpkäse erhältlich war, produzierte Scafidi seinen eigenen Käse. Regelmässig brachte er Naturejogurt in die Feldstation, nahm einen Löffel heraus und operierte mit einer Spritze und einem Schälchen aus diesem Jogurt jene Bakterien heraus, deren «vermittelnde Funktion» er benötigte, wie er sich ausdrückte. Die Rohmilch holte er sich bei Zulligers, frisch vom Euter. Kleine Portionen Lab, das für die Fermentierung notwendig war, erhielt er von Oskar Bohnenblust, dem Chauffeur des Molkereilastwagens. Bohnenblust produzierte zwar in der alten Käserei aufgrund seiner Anstellung bei der Swiss Dairy Food keinen Käse mehr. Er transportierte bloss noch die Milch der Weissenbacher Bauern nach Boltigen. Er liess es sich aber nicht nehmen, mit einem kleinen Teil der Milch für Freunde und Bekannte Käse nach eigenem Rezept herzustellen. Nach einem Fachgespräch mit dem alten Käsermeister kehrte Scafidi jeweils mit grossem Tatendrang und einer kleinen Portion Lab in die Feldstation zurück, vermischte Rohmilch, Bakterien und Lab nach norditalienischer Rezeptur zu einer Flüssigkeit, aus der sich zur Überraschung der gelegentlichen Zuschauer Käse gewinnen liess. Auf Fragen seiner Mitbewohner, wie etwa der, ob es diesmal ein Hart- oder ein Weichkäse werden sollte, antwortete Scafidi in einem ausgeklügelten Vokabular der Chemie, das mit der traditionsreichen Herstellung von Käse nichts zu tun zu haben schien und das jedenfalls für die Fragenden mehr Fragen aufwarf, als es beantworten konnte. Die frisch kreierten und am Anfang ihres Reifungsprozesses stehenden Käselaibe wünschte Scafidi nicht in der Wohnung, sondern im Treppenhaus, neben der Tiefkühltruhe zu lagern, dem einzigen Ort im Haus, der gemäss Scafidi dank einigermassen konstanter Temperatur für die Lagerung seines Käses in Frage kam. Dagegen hatten sich Stalder und Gellert anfänglich zwar gewehrt. Die beiden waren nämlich schon froh, Zulligers Einwilligung zu haben, in der Tiefkühltruhe gerissene Rehe und Gämsen sowie gut verpackten und etikettierten Luchskot aufzubewahren. Sie wollten nicht, dass Zulligers vom Geruch eines reifenden Käses belästigt würden. Frau Zulliger aber erklärte, den Geruch in keiner Weise als störend zu empfinden. Schliesslich stapelte Scafidi zufrieden seine kleinen Laibe auf dem sonnenvergessenen Fenstersims neben der Tiefkühltruhe und wartete den Reifungsprozess ab.

Die Geschichte mit dem Käse, die nächtlichen Peilungen Stalders und das aufopfernde Engagement Gellerts erschienen Leen seltsam, vielleicht auch nur, weil da irgendwie Leidenschaften im Spiel waren, die er an sich nicht beobachten konnte. Er parkte seinen Panda auf dem Kiesplatz, ging hoch, an der Tiefkühltruhe vorbei, zog erlöst die schweren Bergschuhe aus, zeigte Gellert auf der Kartenwand, wo er überall nach Tito gesucht hatte. Mit Genugtuung stellte er fest, dass sich niemand über seinen Misserfolg lustig machte. Scafidi hatte von Zico auch bloss eine Zweierpeilung geschafft.

Gellert bat Leen, die Suchroute auf einem Peilformular aufzuschreiben. Nach dem Abendessen, bei dem er den Geschichten der anderen zuhörte, selber aber kaum etwas sagte, schlurfte er ins Zimmer, warf einen Blick in die Ecke mit dem Fangmaterial und fiel erschöpft ins Bett. Beim Einschlafen dachte er nochmals an die stundenlange Autofahrt, an das unaufhörlich und zitternd über seiner Stirn vorbeiziehende Landschaftsfenster im Rückspiegel, an den Luchs im Fadenkreuz, an das leere Knistern des Empfängers, an den nahen und doch so fern stiebenden Engstligenfall, an das Konto, auf das jetzt alle Jäger ihr Geld trugen, an die dreitausend Rehe entlang der Strasse zwischen Weissenbach und Zweisimmen, an die Kabel, die im Inselspital an seinem Körper befestigt waren, an eine Frau, in deren warmes Fleisch er sich hätte graben wollen, dann schlief er ein, um sich nach neun oder zehn Stunden mit dem Glauben, eben erst eingeschlafen zu sein, wecken zu lassen.

9

Fritz Rusterholz war leicht nervös, aber auch froh, als er an der Haustür Robert Richners klingelte. Richner, mit dem Rusterholz vor zwei Jahrzehnten die Gewerbeschule für Elektromechaniker besucht und mit dem er bis zu seinem Umzug ins Berner Oberland sporadischen Kontakt gepflegt hatte, wohnte tatsächlich noch im seeländischen Müntschemier, Schärmhaldenstrasse 7, in diesem schiefwinkligen, pfirsichfarbenen Anthroposophenhaus, zu dem ihn seine Frau überredet hatte. Dass Robert Richner, der bereits in der Gewerbeschule als talentierter Funker aufgefallen war, vor drei Jahren eine Stelle bei der Swisscom angenommen hatte, war das Letzte, was Rusterholz von ihm gehört hatte.

Robert Richner, die Augen hinter dicken, randlosen Brillengläsern, in Jeans und T-Shirt mit dem Logo der Telekommunikationsfirma Orange, öffnete die Tür. Freudig begrüsste er Rusterholz und rätselte, wie viel Zeit wohl seit dem letzten Mal verstrichen war. Fritz Rusterholz war etwas beschämt, konnte seine Freude nicht zeigen.

Richner konnte es kaum glauben, dass Rusterholz die lange Fahrt vom hintersten Oberland zu ihm ins Seeland nur seinetwegen unternommen hatte. Er liess Rusterholz auf dem Sofa in der pfirsichfarbenen Stube Platz nehmen. Rusterholz fühlte sich nicht sonderlich wohl, nicht nur, weil es hier keinen einzigen rechten Winkel gab, sondern auch wegen seines Anliegens. Richner stellte dem Gast und sich selbst ein Bier hin und meinte beiläufig, seine Frau besuche gerade einen Wellness-Kurs, werde vielleicht in einer Stunde zurück sein. Suchte lange Zeit nach Salzstängeln, setzte sich auf den Sessel vis-à-vis des Sofas und bat Rusterholz schliesslich zu erzählen. Dieser machte keine Umschweife und berichtete von der Wette, auf die er sich eingelassen habe. Richner nahm die randlose Brille vom Gesicht, musterte Rusterholz nun mit ganz kleinen, misstrauisch blickenden Augen. Lange Zeit sagte er nichts, liess Rusterholz erzählen, wie er den Luchs schiessen wolle. Als Rusterholz Richner schliesslich um Hilfe bat, lehnte sich dieser mit einem Seufzer tief in seinen Sessel zurück.

«Ich arbeite nicht mehr für die Swisscom», begann Richner, «bin zu Orange abgesprungen. Habe aber immer noch mit Natelantennen zu tun. Mit der Disposition, Netz-Koordination und rechtlichen Angelegenheiten. Papierkram halt. Und ich funke immer noch. Meine Frau wollte die Sachen nicht mehr in der Stube, da hab ich den Dachstock isolieren lassen und alles auf den Dachboden geschleppt. Der ist jetzt vollgestellt mit meinen Antennen. Habe super Kontakt mit einigen Kurzwellenfreaks aus Deutschland. Wir funken auf einer Frequenz, die ganz nahe am Funk des Flugverkehrs ist. Nicht ganz legal zwar, aber super Verbindungen, und die Jungs vom Bakom, vom Bundesamt für Kommunikation, werden uns nicht erwischen. Über Frequenzen kann ich dir also eine Menge erzählen. Aber ich weiss nicht, wie ich dir bei dieser Luchs-Geschichte helfen soll. Da hast du dir einen gehörigen Brocken aufgeladen.»

Fritz Rusterholz schaute Robert Richner mit schlecht verhohlener Verzweiflung an.

Richner setzte sich die Brille wieder auf, lehnte sich vor und zeigte ihm die leeren Handflächen wie einer, der seine Unschuld bezeugen will: «Auch wenn das nur dein kleines Lauenental ist, auch dort gibt es Hunderte von Signalen mit irgendwelchen Frequenzen von irgendwelcher Herkunft. Um herauszufinden, auf welcher Frequenz die Halsbänder der Luchse senden, brauchst du zwei Dinge: mindestens drei Tage Zeit und die Bekanntschaft eines Mitarbeiters vom Bakom. Die haben Apparate, die imstande sind, im Gelände alle vorhandenen Frequenzen zu erfassen und aufzuzeichnen. Verwendet werden sie beispielsweise, um illegale Störsender zu lokalisieren. Die Apparatur hat aber nicht in der Hosentasche Platz. Die füllt dir den ganzen Kofferraum. Damit und mit etwas Geduld würdest du die Frequenzen der Luchse sicherlich herausfiltern können. Aber ich muss gestehen, dass ich mich da nicht auskenne. Weiss nicht, wer derartige Empfangsgeräte besitzt. Weiss auch nicht, mit welchen Lambda-Werten diese Geräte überhaupt arbeiten und wie die Antennen konstruiert sind. Eigentlich müssten die ja sogar mit seriell geschalteten Tripol-Modulatoren ...» Richner kam ins Grübeln.

«Was müssten die?»

Richner löste sich nur schwer aus seinen Gedanken: «Ich habe mich gefragt, wie ich es angehen würde, wenn ich so einen Universalempfänger konstruieren müsste.»

«Du könntest mir so einen Apparat bauen?»

«Ich wüsste nicht – vielleicht mit einem sekundär belasteten Vertikalfilter, aber der müsste dann ...»

Fritz Rusterholz blickte den in technische Spekulationen vertieften Richner ernüchtert an und fragte vorsichtig, ob er denn niemanden auf dem Bundesamt für Kommunikation kenne.

Robert Richner verneinte, er kenne wirklich niemanden, der so einen Generalfrequenzempfänger besitze. Wenn er so darüber nachdenke, komme ihm aber eine andere Idee. «Kannst du mit deinem Computer aufs Internet?»

Rusterholz starrte ihn an, als wäre er eben gefragt worden, ob der Delfin von ihm schwanger sei. Weder hatte er Zugang zum Internet, noch besass er einen Computer.

«Ein Freund von mir hat kürzlich erzählt, auf der Homepage von Pro Natura werde der Standort von Luchs Tito regelmässig bekannt gegeben. Ich selber habe die Seite nicht gesehen, habe momentan nur im Geschäft Zugang zum Netz, bin gerade in einer Umbauphase, will hier alles auf Wireless umstellen, obschon sich meine Frau schon jetzt wegen des Elektrosmogs beschwert. Wahrscheinlich werde ich den Computer auch noch in den Dachstock nehmen müssen. Aber wie dem auch sei: Mein Freund hatte sich gefragt, ob da nicht auch ein paar Jäger von diesen Ortsangaben Gebrauch machen könnten.»

Rusterholz wurde hellhörig.

«Wie schnell ist dein Computer?»

«Nicht so wahnsinnig schnell», stotterte Rusterholz.

«Was heisst das? Wie viele Megahertz?»

«Ja ... ich weiss wirklich nicht.»

«Dann lass dich beraten. Vielleicht reicht es ja, um in einem anständigen Tempo zu surfen. Dann holst du dir ein Abonnement bei einem Provider, wird ja ohnehin Zeit. Ich weiss natürlich nicht, wie viel dir diese Wette wert ist.»

Rusterholz blickte hilflos, wollte den mit Huggenberger gewetteten Betrag nicht nennen.

«Mach dich kundig auf dem Internet. Falls ich auf Ideen stosse, wie ich einen Universalempfänger bauen könnte, melde ich mich.»

Fritz Rusterholz verabschiedete sich, noch ehe er das Bier ausgetrunken hatte. Grüblerisch verliess er die Ebenen des Seelands, die mit nichts als trüber Vergangenheit verhangen waren, fuhr mit seinem alten Renault via Bern und Thun den Bergen entgegen, die ihm bisher keine Zukunft versprochen hatten. Nichts, ausser einer Schorrgraben-Jaucheverteilerstutzen-Zukunft mit Rösti und Speck und matschig weich gekochtem Gemüse von Therese Baerwart, mit einem schwerhörigen Theobald, der hinter seinem Fernrohr sitzend in die Leere des Weltalls hinausspähte, und einem blasswangigen Bruder, der in Melancholie und Selbstmitleid ertrank.

Alfred Huggenberger zog in Erlenbach beschleunigend aus der letzten Kurve, als Fritz Rusterholz, einen guten Kilometer hinter ihm, das Dorfschild passierte. Sie konnten nichts voneinander wissen, aber beide fuhren mit mulmigen Gefühlen das nächtliche Simmental hoch, Lauenen entgegen.

Huggenberger hatte in dem festen Glauben, die Wette eigentlich schon gewonnen zu haben, in der Lenk, hinten, am Fuss des Metschgrabens, Martin von Känel besucht.

Einen Sack Schweinefutter schleppend, fand er von Känel auf dessen Hof. Von Känels Gesicht und insbesondere seine Knollennase trug die Farbe von Kaninchenfleisch, wenn es zu lange an einem zu kalten Marktstand am Fleischhaken gehangen hat. Erfreut, einen alten Kameraden aus Rekrutenschule und Wiederholungskursen vor sich zu haben, gab ihm von Känel die tatzige Hand, wuchtete den Futtersack von der Schulter, kratzte sich im filzigen, grau melierten Haar, zog das olivgrüne Unterhemd der Schweizerischen Armee über den quabbeligen Bauch. Kaum hatte Huggenberger das Wort Luchs in den Mund genommen, erzählte von Känel begeistert vom Konto, das er eingerichtet habe, eine Pioniertat, wie er sich ausdrückte. Händereibend lud er Huggenberger ein, auch einzuzahlen, damit der Betrag so hoch werde, dass sich niemand mehr Sorgen machen müsse, im schlimmsten Fall von einem Gericht finanziell ausgenommen zu werden. «Wie eine Versicherung», pries von Känel seine Initiative, «nur viel besser.» Flugs hatte Huggenberger das Formular unter der Nase, auf dem er seinen Namen an fünfzehnter Stelle hätte hinschreiben sollen.

Huggenberger zögerte, war zwar freudig überrascht, in von Känel einen derart dezidierten Luchsgegner gefunden zu haben, erklärte aber, er halte es für unwahrscheinlich, dass jemand wegen eines geschossenen Luchses verurteilt werde. Von Känel konterte mit dem Hinweis, dass der Weg von einer Hausdurchsuchung bis ins Gericht kein langer sei.

Huggenberger winkte ab und fragte nach dem Luchs in der Jauchegrube, denn deswegen war er gekommen. Von Känel tat es Leid, Huggenberger enttäuschen zu müssen. Der Luchs, den er in seiner Jauchegrube verborgen hielt, war nichts weiter als ein Luchsfell, und von Känel hatte es, seit er es vergangenen Herbst kurz vor der Hausdurchsuchung ins Loch geworfen hatte, nie mehr gesehen. Weil es ihm nicht so wertvoll erschienen war und er künftigen Ärger vermeiden wollte, hatte er sich nie darum gekümmert, das Fell aus der Grube zu holen. Gewillt, Huggenberger wenigstens zu trösten, und selber neugierig, was aus dem Fell geworden war, entfernte von Känel die schweren Holzbalken über der Grube und liess den betäubenden Gestank erst einmal an seiner breitbeinigen Statur hoch wandern. Mit einem Holzstock stocherte er im dicken braunen Pfuhl, hantierte schliesslich mit dem Jauchemixer, aber das Fell liess sich nicht an die Oberfläche holen. Möglicherweise war es ganz auf den Grund abgesunken oder hatte sich sogar aufgelöst im ungestört vor sich hin gärenden Kuhdung. Huggenberger, dem schon bald klar geworden war, dass sich mit einem gülleverschmierten, halb zersetzten Luchsfell die Wette nicht gewinnen lassen würde, blickte ernüchtert in den braunen Sud, stemmte sich die Hände in die Hüfte, fragte von Känel nach einer Mary Long.

Rauchend strich er den heldenhaften Eintrag über sich in Tanners Dorfchronik, den er vor seinem geistigen Auge schon gesehen hatte, liess sich von einem munteren von Känel erzählen, wie der Zufall ihm einen Luchs vor die Flinte getrieben hatte, wie er ihn beinahe so bequem hatte erlegen können, dass er nicht einmal vom Traktor hätte steigen müssen.

«Wenns mit den Schafen so kommt wie im letzten Sommer, so weiss ich einen verdammt sicheren Ort, einem Luchs zu begegnen», sagte von Känel und lud Huggenberger ein, im Sommer auf seine Alp zu kommen. Er habe zwar dort oben auf der Metschflue vergangenen Sommer lange umsonst auf den Luchs gewartet, der habe ihm die Schafe gerissen, ohne dass er ihn je zu Gesicht bekommen habe. Vielleicht aber sei er nicht hartnäckig genug gewesen, habe sich nicht ganze Nächte um die Ohren schlagen wollen. Aber zusammen mit ihm und mit der Aussicht, eine Wette zu gewinnen, da würde er sich schon anders anstrengen.

Huggenberger zerrieb die Mary Long unter seinen Schuhen, bedankte sich für das Angebot, wusste aber, dass er nicht so lange würde warten können. Auch ein unfähiger Seeländer würde imstande sein, bis im Sommer irgendwie einen Luchs aufzutreiben. Er drückte von Känel, der ihn mahnte, sich die Sache mit dem Konto nochmals zu überlegen, die Hand und liess sich eine zweite Mary Long mit auf den Weg geben. Noch ehe er in Boltigen war, bog er nach Pfaffenried ab, nahm die steile, behelfsmässig asphaltierte Strasse, die ihn zum Haus von Wildhüter Carl Spitteler führte.

10

Auf der Landeskarte war diese steil ansteigende Strasse zuhinterst im Kandertal als Wanderweg eingetragen. Julius Leen hatte sich von Gellert sagen lassen, dass der Weg vor kurzem asphaltiert worden war. Nach der vierten Kehrtwende vernahm er erste Signale von Tito. Sie erreichten ihn vom gegenüberliegenden Hang, irgendwo beim Oeschinensee, am Fuss der Blüemlisalp. Leen, der schon befürchtet hatte, dass die Suche auch heute wieder erfolglos sei, war erleichtert. Falls Tito sich schon gestern hier oben aufgehalten hatte, war er nicht mehr verwundert, wieso er ihn nicht hatte finden können. Wer den neu asphaltierten Weg nicht kannte und deshalb in der Talsohle nach Signalen suchte, musste erfolglos bleiben.

Doch eine weitere Aufgabe setzte ihn unter Druck. Leen hatte nämlich den Auftrag erhalten, die folgende Information zu überprüfen: Der Oberländer Landwirt, der mit Gellert telefoniert hatte, wollte in der Nähe des Blausees einen Luchs gesehen haben mit struppigem, schütterem Fell und zaghaftem, geducktem Gang. Also ein Luchs, der ausgesehen habe wie ein an Räude erkrankter Fuchs. Ausser jener von Tito steckte sonst keine Stecknadel in der Nähe des Blausees, und dass ein an Fuchsräude erkrankter Luchs den rund zwölf Kilometer entfernten Oeschinensee in einer Nacht erreichen könnte, war immerhin denkbar.

Von Stalder hatte Leen am Frühstückstisch erfahren, dass es nicht der erste Luchs wäre, der an der tödlichen Fuchsräude erkrankte. Aus einem seiner zahlreichen Bücher zeigte ihm Stalder eine ganze Sammlung von Fotografien klassischer Symptome der Räude, ein Panoptikum wüster, entstellter Kreaturen. Gellert, gedanklich schon beim Vortrag, den er am Abend an der Uni würde halten müssen, war beunruhigt. Er fürchtete, man werde Tito schiessen müssen, um zu verhindern, dass sich die Räude weiter ausbreite. Stalder fand, es wäre vielleicht ganz gut, wenn Tito etwas zustosse. So würde ein breites Publikum erfahren, dass der Luchs nicht einfach ein sympathisches Objekt auf einer Homepage, sondern ein Raubtier sei, das jeden Tag neu ums Überleben kämpfe.

Julius Leen stieg in anderthalb Stunden zum Oeschinensee hoch, auf dessen silbern glänzender Oberfläche Eisschollen trieben, folgte den stärker werdenden Signalen in den darüber liegenden Wald. Als er in einer Kehre des Wanderwegs stand, wurden die Signale Titos unvermittelt stärker. Leen blickte hoch in den Forst, griff zum Fernglas. Zuerst sah er nur einen Schatten. Einen kleinen Fleck, der nicht in den Wald und nicht zu den Felsen passen wollte, dann veränderte, bewegte sich etwas und trat langsam, geräuschlos und nur wenige Zentimeter aus dem Schatten der schneebedeckten Felsen, Äste und Büsche hervor: Tito.

Die Distanz zwischen ihm und dem Tier schätzte er auf sechzig, vielleicht siebzig Meter. Titos Halsband konnte er im Fernglas gut erkennen. Weder das Gesicht des Luchses noch dessen Fell, von dem Leen den Nacken und den Rücken gut ausmachen konnte, zeigten Ähnlichkeiten mit den Fotos in Stalders Buch. Tito rührte sich nicht, hielt Augen und Pinsel auf Leen gerichtet. Aus dem Unterholz drang vereinzelt Vogelgezwitscher, sonst war alles still. Tito blinzelte langsam, als nicke er zustimmend in Leens Richtung.

Leen nahm vorsichtig den Rucksack vom Rücken, ohne Tito aus den Augen zu lassen, öffnete den Reissverschluss und griff zur Kamera. Es war das erste Bild von Tito, das die Besucher der Homepage von Pro

Natura zu sehen bekommen würden. Er schaute aufs Display, stellte die Blende ein, und als er wieder hochsah, hatte der Luchs das Gesicht in den Schatten zurückgezogen, sodass er ihn nicht auf Anhieb ausmachen konnte. Als er Tito im Sucher der Kamera sah, klein und unwirklich, und darauf wartete, dass Tito den Kopf wieder an die Sonne hielt – denn nur so würde man auf dem Foto überhaupt einen Luchs ausmachen können – da klingelte in der Jackentasche sein Telefon. Leen schaltete es hastig aus. Als er wieder aufschaute, sah er nur noch kurz den sich abwendenden Rücken Titos, dessen Stummelschwanz mit dem schwarzen Ende, dann löste sich der Luchs in Felsen, Unterholz, Schnee und Tannenästen auf. Immerhin hatte sich Tito elegant bewegt, sein Fell schien glatt und geschmeidig: Aber Leen wusste nicht, ob er nicht doch Anzeichen von Räude gefunden hätte, wenn er den Luchs noch etwas genauer hätte anschauen können.

Leen gab leise einen französischen Fluch von sich. Er liess die Kamera sinken und suchte mit dem Fernglas die Waldpartie ab, in der Tito verschwunden war.

Er machte einige Schritte auf dem Wanderweg, um seine Position zu verändern, blieb eine lange Weile stehen und schaute durch das Fernglas. Als er die Hoffnung aufgab, Tito noch einmal zu sehen, erstellte er ein Foto von der dichten, felsdurchzogenen Vegetation, damit man auf der Homepage wenigstens sehen würde, in welchem Gelände sich Tito an diesem Tag aufgehalten hatte.

Missmutig schaltete er das Telefon ein, sah auf dem Display die Nummer der Feldstation und wählte.

Stalder nahm ab, fragte, wie es mit Tito aussehe. Leen berichtete, er habe ihn soeben gefunden, der Kuder sehe gesund aus, soweit er das habe beurteilen können. Dass Stalder es war, der ihm soeben ein Foto von Tito vermasselt hatte, verschwieg Leen.

Stalder freute sich, sagte, er solle sich sputen, solle noch Rena peilen, aber spätestens um vier Uhr zurück in Weissenbach sein. Wildhüter Spitteler habe am Anfang vom Iffigtal einen Riss gefunden. Anhand der Koordinaten könnte es ein Riss von Mila sein. Vielleicht eine letzte Chance, der Lüchsin ein neues Halsband überzuziehen. Gellert könne nicht helfen, halte seinen Vortrag an der Uni, Scafidi habe er bisher nicht erreichen können, und er, Stalder, wäre froh, beim Fangversuch auf ihn zählen zu können. Leen sagte, er werde sich beeilen.

Als Leen mit der Antenne die Signale überprüfte und er die Empfindlichkeit des Empfängers deutlich erhöhen musste, um überhaupt etwas zu empfangen, wusste er, dass sich Tito rasch entfernt hatte. Deshalb ging er weiter den Wanderweg hoch bis zur nächsten Serpentine, verliess anschliessend den Weg und machte sich auf die Suche nach der Stelle, an der er Tito gesehen hatte. Bald fand er im Schnee Titos Spuren, folgte ihnen in die andere Richtung. Wenig später fand er eine waschzubergrosse Mulde, in der Tito gelegen hatte. Leen bückte sich zum platt gedrückten Schnee, fand einige Haare und bemerkte einen strengen Geruch. Wenige Schritte neben dem Tageslager fand er, was nichts anderes als Luchskot sein konnte: länglich, haarig, graubraun und von einem betäubenden Gestank. Leen dachte an die Tiefkühltruhe, an das Kotformular, an die lächerliche Wissenschaft. Er wandte sich ab, machte einige Schritte, kehrte wieder um, packte den Kot in einen Plastikbeutel. Wenn er schon kein Foto hatte, so würde er jetzt immerhin frischen Kot nach Hause bringen. Darin würde sich sicher zeigen, ob Tito gesund war. Stalder und Gellert würden sich freuen. Leen malte mit dem Bleistift einen kleinen Punkt auf die Karte, um den Standort zu bezeichnen, kontrollierte nochmals die Signale – die waren schwächer denn je – und machte sich schliesslich auf den Weg ins Territorium der Lüchsin Rena.

Drei Stunden später übertrug Leen die vierte Peilung von Rena auf die Karte und bereitete sich vor, nach Ciernes Picat, einem Tal in der Nähe von Rougemont im Pay d'Enhaut zu wandern, in dem sich Rena aufgrund dieser ersten Peilungen befinden musste. Er parkte den Wagen am Rand einer schmalen, abschüssigen Strasse, hängte sich den Empfänger um den Hals, den Rucksack auf den Rücken und marschierte los. Nach wenigen Schritten schon war Motorenlärm zu hören, Leen blickte zurück – hinter ihm kam auf einem Motorfahrrad ein Mann angefahren, alt und dürr, das halbe Gesicht überwuchert von einem weissen Vollbart. Er sass sonderbar schief und damenhaft auf seinem Gefährt, das die steile Strasse kaum bewältigte, trug einen filzigen, grauen Hut, einen altmännerfarbenen Kittel und hatte einen Holzstock unter die Achsel geklemmt.

Leen wich an den Strassenrand aus, um dem Mann Platz zu machen, als er aber sah, dass der Bärtige sein Gefährt direkt auf ihn zu steuerte, blieb er stehen. Der Alte stellte den Motor ab, stützte sich mit dem Stock und starrte Leen an.

«Rölli», brummelte der Alte, «Hans Rölli», und streckte Leen die fahrige Hand hin. «Gibts noch mehr Post für mich?» Die Stimme des Alten klang leise und abgezehrt, die Worte wollten ihm kaum aus dem Mund. Vergraben in tiefe Augenhöhlen steckten winzige Augen. Leen hatte ein «bonjour» und nichts als ein kurzes Gespräch erwartet, sein Französisch reichte nicht zu einem langen. Viel mehr als ein paar Flüche und «lynx» und «chamois» hatte er in diesen Wochen hier nicht gelernt.

«Freut mich», antwortete Leen leicht irritiert und drückte ihm die Hand, ohne seinen Namen zu nennen. Er sei nicht von der Post, fahre bloss ein maisgelbes Auto. Der Alte hielt inne, Leen bemerkte, wie der Mann eingehend die Antenne musterte, die er in der Hand hielt. Leen blickte in ein Augenpaar, das gläsern schimmerte. Es folgte eine Sekunde, in der alles möglich gewesen wäre.

«Schön ists hier oben, nicht wahr?»

«Ja», antwortete Leen und wusste nicht, ob dem Alten klar war, dass er keinen Briefträger vor sich hatte.

«Schön, einen jungen Menschen zu sehen, der unsere Natur zu schätzen weiss.» Hans Rölli nahm den Hut vom Kopf, kratzte sich in den darunter liegenden, kräftigen, schlohweissen Haaren, setzte den Hut wieder auf, zeigte mit dem Stock ins Tal, dann auf ein Bauernhaus. «In diesem Haus wohne ich, im ersten, das Sie dort sehen.»

Leen war der Hof bisher nicht aufgefallen. Es war das einzige Haus in der Nähe, ein oder zwei Gehminuten entfernt, in einer Mulde im Hang, von mächtigen Tannen umstanden.

«Dort bin ich aufgewachsen, geboren vor siebenundsechzig Jahren, bei dieser Tanne vor dem Haus habe ich gespielt, habe bei ihren Wurzeln, in diesem seltenen Durcheinander von Wurzeln und Gestein, das Sie sich unbedingt einmal anschauen müssen, gespielt und Spalten gefunden, die weiter ins Erdinnere führen, als Sie sich denken können. Man müsste da einmal eine Bohrung machen. Die Geologen haben zwar einiges geleistet in diesem Jahrhundert, Respekt, Respekt, aber noch ist nicht alles gemacht.»

Leen schaute den Alten verständnislos an.

Hans Rölli räusperte sich. «Wer genau in die Felsen schaut, der sieht, dass die Alpenfaltung erst halb erklärt ist. In der Geologie ists wie im Leben. Zuerst muss man die Fragen finden. Zuerst die Fragen, dann die Antworten. Ich habe lange gebraucht, bis ich das gelernt habe, darum sage ich es den Jungen. Was die aus meinen Ratschlägen machen, ist mir egal, ich kann mich nicht um alles kümmern, einmal ist Schluss. Ich habe schon damals, als ich in Finnland arbeitete, gemeint, jetzt geht das Flämmlein aus. Und auch auf den Bergtouren, ich war ja zwanzig Jahre lang Bergführer, da habe ich oft gedacht, jetzt kannst du abtreten, aber es war noch nicht Zeit. Ja, als Bergführer habe ich einiges gelernt. In Finnland und in England auch. Ich hab da für die mechanische Industrie gearbeitet, aber das ist lange her.»

Er hielt inne. Leen blickte ins Tal hinab, an die gegenüberliegende Bergkette, als wäre dort die Lebensgeschichte dieses Mannes zu lesen, dann schaute er wieder zum Alten. «Ich nehme an, sie gehen zum Hof», fragte Leen.

Rölli nickte und war einverstanden, neben Leen zu gehen, bis dieser nach einer Abzweigung höher in den Hang steigen würde.

Vielleicht werde er ihn auslachen, sagte der Alte, der in gemächlichen Schritten sein Motorrad neben Leen herschob, aber für ihn sei das Pay d'Enhaut immer noch der schönste Fleck der Welt. Die Jungen schwärmten heute immer vom Meer. Er sei auch einmal mitgegangen, mit seinem Sohn, fürchterlich. Das Meer. Etwas Langweiligeres habe er sein Lebtag nicht gesehen. Eine Welle, eine Welle, noch eine Welle. Und die salzige Luft. Nein. Hier im Oberland habe er jede halbe Stunde neues Wetter, eine neue Aussicht.

Leen stand ihm gegenüber, immer noch leicht irritiert. Er rätselte, welche Einstellung der Mann dem Luchs gegenüber wohl hatte. Er musste sich beeilen. Rena würde nicht ewig in ihrem Tageslager bleiben, er wollte Stalder nicht warten lassen.

«Ich habe nicht viel Zeit und muss …», hob Leen an.

Das müsse er nicht erklären, sagte der Alte. Die Jungen hätten überhaupt nie Zeit. Er solle ihm lieber sagen, wo der Luchs stecke.

Gerissener Kerl, dachte Leen.

«Ich weiss noch nicht, wo er ist», entgegnete Leen. «Eben darum habe ich keine Zeit.»

«Also darum», sagte Rölli wie zu sich selbst und schob mit beiden Händen, an deren Ende altersgelbe Fingernägel wuchsen, das Motorfahrrad, schaute Leen unablässig in die Augen und begann, Geschichten zu erzählen. Einiges ging in seinem Bart verloren oder kam schon gar nicht recht über die Lippen, anderes konnte Leen gut verstehen. Zum Beispiel die Geschichte von Tomba, einer bergsteigenden Hauskatze, die beim Berghotel Schwarenbach gelebt habe, auf 2060 Meter über Meer, und die mit ihm und anderen Seilschaften zahlreiche Besteigungen vom Rinderhorn und Balmhorn mitgemacht habe, zwei ordentliche Dreitausender, bevor sie im Januar 1993 an Katzenleukämie gestorben sei. «Katzen leben ein eigentümliches Leben. Zäh, unbändig und frei. Das ist beim Luchs sicher nicht anders. Der kriegt vielleicht keine Leukämie», meinte Rölli.

«Ich weiss nicht.» Leen war unentschlossen und dachte an Stalders medizinische Bibliothek.

Ihm jedenfalls mache der Luchs einen robusten Eindruck, fuhr Rölli fort und erzählte, er schaue sich auf der Seite von Pro Natura regelmässig an, wo sich Tito umtreibe. Sein Sohn habe ihm letztes Jahr einen Zugang zum Internet installiert. Zuerst habe er sich dagegen gewehrt, aber der Sohn habe darauf bestanden. Dieser lebe nämlich in Australien, sei ausgezogen als Zimmermann und nun ein bekannter Architekt, entwerfe und verkaufe Fertighäuser, die merkwürdig aussähen, keinen Keller, keinen Estrich und ein rundes Dach hätten. Aber im australischen Busch sei das genau das Richtige, er verkaufe eins nach dem anderen, und mit diesem Internet könne er eben Fotos zu ihm schicken, von den Baustellen und von der Familie. Und seit etwa zwei, drei Monaten schaue er sich regelmässig an, was über Tito drinstehe. Er wollte wissen, ob es Tito war, den er peile.

«Nein, es ist ein Weibchen, heisst Rena», gab Leen nur zögerlich Auskunft. «Wenn Sie so interessiert sind, könnten Sie sicher mit einer Pro-Natura-Broschüre über den Luchs etwas anfangen», sagte Leen und ärgerte sich gleichzeitig darüber, dass er die Broschüren im Auto gelassen hatte.

«Pro Natura?», fragte der Alte und hob die Brauen. «Von Pro Natura habe ich alle Hefte, auch Hefte über den Luchs.» Er korrigierte den kleinen Schlenker, den er mit dem Mofa vollführt hatte, und schaute hinüber zum Hof. «Wie weit weg ist er noch, der Luchs?»

Leen gab vor, nicht zu wissen, wo sich Rena genau befinde, und erklärte, er brauche nicht bis zum Tier hinzugehen, um es zu lokalisieren.

Sie gelangten zur Abzweigung, wo der eine Weg gerade zum Hof verlief, der andere gegen den Wald hin anstieg. Sie blieben stehen.

«Falls der Luchs nicht weit von meinem Haus weg ist, holen sie mich», bat ihn Rölli. «Ich will einmal selber so einen Luchs sehen.»

Es komme recht selten vor, sagte Leen, dass man einen Luchs zu Gesicht bekomme, aber er könne ihn durchaus benachrichtigen.

Hans Rölli bedankte sich, wünschte ihm viel Glück bei der Suche, setzte den Hut auf, warf sein Motorfahrrad in den ersten Gang, obschon er nur noch wenige Meter zu fahren hatte, klemmte den Spazierstock unter die Achsel, fuhr langsam seinem Hof entgegen und hob die eine Hand lässig zum Gruss.

Julius Leen fand nach einer Dreiviertelstunde tatsächlich heraus, dass sich Rena in jenem Wald oberhalb des Bauernhauses aufhielt, in dem Hans Rölli wohnte. Renas Signal war sehr konstant. Leen schaffte die gewünschte Dreierpeilung ohne Probleme. Damit war Renas Standort auf eine Hektare genau bestimmt. Gerne hätte er Rena und vor allem deren beide Junge gesehen, die jetzt rund zehn Monate alt und also noch ein, zwei Monate zu jung waren, um selber zu jagen. Das Gelände war hier recht gut zugänglich, und die Chancen standen deshalb relativ gut, die Luchsfamilie zu Gesicht zu bekommen. Allerdings war es in diesem von kleinen Hügeln durchsetzten Gelände auch schwierig, mit dem Empfänger die Distanzen zu schätzen, und er wollte die Luchse nicht stören, indem er ihnen unbeabsichtigt zu nahe kam. Er trug den Standort auf die Karte ein und kehrte um.

Als er sich auf dem Rückweg Röllis Hof näherte, fiel ihm auf, wie nahe Rena sich eigentlich an diesen Hof herangewagt hatte. Er kam jedoch nicht auf den Gedanken, den alten, sonderbaren Schwätzer über den Standort der Luchsmutter zu informieren. Der Alte würde ihn mit seinen Geschichten nur aufhalten. Mit kurzem Seitenblick ging er am Hof vorbei, das Motorfahrrad stand neben der Holztür an die Fassade gelehnt.

11

Nik Stalder peilte Zico in der Nähe des Schafharnisch, direkt hinter Boltigen. Der mit sechsundzwanzig Kilogramm bestgenährte unter den sendermarkierten Kudern hielt sich weder in der Nähe eines Risses noch in der Nähe von Saba auf. Das Weibchen schien ihn noch nicht zu interessieren.

Nach einer einwandfreien Dreierpeilung kam Stalder zurück in die Feldstation, steckte die Stecknadel Zicos ein wenig weiter gegen Westen, lud die tellergrossen Tretfallen, das Fangnetz und die verschieden grossen Halsbänder ins Auto, machte Blasrohr und Betäubungsspritzen bereit.

Wildhüter Bänninger, der schon einige Male bei einem Fangversuch mitgearbeitet hatte, erklärte am Telefon, er wolle zwar unbedingt kommen, auch wenn das Reh eigentlich im Gebiet Spittelers liege, er könne allerdings nichts versprechen, da man ihm beim Blausee einen räudigen Fuchs gemeldet habe, den er noch heute schiessen wolle.

Stalder freute sich, von einem räudigen Fuchs zu hören, und hoffte, dass Bänninger später zu ihm stossen würde. Uliano Scafidi, der möglicherweise im Funkloch Abländschens der Lüchsin Kora auf der Spur war, hatte er immer noch nicht erreichen können. Nur allein mit Leen wollte Stalder den Fangversuch allerdings nicht wagen.

Widerwillig wählte Stalder die Nummer vom Büro im Berner Hirschengraben. Marianne Hiltbrunner antwortete. Stalder verlangte Paul, der bloss ein paar Mal im Jahr, vor allem für Fangversuche und Jungenmarkierungen, ins Oberland kam. Paul Hiltbrunner liess Stalder merken, dass er ihm die Aussagen, die Stalder gegenüber den

Medien gemacht hatte, ohne mit ihm Rücksprache zu nehmen, immer noch übel nahm. Er erklärte sich aber bereit, gleich ins Auto zu steigen, und fragte nach den Koordinaten des Treffpunkts.

Zufrieden stellte Leen fest, dass ihm Stalder den Luchskot anerkennend abnahm, als er in die Feldstation kam. Stalder würde den Kot so rasch wie möglich untersuchen lassen.

Gellert verabschiedete sich, marschierte mit seinen Vortragspapieren unter dem Arm zum Bahnhof. Bevor Stalder zusammen mit Leen und einem Kofferraum voll Fangmaterial nach der Lenk fuhr, hinterliess er eine Notiz für Scafidi, damit dieser wusste, wo sie sich aufhielten.

Als sie beim vereinbarten Treffpunkt eintrafen, war Paul Hiltbrunner schon da. Er versprühte alles andere als gute Laune.

Der Hang unter dem Oberlaubhorn war steil, recht dicht bewachsen. Von Iffigfall und Bärentritt, einem wuchtigen Felsen über dem Wasserfall, lagen die obersten Meter noch in der Abendsonne. Leen war verblüfft, wie rasch Stalder das hinter einen Wurzelstock gezerrte Reh aufspürte. Der musste einen Riecher für so was haben. Noch war hier nicht aller Schnee geschmolzen, die Schleifspuren waren deutlich zu sehen. Die Männer trugen ihr Material zum Reh und machten sich daran, die Fallen aufzustellen. Als Stalder die erste Bodenschraube in die Erde drehte, schaute ihn Hiltbrunner lange an.

«Das ist zu nah am Reh», sagte Hiltbrunner.

Stalder hatte grosse Lust, Hiltbrunner zu fragen, wann er das letzte Mal bei einem Fang mitgemacht habe.

«Ist nicht zu nah am Reh», entgegnete Stalder. «Die Fallen müssen so nah ans Reh wie möglich.»

Hiltbrunner schaute zu, wie Stalder unbeirrt die Schraube in den Schnee und weiter in die darunter liegende Erde drehte, machte sich anschliessend selber daran, eine Schraube im Boden verschwinden zu lassen. Er tat dies etwas weiter vom Reh entfernt.

Als Leen wie von Stalder befohlen mit drei Tretfallen in der Hand zum Reh kam, stutzte Hiltbrunner.

«Wir brauchen vier Fallen», sagte Hiltbrunner.

«Drei Fallen sind besser», meinte Stalder. «Wenn dies wirklich Milas Reh ist, dann haben wir es mit einer Lüchsin zu tun, die weiss, was eine Falle ist. Sie darf nichts merken. Die Fallen müssen wie in den Boden gegossen daliegen, müssen unmittelbar am Reh sein. Deswegen und auch wegen des Wurzelstocks haben höchstens drei Fallen Platz.»

«Ich staune», erregte sich Hiltbrunner. «Du lässt keine Möglichkeit aus, mir zu widersprechen.»

«Ich versuche bloss, effizient zu arbeiten.» Stalder nahm Leen die erste Tretfalle aus den Händen, bückte sich, hielt die Falle auf den Boden, räumte den Schnee weg, ebnete den Boden.

«Effizient soll es sein, wenn man vom Luchsprojekt in der Zeitung zwei unterschiedliche Stellungnahmen zum selben Vorfall lesen kann?»

Stalder stand auf, klopfte sich Schnee und Dreck von den Händen. «Was willst du eigentlich? Ein Journalist hat mich angerufen, ich hab ihm einige Fragen beantwortet. Muss ich dich jedes Mal anrufen, bevor ich öffentlich einen Pieps mache? Muss ich eine Konferenzschaltung machen, wenn ich jemandem etwas über einen Luchs erzähle? Falls ich etwas falsch dargestellt habe, trage ich die volle Verantwortung. Alle können lesen, dass dies Nik Stalder gesagt hat. Und wenn es dich stört, dass in einem Artikel nicht Paul Hiltbrunner, sondern Nik Stalder zitiert wird, dann muss ich nicht mehr mit dir diskutieren.»

«Wir werden noch sehen, wer mit wem wird diskutieren müssen. Ich hatte eigentlich beabsichtigt, in Kopenhagen ein gutes Wort für dich einzulegen. Nun werd ich nochmals darüber nachdenken müssen.»

«Wirklich nett von dir, Paul. Aber ich schaffe es auch ohne deine Hilfe», entgegnete Stalder und nahm Leen, der stumm und starr zwischen den beiden Männern stand, die zweite Falle aus der Hand und platzierte sie vor dem Reh.

Den Rest der Arbeit verrichteten sie schweigend. Sie spannten die Drähte um die Fallen, tarnten diese in aufwändiger Arbeit mit Schnee und Zweigen und schalteten das kleine Gerät ein, welches das Zuschnappen der Falle anzeigen würde.

Eine halbe Stunde später sassen sie rund zweihundert Meter von der Falle und fünfzig Meter vom Waldrand entfernt auf Holzlatten vor einem Heuschopf und warteten. Warteten auf die Nacht, warteten auf Mila.

Kurz nach acht Uhr tauchte ein Fahrzeug mit aufgeklebten Luchsspuren auf. Es war Wildhüter Konrad Bänninger, der aus eigener Initiative Scafidi in Weissenbach abgeholt und mitgebracht hatte. Der kleingewachsene, bärtige Wildhüter begrüsste alle herzlich, und wahrscheinlich war nicht nur Stalder über seine Anwesenheit froh. Die kühle Atmosphäre war jedenfalls mit einem Schlag verflogen. Bänninger erzählte wortreich vom soeben geschossenen Fuchs, dem die Räude übel zugesetzt hatte. Stalder erzählte ihm im Gegenzug vom Anruf eines Oberländers, der offenbar den kranken Fuchs mit einem Luchs verwechselt hatte. Hiltbrunner hatte endlich seine schlechte Laune überwunden, bot allen aus seiner grossen Thermosflasche heissen Kaffee an.

Das kleine Gerät blieb ruhig. Zu hören war nichts als das Rauschen des Iffigfalls. Hin und wieder trieb ein leichter Wind den Geruch von Heu aus der Scheune.

Leen hatte sich erlaubt, einen von Scafidi produzierten Käse mitzunehmen. Scafidi zeigte sich überrascht, denn er habe eigentlich selbst einen Laib mitnehmen wollen, ihn aber vergessen, und er freute sich über die Komplimente und die Fragen von Bänninger und Hiltbrunner. Bänninger wollte auch wissen, wie es der von ihm getauften Lüchsin Mena ergehe und wo sie sich rumtreibe. Stalder erzählte von den Peilungen Menas bei Gstaad und im Turbachtal, berichtete später von den Wanderungen Titos, von Balu, der Wanderhode, und beklagte sich bei Bänninger über Wildhüter Spitteler. Jedes Mal, wenn Spitteler ein totes Reh oder eine tote Gämse finde, sei er ausser sich. Jeder Riss, den er der Feldstation melde, sei ein reiner Vorwurf.

Er wisse auch nicht, was mit Spitteler los sei, sagte Bänninger. Spitteler habe die Ausbildung zum Wildhüter zwar auch durchlaufen, sollte also gehört haben von einer Balance, die sich zwischen Raub- und Beutetier über Jahrzehnte hin einstelle, aber manchmal frage er sich schon, was denn bei dem hängen geblieben sei. Seit er, Bänninger, seine Luchspranken auf das Auto geklebt habe, meide ihn Spitteler, wo er nur könne. Er müsse froh sein, wenn Spitteler ihn noch grüsse.

Hiltbrunner, der mit dem Kaffee gesprächig wurde, wollte von Bänninger wissen, ob er gewisse Leute verdächtige, die abgehackten Pranken nach Bern geschickt zu haben. Bänninger wusste von einem Gerücht, wonach einer in einer Beiz Fotos von einem erlegten Luchs herumgezeigt haben solle. Namen und Ortschaften kenne er aber keine. Er hoffe einfach, dass der Luchs dieses Jahr weniger Schafe reisse, damit sich Schafhalter und Jäger wieder beruhigen würden.

Hiltbrunner erwähnte das neue *Konzept Luchs Schweiz* und sprach von seiner Hoffnung, dass die Verfasser dieses Papiers die Anregungen von Pro Natura und dem Luchsprojekt berücksichtigten und endlich die Kompetenzen über die Abschüsse an die Kantone abtreten würden.

Leen wartete darauf, dass Stalder Hiltbrunner widersprechen würde. Er wusste, Stalder hielt nichts davon, jeden Kanton selbst entscheiden zu lassen, wann ein Luchs geschossen werden musste. Stalder aber schwieg, stand bloss auf, schulterte den Empfänger, machte einige Schritte von der Hütte weg in die Nacht hinaus. Auch die sitzenden Männer konnten hören, dass er Signale einfing. Bei Leen mochte keine rechte Freude aufkommen. Er hätte sich jetzt gerne im Heu schlafen gelegt.

Zusammen mit Hiltbrunner machte sich Stalder umgehend auf, Mila zu orten. Obschon sich Stalder und Hiltbrunner bei den jeweiligen Richtungen nicht immer einig waren, war doch klar, dass sich Mila in der Nähe der Falle aufhalten musste. Minuten später standen Leen, Scafidi und Bänninger mit dem Fangnetz, Stalder mit Blasrohr und Betäubungsspritze und Hiltbrunner mit Antenne und Empfänger vor der Scheune. Sie warteten. Der kleine Kasten aber, der das Zuschnappen der Falle angezeigt hätte, blieb stumm. Nach einer halben Stunde wurden Milas Signale schwächer.

«Sie zieht ab», sagte Hiltbrunner und liess die Antenne sinken.

«Die hat den Braten gerochen», mutmasste Bänninger.

«Schade», sagte Stalder.

Die Männer gingen zurück, verteilten sich im Heu, krochen in die Schlafsäcke. Scafidi, Leen und Bänninger schliefen schon, als Hiltbrunner zu schnarchen anfing und Stalder damit am Einschlafen hinderte.

Auf die Genugtuung, alle wecken zu können, weil Mila in der Falle steckte, hoffte Stalder in dieser Nacht vergeblich.

In der nächsten Nacht wurde der Fangversuch wiederholt. Diesmal waren Bänninger und Hiltbrunner nicht mehr dabei, dafür aber Gellert. Weil er hoffte, Mila wenigstens filmen zu können, falls es nicht gelingen sollte, sie einzufangen, brachte Stalder seine Infrarotkamera mit. Er befestigte sie an zwei Ästen, richtete das Objektiv auf das tote Reh und startete den Film, der acht Stunden laufen sollte.

Gellert war gerade dabei, auf einem Campingkocher eine Suppe zuzubereiten, mit der er sich und die übrigen warm zu halten hoffte, als Stalder vom Waldrand herrannte und rief, er empfange Signale. «Noch eine Nacht wird Mila nicht mit hungerndem Magen umkehren.»

«Mila trau ich alles zu», widersprach Leen und erinnerte daran, wie sich Mila damals im Schneetreiben an ihn herangeschlichen und sich ungesehen aus dem Staub gemacht hatte.

«Wenn sie in die Falle geht, dann in den nächsten Augenblicken. Sie wird sich den Schritt nicht noch eine halbe Stunde überlegen», meinte Gellert. Er löschte das Feuer des Campingkochers und schöpfte dennoch seelenruhig Suppe.

«Die soll gefälligst warten, bis ich die Suppe gegessen habe», murrte Scafidi.

Das war um zehn Uhr. Als sich das Signal Milas um elf Uhr verflüchtigte, erklärte Stalder, dass er heimgehe. Er müsse morgen in der Sekundarschule Zweisimmen diesen Vortrag halten, habe schon letzte Nacht kein Auge zugetan und glaube nicht daran, dass sich Mila noch fangen liesse. Er packte seine Sachen, legte das Blasrohr und die Betäubungsspritze auf den Tisch und ging.

Gellert versuchte nicht, ihn umzustimmen. Er schenkte allen Kaffee nach, um die Müdigkeit zu vertreiben.

Die Nacht verlief ereignislos. Als Gellert, Leen und Scafidi am nächsten Morgen aus den Schlafsäcken krochen und zur Falle gingen, sahen sie Spuren von Mila. Die Spuren befanden sich unmittelbar neben den Fallen. Zudem waren dem Reh nicht nur die Hinterbeine, wie zwei Tage zuvor, sondern auch der Rücken und Teile des Bauchs weggefressen. Mila hatte es fertig gebracht, vom Reh zu fressen, ohne dabei in die Fallen zu treten.

Auf dem Infrarotfilm, den sich die Männer in der Stube der Familie Zulliger anschauten, war gut zu erkennen, wie sich Mila Zentimeter für Zentimeter an die Fallen herangetappt hatte, wie sie zuerst die rechte Pranke an den Rand einer Tretfalle platziert, dann mit der anderen den Boden abgetastet hatte, um zu spüren, wo das Metall anfing, und wie sie in dieser umständlichen, verrenkten Körperhaltung lange und gierig gefressen hatte.

«Und ihr seid zweihundert Meter entfernt im Schnee gesessen und habt euch den Arsch abgefroren», lachte Hans Zulliger, den Zahnstocher im Mundwinkel.

«Die kannst du vergessen.» Stalder schüttelte den Kopf und betrachtete die fressende Mila. «Die fangen wir nie mehr. Die hat sich die Sache eingeprägt. Wenn wir Glück haben, läuft ihr Halsband noch drei Monate.»

«Wieso habt ihr eigentlich statt vier nur drei Fallen aufgestellt?», fragte Gellert.

«Vier Fallen hätten wir nicht so nah am Reh aufstellen können, und sie hätte noch viel bequemer fressen können, ohne die Fallen zu berühren», sagte Stalder, als erkläre er damit ein Naturgesetz. «Immerhin wissen wir nun, dass Mila nicht zu den Luchsen gehören wird, die wir in die Ostalpen verfrachten.»

«Es sei denn, sie würde bei einer Kastenfalle weniger vorsichtig reagieren», gab sich Gellert optimistisch.

«Zuerst müsst ihr die Ostschweizer überhaupt so weit bringen, dass sie den Luchs haben wollen», mischte Zulliger sich ein. «Wenn das Buwal weiterhin so tut, als gäbe es keine Kantone, so könnt ihr die Luchse grad noch ein Stück weiter in den Osten bringen, zurück in die Karpaten.»

«Politik ist nicht unser Geschäft», wehrte Gellert ab.

«Aber wir liefern Daten, mit denen die Politiker arbeiten müssen», entgegnete Stalder. «Wenn es in den Kantonsparlamenten in der Ostschweiz weniger Granitschädel gibt als hier im Oberland, dann werden sie den Luchs auch akzeptieren ohne die Kompetenz, eigenhändig eine Abschussbewilligung zu erteilen.»

«Darauf würde ich mich nicht verlassen. Granitschädel gibt es überall, Stalder», warf Zulliger ein.

«Ich weiss», sinnierte Stalder. «Es handelt sich wahrscheinlich um einen evolutionsgeschichtlichen Exportschlager aus dem Oberland. Genetisch gesehen einer der grossen Prädatoren.»

Er solle es auf Deutsch und ein andermal sagen, antwortete Zulliger. Stalder nickte zufrieden, verabschiedete sich. Er werde Titos Kotprobe nach Bern bringen und auf dem Weg zurück nachschauen, ob Zico immer noch beim Schafharnisch herumklettere. Er verliess die Stube, wo sich die anderen weiter anschauten, wie Mila mit vorgerecktem Hals das Reh verzehrte.

Wie Stalder erwartet hatte, konnten die Berner Veterinärmediziner in Titos Kot keinerlei Krankheiten feststellen.

Nach diesem Bescheid machte sich Stalder auf, Zico zu peilen.

Dieser liess sich nicht so rasch lokalisieren. Er hatte den Schafharnisch verlassen, war zu den Stockenseen und damit so weit in den Westen vorgedrungen, dass Stalder vermutete, er sei aus seinem Territorium vertrieben worden. Das war ziemlich ungewöhnlich. Offenbar hatte ein unbesenderter Kuder Zicos Revier für sich beansprucht.

Als Stalder die Dreierpeilung beendete, wollte er die Höhenlage, wenn er schon einmal so hoch hinaufgeklettert war, richtig nutzen. Wenig später stand er auf einem Felsvorsprung und kontrollierte sorgfältig alle Frequenzen jener Luchse, die das Simmental zu ihrem Revier zählten. Tatsächlich konnte er zwei Luchse hören. Gemessen an der Distanz von vielleicht sechs oder sieben Kilometern, staunte er, wie deutlich er das Signal von Jule und Tell empfangen konnte. Die beiden mussten sich an der Südflanke des Niesen befinden. Stalder kontrollierte nochmals die Signale von Zico, um sich die Richtigkeit der Dreierpeilung aus einem zusätzlichen Winkel bestätigen zu lassen, und machte sich wieder an den Abstieg.

12

Als sich Julius Leen drei Tage später erneut aufmachte, um Rena zu peilen, wurde er stutzig. Da er zum Peilen mit dem Auto wieder zu jenen Orten in Renas Territorium fuhr, die er vor drei Tagen schon aufgesucht hatte, war er überrascht, Signale genau aus jenem Waldstück zu erhalten, in dem er Rena damals lokalisiert hatte. Das machte ihn misstrauisch.

Leen parkte seinen maisgelben Wagen dort, wo er ihn vor drei Tagen hingestellt hatte, marschierte an Hans Röllis Hof vorbei, sah das an die Wand gelehnte Motorfahrrad und erinnerte sich an die Geschichte von Tomba, der bergsteigenden Hauskatze. «Katzen leben ein eigentümliches Leben. Zäh, unbändig und frei», hörte er den Alten nochmals sagen. Als er jene Stelle erreichte, an der er vor drei Tagen umgekehrt war, ging er in unveränderter Richtung weiter. Die Signale waren sehr kräftig.

Leen ging langsam. Der Wald wies zwar kaum Bodenvegetation auf, war aber ein wenig gefurcht und hie und da mit einem Dickicht bewachsen. Er näherte sich den Koordinaten, die er anhand seiner Dreierpeilung vor drei Tagen errechnet hatte.

Er hatte keine fünfzig Meter zurückgelegt, als er innehielt. Er sah Spuren im alten Schnee: Fuchsspuren. Gellert hatte ihm beigebracht, wie Spuren zu lesen waren und was sich aus ihnen ableiten liess. Die hier mussten frisch sein. Er folgte ihnen in die Richtung, aus der die Signale kamen. Die Fuchsspuren irritierten ihn. Er konzentrierte sich auf die Signale, wollte gefasst sein, Rena jeden Moment zu erblicken. Auffällig war, dass die Fuchsspuren nicht in der für Füchse typischen S-Linie verliefen. Sie machten im Gegenteil einen zielstrebigen Eindruck. Er kämpfte sich durch ein Dickicht, suchte nach Fuchsspuren, da lag Rena vor ihm: Ein zerrissener, blutroter, grösstenteils aufgefressener Kadaver.

Ein französischer Fluch blieb ihm im Hals stecken. Er starrte zu Rena hin. Ihr Gesicht war unversehrt, zwischen den wie Antennen in die Höhe gerichteten Pinseln glänzte das Fell, die Schnauze war leicht geöffnet, ihre Augen starrten ihm leer entgegen, die obersten Wirbel- und Brustknochen waren freigelegt, nur noch Blut und Knochen und das Halsband, das auf dem Knochen lag, und ringsum blutgefärbter Schnee, gefrorene Innereien, Fleischfetzen, Knochen, Haare und Fuchsspuren.

Leen trat näher, schaute Rena an, warf einen Blick in die Umgebung. Nirgends ein Felsband, von dem sie hätte abstürzen können.

Leen suchte nach menschlichen Fussspuren. Sollte Rena aber bereits vor drei Tagen an derselben Stelle gelegen haben, so bestand nach der Schneeschmelze kaum Aussicht, etwas zu finden. Er fluchte leise. Er überlegte, von wo aus man den Luchs gut hätte schiessen können. Das Gelände war zwar nicht überschaubar, schiessen konnte man aber trotzdem. Er bückte sich, hob Renas Kopf, strich ihr über die Stirn, nicht ohne Ekel, betrachtete Vorder- und Hinterläufe, welche noch nicht von den Füchsen angefressen waren. Um eine Schusswunde sehen zu können, war verdammt noch mal zu wenig Fleisch übrig.

Leen erhob sich, wandte sich um. Erinnerte sich an die beiden Jungtiere, die zusammen mit Rena unterwegs sein sollten. Möglich, dass die beiden noch am Leben waren. Er griff zum Mobiltelefon, wollte Gellert oder Stalder fragen, was er tun solle. Das Telefon aber war ohne Empfang. Er blickte lange auf dessen Display: «Kein Netz.»

Er bemühte sich, einen klaren Kopf zu bewahren, verschaffte sich Übersicht auf der Karte. Seine Suche nach den Jungen verlief dennoch unruhig und unsystematisch. Er drehte Kreise, kam immer wieder zu Rena zurück, um nicht die Orientierung zu verlieren. Er suchte, bis er im Halbdunkel kaum seine eigenen Spuren erkennen konnte, kehrte schliesslich zu Rena zurück, ohne die Jungen oder auch nur einen Hinweis auf ihr Verbleiben gefunden zu haben.

Verärgert über den Misserfolg seiner Suche, stand Leen bei der toten Rena und nahm entgegen seiner ursprünglichen Meinung den Luchs mit. Nach all dem, was die Füchse mit dem Luchs angestellt hatten, schien ihm eine ordentliche Spurensicherung ohnehin unmöglich. Zögerlich und umständlich hob er den kalten, steifen Kadaver hoch und steckte ihn in einen Plastikbeutel. Vorderläufe und Kopf ragten heraus.

In aller Eile stapfte er in den eigenen Spuren zurück. Hin und wieder schaute er den Luchskopf an, der direkt neben seiner Hand aus dem Sack ragte. Er dachte an Hans Rölli. Dachte daran, wie dieser ihm gesagt hatte, er würde gerne einmal einen Luchs zu Gesicht bekommen.

Eine halbe Stunde später stand Leen, überrascht und irritiert von seinem Mut, vor dem Bauernhaus der Röllis und klopfte. Die schwere Tür machte nicht den Eindruck, als würde sie ein Klopfen bis zur anderen Seite durchdringen lassen. Er war nervös, spürte seinen Puls, erwog umzukehren, die Angelegenheit anderen, vielleicht Stalder oder Hiltbrunner, zu überlassen. Den Kopf hielt er schon abgewandt, als sich die Tür einen Spalt breit öffnete. Leen wusste nicht, ob er mit einer auf ihn gerichteten Flinte rechnen musste. Vor dem

Hintergrund eines dunklen Gangs tauchte eine leicht gebückte Frau im Alter von Hans Rölli auf. Sie grüsste zögernd, aber freundlich.

«Ich suche Hans Rölli», presste Leen hervor, bemüht, keine Nervosität zu verraten.

Der sei hinten in der Stube, sie werde ihn rufen, sagte die Frau, die offenbar nicht bemerkt hatte, was aus dem Plastikbeutel ragte.

«Ah, der gestresste Luchsschützer», rief Hans Rölli, noch ehe er mit dem Gehstock in der Hand auf ihn zutrat. «Schön, dass sie vorbeikommen», sagte er und stützte sich. «Haben Sie heute etwas mehr Zeit?» Dann fiel sein Blick auf den toten Luchs, woraufhin er verstummte.

«Hab ich, ja», antwortete Leen, streckte ihm den Plastiksack entgegen und beobachtete Röllis Gesicht.

«Der ist ja tot!» Hans Rölli richtete seinen fahrigen Zeigefinger auf den Luchs. «Sie kommen zu mir und bringen einen toten Luchs? Wo haben Sie den gefunden?»

«Ich habe gedacht, vielleicht könnten Sie mir helfen bei der Frage, wieso ich ihn tot gefunden habe?»

«Sie meinen …»

«Gefunden habe ich den Luchs im Wald direkt über eurem Haus.»

«Gerade hier im Schochliswald?» Hans Rölli warf Kopf und Arm in die Richtung, in der der Wald lag, schien dann nachzudenken, kratzte sich mit den altersgelben Fingernägeln im schlohweissen Haar.

«Ich weiss nicht, wies dort heisst», sagte Leen. «Aber wahrscheinlich liegt der Luchs schon seit drei, vier Tagen dort. Haben Sie etwas Verdächtiges bemerkt?»

«Verdächtiges? Sie meinen, jemand hat ihn geschossen?»

«Es gibt Anlass zu dieser Vermutung.»

«Was hätte ich denn Verdächtiges beobachten sollen?»

«Das frage ich Sie.»

«Vor drei, vier Tagen», murmelte der Bärtige. «Warten Sie einen Moment.» Hans Rölli brachte den Gehstock in eine andere Position, lehnte sich weiter vor, blickte zu Boden. Dann sagte er, eher zu sich selbst: «Kann mich gar nicht recht erinnern, was vor drei, vier ...»

«Vielleicht hat Ihre Frau oder sonst jemand vom Hof etwas gesehen», hakte Leen nach.

«Meine Frau ist fast nur noch draussen, wenn es im Garten zu tun gibt. Sie muss aufpassen mit ihrem Rücken. Und sonst ist eben fast niemand mehr hier. Mein Sohn ist ja in Australien, hab ich Ihnen das schon erzählt? Der ging als einfacher Zimmermann nach Australien und macht dort ...»

«Haben Sie mir erzählt. Vielleicht hat Ihre Frau aber trotzdem etwas beobachtet.»

«Wenn Sie meinen, ich kann sie schon rufen.» Hans Rölli drehte sich, gestützt auf den Gehstock, in den dunklen Gang und rief seine Frau.

«Um was gehts?», wollte diese wissen.

«Um den Luchs», antwortete Hans. «Hast du in den letzten Tagen etwas Merkwürdiges beobachtet im Schochliswald? Der Luchsschützer hier, ich hab vor kurzem seine Bekanntschaft gemacht, der hat einen Luchs gefunden und meint, jemand habe ihn geschossen.»

Bis der Alte zu Ende gesprochen hatte, stand seine Frau schon neben ihm bei der Tür, sah den Plastikbeutel und hielt sich entsetzt die Hand vor den offenen Mund. Sie fragte, wo genau er den Luchs gefunden habe. Leen schilderte den Weg. Die Frau schien sich die Stelle zu vergegenwärtigen und sagte, die Hand immer noch halb vor dem Mund, ihr sei nichts aufgefallen.

«Um in dieses Waldstück zu gelangen, gibt es doch nur diese eine Strasse.» Leen schaute die beiden Alten prüfend an. «Man muss also nahe an eurem Hof vorbeifahren.»

«Das schon ...» Hans Rölli blickte jetzt etwas gequält.

«Wir achten uns aber nicht auf jedes Auto», sagte sie.

«Ja, wir achten uns natürlich nicht auf jedes Auto», wiederholte er stumpf.

Unsicher für einen Moment, was er nun sagen oder tun konnte, verharrte Leen reglos, entschuldigte sich schliesslich für die Störung, sagte, er müsse nun mit der Lüchsin ins Tierspital fahren, wo sich die Todesursache klären werde, und verabschiedete sich.

Mittlerweile war es dunkel geworden. Leen legte, was die Füchse von Rena übrig gelassen hatten, auf die Ladefläche hinter seinem Sitz. Er wusste nicht, ob er mit Rena ins Tierspital fahren musste, das hatte er nur so gesagt, aber irgendwohin musste sie gefahren werden. Sobald er Empfang hatte, rief er die Feldstation an, schilderte Gellert, was vorgefallen war. Er solle den Kadaver nach Weissenbach bringen, man werde ihn wahrscheinlich noch heute Abend nach Bern schaffen.

Der kleine Innenraum des Autos war bald erfüllt vom Geruch des Kadavers. Der Panda war zum Leichenwagen avanciert. Leen wusste nicht, was er von der Sache halten sollte. Gut möglich, dass es nur eine Frage der Zeit war, bis der Luchs ein zweites Mal ausgerottet war. Da konnten die beiden Hiltbrunners und Stalder und Gellert noch so viele wissenschaftliche Papiere verfassen, in denen nachzulesen war, dass es heute mehr Wald gab als noch vor hundert Jahren, und also mehr Lebensraum für den Luchs, und dass der Rehbestand in den Siebzigerjahren problematisch hoch gewesen sei – diese Papiere kamen gegen Schrotkugeln nicht an.

Auf dem Weg in die Feldstation fuhr er wieder an den dreitausend Rehen und Gämsen vorbei, die unentwegt die Strasse säumten, seit er diesen Gedanken ein erstes Mal gefasst hatte. Das liess den einen toten Luchs, den er im Auto hatte, kleiner erscheinen.

Am nächsten Morgen klingelten die Wecker früh in der Feldstation. Nach einem hastigen Frühstück packte Nik Stalder alle Medikamente, die man eventuell sowohl für die Betäubung als auch für die Wiederbelebungsversuche der Jungen benötigen würde, in seinen Rucksack, und Benjamin Gellert bereitete zwei der kleineren Fangnetze vor. Sie erwarteten jeden Moment Paul Hiltbrunner. Julius Leen stand mit müden Augen in der Ecke bei den Landeskarten, einen Bissen Brot im Mund.

Stalder trat neben ihn, fasste die Stecknadel Renas ins Auge, schaute sich deren Umgebung an, riss die Stecknadel aus.

Paul Hiltbrunner brachte Neuigkeiten vom Pathologischen Institut. Es seien noch nicht alle Tests abgeschlossen. Eine Rückenverletzung sei festgestellt worden, allerdings nicht als Todesursache. Vielmehr sehe es so aus, als wäre Rena an Rattengift gestorben.

«Rattengift?», fragte Stalder völlig überrascht. Gellert, der in der Küche stand, wandte sich Hiltbrunner zu.

«Ja, Rattengift», versicherte Hiltbrunner. Jedenfalls habe man im Magen Rückstände einer Substanz gefunden, die heute nur noch in Tartanbelägen und zur Wiederaufbereitung von Isolationsstoffen eingesetzt werde, die aber bis vor zwei Jahrzehnten auch in der Kartonindustrie und bei der Produktion von einigen Rattengiften verwendet worden sei.

Stalder wollte wissen, wie das Rattengift heisse.

Hiltbrunner sagte, es habe niemand von einem bestimmten Rattengift gesprochen.

Eine knappe Stunde später marschierten Stalder, Hiltbrunner, Gellert und Leen in den Spuren, die Leen auf dem schneebedeckten Waldboden oberhalb des Bauernhauses von Hans Rölli hinterlassen hatte. Den Rucksack mit der Medizin auf dem Rücken, ging Stalder voraus. Ihm folgte Hiltbrunner, der nichts weiter als eine Landeskarte und einige Plastikhandschuhe bei sich hatte, und hinter Hiltbrunner kamen Gellert und Leen mit den beiden Fangnetzen über den Schultern. Keiner mochte so recht darauf hoffen, die Jungen lebendig zu finden. Die Männer verfolgten die durch den Wald mäandrierenden Spuren. Stalder machte vorne Tempo.

«Was kann man diesem Rölli zutrauen?», fragte Hiltbrunner.

«Ich weiss nicht», antwortete Leen, der sich in seiner Rolle nicht wohl fühlte. Er hatte den Eindruck, er würde die anderen unzulässigerweise beeinflussen, aber er erzählte, was er über Rölli zu erzählen wusste. Stellte ihn als den komischen Kauz dar, als den er ihn empfunden hatte. Hiltbrunner wollte nicht recht glauben, dass der Alte sich im Internet zurechtfand.

Stalder hielt es für unsinnig, zu spekulieren, solange die Umstände und die genaue Todesursache nicht klar waren.

Gellert schien entmutigt: «Immer kommen wir einen Schritt zu spät. Die Jäger pulvern ihr Schrot durch den Wald, wir laufen hinterher, zählen die Toten. Wenn diesen Sommer wieder so viele Schafe wegkommen, schiessen sie uns die Luchse über den Haufen, bis es hier so wenig gibt, dass wir keine mehr in die Ostalpen umsiedeln können.»

«Willst du alle Luchse einsammeln, sie auf die Schulbank setzen und ihnen beibringen, weder Rattengift noch Schafe zu fressen?», fragte Stalder, ohne sich umzudrehen. «Nicht die Luchse müssen umdenken, sondern die Schafhalter.»

«Die Schafhalter und der Bund», präzisierte Hiltbrunner. «Wenn der Bund die Kompetenz für die Abschussbewilligung an die Kantone abgibt, werden die Leute etwas Vertrauen in den Bund zurückgewinnen. Ich hoffe auf das neue *Konzept Luchs Schweiz*.»

«Ist das dein Ernst?», fragte Stalder, der sich jetzt umdrehte, um Hiltbrunner ins Gesicht zu sehen. «Du bist immer noch der Meinung, die Kompetenz für die Abschussbewilligung solle kantonal sein? Föderalistisch?»

«Die Kantone müssen involviert werden, gerade im Hinblick auf die Umsiedlungen.»

Stalder schaute wieder nach vorne, schritt in Leens Spuren und spöttelte: «Dann können wir auch gleich die Wissenschaften kantonal regeln und Wegzoll verlangen an den Kantonsgrenzen. Jeder Kanton soll wieder ein eigenes Münzsystem haben. Auch das Luchsprojekt können wir kantonal aufbauen. Du machst ein Projekt im Kanton Bern, Gellert macht eins in Freiburg, ich hab meins in der Waadt.»

«Deine Kritik zielt völlig daneben», murrte Hiltbrunner. «Es geht darum, einen Kompromiss zu finden.»

«Der Entscheid, wann ein Schaden stiftender Luchs abgeschossen werden soll, ist der falsche Ort für Kompromisse», widersprach Stalder, drehte sich um und blieb stehen, sodass er Hiltbrunner im Weg stand.

«Wenn wir diese Kompromisse eingehen, öffnen wir der Willkür Tür und Tor», fuhr Stalder fort. «Dann muss der Luchs im Freiburgischen, wo etliche Regierungsräte in der Jägerlobby mitmischen, einer Schafweide nur etwas nahe kommen, und schon ist er abgeschossen. Zu Kompromissen müssen die Schafhalter, nicht die Wissenschaftler bereit sein. Wenn der Bund die Kompetenz über die

Abschussbewilligungen an die Kantone vergibt, halten wir fest an historisch tradierten Strukturen, die weder für das Tier, das wir erforschen, noch für die Wissenschaft von Bedeutung sind.»

Hiltbrunner musterte den vor ihm stehenden Stalder. Gellert und Leen, die Fangnetze auf der Schulter, waren hinter Hiltbrunner zum Stehen gekommen.

«Historisch tradierte Strukturen», verhöhnte ihn Hiltbrunner. «Du hast offenbar noch nicht bemerkt, dass du hier im Luchsprojekt nicht bloss als Wissenschaftler, sondern auch als Mensch arbeitest, der sich auf andere Menschen einlassen muss. Ob es dir passt oder nicht: Den Menschen, die hier in den Alpen wohnen, ist die Zugehörigkeit zum Kanton verdammt wichtig. Betitle einen Freiburger als Berner, und du wirst sehen, was ich meine.»

«Wir werden bald auf die Fuchsspuren stossen», wollte Leen vom Thema ablenken. Stalder und Hiltbrunner liessen sich jedoch nicht unterbrechen.

«Der Kanton als Identifikationskrücke war vielleicht in den letzten dreissig Jahren wichtig», hob Stalder wieder an. «Uns muss es um die nächsten dreissig Jahre gehen. Traditionelle Werte gehen bachab, die Alpentäler werden mental verstädtert. Besuch mal die Sekundarschule in Zweisimmen, dann merkst du, wovon ich rede. Wenn das Management von Luchsen etwas Wissenschaftliches sein soll, können wir die Frage, wann ein Schaden stiftender Luchs geschossen werden darf, nicht den Kantonen und seinen lokalpolitisch abhängigen, opportunistischen und bestechlichen Politikern überlassen. Für den Luchs geht es immer noch ums Überleben.»

«Genau dieses Überleben gefährdest du. Indem der Bund den Kantonen klarmacht, dass er ihnen kein Vertrauen schenkt und also keine Kompetenzen abgibt, werden die Leute hier noch wütender.»

«Jene, die bereit sind, den Luchs abzuschiessen, haben das Vertrauen in die Politik längst verloren. Die lassen sich von ein paar Kompetenzen nicht beeindrucken.»

«Können wir endlich weitergehen?», fragte Gellert. Als sich weder Stalder noch Hiltbrunner rührten, ging er an ihnen vorbei, zog zusammen mit Leen weiter.

«Ich denke nicht, dass die Zahl der legalen Abschüsse, welche die Kantone bewilligen würden, höher wäre als die Zahl der illegalen Abschüsse, die uns noch bevorstehen, wenn es nach den Pranken und nach Rena in diesem Tempo weitergeht», meinte Hiltbrunner.

Eine Weile sagten Hiltbrunner und Stalder nichts.

«Du willst dich einfach nicht auf meine Argumente einlassen», sagte Stalder. Er drehte sich um und folgte Gellert und Leen, die sich bereits rund dreissig Meter entfernt hatten.

«Und du kannst dir nicht vorstellen, dass es auch andere Argumente geben kann», sagte Hiltbrunner und setzte sich ebenfalls in Bewegung.

Nach einer Weile blieben Leen und Gellert stehen, liessen die anderen aufschliessen. Leen deutete auf die Fuchsspuren. Stalder, Hiltbrunner und Gellert studierten sie kurz. Schliesslich gelangten sie an den Ort, wo Rena gelegen hatte. Leen erklärte, wie er sie vorgefunden hatte.

«Was meint ihr?», fragte Gellert.

«Nicht sehr exponiert», urteilte Stalder. «Hier kommt auch ein alter, dürrer Bergsteiger noch locker hoch.»

«Das hier ist nicht der Tatort», sagte Hiltbrunner zu Stalder. «Hier ist nur der Ort, an dem Rena nicht mehr weiterkam. Wer weiss, wie weit sie sich mit der Vergiftung geschleppt hat.»

Als sie die Fundstelle ausführlich studiert hatten, teilten sie sich die Fuchsspuren auf, um sie systematisch zu verfolgen. Es dauerte nicht lange, bis Stalder rund zweihundert Meter vom Ort, wo Rena gelegen hatte, ein totes Reh vorfand und die anderen zu sich rief. Das Reh wies die typischen Bissverletzungen eines Luchsrisses auf. Die hintere Hälfte des Körpers war aufgefressen. Rings um das Reh waren Fuchsspuren zu sehen.

Noch ehe Hiltbrunner beim Reh stand, klingelte sein Telefon.

Seine Frau Marianne war dran. Sie berichtete, die Substanz sei nun genauer analysiert, stamme aus einem Rattengift französischer Provenienz, das «mort-aux-rats rapide» heisse. Sei auch in der welschen Schweiz vertrieben worden. Anfang der Achtzigerjahre sei es aus der Produktion genommen und 1986 in der Schweiz verboten worden.

13

Er gehe in den kommenden Wochen ein paar Mal zum Kartenspielen zu Pulver, hatte Alfred Huggenberger seiner Frau gesagt. In ihrer Abneigung gegen Kartenspiele war sie nicht wankelmütig, das gefiel ihm. Was ihm jedoch nicht gefiel, war der Wind, der einem Kamm gleich durch diesen Wald strich. Alfred Huggenberger zog die Brauen weit in die Stirn und blickte in die wankenden Wipfel, dann erneut in die Ebene hinab, ins Niedere Simmental, auf den vom Dorf Latterbach gesäumten, in der Dämmerung liegenden Strassenzug, der bereits zweihundert Höhenmeter unterhalb des Wanderwegs lag, auf dem er sich befand. Wenn es stimmte, was Wildhüter Carl Spitteler ihm erzählt hatte, so konnte es nicht mehr weit sein. Direkt über den Zielscheiben des Schiessstandes der Feldschützen von Latterbach nahm der Weg eine steile Kurve, Huggenberger wusste, dass er richtig war. Bald würde er die Lampe benötigen, um den Pfad auszumachen. Mit dem breiten Handrücken strich er sich den Schweiss von der Stirn, zog die rot-blau-weisse Mütze der Schweizerischen Kreditanstalt tiefer, rückte seinen Rucksack in eine andere Position und setzte den Aufstieg fort.

Alfred Huggenberger machte sich Gedanken darüber, ob dieser starke Wind ungünstig sei. Ob ihn der Luchs deswegen besser und früher riechen würde. Immerhin würden dank dem Wind seine Schritte nicht zu hören sein. Den schwächlichen Rusterholz würde es umpusten bei diesem Wetter. Ehe der sich überhaupt Gedanken gemacht haben würde, wie er die Wette angehen könnte, würde er einen Luchs vor seiner Haustüre finden. Dreitausend Franken gingen dann auf sein Konto, und von diesen Luchsen gäbe es einen weniger, der hier im Lauenental die Gämsen rar machte, der ihm im Sommer an die Schafe gehen könnte.

Wahrscheinlich würde sein Vater das Angebot der Migros Genossenschaft Gstaad annehmen, sechzig Schafe zu sömmern. Weideland gab es auf dem Chüetungel genug, und wenn es doch nicht reichen sollte, konnten die Schafe der Migros seinetwegen auch auf der bleibelasteten Weide vor dem Schützenhaus in der Hammerschwand gehalten werden.

Alfred Huggenberger wusste, dass Rusterholz in Lauenen nicht auf viele Freundschaften zählen konnte. Auf jeden Fall nicht auf jene Spittelers, der genau darüber informiert war, in welcher abgelegenen Felsschneise die Luchsschützer schon seit längerem eine Kastenfalle platziert hielten, weil ihnen bekannt war, dass der Luchs den Hang oft durch diese Schneise passierte.

Alfred Huggenberger gelangte zur Abzweigung, von der Spitteler gesprochen haben musste, prüfte mit der Taschenlampe den weiteren Verlauf des Weges, stieg links hoch, wo der Hang steiler war und der Weg bald zu einem kleinen, kaum auszumachenden Pfad wurde. So hatte Spitteler den Weg beschrieben. Seine Mütze mittlerweile in der Hand, marschierte er weiter.

Wenig später gelangte er zum Fuss einer Felswand, deren Höhe er nicht absehen konnte, und er war sich sicher, dass es jene Felswand sein musste, die quer über den Rücken des gesamten Hangs lief und nur jene Schneise zur Passage offen liess, nach der er suchte. Vom Weg war nichts mehr zu sehen, die Spur hatte sich verlaufen.

Er richtete den Lichtstrahl auf den Boden, suchte nach Trittspuren, konnte nichts erkennen. Der Boden war felsig. Kaum glaubte er den Weg ausgemacht zu haben, wirbelten wieder Nadeln und Blätter umher, die alles unkenntlich machten. Huggenberger richtete die

Lampe auf die Felswand, machte einige Schritte zurück, um sich ein besseres Bild zu machen, da erkannte er etwas, das als Schneise in Frage kam. Er kletterte über eine gestürzte Fichte, stemmte sich zwei kleine Felsbänder hoch, bis er einen Durchgang sah.

Huggenberger trat hinein. Er erkannte ein sich schwarz vor dem grauen Fels abhebendes Etwas, ein Quader aus Gitterstäben, etwa anderthalb auf anderthalb Meter gross und rund zweieinhalb Meter lang, nach zwei Seiten hin offen. Vorne und hinten ragten zwei Gittertüren über Huggenbergers Kopf hinaus in die Höhe. Huggenberger war überrascht. Zum einen überraschte ihn die Grösse. Er hatte sich die Falle, falls es sich hier überhaupt um die Falle handelte, kleiner vorgestellt. Auch überraschte ihn der Standort. Der Quader war zwar dort platziert, wo der Durchgang zwischen den Felsen am engsten war, bot aber auch für einen Menschen genügend Raum, um die Schneise zu passieren, ohne in die Falle zu treten.

Huggenberger betrachtete misstrauisch die Einrichtung. Er betastete die Stangen, sie waren rostig. Das Ganze machte nicht den Eindruck, als wäre es in jüngster Zeit verwendet worden. Dennoch konnte es nichts anderes als eine Kastenfalle sein.

Huggenberger liess den Kegel seiner Taschenlampe um sich schweifen. Rings um ihn nur Fels. Fels und Abhang und schwankende, rauschende Äste. Der Wind trieb Nadeln und Blätter über die Felsen in die Schneise hinein.

Huggenberger richtete sich sein Versteck ein, sammelte Äste, spannte die Plane, die er aus dem Militär hatte mitlaufen lassen, vor die Felswand, dachte an die Dorfchronik Tanners, an Fritz Rusterholz.

Zwei Stunden später sass er so regungslos wie in der ersten Minute. Der Wind hatte nicht nachgelassen. Huggenberger trug alle seine

Kleider, die Mütze tief im Gesicht, sodass er den Kopf anheben musste, wenn er in die Schneise sehen wollte. Der befürchteten Nackensteife zum Trotz war das nebst Kaffee und Schnaps seine Methode, sich wach zu halten. Wenn er schon diesen Aufwand betrieb, wollte er die Sache auch richtig machen. Der Gewehrlauf ragte neben ihm zwischen Tannenzweigen aus der Felsnische. Er wartete.

14

Gleich neben dem Reh hatten die Luchsforscher einen toten Fuchs gefunden. Wenige Meter daneben lag das eine Luchsjunge – ebenfalls tot. Diese Umstände machten Rattengift als Todesursache glaubwürdig. Vom zweiten Jungen konnten die sterblichen Überreste erst nach drei Tagen gefunden werden.

Hans Rölli wurde von den Behörden zum Vorfall ausführlich befragt. Ihm war das erwähnte Rattengift bekannt. Ohne Umschweife erklärte er, er habe genau dieses Rattengift früher auf seinem Hof verwendet. Seit er aber bloss noch einige Kleinwidder-Kaninchen halte, sei er nicht mehr auf Rattengift angewiesen.

Innerhalb des Luchsprojekts gingen die Meinungen über Hans Rölli auseinander. Paul und Marianne Hiltbrunner drängten bei den Behörden auf eine Hausdurchsuchung. Stalder sprach sich dagegen aus, weil auch ein in Röllis Hof offen aufgefundener Sack «mort-aux-rats rapide» nichts beweisen werde. Leen glaubte nicht, dass der alte Bergsteiger das vom Luchs gerissene Reh mit Gift versehen hatte und erzählte auch Paul und Marianne von der Hauskatze, die mit Rölli jeweils aufs Balmhorn geklettert sei und die er gefüttert habe.

Die Diskussion um Hans Rölli legte sich, als die Kantonspolizei bekannt gab, es lägen nicht genügend Verdachtsmomente vor, um eine Hausdurchsuchung bewilligen zu können.

Da einem Zeugenaufruf der Polizei keine Reaktionen folgten, endeten die Untersuchungen mit einem in Stichwörtern protokollierten Gespräch mit Hans Rölli und einer Strafanzeige des Kantons Waadt gegen unbekannt.

Nach der Vergiftung Renas und ihrer Jungen machte sich Niedergeschlagenheit in der Feldstation breit. Sogar Uliano Scafidi, der ansonsten gegenüber den Luchsen weniger Emotionen an den Tag legte, schien bedrückt. Er hatte Rena oft gepeilt und sie vor drei Wochen fast eine halbe Stunde lang beobachten können, wie sie mit ihren Jungen spielte.

Weder von den Behörden noch von den Wildhütern war etwas zu vernehmen, das Anlass zu der Hoffnung gegeben hätte, man sei den Luchswilderern auf der Spur. Leen dachte einige Male noch an Hans Rölli, blieb aber bei seiner Meinung, der alte Bergführer habe Rena nicht vergiftet.

Stalder nahm das Ganze gelassen, war zufrieden, dank dem erfolgreichen Auftritt in der Sekundarschule Zweisimmen bald auch in Gstaad und Boltigen eine Biologiestunde halten zu können. Dass die Sache mit Boltigen zustande kam, war der Verdienst von Frau Zulliger. Als sie hörte, dass die Grossraubwildbiologen auch Vorträge hielten, meldete sie sich umgehend bei einem ihr befreundeten Lehrer in Boltigen und schwärmte offenbar derart von Stalder, dass ihm der Lehrer unbedingt eine Doppelstunde freihalten wollte. Jetzt stöberte Stalder in seiner Dia-Sammlung, um seinen Vortrag mit weiteren Bildern anzureichern. Bei neunzig Minuten würden auch einige Bilder von zerfleischten, halb und ganz aufgefressenen Gämsen Platz finden.

Mehr als diese an der Basis ansetzende Aufklärungsarbeit liess sich Stalders Meinung nach nicht tun, um die soziokulturellen Lebensbedingungen des Luchses zu verbessern, wie er das nannte. Für ihn blieben Granitschädel eben Granitschädel. Man konnte nicht jeden Landwirt in Untersuchungshaft sperren, der einen alten Sack Rattengift auf seinem Hof herumliegen hatte und von dem bekannt war, dass er beim Biertrinken über den Luchs wetterte.

Gellert war hier anderer Meinung. Er war zwar froh, dass Stalder die Vorträge an den Schulen professionell vorbereitete, es war ihm aber nicht genug. Er telefonierte sich die Ohren wund auf der Suche nach Verkaufsstellen, die das Rattengift noch im Angebot führten. In Gruyère, Grandvillard und Montbovon war das Rattengift auf der Landwirtschaftlichen Genossenschaft vor einigen Jahren noch zu kaufen gewesen, und es war anzunehmen, dass noch auf verschiedenen Höfen einige Säcke davon herumlagen. Aber das lenkte keinen Verdacht auf Rölli und auch sonst auf niemanden. Die Angelegenheit war nichts als ein Teil in einem Puzzle, das sich nicht zusammensetzen liess.

Ernüchtert schaffte Gellert schwarze Stecknadeln an, mit denen er auf den sechs an der Wand hängenden Landeskarten die Orte von Wilderei, Sabotage und Vergiftung kennzeichnete. Eine Nadel steckte er im Gurnigelgebiet ein, wo im Dezember 1996 ein Luchs erschossen worden war, eine in den Schochliswald, dicht über der Hütte von Hans Rölli, eine dritte knapp vor dem Lauenensee, wo der Briefträgerfiat sabotiert worden war, eine vierte an den nördlichen Kartenrand, um die Richtung anzuzeigen, aus der die abgehackten Pfoten nach Bern geschickt worden waren.

Stalder hatte für Gellerts Idee mit den schwarzen Stecknadeln nichts als sanften Spott übrig und amüsierte sich, Gellert ohne Antwort dastehen zu sehen, nachdem er ihn gefragt hatte, was denn mit diesen Stecknadeln für den Luchs gewonnen sei.

Es war wohl einfach Gellerts Art, mit der Tatsache umzugehen, das Wildern nicht verhindern zu können. Er hätte auch den jeden Freitag im «Simmentaler Anzeiger» erscheinenden Fortsetzungsroman ausschneiden und in ein Heft einkleben können, er hätte die einzelnen Papiere einer WC-Rolle durchnummerieren können.

Aber das tat er nicht. Er steckte schwarze Stecknadeln in Landeskarten.

Eine ganz andere Perspektive eröffnete sich den Biologen erst, als Nadja Orelli mitteilte, auf ihren Antrag hin werde Pro Natura fünftausend Franken ausschreiben für Hinweise, die zur Ergreifung der Täterschaft führten. Gellert war begeistert, von Nadja selbst genauso wie von dieser Aktion. Augenblicklich schienen ihm seine schwarzen Stecknadeln berechtigt.

Wolkenbänke zogen übers Lauenental, die Sonne zeigte sich nur sporadisch. Leen befand sich noch in einiger Entfernung vom Luchs, hatte das Auto erst vor ein paar Minuten auf dem Parkplatz beim Lauenensee hingestellt. Er war sich nicht sicher, ob ihn seine Schritte näher an Lüchsin Raja heranbrachten, denn die massiven Felsen, die ihn hier neben dem Tungelschuss umgaben, machten das Peilen unberechenbar. Auch wusste er nicht, ob er überhaupt auf der richtigen Talseite hochstieg. Das würde sich erst oben auf dem Chüetungel weisen. Bis dahin waren vierhundert Höhenmeter zu bewältigen.

Wenig später – der Bergweg hatte sich eben ein erstes Mal dem tosenden Tungelschuss genähert – entdeckte Leen in einer Serpentine des Bergwegs weit über ihm einen Mann. Dieser marschierte abwärts, trug einen grösseren Rucksack, fuchtelte mit Holzpfählen und rief etwas. Leen wusste nicht, was das zu bedeuten hatte, und suchte nach einem Empfänger dieser Zeichensprache. Da war aber niemand sonst weit und breit. Nichts als dieser Bergweg, der nahe Tungelschuss, der Nadelwald und er.

Der Mann kam näher, rief noch immer. Leen hatte ihn nie zuvor gesehen. Die Ohren waren halb hinter Haarbüscheln und halb unter einer Mütze versteckt. Diese war rot-blau-weiss und trug, wie Leen erkannte, als der Mann näher kam, den längst verjährten Schriftzug der Schweizerischen Kreditanstalt. Leen blieb stehen. Der Mann stellte sich kaum einen Meter vor ihn hin, alte, morsche Zaunpfähle unter die eine Achsel geklemmt. Leen bemerkte die Werkzeuge, die aus dem Rucksack ragten, bemerkte die überaus buschigen, über der Nase zusammengewachsenen Augenbrauen des Mannes.

«Es hat keinen Sinn, den Luchs zu suchen, ich habe ihn soeben geschossen. Du kannst abfahren», sagte der Mann mit einer Stimme, die das nahe Wildwasser mühelos übertönte.

Leen war sprachlos, wusste nicht, was er von den Worten, die Raja betreffen mussten, halten sollte.

«Es ist eine gottvergessene Frechheit, hier Luchse auszusetzen, nachdem wir die verdammten Fötzel im letzten Jahrhundert endlich losgeworden sind. Ihr hirnrissigen Naturschützer habt keine Ahnung, was ihr angerichtet habt, als ihr in den Siebzigerjahren diese Plegerviecher losliesst; und heute stülpt ihr ihnen ein Halsband über den Kopf und behauptet, ihr hättet die Viecher unter Kontrolle. Gottverdammtnochmal. Ich werde für jedes Schaf, das mir zu Schaden kommt, einen Luchs schiessen, das kannst du deinem Chef ausrichten.» Sein Mund zuckte, er schob die tiefer rutschende Mütze des längst in Fusionen aufgegangenen Kreditinstitutes höher.

Leen war immer noch sprachlos.

«Letzten Herbst ist mir einmal so ein Lumpenviech begegnet. Wenn ich damals die Flinte dabeigehabt hätte, könnte ich dir jetzt ein prächtiges Luchsfell zeigen. Mit dem würde ich dir jetzt den Mund stopfen und dich den Tungelschuss hinabwerfen, zusammen mit den Sozis und den Linken und den Grünen. Man sollte euch alle nach Jugoslawien schicken.»

Je heftiger der Mann tobte, desto schwerer fiel es Leen, ihm ins

Gesicht zu schauen. Statt dessen blickte er abwechselnd zu den buschigen Brauen und auf die rot-blau-weisse Mütze.

«Musst gar nicht meinen, wir Landwirte hier in Lauenen seien nicht im Bild. Wir wissen genau, dass die Aussetzungen illegal waren, dass ein paar Verrückte zusätzlich Luchse freigelassen haben aus irgendwelchen Zoos in Österreich und Jugoslawien. Darum wird jedes Tier, das uns hier in Lauenen vor die Augen gerät, abgeknallt. Jedes. Das hinterallerletzte Krüppelviech. Dann kannst du und all die anderen verfluchten Luchsschützer zusehen, wie euch die Arbeit ausgeht. Das ist sowieso alles Joberhaltung, nichts als Joberhaltung, alles auf Kosten der Steuerzahler.»

Leen fühlte sich kleiner und kleiner werden.

«Es war an der Zeit, dass jemand ein paar Luchstatzen nach Bern geschickt hat. Sollte man öfters machen. Luchse gibt es ja genug, an Tatzen wird es nicht fehlen. Man muss mit Taten auf sich aufmerksam machen, mit diesen Gaunern und Zuhältern von Politikern in Bern oben kann man ja nicht reden.»

Er fuchtelte mit der rechten Hand in die Richtung, in der er Bern vermutete, während Leen sich schon gar nicht mehr bemühte, ihn zu unterbrechen.

«Überhaupt Bern: Mit seinem hundslausigen Politsumpf, der in hochbezahlten Sitzungen über die Direktzahlungen entscheidet, diese Sterbehilfe für uns Bauern. Auch du ...» – und der Mann hielt einen kräftigen Zeigefinger einem Gewehrlauf ähnlich auf Leen gerichtet – «... auch du kommst sicher aus der Stadt, verdammter Sonntagsflüchtling, oder vielleicht aus Afrika, wenn man sich das Gestrüpp auf deinem Kopf anschaut. Soll das etwa eine gute Tarnung vor dem Luchs sein? Wie viel verdienst du überhaupt mit dieser gottvergessenen Arbeit?»

Zum ersten Mal hielt er in seinem Redeschwall inne. Leen strich sich beleidigt eine Rasta-Strähne aus dem Gesicht: «Ich verdiene achtzehn Franken am Tag, und das …»

«Auch das ist noch zu viel. Und wie viel kostet so ein Luchs pro Jahr? Eine halbe Million reicht wahrscheinlich nicht aus! Und alles von unseren Steuern. Verfluchtes Bundesbern. Geh such jetzt deinen Luchs. Du wirst noch von uns lesen in der Zeitung. Sag deinem Chef, er brauche dich künftig nicht mehr nach Lauenen zu schicken. Hier gibts bald nur noch tote Luchse. Und nun mach, dass du mir aus den Augen kommst.»

Ein letztes Mal schob der Mann seine Mütze über den Haarwirbel in der Stirn, zog an Leen vorbei, marschierte den Bergweg hinab.

Leens Puls ging schnell, wahrscheinlich hatte er ein rotes Gesicht. Er zog die Jacke aus, atmete tief durch, marschierte den Bergweg hoch. Er grübelte, ob der Mann Raja wirklich geschossen hatte. Die schwachen Signale, die er erhielt, beunruhigten ihn. Er ärgerte sich, nicht darauf geachtet zu haben, ob noch andere Autos auf dem Parkplatz beim Lauenensee geparkt waren. Er nahm sich vor, künftig die Nummern von Autos aufzuschreiben, in deren Nähe er parkte. Verunsichert ging er weiter. Die Signale wurden schwächer und schwächer, auch war stellenweise wegen des tosenden Tungelschuss kaum etwas zu hören.

Erst als Leen oben auf der Ebene des Chüetungels angekommen war und die Alphütten erkennen konnte, wurden die Signale mit einem Schlag besser. Dass seine Handantenne gerade aus jener Himmelsrichtung die besten Signale empfing, in der die Hütten standen, machte ihm Sorgen. Leen peilte nun ununterbrochen. Das Bild der vergifteten Rena im Kopf, näherte er sich der ersten Alphütte. Bald stellte er fest, dass Rajas Signale nicht aus der Nähe der Hütte kamen. Sie war weiter weg.

Schliesslich konnte er Raja auf einer kleinen Anhöhe in der Fläche des Chüetungels nicht nur exakt peilen, sondern sogar sehen. «Burgbüel» las Leen auf der Landeskarte. Im Fernglas konnte er die beiden Pinsel auf ihren Ohren und die scharfen, auf ihn gerichteten Augen erkennen, der Körper aber war nicht zu erkennen. Lange ergötzte er sich am Anblick der Raubkatze. Es war wie ein persönlicher Sieg über diesen hasserfüllten Landwirt. Zufrieden und erlöst wandte sich Leen ab.

Während Leen beim Abstieg über die Vorzüge eines anonymen Lebens in der Stadt nachdachte, hatte Alfred Huggenberger den Parkplatz längst erreicht. Er war in einer Stimmung, die ihn nicht zaudern liess; schnurstracks ging er auf den maisgelben Fiat Panda mit der grossen Dachantenne zu. Lehnte sich über das Dach, kniete kurz nieder, stieg in seinen Wagen, fuhr davon. Unterwegs blickte er noch einmal hoch zum Tungelschuss, zum Chüetungel. Er schickte einen Fluch den Hang hinauf und machte sich auf zum väterlichen Hof in die Hammerschwand.

Als Leen ins Auto stieg und losfahren wollte, stimmte etwas nicht. Der Panda beschleunigte nicht wie üblich. Die Handbremse konnte es nicht sein, auch die Tankanzeige vermeldete nichts Aussergewöhnliches. Der Wagen erreichte aber nur mit Mühe vierzig Stundenkilometer. Leen rätselte über die Temperatur des Motors, der ja eigentlich nicht unterkühlt sein konnte.

Als er leicht abbremsend in die erste Linkskurve ging, kam sein Heck ins Schleudern. Die Reifen quietschten, der Wagen schlitterte auf die Felswand zu. Leen stand das Herz still, er trat mit aller Wucht ins Bremspedal, brachte den Panda knapp vor der Felswand zum Stehen.

Verdattert löste er den Sicherheitsgurt, stieg ungläubig aus dem Wagen. Alles schien ruhig, ganz normal. Dann aber entdeckte er den platten Reifen hinten rechts.

Als er den Reifen näher betrachtete, der verquollen um die schmale Felge gewickelt war, fand er ein kleines Holzstäbchen, das im Ventil steckte.

Sabotage, dachte Leen. Jemand hatte ihm die Luft aus dem Reifen gelassen. Er drehte das kleine Holzteilchen ungläubig in seinen Fingern, blickte um sich. Und bemerkte die abgeknickte Dachantenne.

Er starrte den verzerrten Reifen an, betastete die Antenne, die nun waagerecht nach hinten gerichtet war, blickte erneut um sich ins ruhig daliegende Lauenental. Hinter den arglosen Tannen spürte er so deutlich wie nie den Hass jener, die weder nach einem Luchs gefragt hatten, noch gefragt worden waren, ob sie mit ihm leben wollten, und die nun keinen Zweifel daran liessen, damit nicht einverstanden zu sein.

Die Dachantenne kümmerte ihn vorerst weniger als der Reifen. Er hatte noch nie einen Reifen gewechselt. Er wusste nicht einmal, ob im kleinen Panda ein Reservereifen zu finden war. Er erwog, in der Feldstation anzurufen. Erinnerte sich an Eugen Hächlers Automobilwerkstätte beim Dorfeingang. Hier in Lauenen würde ihm niemand helfen, einen Reifen zu wechseln. Hier war er umgeben von Leuten, die sich an seiner Panne freuten, die möglicherweise sogar enttäuscht waren, dass sein Unfall so glimpflich abgelaufen war. Hier waren alle gegen ihn. Alle, ausser Rainer Wackernagel.

Der Hotelier im weissen Hemd und roter Krawatte erklärte sich sofort bereit, Leen zu helfen, krempelte die Ärmel hoch und schwang die Krawatte über die Schulter, damit sie nicht im Weg war, als er die Schrauben des neues Rades anzog. Auch half er ihm, die abgeknickte Dachantenne gerade zu biegen.

«Wird Zeit, dass mein Luchs-Trail gebaut wird», sagte Wackernagel. «Zeit, dass die geistig vertrockneten Oberländer begreifen, dass man mit dem Luchs auch Geld verdienen kann.»

Nach diesem Zwischenfall parkte Leen sein Auto nur noch dort, wo er es durch irgendwelche Felsen und Bäume vor den Blicken der Luchsgegner geschützt wähnte. Das Peilen war nicht mehr nur eine abenteuerliche Suche nach dem Luchs, sondern bedrückend und unheimlich geworden. Jedes Mal, wenn er parkte, notierte er sich die Nummern nebenstehender Autos, jedes Mal wenn er vom Peilen zurückkehrte, kontrollierte er Reifendruck und Tankstutzen. Von jedem Einheimischen, den er unterwegs auf einem Wanderweg von Ferne erblickte, erwartete er hasserfüllte Verwünschungen zu hören. Jedem, der über einen intakten Zeigefinger verfügte, war zuzutrauen, mit diesem am Abzug einer Flinte auf einen Luchs zu warten.

Er hasste es, von den Leuten in den Bergen für einen Luchsforscher gehalten zu werden. Aber es gab keine Möglichkeit, sich unterwegs beim Peilen von den diplomierten Grossraubwildbiologen der Feldstation zu distanzieren.

Einer Flucht ähnlich ging Leen am folgenden Wochenende nach Bern, schlenderte durch die Gassen, genoss die Dichte der Altstadt, das Gedränge, freute sich, wie anonym hier alles vor sich ging. Keiner schrie ihn an, niemand starrte seine Dreadlocks an, niemand machte ihn verantwortlich für Dinge, die er nicht verursacht hatte. Hier brauchte er die Argumente nicht, die er von Stalder, Gellert und Hiltbrunner entliehen hatte. Hier in der Stadt musste er niemandem erklären, der Luchs habe seine Berechtigung, finde ausreichend Lebensraum in den Alpen; musste niemandem schonend beibringen, die im letzten Sommer gerissenen Haustiere machten bloss vier Promille der gesömmerten Schafe aus und der Wildbestand, der in den Siebzigerjahren bedenklich hoch gewesen sei, reduziere sich dank dem Luchs wieder auf ein gesundes Mass: Nein, hier musste er niemandem nichts erklären, musste sich vor niemandem durch nichts rechtfertigen. Hier musste er auch nicht in zu gross bemessenen Gore-Tex-Jacken, schweren Bergschuhen und sonderbaren Langlaufhandschuhen eine Ewigkeit auf einen Frühling warten, der erst im Sommer kam.

Er genoss es, von niemandem erkannt zu werden. Er besah fremde Gesichter, blickte durch geöffnete Fenster in fremde Wohnungen, las all die Schilder und Schmierereien, hingesprayte Unzufriedenheit, auf Wandzeitungen geklebte Revolutionen und machte sich mit einer besonderen Gier über alles Exotische her, das, wenn er in Weissenbach war, untergegangen schien. Er las Menükarten in den Fenstern von Restaurants. Dinge wie «vietnamesische Erdnuss-Wan-tans mit roter Chili-Ingwer-Gurken-Sauce» wurden auf einmal zu einem Erlebnis. Was im Oberland auf den Tisch kam, musste einem kulinarischen Reduit zur Last gelegt werden.

Vom Zufall getrieben, streifte er in der Stadt umher, stolperte in die Fotos japanischer Touristen, verhedderte seine Gedanken in Gesprächsfetzen fremder Leute, machte sich Gedanken zur Damenmode, drängte sich in einen überfüllten Laden, griff sich einige Lebensmittel, tippte blindlings die Zahlen seiner Postcard, trat aus der Ladentür in die sengende Sonne, liess sich von einem Linienbus anhupen, zwängte sich weiter durch das heillose Durcheinander von Schaufensterreklamen, Rocksäumen, aufgesteckten Haaren, schmalen Lippen, breiten Augen, quabbeligen Bäuchen, zu eng eingepackten Frauenhintern, beiläufig in der Hand gehaltenen Zigaretten, zu Boden fallenden Telefonen, warf sich so lange durch dieses unsägliche Gewimmel, bis er genügend Anonymität getankt hatte, um die schwere Tür der französischen Kirche zu öffnen, sich in diesem riesigen Gottessaal auf die hinterste Holzbank zu setzen, sich die Kopfhörer aufzusetzen und alten Jazz zu hören.

In Gedanken aber war er im Oberland. Die betäubt vor ihm liegende Mena, der sein Gesicht in die Sonne vorstreckende Tito, die ihn neugierig musternde Raja auf dem Chüetungel, die zur Hälfte von Füchsen aufgefressene Rena: Der Luchs liess ihn nicht los.

Er traf sich an jenem Abend mit Freunden und musste sich vorwerfen lassen, er könne über nichts anderes als über Luchse reden. Frappant war das vor allem, weil er tatsächlich über nichts anderes reden wollte. Er übernachtete auf einem Sofa in einer Wohngemeinschaft, verabschiedete sich sonntags etwas früher als sonst und etwas weniger herzlich als auch schon.

Im Zug, auf der Fahrt zurück nach Weissenbach, vom Frühling in den Winter, fiel Leen auf, wie sich das Leben unten in der Stadt auf Kopfhöhe abspielte und wie es hier, in den Bergen, vom Boden geprägt war. Vom Talboden und vom Blick, der vom Talboden aus die Hänge hochzuklettern hatte. Von einem Noch-hier-unten-sein und Dort-hinauf-müssen. Sonderbar, aber er freute sich auf die schweren Bergschuhe. In den Schuhen, die er jetzt im Zug trug, die er in der Stadt getragen hatte, in diesen Allerweltsasphaltschuhen fühlte er sich auf belanglose Art und Weise leicht. Es war etwas ganz anderes, in den Bergen mit schwerem Schuh den Fuss auf den Boden zu setzen. Mit jedem Schritt knirschte hier eine überwundene, gebändigte Natur unter den Sohlen.

Er drückte den Kopf ans Zugfenster, fingerte an seinen Rasta-Haaren herum, wälzte Gedanken. Er wollte nicht glauben, dass die fünftausend Franken, die Pro Natura ausgeschrieben hatte, jemanden zu Aussagen verleiten würde, die tatsächlich zur Ergreifung eines Luchsschützen führen würden. Gleichwohl war er sich sicher, dass einige Leute viel mehr wussten und viel mehr zu Ohren bekommen hatten als er. Wer aber würde sich gegen jemanden stellen, mit dem er, womöglich für den Rest seines Lebens, ein fingerhutgrosses Dorf zu teilen hatte? Dem er immer wieder begegnen würde? Das würde nur jemand tun, der ohnehin vorhatte, bald aus dem Oberland wegzuziehen.

Die Mittagsfluh rückte oben links in sein Abteilfenster, bis Weissenbach war es nicht mehr weit. Er dachte darüber nach, wie er die fünftausend Franken auf sein Konto fliessen lassen könnte. Sich an den Wochenenden in den Simmentaler Spelunken herumtreiben, die Lippen am Bierglas, die Ohren an fremden Tischen. Es war ihm aber bewusst, dass dies nichts bringen würde. Selbst wenn er jemanden erzählen hörte, wie er eben einen Luchs geschossen hatte – von welchem Belang wäre seine Aussage? Da würde er sich schon ständig von einem Kantonspolizisten begleiten lassen und mit einem Tonbandgerät ausstatten müssen – und vielleicht würde nicht einmal das reichen. Dem Jagddschungel war nicht beizukommen. So jedenfalls nicht.

15

Als Marc Fennler vier Wochen nach dem Arztbesuch in Spiez wieder auf dem Flugplatz in Matten stand, schauten sich zwei Militärärzte sein Röntgenbild an. Der eine liess seinen Zeigefinger übers Bild wandern und redete, der andere nickte ruhig. Die beiden fragten Marc Fennler nach seinen Beschwerden, nach der Art und Weise, wie diese sich im Alltag bemerkbar machten, und wiesen ihn darauf hin, dass er mit seinem Rücken im körperlich anspruchsvollen Militärdienst mit gesundheitlichen Problemen rechnen müsse. Marc kostete es dank seiner Neigung zum Theater keine Mühe, Betroffenheit zu mimen. Schliesslich fragten ihn die beiden Ärzte, ob er schwer enttäuscht wäre, wenn sie ihn für untauglich erklären würden.

Augenblicke später machte ihm der Aushebungsoffizier einen Stempel ins Dienstbüchlein und wünschte ihm wertvolle Erfahrungen im Zivilschutz.

Zehn Minuten danach sass Marc im Zug nach Zweisimmen und Gstaad, besah die vorbeiziehende Landschaft, als hätte man sie allein für ihn hergerichtet. In Gstaad holte er sich für die zwanzig Franken, die ihm der Vater mitgegeben hatte, eine Flasche Sekt und liess sich damit von Buschauffeur Beat Büchi, der pünktlich die Türen seines Postautos schloss, nach Lauenen fahren. Es war eine der wenigen Fahrten, die nicht vor dem Tungelhorn endeten, sondern bis hinten zum See führten. Und Marc stieg nicht bei der Haltestelle im Unteren Louimoos aus, sondern blieb sitzen, fuhr mit Büchi am elterlichen Hof und an seinem königsblauen Opel Corsa vorbei. Beim Parkplatz vor dem See verabschiedete er sich von

Büchi, rannte die kurze Strecke zum Hotel Lauenensee, wo er seine Freundin Sonja zu finden hoffte.

Als Marc die von einigen Gästen bevölkerte Terrasse erreichte, machte sich Rainer Wackernagel mit silbernen Klammern am Tischtuch eines freien Tisches zu schaffen. Marc fragte nach Sonja, und ehe Wackernagel antworten konnte, trat die junge Frau mit einem Tablett in der Hand auf die sonnenbeschienene Terrasse. Über kurzen, schwarzen Hosen trug sie ein eng anliegendes, wie von einem osteuropäischen Kunstturner entliehenes Shirt, unter dem sich Brüste abzeichneten, die keinen Büstenhalter nötig hatten. Die schwarze Geldbörse locker um die Hüfte, den Haifischzahn um den Hals. Zwei Meter hinter ihr kam Leica aus der Tür geschossen, entdeckte Marc, begann ein wildes Gebell und stürmte auf ihn los. Am Tisch, neben dem Marc stand, zuckten zwei Frauen der vermeintlichen Bestie wegen zusammen.

«Entspann dich!», rief Sonja ihrem Hund zu und wandte sich ab, servierte an einem der vordersten Tische zwei Kaffees und zwei Stücke Bio-Zwetschgenkuchen, wünschte guten Appetit und ging mit dem Tablett in der Hand und einem Lachen auf dem Gesicht auf Marc zu, der von der Hündin wild umwedelt wurde.

«Entspann dich!», befahl sie dem Hund und drückte Marc einen Kuss auf den Mund. «Und?»

Marc bestaunte ihr knappes Top. «Wenn man dich anschaut, könnte man meinen, es sei Juli.»

Der Hund bellte auf.

«Entspann dich!» Und dann ruhiger: «Du kennst mich doch, ich habs nicht so mit langen Kleidern. Wie verlief die Aushebung?» Wieder lauter: «Entspann dich!»

Marc erzählte. Sonja strahlte und gratulierte ihm. Sie freute sich nicht nur, dass ihr Freund im August nicht in die Rekrutenschule einrücken würde, sondern weil ihr Freund nun überhaupt nichts mit dem Militär zu tun hatte. Ein Pazifist war ganz nach dem Gusto der 23-Jährigen.

«Was sagt dein Vater?», wollte sie wissen.

«Mein Vater?» Marc stutzte. «Muss mir noch überlegen, wie ichs ihm beibringe.»

«Er weiss noch nichts? Und die Röntgenaufnahmen?»

Als sehe er sie zum ersten Mal, betrachtete Marc ihre Finger, die er in seinen Händen hielt. «Können wir nicht zuerst feiern? Ich will jetzt nicht daran denken, dass mich der Vater zum Teufel jagen wird und ich selber irgendwie zehntausend Franken auftreiben muss für diese Theaterschule. Können wir heute Abend ein kleines Fest steigen lassen?»

Sonja entzog ihm ihre Finger, blickte ihn neugierig an und mimte mit der Hand ein Telefon, mit dem er Freunde einladen solle.

Obschon die andere Bedienung nicht anwesend war, hatte Rainer Wackernagel nichts dagegen, wenn er in der Vorsaison die wenigen Gäste, die er ausnahmslos gut kannte, selber bedienen musste. So konnte die Party in Sonjas Zimmer steigen, das sich im ersten Stock des Hotels befand.

Schon gegen Abend war das kleine, abgeschrägte Dachzimmer randvoll mit jungen Leuten, Musik, Bier und Zigarettenpapierchen. Aus Lauenen kamen bloss Sebastian, der Sohn von Eugen Hächler, und Martin, der Sohn der Tungelhorn-Wirtin Mary, zwei Siebzehnjährige, die bewundernd zu Marc aufschauten. Aus Gstaad kam ein guter Freund, der es ebenfalls geschafft hatte, untauglich zu werden. Alle anderen waren Anhänger Samuel Becketts, die Marc vor zwei Jahren an einem kleinen Theater-Festival in Freiburg kennen gelernt hatte. Alle gratulierten Marc zur Untauglichkeit, prosteten ihm zu, brachten einen Joint in Umlauf. Einer machte einen abschätzigen Kommentar zu den Zeichnungen, die im Zimmer hingen, als er aber erfuhr, dass Sonja diese selbst gemacht hatte, war er sofort des Lobes voll. Ein anderer behauptete sogar, die Bilder gehörten ins Kunstmuseum Freiburg, damit dort mal was Gescheites zu sehen sei. Marc genoss es, dass sich Sonja unter seinen Freunden durch etwas Unantastbares, Erhöhtes auszeichnete; genoss es, dass immer wieder einer neidisch oder bewundernd auf ihre Figur, auf ihr Shirt, auf ihren Haifischzahn starrte. Den ganzen Abend blieb sie so unberührbar wie ihr plattgesichtiger Hund.

Ein paar Biere und Zigaretten später suchten einige verzweifelt nach Bob Marley in der CD-Sammlung, andere zitierten Beckett. Das brachte die Gespräche auf Marcs Absichten, in den Tessin zu gehen.

«Nichts gegen deine Ambitionen, Marc», begann einer. «Aber eigentlich wirst du diese Theaterschule nicht nötig haben. Der Zivilschutz schult dich in allen menschlichen Grundhaltungen, Beckett selbst könnte es dir kaum besser beibringen.»

«Jawohl! Der Schweizerische Zivilschutz ist ein von Beckett inspirierter Einführungskurs in die Abgründe menschlicher Absurdität.»

«Gut, dass ich Sie am Telefon habe», sagte Rainer Wackernagel. Albrecht Fennler, der im Hotel Lauenensee angerufen hatte, weil er von Beat Büchi erfahren hatte, dass sich sein Sohn dort aufhalte, blieb stumm.

«Ich wollte Sie ohnehin in den nächsten Tagen einmal kontaktieren», fuhr Wackernagel fort, «weil ich mit Ihnen über ein Projekt am Louibach sprechen möchte.» Wackernagel liess sich durch die Stille am anderen Ende der Leitung verunsichern. «Es geht mir nur darum, Ihnen von meiner Idee zu erzählen, weiter nichts.»

Heute Abend habe er Zeit, sagte Albrecht Fennler.

Wackernagel bedankte sich, Albrecht Fennler verlangte ungeduldig seinen Sohn.

Kurz darauf stand Rainer Wackernagel vor der Tür zu Sonjas Zimmer. Gegen die laute Musik, die aus den Türfugen drang, erklärte Wackernagel mit erhobener Stimme, dass Marc am Telefon verlangt werde.

Drinnen wurde die Musik leiser. Sonja öffnete die Tür. Hinter Sonja blickten zahlreiche Gesichter fragend zu Rainer Wackernagel. Dieser entschuldigte sich und wiederholte, was er eben gesagt hatte, erwähnte jetzt auch Albrecht Fennler. Sonja sagte ihm, Marc komme gleich. Rainer Wackernagel bedankte sich und ging die Treppe hinunter.

Marc Fennler, der schon zu viel getrunken hatte, um dies verbergen zu können, blickte Sonja fragend an. «Wo ist das Telefon?»

«Unten im Gang», antwortete Sonja.

Während Marc das Zimmer verliess, die breite Treppe hinabstieg und das Telefon sehen konnte, dachte er an frühere Auseinandersetzungen mit seinem Vater. Er war siebzehn, als er in einem Modemagazin seiner älteren Schwester diesen Jesus gesehen hatte, am Kreuz hängend, Hände und Füsse blutverschmiert unter langen schwarzen Nägeln, die fest im Fleisch sassen. Dieser Jesus war eine dunkelhäutige Frau, nackt bis auf einen kleinen Lendenschurz. Marc hatte damals noch keine Erfahrung mit nackten Frauen, und pornografische Darstellungen empfand er eher als unwürdig und fantasielos. Aber dieser weibliche Jesus hatte es ihm angetan. Lange hatte er dieser am Kreuz hängenden Frau auf die Brüste gestarrt, auf das lange, schwarze Haar, das ihr fast zu den schwarzen Brustwarzen hinabreichte, und auf die Rippen, die sich unter den Brüsten der mageren Frau abzeichneten. Sein eigenes Empfinden überraschte ihn, aber es war deutlich, dass er das Bild dieser gekreuzigten Frau erotisch fand. Die Nippel hatten etwas Animalisches, erinnerten ihn an Schweine, stiessen ihn ab, und doch wollte er sie immer wieder anschauen. Er hängte das Bild über dem Bett auf. Als sein Vater dies entdeckte, war auf dem Hof im Unteren Louimoos die Hölle los. Nach einer tagelangen Debatte entschied seine Mutter, dass Marc in seinem Zimmer aufhängen könne, was er wolle. Wer sich die Dinge nicht anschauen wolle, solle eben sein Zimmer nicht betreten.

Marc hoffte auch jetzt, als er im Gang den Hörer nahm, auf die Unterstützung seiner Mutter. Marc meldete sich mit einem Hallo. Er versuchte nicht, so zu sprechen, als wäre er nüchtern. Den Fragen des Vaters hielt er nichts als absurde Silben entgegen, so lange, bis Albrecht Fennler entnervt auflegte.

Damit hatte Marc erreicht, was er beabsichtigt hatte: Zeit zu gewinnen. Hinten hörte er, wie Rainer Wackernagel in der Küche hantierte. Langsam ging Marc die Treppe hoch. Bevor er Sonjas Zimmer betrat, legte er das nachdenkliche Gesicht ab.

Keine Stunde später klopfte Rainer Wackernagel an die Haustür von Fennlers Hof im Unteren Louimoos. Albrecht Fennler bat ihn mit einigen missvergnügt klingenden Worten in die Stube und bot ihm einen Stuhl, aber nichts zu trinken an.

Rainer Wackernagel zupfte verlegen an der roten Krawatte. Dass kaum einer in der Gemeinde seine Ideen unterstützte, wusste er spätestens seit letztem Herbst, als die Gemeindeversammlung beschloss, auf dem Parkplatz beim See diesen Sommer erstmals

Parkgebühren zu erheben. Der Gemeinderat deklarierte dies als Massnahme, die Gäste im Dorf vorne aufs Postauto umsteigen zu lassen und damit die schmale Strasse durchs Louimoos zu entlasten. Wackernagel spürte damals, dass es den meisten nur darum ging, ihm das Leben schwerer zu machen oder wenigstens an seinen Kunden mitzuverdienen. Ihm blieb jetzt nur zu hoffen, dass sich wegen fünf Franken niemand würde davon abhalten lassen, den See zu besuchen. Er war sich sicher, auch Albrecht Fennler hatte an dieser Gemeindeversammlung gegen ihn gestimmt. Dennoch stellte er nun mit umständlichen Sätzen sich selber und seine Geschäftsphilosophie vor. Es sei ihm ein Anliegen, seine Idee persönlich darzulegen und die Leute in Lauenen nicht mit einem Baugesuch vor den Kopf zu stossen.

«Ich weiss, wer Sie sind», unterbrach ihn Albrecht Fennler und betrachtete missmutig seine Krawatte.

Dann kam Wackernagel zur Sache. Es sei ihm bewusst, dass er mit seinem Vorhaben kaum offene Türen einrennen werde, aber er solle doch so gut sein und sich die Sache wenigstens schildern lassen.

Albrecht Fennler blickte ihn mit dem Misstrauen eines gewissenhaften Zollbeamten an.

Wackernagel präsentierte ihm die Baupläne, erwähnte die Situation von See und Louibach, sprach vom Gewinn für das Gewässer, den Fischbestand und ganz Lauenen, nannte einen Betrag von zwanzigtausend Franken, der vom Fonds für Renaturierung ausbezahlt werde, falls das Projekt noch dieses Jahr begonnen werde, und schilderte ihm seine Idee für einen Luchs-Trail, wie er das nannte. Ein kinderwagen- und rollstuhlgerecht angelegter Wanderweg schwebe ihm vor, der sich durch die neu entstandene Auenlandschaft im Oberen Louimoos schlängle, mit Brücken und Sitzbänken, mit hölzernen Luchssilhouetten, die hinter den Hecken versteckt aufgestellt würden. Wie er, Fennler, doch wisse, sei der Luchs zur Zeit äusserst populär. Die Hotelgäste würden ihn immer wieder fragen, ob es hier in Lauenen denn Luchse gebe. Dies müsse die Tourismusbranche zu Geld ummünzen. Das gelte auch für ihn, der «Schlafen im Stroh» anbiete. Weil alle nach dem Luchs fragten, aber niemand je einen zu Gesicht bekomme, sei ein Luchs-Trail die ideale Investition. Wer mit einem der Ferngläser, die er vermieten würde, auf den Luchs-Trail ginge, würde garantiert einem Luchs begegnen. Einem hölzernen halt. Aber immerhin. Hinweistafeln entlang dem Wanderweg würden über den Luchs, über den Louibach und über das Naturschutzgebiet im Geltental informieren. Für Familien wäre dies das garantierte Freizeitvergnügen in den Alpen. Für ihn, Albrecht Fennler, bestünde der Gewinn darin, dass die Leute auf dem Trail auch an seinen Gemüsefeldern vorbeikommen würden, sodass er sich eine nicht unerhebliche Umsatzsteigerung ausrechnen könne. Dasselbe gelte natürlich für das «Schlafen im Stroh». Wer es abenteuerlich liebe, werde nicht bei ihm hinten im Hotel, sondern hier in seiner Scheune übernachten. Eine ideale Form der Synergie.

Albrecht Fennler hatte die ganze Zeit über nichts gesagt, schaute kaum auf den Plan, den Wackernagel ihm auf den Tisch gelegt hatte, starrte bloss in Wackernagels Gesicht, als müsse er sich dieses merken für Aussagen vor Gericht.

«Tut mir Leid», sagte Albrecht Fennler schliesslich in seiner ruhigen und sanften, aber bestimmten Art. «Ich halte all das, was sie mir hier erzählen, für Hühnermist. Ihre Ideen stinken zum Himmel. Ihre Gäste können von mir aus zum Geltengletscher wandern, wenn sie einen schönen Spaziergang machen wollen, oder sie können in einen Tierpark, wenn sie einen Luchs sehen wollen. Mein Land am

Louibach gebe ich nicht her für tagediebisches Gewerbe. Es ist mein fruchtbarstes Landwirtschaftsland. Suchen Sie sich einen anderen, der Ihnen auf den Leim geht.»

Rainer Wackernagel hatte verstanden. Er faltete flink seine Pläne zusammen, sagte, er, Fennler, könne sich jederzeit melden, falls er es sich noch anders überlege. Dann machte Albrecht Fennler auch schon die Tür hinter ihm zu.

Das Land im Oberen Louimoos war alles andere als Fennlers wertvollstes Land. Die Drainageleitungen, die das Moos stetig entwässern sollten, waren seit Jahren verstopft, der Boden so nass, dass nicht daran zu denken war, sich mit einem Traktor oder ähnlichen Gefährten auch nur zu nähern, und wahrscheinlich, so dachte Albrecht Fennler, der hinter der geschlossenen Tür stehen geblieben war, wäre es in der Tat das Beste, man würde das Moos dem Louibach zurückgeben und den Versuch, diesem Land Produktionsfläche abzugewinnen, als gescheitert betrachten. Auf das mühselig gezogene Gemüse im Oberen Louimoos konnte er gut verzichten. Das, was im Unteren Louimoos zu ernten war, deckte die Nachfrage. Und dass er dank einigen Städtern, die im Moos wanderten, mehr würde verkaufen können, war ein schöner Gedanke.

Aber einem, der das Moos mit einem Wanderweg für Luchsliebhaber verschandeln wollte, würde er das Land niemals verkaufen. Um keinen Preis.

16

Nun war es schon der dritte Mittwoch, an dem Alfred Huggenberger seiner Frau erklärte, er gehe abends noch zu Pulver, um Karten zu spielen. Gewehr, Verpflegung und übrige Ausrüstung hatte er bereits am Nachmittag im Auto verstaut. Inzwischen hatte ihm Wildhüter Carl Spitteler versichert, dass es sich um die richtige Falle handle, bei der er auf den Luchs wartete. Diese dritte würde aber die letzte Nacht sein, die er in dieser Felsnische zubringen würde. Huggenberger konnte es sich nicht leisten, oben auf dem Chüetungel den ganzen Tag über zusammen mit seinem Vater am Innenausbau der Alphütte zu arbeiten, nächtelang in diesem Versteck zu wachen und endlos Kaffee und Schnaps in sich hineinzugiessen. Falls heute kein Luchs auftauchte, hatte er die Schnauze voll. Dann mussten andere Lösungen her.

Die Nacht war ruhig, das Wetter mild. Er ärgerte sich dennoch über seine Geduld, die ihn ausharren liess, obschon wenig Anlass bestand, optimistisch zu sein. Wie viele Stunden er nun schon in diesem dämlichen Versteck sass, wollte er nicht wissen. Er versuchte, an nichts zu denken.

Weit unten rollte langsam und erstaunlich gut vernehmbar ein Zug mit beige schimmernden Fensterscheiben das Simmental hoch. Alfred Huggenberger wusste nicht, ob dies bereits der letzte Zug war, er hatte sich kaum je einen Fahrplan angesehen, geschweige denn einen Zug betreten. Solche Dinge waren ihm zu kommunistisch.

Er schenkte sich eine weitere Tasse Kaffee ein, goss Schnaps dazu. Das Koffein hielt ihn wach, der Alkohol warm. Schon seit geraumer Zeit verspürte er den Drang nach einer Toilette.

Er löste sich schliesslich aus seiner Starre, griff zum Taschentuch, das als Toilettenpapier würde herhalten müssen, kletterte dort, wos gut ging, die Felswand hoch, hielt Ausschau. Als er ein Rascheln vernahm, hielt er inne. Eine Weile war alles ruhig. Ein heruntergefallener Zweig vielleicht. Aber da war das Geräusch gleich nochmal.

Alfred Huggenberger eilte zurück zur Felsnische. Griff zur Flinte, verbarg sich hinter den Tannzweigen. Er konnte nichts erkennen, aber etwas bewegte sich auf die Schneise zu. Er war jetzt hellwach. Er spürte seinen Puls. Die Geräusche kamen näher. Augenblicke später trat ein Schatten in Huggenbergers Blickfeld, kam näher, kam eindeutig auf die Schneise zu. Alfred Huggenberger kniff die Augen zusammen, zielte, hielt die Luft an, drückte ab.

Mit dem Knall sackte der Schatten zusammen. Alfred Huggenberger stürzte aus seinem Versteck hervor, rannte dem Schuss hinterher. Er hatte die Stelle genau im Auge, kam rasch näher, sah den Schatten bald vor sich.

Wenn er Glück hatte, würde er für dieses Fuchsfell an der Oberländer Trophäenausstellung drei Franken verlangen können. Lieber hätte er es aber verwendet, um sich den Arsch zu wischen. Fuchs und Scheisse – beides liess er liegen.

17

Am 1. Mai hätte das neue *Konzept Luchs Schweiz* in Kraft treten sollen. Gemäss Phillip Roche, Direktor des Buwal, befanden sich einige Punkte des Papiers aber noch in Diskussion. Er entschuldigte sich telefonisch bei Marianne Hiltbrunner, sagte, das Konzept könne kaum vor Mitte Juni lanciert werden.

Die schweizerischen Transportunternehmen hingegen zählen Verzögerungen, wie sie der Politik eigen sind, nicht zu ihren Eigentümlichkeiten und lancierten wie jedes Jahr am 1. Mai einen neuen Fahrplan. Buschauffeur Beat Büchi war ungemein erleichtert zu sehen, dass auf der Strecke Gstaad – Lauenen keine Änderungen vorgenommen worden waren, Gemeindeschreiber Samuel Tanner spendierte ihm ein Rivella. Im Restaurant Tungelhorn, in dem Fritz Rusterholz seit der Wette nie mehr und Alfred Huggenberger deutlich seltener zu sehen war, bestimmte des abwesenden Huggenbergers wegen meist Samuel Tanner das Gesprächsthema der Tischrunde mit Max Pulver, Beat Büchi und Albrecht Fennler. Neuigkeiten wurden auch in der Landwirtschaftlichen Genossenschaft, bei Eugen Hächlers Automobilwerkstätte oder im Dorfladen ausgetauscht. Obschon gerade dort immer weniger gesprochen wurde: Wenn die neue Verkäuferin Käse fast aufs Gramm genau zuschnitt oder wenn sich der Ärmel ihrer Bluse hob und der Delfin auf ihrem Oberarm zu erhaschen war, wurde es dort manchmal, vor allem, wenn Männer im Laden waren, stiller und andächtiger als in der Kirche. Das jedenfalls behauptete Hilfssigrist Pulver.

Neben Alltäglichkeiten über Hof und Stall waren im Dorf auch die Subventionen ein Gesprächsthema, die Hotelier Wackernagel wahrscheinlich vom Kanton und dem Fonds für Renaturierung erhalten werde, wenn er den Louibach aus den Verbauungen hole und wieder frei mäandrieren lasse. Besonders Samuel Tanner liess sich aus über Wackernagel und die Schafsköpfe aus dem Flachland, die glaubten, ein Bach mit Kurven sei ein besserer Bach. Wie die meisten der Älteren im Dorf konnte sich auch Albrecht Fennler gut erinnern, wie man den ewig zu Überschwemmungen neigenden Louibach endlich richtig verbaut hatte. Fennler erzählte, der Wackernagel wolle ja nicht bloss eine Auenlandschaft anlegen, sondern auch einen Wanderweg mit abartigen, hölzernen Luchsen, um sich zusätzliches Geld zu verdienen, indem er Ferngläser verleihe. Die Männer waren froh, dass Fennler nicht daran dachte, dem Wackernagel das Land im Oberen Louimoos zu verkaufen.

Es sei gut, dass bald bezahlen müsse, wer beim See hinten parken wolle, lautete der Tenor. Man werde dem Wackernagel schon beibringen, was sich gehöre in Lauenen. Mit besonderer Genugtuung machte sich Tanner lustig über den Gemeinderat, der sich ungemein schwer getan hatte, sich auf ein Produkt eines Parkbillett-Automaten zu einigen, und schliesslich, als er sich endlich geeinigt hatte, just jenes Modell hatte anschaffen wollen, das zur Zeit nicht lieferbar war.

Auch der Luchs war immer wieder ein Thema im Dorf. Alle hatten vom vergifteten Luchs im Pay d'Enhaut gehört, und man rätselte, was Huggenberger und Rusterholz gerade taten, um einen Luchs zu schiessen. Max Pulver erzählte, Huggenberger habe sich bei Wildhüter Spitteler gemeldet, wusste aber nicht, was er von diesem zu erhalten hoffte. Samuel Tanner behauptete zu wissen, Huggenberger habe einem Luchsschützer beim Lauenensee hinten die Luft aus den Reifen gelassen. Albrecht Fennler hielt diese Tat für einen unsinnigen Knabenstreich und den Huggenberger für einen Kindskopf.

Von Gemeindeschreiber Samuel Tanner darauf angesprochen, lehnten es sowohl Huggenberger wie auch Fennler ab, Geld auf von Känels Konto einzuzahlen. Huggenberger tat so, als höre er zum ersten Mal von diesem Konto. Fennler lehnte ab, weil so ein Konto nur irgendwelche Sonntagsjäger zu unüberlegten, unsorgfältigen Taten ansporne.

Auf der Kartenwand in der Feldstation in Weissenbach war einiges in Bewegung. Dank der Schneeschmelze wurden nun auch die hinteren Regionen der Alpentäler zugänglich, sodass es oft gelang, pro Tag zwei Luchse zu peilen. Trotz des Verlusts von Rena verfügten sie immer noch über zwölf besenderte Luchse, die regelmässig, mindestens zwei Mal pro Woche, gepeilt werden mussten. Spezielle Vorkommnisse gab es dabei nicht zu verzeichnen, bloss Zico gab Anlass zu Sorgen. Er hielt sich immer noch in der unteren Stockhornkette auf, und seine blaue Stecknadel wanderte äusserst langsam. Möglich, dass Zico auf diesem kleinen Gebiet gleich zweimal Beute gemacht hatte, also nicht grosse Wanderungen auf sich nehmen musste. Vielleicht aber war er erkrankt.

Deshalb machte sich Stalder auf, das Luchsmännchen zu finden und sich einmal genauer anzuschauen. Er fuhr talabwärts, verliess das Simmental, ohne ein Signal erhalten zu haben, und suchte im Stockental weiter. Als er sich Blumenstein näherte, hörte er erste Signale. Bereits die ersten Peilungen liessen vermuten, dass sich Zico in den letzten vier Tagen kaum von der Stelle gerührt hatte. Offenbar hielt er sich nahe bei der Hauptstrasse auf, obschon es in den Wäldern unterhalb des Stockhorns bessere Stellen gab, sich ein Tageslager einzurichten.

Bald war Stalder Zico so nahe gekommen, dass er die Empfindlichkeit des Empfängers verringern konnte. Stalder folgte einem Bachlauf, durchschritt den lichten, zwischen hohen Bäumen immer neu aufgerissenen Raum, näherte sich einer steilen Böschung, über die ein Bach in einem kleinen Wasserfall fiel. Stalder blieb stehen. Hinter der Böschung schien der Wald wieder flach zu verlaufen, ehe er wenig später steil gegen die Stockhornkette aufstieg. Stalder konnte die Empfangsempfindlichkeit jetzt maximal reduzieren, vermutete Zico direkt oben an der Böschung. Vielleicht sogar ganz in der Nähe des Wasserfalls, wo es felsig war und er sich gut verstecken konnte. Mit dem Fernglas suchte er die Felskanten nach einer Luchssilhouette ab. Er war geübt darin, aus der Fülle von visuellen Informationen zwei verschwindend kleine Pinsel auf zwei dreieckigen Ohren herauszufiltern. Oberhalb der Böschung war aber nichts auszumachen. Er nahm das Fernglas herunter, kontrollierte erneut die Signale, da entdeckte er Zico unten beim kleinen Wasserfall. Es waren nicht mehr als vierzig Meter, die ihn vom Tier trennten. Zico stand dort am Wasser, regungslos, den Kopf Stalder zugewandt, stoisch blickend, ohne jeden Schutz, ohne jede Tarnung, als wäre er festgeklebt.

Er machte einen seltsamen Eindruck auf Stalder. Ein wachsamer Luchs würde sich nicht an einer so ungeschützten Stelle überraschen lassen.

Im Fernglas erkannte er ein vergleichsweise ungepflegtes Fell. Ausserdem machte Zico einen abgemagerten Eindruck. Stalder erinnerte sich gut an die Nacht, in der es ihm zusammen mit Hiltbrunner, Bänninger und Gellert gelungen war, Zico einzufangen. Zico war damals mit sechsundzwanzig Kilogramm der kräftigste Kuder, den sie je mit einem Senderhalsband markiert hatten.

Stalder wollte wissen, wie Zico reagierte, wenn er den Rucksack vom Rücken nahm und die Kamera auf ihn richtete. Zico rührte sich nicht, reagierte auch nicht auf das Klicken der Kamera.

Beunruhigt durch dieses lethargische Verhalten des Luchses zog sich Stalder zurück.

Stalder hatte die Feldstation schon wieder verlassen und war auf dem Weg nach Blumenstein, als Gellert und Scafidi vom Einkaufen in Zweisimmen zurückkamen. Gellert hatte nicht nur Lebensmittel dabei, sondern auch einen Schmetterling. Das verletzte und flugunfähige Geschöpf hatte er vor dem Eingang beim Coop entdeckt, es aufgehoben und mitgenommen. Nun stellte er ihm auf dem Stubentisch ein Schälchen Wasser hin und blätterte aufgeregt in einem dicken Fachbuch, um das Tier zu bestimmen. Das war schwieriger als angenommen, aber wenn die Literatur Recht hatte und sich die schwarzen Zeichnungen auf der Flügelunterseite nicht bei allen Individuen gut ausbildeten, dann hatte er tatsächlich einen Hochmoorperlmutterfalter vor sich. Das kam einer kleinen Sensation gleich. Dieser Schmetterling war nicht nur aussergewöhnlich schön gezeichnet, sondern galt auch als äusserst selten. Sein Name, Boloria aquilonaris, stand auf der Roten Liste der vom Aussterben bedrohten Arten. Noch war es Gellert zwar unerklärlich, wie ein Falter, dessen Lebensraum sich auf Hochmoorregionen beschränkt, nach Zweisimmen vor die Türen eines Einkaufszentrums gelangt war, und er wusste auch nicht, was er mit dem Tier nun anfangen sollte, aber diese Rote Liste verlieh seiner Rettungsaktion immerhin eine kleine biologisch-ethische Relevanz. Scafidi machte sich dennoch lustig über Gellert.

«Wir können es doch einmal versuchen», wehrte sich Gellert und beobachtete, wie der Schmetterling zaghaft seinen Rüssel ausrollte, ihn aber nicht in die Flüssigkeit tunkte.

«Na ja», meinte Scafidi. «Wenn ich mit so einem bescheuerten Rüssel essen müsste, wär ich auch längst vom Aussterben bedroht.»

Gellert transportierte den Schmetterling auf einem Stück Papier auf den Fenstersims, wo niemand auf ihn draufsitzen würde.

«Wir haben ein neues Haustier», lachte Gellert, als Leen etwas später vom Peilen zurückkam.

«Fachleute nennen ihn auch den Falter der Fenstersimse», spottete Scafidi. «Ist in der Schweiz vom Aussterben bedroht, weil hier alle so eifrig abstauben.»

Leen zog sich die schweren Schuhe aus, legte den Rucksack hin und ging zum Sims, um das Tier anzusehen.

«Ist kein Witz: Das Exemplar steht auf der Roten Liste», erklärte Gellert, wieder über das Fachbuch gebückt.

«Die Flügel sehen aus, als hätte jemand Bügelfalten gemacht», urteilte Leen und verstand nicht, was das Tier hier in der Stube sollte. Erst als er die ehrliche Fürsorge Gellerts wahrnahm, erinnerte er sich, dass er es hier mit einem übereifrigen Biologen zu tun hatte. Er fand die Sache ziemlich absurd, allerdings auch irgendwie rührend.

«Stell dir vor, du könntest wie ein Schmetterling mit den Füssen riechen», sagte Gellert.

«Das wäre wohl nur mässig attraktiv», sagte Leen. «Apropos Geruch. Ich habe etwas mitgebracht.» Leen zupfte einen schwarzen Plastiksack aus seinem Rucksack. «Mein zweiter Luchskot», grinste er nicht ohne Stolz. «Von Balu, der Wanderhode.»

Gellert liess sich den Sack aushändigen und prüfte, ob der Inhalt auch nach Luchsscheisse roch. Leen erklärte, wo er die Losung gefunden hatte, füllte ein Kotformular aus und legte den etikettierten Beutel in die Tiefkühltruhe.

Nik Stalder hatte die Strecke von Blumenstein nach Weissenbach und zurück in Rekordzeit hinter sich gebracht, trat nun in den Wald, in dem er Zico gesehen hatte. Diesmal trug er Medizin im Rucksack, hielt in der einen Hand die Antenne, in der anderen das Blasrohr. Als er sich dem Wasserfall näherte, war Zico immer noch da. Er hatte sich in der Zwischenzeit hingelegt. Stalders Heranschleichen schien er erst spät zu registrieren. Als Zico aufstand, um sich vorsichtig vor dem sich nähernden Menschen zu verstecken, hatte Stalder sein Blasrohr bereits am Mund. Die Betäubungsspritze traf den Kuder in der Hüfte.

Leise freute sich Stalder über den Treffer. Zico fauchte auf, rannte ungelenk, strauchelte bald und blieb liegen.

Stalder untersuchte Zico an Ort und Stelle. Er wog noch 21 Kilogramm, hatte einen vereiterten After. Mit einem Gummihandschuh versuchte Stalder Zicos Darmausgang zu öffnen. Die Muskulatur war steinhart, es war unmöglich, mit dem Finger in den After zu gelangen. Diese Tatsache, der Gewichtsverlust, das Fehlen von Kot in der Umgebung sowie die Absenz eines Risses liessen darauf schliessen, dass Zico unter einem Darmverschluss litt, weder fressen noch koten konnte. Beim Bach hielt er sich auf, um wenigstens trinken zu können.

Stalder atmete besorgt aus, streifte die Handschuhe ab, füllte eine Spritze mit einem Antibiotikum. Das war das Einzige, was er für Zico tun konnte. Mit einer zweiten Spritze verabreichte er ihm das Mittel, das ihm rascher und angenehmer aus der Betäubung helfen würde. Rasch machte er sich aus dem Wald.

Gellert wollte den eintretenden Stalder mit seinem geretteten Schmetterling überraschen, doch in Stalders Gesicht stand zu deutlich geschrieben, dass er jetzt für derartige Neuigkeiten kein Ohr hatte.

«Ich weiss nicht, ob wir noch etwas ausrichten können», sagte Stalder wie beiläufig und ohne jemandem ins Gesicht zu schauen. «Zico hat einen Arsch aus Granit.»

Am nächsten Tag peilte Stalder Zico an derselben Stelle, er sah ihn schon aus einiger Distanz, etwas unterhalb der Böschung lag er, das Gesicht von Stalder abgewandt. Auch als Stalder bis auf wenige Meter an ihn herantrat, rührte er sich nicht. Zico war tot.

18

Farben verschmierten den Abendhimmel, die Mondsichel gewann Konturen, ein eisiger Wind zog durchs Lauenental. Eigentlich war es zu spät, um noch einen weiteren Luchs zu peilen, Julius Leen wusste es. Die beiden Luchse, die man ihm beim Frühstück zugeteilt hatte, waren erfasst. Mena hatte er im Turbachtal geortet, sie schien unterwegs, die Signale waren unruhig und reichten nur zu einer Zweierpeilung. Jene von Nero, der sich in Gsteig umtrieb, waren konstant; von ihm hatte Leen eine solide Dreierpeilung.

Seine Arbeit war also getan. Aber irgendetwas trieb Leen noch um. Er war unruhig, wollte alleine und alleine draussen, jedenfalls nicht unter Menschen sein.

Leen schaltete in den dritten Gang, die nächsten Kurven kannte er auswendig. In Lauenen parkte er auf dem Platz vor dem Restaurant Tungelhorn, stieg aus und schwenkte die Handantenne. Ausser dem Rauschen des Mülibachs konnte er nichts vernehmen, korrigierte leicht die Frequenz und wollte die Antenne schon wieder einpacken, als er ein feines Signal hörte. Raja musste sich irgendwo in diesem Tal aufhalten.

Das Postauto der Linie Gstaad–Lauenen kam von der Landwirtschaftlichen Genossenschaft her auf den Platz zugefahren. Leen warf die Antenne auf den Rücksitz, stieg ein und sah, wie ihm der Chauffeur zuwinkte, zum Dank, dass er den Platz frei mache. Leen hob die Hand zum Gruss, fuhr in Richtung Lauenensee und sah noch im vibrierenden Rückspiegel, wie der Chauffeur den gesamten Platz beanspruchte, um sein Postauto zu wenden.

Leen wollte rasch bestimmen, wo sich Lüchsin Raja in etwa aufhielt, damit er sie, falls das Gelände dies zulassen sollte, noch vor Einbruch der Dunkelheit peilen konnte. Er parkte unweit eines Bauernhauses im Unteren Louimoos und peilte. Die Signale waren undeutlich. Beim Lauenensee hinten, der grün in der Abendsonne schimmerte, empfing er gar nichts mehr. Er erwog, die Suche abzubrechen und bei Rainer Wackernagel etwas zu trinken. Zu wissen, dass sich Raja in der Nähe befand, machte ihn aber unruhig. Er fuhr zurück in den Dorfkern, nahm die Abzweigung bei Eugen Hächlers Automobilwerkstätte und dessen ramponierten Fahrzeugen und fuhr den Hundsrügg hoch. In jeder Kurve wurde das Signal deutlicher.

Er parkte unweit eines Hofs, neben dessen Stall drei Jaucheanhänger standen. Dort erhielt er erstmals ein Signal, bei dem er die Empfindlichkeit des Empfängers reduzieren konnte. Damit schien sicher, dass sich Raja in einem Wald im Schönebodemäder, einem Seitental des Lauenentals, am Fuss des Rothorns aufhielt. Das Gebiet kannte Leen nicht. Bald erreichte er ein Zauntor, das sich mit einem Wagen nicht passieren liess. Die Sonne würde bald hinter dem Wispilegrat untergehen, viel Zeit blieb nicht. Leen entschied, bloss mit Empfänger, Antenne und Fernglas ausgerüstet, zu Fuss weiterzugehen.

Einige Schneefelder lagen noch auf den umliegenden Wiesen, bald bedeckte auch eine unter den Schuhen zersplitternde Schneekruste den Wanderweg. Leen verschaffte sich einen Überblick über das Tal. Noch waren die Signale unstet.

Wenig später erreichte er den Waldrand. Ohne Taschenlampe und ohne Karte in diesen Wald einzutauchen, schien wenig verlockend. Ausserdem würde es bald kühler werden, seine Jacke lag im Wagen. Unentschlossen blieb er stehen und kontrollierte die Signale.

«Hallo», hörte er hinter seinem Rücken.

Leen fuhr zusammen, drehte sich um.

Ein schmächtiger, vielleicht 45-jähriger Mann mit einem beige-braun karierten Béret und einem grossen Fernrohr in der Hand kam auf ihn zu und blickte ihn an wie ein alter Bekannter. Landwirt sei er und interessiere sich für den Luchs, sagte der Mann, als er nur noch wenige Schritte von Leen entfernt war. Er schaute Leen eingehend an, deutete auf die Antenne. Als er ihn mit dieser Antenne gesehen habe, habe er gedacht, er möchte unbedingt einmal mitkommen, wenn ein Luchs gepeilt werde.

Unangenehm und unpassend war diese Begegnung, und Leen wollte den Mann einfach nur loswerden.

«Was haben Sie denn da für ein Fernrohr?» Leen musterte den Mann eingehend.

Der Mann schob das Béret höher in die Stirn, räusperte sich, zögerte: «Ich bin nicht nur Landwirt, ich bin auch Ornithologe.» Mit beiden Händen streckte er Leen das Fernrohr entgegen, als biete er es feil für den Verkauf. «Ein sehr spannendes Gebiet, leider nehme ich mir zu wenig Zeit dafür.»

«Was hats denn hier in Lauenen so für Vögel?» Es interessierte Leen überhaupt nicht, was hier herumflog oder wie die Vögel in diesem Fernrohr zu sehen waren, und eigentlich wollte er mit dem Mann auch nicht ins Gespräch kommen.

«Bergdohlen und Bussarde. Nichts Spezielles. Ich meine, nichts, was es sonst in den Alpen nicht auch gäbe. Bergdohlen und Bussarde vor allem.»

Es entstand eine Pause. Leen erwartete, dass der Mann jetzt noch detaillierter erzählen würde.

«Untersuchen Ornithologen auch Schmetterlinge?», fragte Leen, als ihm die Pause zu lange wurde.

«Nicht unbedingt. Ich habe zwar auch schon. Aber ich … wieso?»

«Wir haben eben einen in der Wohnung, einen Hochmoorperlenfalter oder so ähnlich. Er ist verletzt. Fliegt nicht mehr. Hab mir gedacht, vielleicht kennen Sie den. Soll selten sein.»

«Schmetterlinge sind nicht mein Spezialgebiet, leider.»

«Was untersuchen sie denn?»

«Den Zug der Bergdohlen», brachte der Mann hervor. «Wie sie wandern, wie sie die Höhenwinde ausnutzen, wie empfindlich sie auf das Wetter reagieren, wie sie sich ernähren.»

Der Mann hatte etwas Komisches, Belustigendes an sich. Dass er nicht im Dialekt der Einheimischen redete, sondern nach Mittelland klang, machte ihn Leen sympathischer.

Als Leen wieder das Fernrohr betrachtete, dessen eines Ende einer Gewehrmündung ähnlich sah, fiel ihm der Schrot ein, den man im Kadaver Zicos gefunden hatte, auch wenn er eines natürlichen Todes gestorben war. Sah die vergiftete Rena, erinnerte sich an die eingesandten Pranken und daran, dass man im Sommer die Luchse an einer Hand würde abzählen können, wenn das so weiterging. Misstrauen war Pflicht. Aber er musste zugeben, dass er diesen Mann irgendwie angenehm fand. Wahrscheinlich war er nichts als ein erbärmlicher Hobby-Ornithologe, der viel Geld ausgab für grosse Fernrohre, um damit belangloses Getier zu beobachten; jedenfalls war es irgendwie klar, dass der Mann nicht zu den Granitschädeln des Oberlandes gehörte und dass er es sich sogar unterhaltsam vorstellte, mit ihm eine Weile unterwegs zu sein. Er würde die Peilung ohnehin bald abbrechen, würde nicht nahe an Raja herankommen, sodass er schliesslich entgegen seinem Misstrauen und gegen seinen ursprünglichen Willen einlenkte und ihn mitkommen liess, denn das war es, worum der Mann mit dem Béret und dem Fernrohr letztlich gebeten hatte.

Die beiden folgten dem Weg, wurden vom Wald verschluckt. Leen hatte bloss eine leise Ahnung, wo Raja sich aufhalten könnte. Durch die Tannwipfel war die Sonne zu erkennen, die bald im Dunst des Lauenentals wegtauchen würde. Leen nahm sich vor, in Kürze umzukehren.

Der Mann hatte sich das Béret wieder tiefer in die Stirn gezogen, ging neben Leen her, musterte ihn und schielte auf den Empfänger, jedes Mal, wenn Leen peilte. Leen störte sich nicht daran.

Der Mann wollte wissen, wo sich der Luchs aufhalte, wollte wissen, weshalb Leen die Antenne in Halbkreisen drehte, wenn er peilte. Leen erklärte ihm kurz, wie mit einer Handantenne umzugehen war.

Als die Signale unvermittelt besser wurden, liess sich Leen dazu verleiten, doch noch nicht umzukehren, den Wanderweg zu verlassen und einen Bogen zu schlagen, aus dem Wald herauszutreten, um zu erfahren, wie stark der Einfallswinkel abweichen würde, wenn man sich eine Weile parallel zum Hang verschob, statt leicht zu steigen. Als ihn am Ende dieses Bogens das Signal aus demselben Winkel empfing, wusste er weder sich noch dem Mann Antwort zu geben. Wäre nicht dieser Begleiter gewesen, er hätte die Peilung jetzt abgebrochen. Irgendwie wollte er dem Mann beweisen, dass er sein Handwerk verstand, wollte zeigen, dass er nicht umsonst in den Bergen umherstiefelte. So zogen die beiden weiter, über die Baumgrenze hinaus, die Spitze des Rothorns rückte in ihr Blickfeld.

Je höher sie stiegen, desto höher schien auch der Luchs zu wandern. Während Leen die Antenne ungläubig in die Höhe streckte, blickte ihn der Mann immer hoffnungsvoller an. Leen wandte den Blick vom Empfänger ab, folgte der Richtung, die seine Antenne ihm anzeigte; nur Fels, Schnee, Eis und Himmel in abklingendem

Silberblau befanden sich über ihnen, und vielleicht war da noch Raja.

Der Hang wurde steiler. Felsbänder ragten aus dem Schnee, Lawinengräben zerschnitten den Hang. Leen wünschte, er könnte sich erinnern, was Scafidi am Morgen über die Lawinengefahr gesagt hatte. Leen wollte umkehren. Ihm war kalt. Er hatte Hunger. Wenn sich Raja in den Felsbändern unterhalb des Rothorns umhertrieb, war es sinnlos, sie genau aufspüren zu wollen, und viel höher, als sie sich jetzt schon befanden, konnte man ohne Kletterseil seiner Ansicht nach ohnehin nicht gelangen. Er blieb stehen.

«Sie haben auch keine Taschenlampe dabei?», fragte Leen.

Der Mann verneinte und sagte, dank dem Schnee werde es hell genug sein. Dass Leen stehen geblieben war, schien ihn nicht zu kümmern. Als der Mann ein paar Schritte Vorsprung gewonnen hatte, zog Leen mit. Man konnte dem Ornithologen tatsächlich nicht vorwerfen, er sei nicht wirklich am Luchs interessiert. Das beruhigte Leen.

Als sie nach der Passage eines langgezogenen, rund vier Meter hohen Felsbandes Einblick hatten in den offenen Felshang unterhalb des Rothorns, erkannte Leen eine Gamsherde. Der Mann hielt sich das Fernglas umständlich vors Gesicht, nahm es wieder weg, zählte mit blossem Auge. Leen kontrollierte Rajas Signal.

«Neunundzwanzig Stück», sagte der Mann.

Leen schenkte ihm, in den Felshang starrend, keine Aufmerksamkeit. Die besten Signale kamen aus der Richtung, in der sich die Gamsherde befand.

Trotz Kälte, Hunger und Höhenangst wollte nun auch Leen nicht mehr umkehren. Er wollte unbedingt näher an die Herde heran, um festzustellen, was vor sich ging. Die einzig gangbare

Route verlief über ein Lawinencouloir, das zu überqueren Leen sich nicht getraut hätte, wenn nicht der Mann löwenherzig seinen Fuss in den Einschnitt gestampft hätte und nach wenigen Schritten schon auf der anderen Seite stand, wo er Leen anschaute und fragte, worauf er denn warte.

Auf einem Felsvorsprung stehend, leicht getarnt von einem der letzten Bäume, denen auf dieser Höhe noch Fuss zu fassen gelungen war, liessen sich die Gämsen gut beobachten. Rund hundert Meter trennten sie von den Tieren, die sich auf dieser langgezogenen Geländenase verteilt hatten und auf der Suche nach Futter den Schnee wegscharrten.

Mit kalten Händen richtete Leen die Antenne auf die Gamsherde, schaltete den Empfänger wieder ein und erhielt ein Signal, das nicht besser hätte sein können. Raja musste in unmittelbarer Nähe sein.

«Mit dem Fernglas müsste sie zu sehen sein», sagte Leen. Beide suchten mit ihren Gläsern die Umgebung ab, konnten aber nichts erkennen. Nichts als die friedvoll futternden Paarhufer. Eine Gämse blickte dauernd umher, aber auch das tat sie in Ruhe, beinahe andächtig.

Plötzlich sprach der Mann – sein Fernglas hatte er inzwischen an einer Felskante abgestützt – von drei silbernen, glatten Felsen, die sich unmittelbar unterhalb der Herde befänden. Leen nahm das Fernglas, der Ornithologe beschrieb ihm die Stelle, und tatsächlich: Kaum zu sehen, unscheinbar und still wie die beiden Felsrundungen neben ihr, lag dort Raja im Schnee. Die beiden Pinsel auf ihren Ohren waren das Einzige, was sie von dem dritten, ebenfalls nur knapp aus dem Schnee herausragenden Felsen, für den die beiden Männer sie bisher gehalten hatten, unterschied.

Leen war aufgeregt und ahnte vage, dass er heute etwas erleben würde, worauf manche Biologen Jahre warteten: Einem richtigen Angriff würde er zusehen können, und je länger er in die Herde und wieder zum Luchs hin starrte, desto weniger konnte er glauben, dass keines der Tiere die Anwesenheit Rajas bemerkte.

Die Sonne tauchte hinter dem Wispilegrat ins Saanenland ab, die Felsen verloren ihre glänzenden Konturen. Leens Füsse wurden zu eiskalten, unbeweglichen Quadern, und sonst geschah nichts. Raja liess sich Zeit. Wenn Leen ihre Ohren anschaute, wünschte er, ihr Gesicht von vorne zu sehen, wünschte zu wissen, wie gespannt die Muskeln der Hinterläufe und wie gereizt die Augenlider schon auf das potenzielle Opfer gerichtet waren.

Nach langem Warten stieg die am nächsten beim Luchs stehende Gämse ein, zwei Schritte hinunter, näher zu Raja, und drehte dieser den Hintern zu.

Das war der Auslöser.

Raja legte sich behutsam die Vorderpranken zurecht, nahm, während sie den Kopf geduckt hielt, die Hinterläufe mit in diesen ersten Schritt, der wie in Zeitlupe anzusehen war, liess endlich die zweite Pranke nach vorne schweben, welche Raja so bedacht in den Schnee drückte, als gelte es, keine Spuren zu hinterlassen. Den schwarzen Stummelschwanz hielt sie waagerecht. Leen konnte ihren Sprung kaum mehr erwarten.

Raja schlich näher und näher an ihre Beute, drückte eine weitere Pranke sorgsam in den Schnee, verlagerte das Gewicht auf die andere Schulter, zog den nächsten Lauf nach, winkelte die Pranke schön an.

Leen konnte es kaum glauben, dass die Paarhufer nichts bemerkten. Vielleicht hatten die Gämsen tatsächlich einiges verlernt in den hundert Jahren, in denen der Luchs nicht zugegen war.

Gleich würde Raja zum Sprung ansetzen. Endlich würde er eine der Gämsen sehen, die Stalders Jahresstatistiken der Luchsrisse bevölkerten, endlich würde er sehen, wie ein Luchs zubiss und wie lange es dauerte, bis sich das Opfer nicht mehr regte, würde auch sehen, wie die anderen Tiere darauf reagierten.

«Wahrscheinlich ein bisschen spannender als Bergdohlen», meinte Leen.

«Bergdohlen?», fragte der Mann. Und sofort: «Ja, deutlich spannender.»

Raja verschwand in einer Mulde, die Leen zuvor nicht aufgefallen war, und da passierte es: Ein unnachahmlicher Pfiff, ein Krächzer zerschlug die Stille. Das war nicht der Schrei einer Ablebenden, sondern der Warnruf einer Gämse aus der Herdenmitte. Wie vom Blitz getroffen jagte die von Raja belauerte Gämse davon, hinauf zu einer grösseren Gruppe, die nun, wie alle anderen Gämsen, den Luchs, der beim Ertönen des Warnrufes augenblicklich stehen geblieben war, mit ihren schwarzgelben Kapselaugen anstarrten.

Raja schien perplex. Ebenso waren es die beiden Männer. Leen fand es seltsam, dass Raja nicht versuchte, die Gämsen in drei, vier Sprüngen anzugreifen, wo sie doch so nahe bei ihnen stand. Aber Raja blickte starr zu den Gämsen hoch, die, jetzt dichter nebeneinander, aber immer noch weit über den Hang verteilt, auf und ab gingen. Bald wandte sich Raja ab, ging in den eigenen Spuren zurück und verzog sich hinter ein langes Felsband.

Das machte die Gämsen nervös. Grosse Unruhe kam auf. Die einzelnen Tiere bewegten sich vor und zurück, ihren Blick stets auf den Felskamm gerichtet, hinter dem Raja verschwunden war.

Der Ornithologe fragte Leen, ob der Luchs nochmals einen Angriff versuchen werde. Leen zuckte mit den Schultern.

Raja stieg so lange, bis sie jene Höhe erreicht hatte, auf der zahlreiche Gämsen versammelt waren. Bei einer kleinen Scharte im Fels legte sie sich einen Moment hin, schlich dann in den Einschnitt. Schon bevor sie die andere Seite des Felsens erreichte, krächzte eine Gämse den Warnruf. Wieder blieb Raja stehen.

Dieser Versuch Rajas, sich ungesehen anzuschleichen, wiederholte sich zwei Mal, dann ging sie zurück in den Wald.

Die beiden Männer, die gewartet hatten, um die glücklos Jagende abziehen zu lassen, stiegen in ihren eigenen Spuren talwärts, und staunten, als sie, nur kurz nach dem Lawinenkegel, dort, wo ihre Spuren unter dem vier Meter hohen Felsband durchführten, auf eine zusätzliche Fährte stiessen. Ein mächtiger Abdruck hatte sich zu ihren Spuren gesellt, dessen Fortsetzung in den nahen Waldrand mündete: Raja hatte die Felswand, hatte diese zwei Stockwerke fliegend genommen, war auf allen vieren im tiefen Schnee gelandet und in grossen Schritten in den Wald gerannt.

Am Talausgang des Schönebodemäders, bei Leens Auto, verabschiedeten sich die beiden Männer mit wenigen Worten. Völlig unterkühlt hüllte sich Leen hastig in die Gore-Tex-Jacke.

19

Später in derselben Woche hatte Benjamin Gellert die Pro-Natura-Mitarbeiterin Nadja Orelli nach Weissenbach eingeladen. Entgegen der Hoffnung Gellerts, Stalder würde sich für eine Nachtpeilung verabschieden, Scafidi sich nach Basel und Leen sich nach Bern aufmachen, waren an jenem Abend alle drei Mitbewohner anwesend.

Scafidi und Leen diskutierten lebhaft über Geländepunkte, von denen sich gut peilen liess. Stalder sass in seinem Zimmer, wahrscheinlich über Fachliteratur gebückt, was jedenfalls anzunehmen war, wenn er seine Tür geschlossen hielt. Nadja Orelli stand eine lange Weile vor den Landeskarten, betrachtete die Stecknadeln, die roten der Weibchen, die schon geworfen hatten oder sich langsam, aber sicher nach einem Wurfplatz umsahen, die blauen Stecknadeln der Kuder und die schwarzen Stecknadeln, anhand derer sich die Orte von Wilderei, Sabotage und Luchstod lokalisieren liessen. Orelli liess sich von Gellert, der am anderen Ende des Raumes stand und ein Fondue herrichtete, das mit Käse aus Scafidis Produktion angereichert war, in allen Details die Geschichten erzählen, die mit jeder Stecknadel verknüpft waren. Es tat ihr Leid, dass sie nach den eingesandten Pranken und der Vergiftung Renas nun auch Zico verloren hatten. Gellert schilderte ihr die erstaunlichen Wanderungen Balus, nannte die Koordinaten, wo sich die Luchse zur Ranz getroffen hatten, berichtete, dass Leen Raja so lange bei einem Rissversuch beobachtet habe, wie das weder Stalder noch ihm jemals möglich gewesen sei, und dass Raja als erstes der Weibchen Junge geworfen habe; in der Holzersflue, nahe beim Lauenensee.

Als Gellert ihr auch die Geschichte des Schmetterlings erzählte, den Nadja Orelli sonst gar nicht bemerkt hätte und der nach wie vor still und stumm auf dem Fenstersims seine Zeit zubrachte, brach sie in ein herzhaftes Lachen aus und freute sich über das Engagement Gellerts noch mehr als über den seltenen Schmetterling, der hier als Haustier gehalten wurde.

Später sassen alle am Tisch. Gellert servierte das Fondue mit allem Stolz, den sich ein Koch angewöhnen kann, Scafidi rechnete die dem Fondue zugesprochenen Komplimente vor allem seinem Käse zu, Gellert achtete darauf, nicht zu wenig Weisswein einzuschenken, Stalder schien vor allem darum besorgt, seine Brote mit genügend Pfeffer zu würzen, und Leen musterte unablässig das Wesen und die Art Nadja Orellis, obschon er eigentlich von Beginn an überzeugt war, dass mit ihr eine Frau für Gellert gefunden war.

Nadja Orelli machte eher ein nachdenkliches Gesicht, rührte ein Stück Brot in der Käsemasse und nahm die Gabel drehend zurück auf den Teller, schien sich Worte im Mund zurechtzulegen. «Nach diesem Pech mit Zico habt ihr ein wenig Aufmunterung nötig», meinte sie und blickte in die um sie versammelte Männerrunde. «Ich hab euch Zahlen von unserer Website mitgebracht.» Sie stand auf und holte ein Papier aus einem kleinen, mit Pro-Natura-Klebern übersäten Ordner. «Hier steht es schwarz auf weiss: 7765 Besucher im letzten Monat. Das Interesse an Tito wächst und wächst.»

«7765.» Gellert schaute Orelli zutraulich und grübelnd an. «Das macht täglich ...»

«Knapp 300.» Stalder fiel ihm ins Wort, ohne von seiner Gabel aufzuschauen.

«Ist doch allerhand», versicherte Orelli. «Und das sind nicht die

Zahlen von der Homepage, sondern nur die Leute, die den Link zu Tito wählen.»

«Wahrscheinlich ist das eine dumme Frage», mutmasste Gellert. «Lässt sich feststellen, wer die Homepage besucht? Wie kann ich überprüfen, ob jemand sich die Seite mit Tito regelmässig anschaut?»

Leen schaute Gellert während dieser Fragen aufmerksam ins Gesicht, blickte anschliessend gespannt zu Orelli.

«Technisch sollte dies möglich sein», meinte sie. «Wenn ich recht informiert bin, fällt das aber unter Persönlichkeitsschutz.»

Nadja Orelli blickte Gellert fragend an. «Gibt es jemand, dem du nicht glaubst, dass er Tito schon besucht hat?»

«War nur so eine Idee», beschwichtigte Gellert.

Es entstand eine kleine Pause, in der sich Leen ein neues Brot ins Fondue tunkte, in der sich Stalder mehr Pfeffer über seine Brotstücke mahlte, in der Gellert die Weissweingläser nachfüllte, Orelli sich sorgfältig ein neues Brotstück auf die Gabel steckte und Scafidi genussvoll kaute.

«Weil die Seite mit Tito so gut läuft, habe ich die Sache mit meinen Mitarbeitern besprochen. Wir möchten im Sommer einen zweiten Luchs in unsere Website aufnehmen.»

Gellert blickte interessiert, Stalder schien misstrauisch.

Orelli legte ihre Gabel, auf die sie bereits ein Stück Brot gesteckt hatte, auf den Teller und gestikulierte zweihändig. «Wir möchten nicht von Tito ablenken, aber wir fänden es spannend, eine Lüchsin zu porträtieren, die im Sommer Junge zur Welt bringt.»

«Das gefällt mir nicht», sagte Stalder prompt. «Eine Luchsmutter und ihre Jungen, das ist eine empfindliche Gemeinschaft. Schon beim gewöhnlichen Peilen muss man sehr vorsichtig …»

«Hör doch zuerst zu», unterbrach ihn Gellert. «Du weisst ja noch gar nicht, was genau sie sich vorstellen.»

Stalder liess den Einwand Gellerts gelten und blickte in die zähflüssige Käsemasse, in die er sein nächstes Brotstück tunkte.

Gellert gab Orelli zu verstehen, sie solle weitersprechen.

«Wir möchten», begann Orelli, «unsere Besucher einfach über die Geburt, Aufzucht, Fruchtbarkeit, Sterblichkeit der Jungen und all das informieren. Und dazu eignet sich Tito eben schlecht.»

«Ja, der arme Kerl ist immer noch nicht geschlechtsreif», schmunzelte Gellert.

«Ich weiss nicht, Nadja», sagte Stalder. «Wenn ihr an liebliche Bilder gedacht habt mit kleinen Jungen, mit der Mutter, die sie umsorgt und füttert, werden wir euch enttäuschen müssen. Diese Bilder werden wir nicht liefern können. Da müssen die Leute schon in einen Zoo.»

«Wir erwarten natürlich nicht, jeden Tag zu sehen, wie die jungen Luchse mit der Mutter herumtollen», beschwichtigte Orelli. «Aber es wird doch Möglichkeiten geben, mit ansprechenden Bildern über eine Luchsmutter und ihre Jungen zu informieren.»

«Das gibt es sicher», bestätigte Gellert.

«Pierre Pussieux ist ein guter Zeichner», fiel Stalder ein. «Es müssen ja nicht immer Fotos sein.»

«Wer will auf einer Website schon Zeichnungen anschauen?», fragte Gellert. «Ausserdem sind die Zeichnungen von Pussieux nicht immer so toll. Im Mitteilungsblatt vom Luchsprojekt mag das ja ganz gut sein, aber auf dem Internet wird doch optisch einiges erwartet.»

«Bevor jemand überhaupt Fotos machen kann, brauchen wir erstens Junge, und zweitens muss man sie finden. Eine Jungenmarkierung ist kein Sonntagsspaziergang.»

«Wann finden denn eigentlich diese Jungenmarkierungen statt?», fragte Orelli, die sich von Stalder nicht einschüchtern liess.

«Im Idealfall, wenn die Jungen vier oder fünf Wochen alt sind», antwortete Gellert.

«Das heisst?»

«Das heisst Ende Juni, Anfang Juli», sagte Stalder.

Nadja Orelli schien zu rechnen. «Wäre es bei solch einer Jungenmarkierung nicht möglich, einige wenige Bilder zu machen, die wir auf die Website stellen könnten?»

«Es ist schon so, dass wir meistens froh sind, die Jungen überhaupt gefunden zu haben», erklärte Gellert.

«Und unterwegs nicht abgestürzt zu sein», fügte Stalder hinzu. «Ich bin jedenfalls nicht bereit, noch für andere Leute Fotos zu machen. Du musst wissen, dass wir die Mutter aus dem Wurfplatz vertreiben müssen, um die Jungen zu markieren, und das muss verdammt rasch gehen, weil immer Gefahr besteht, dass die Mutter glaubt, man raube ihr die Jungen, und dass sie sie deswegen verlässt. Deshalb machen wir nur die rudimentärsten medizinischen Untersuchungen mit den Jungen, klemmen ihnen die Marken ins Ohr und sehen zu, dass wir wegkommen.»

«Und wenn ich mitkomme und die Fotos selber mache?»

«Es sind ohnehin immer schon viel zu viele Leute dabei.»

«Wir versprechen eben schon unseren Zivildienern, mindestens einmal in ihrem Dienst die Möglichkeit zu haben, einen jungen Luchs zu sehen», versuchte Gellert zu erklären. «Aber ich denke schon, dass wir dich irgendwo unterbringen könnten. In Frage kommen Raja, Saba und Jule. Bei Mila und Kora geben die Batterien in einigen Monaten auf. Wie lange soll die Sache laufen?»

«Bis Ende Jahr ist der Luchs noch unser Tier des Jahres, bis Ende

Jahr seid ihr hier noch in der Feldstation. So lange sollte die Seite mindestens laufen. Und wenn der Besuchererfolg so weitergeht, werden wir uns überlegen müssen, wie die Site weiterlaufen soll. Ich fände es schade, den Auftritt von Tito dann versanden zu lassen.»

Stalder sagte nichts mehr, zog sich nach der letzten Fonduegabel in sein Zimmer zurück. Leen und Scafidi besorgten den Abwasch, und Nadja Orelli liess sich von Gellert die technischen Geräte zeigen, die zum Fang eines Luchses benötigt wurden. Dabei stiessen sie auch auf das Blasrohr. Gellert erklärte, er lese sich in die Thematik der Anästhesie ein und wolle in den nächsten Wochen seine Fertigkeiten mit dem Blasrohr verbessern. Orelli forderte ihn unverzüglich zu einem Training auf. Mit einem Kissen in der Hand hinter dem Sofa versteckt, testete sie Gellerts Künste im Abfeuern der Betäubungsspritze.

«Mein Ziel ist es», sagte Gellert, übermütig geworden durch die verspielte Orelli, «so genau zu treffen, dass ich auch einen Schmetterling betäuben könnte.» Nadja Orelli lachte herzhaft, verschwand wieder hinter dem Sofa.

Leen fand es schade, dass sie nicht über Nacht bei Gellert blieb.

20

Als am nächsten Tag die Sonne hinter dem Wispilegrat verschwunden war und auch die Sonnenseite des Lauenentals im Schatten lag, schnürte sich Fritz Rusterholz die Militärschuhe, setzte sich das Béret auf, liess sein Sturmgewehr aus dem Schlafzimmerschrank im Rucksack verschwinden, steckte Magazin und Munition in die Jackentasche, zog Richtung Schönebodemäder.

Tagsüber war viel Schnee geschmolzen. Dort, wo Fritz Rusterholz gestern mit dem jungen Luchsschützer über Schneekrusten marschiert war, zeigte sich nun der felsige Wanderweg.

Er war müde, den ganzen Tag hatte er an einem Jaucheanhänger herumgeschraubt, den er morgen ausliefern musste. Er war aber auch aufgeregt, denn er sah sich dem Gewinn der Wette mit jedem Schritt näher kommen. Es war ruhig draussen, der Himmel lichtdurchflutet, der Schnee an den Flanken des Stübleni und des Rothorns leuchtete in der Abendsonne. Aus einem Baumwipfel schwirrte ein dunkler Vogel und verschwand mit ruhigem Flügelschlag hinter dem Horizont. Typisch Bergdohlen, dachte Fritz Rusterholz selbstironisch. Das Fernrohr, das er Theobald Baerwart entwendet hatte, trug er auch heute mit sich.

Er marschierte zügig. Die Lichter Lauenens verschwanden nach und nach hinter dem Waldrücken, er erreichte den Schönebodemäder. Hin und wieder stolperte er, weil er nicht auf den Weg achtete, sondern seinen Blick in den Wald gerichtet hielt, in dem der Luchs letzte Nacht verschwunden war. Oft schaute er sich um, wie um sich zu vergewissern, allein zu sein.

Er verliess den Wanderweg an jener Stelle, an der sie ihn auch gestern verlassen hatten. Hier hatte sich der Schnee gehalten, hier konnte er den Spuren folgen, die der junge Luchsschützer und er hinterlassen hatten. An manchen Stellen waren die Spuren verweht, deren Verlauf war aber deutlich auszumachen. Und was noch wichtiger war: Niemand hatte ihren beiden eine dritte Spur hinzugefügt. Fritz Rusterholz hatte guten Grund anzunehmen, der Schönebodemäder sei menschenleer heute Nacht.

Er arbeitete sich hoch, bis über die Waldgrenze, stieg über Lawinencouloirs, musste wieder hie und da die Hände zu Hilfe nehmen, um dem steilen Hang beizukommen. Alles war anstrengender, unsicherer als gestern. Der Erschöpfung nahe legte Fritz Rusterholz immer häufiger Pausen ein, spähte nach Gämsen, horchte. Körperlich erschöpft zwar, schien es ihm, als seien seine Sinne klarer denn je.

Gämsen waren an diesem Abend keine auszumachen. Er ging weiter, schritt gegen eine zunehmende, an allen Gliedern zerrende Müdigkeit an. Er verstand nicht, warum es ihm gestern so leicht gefallen war, so leichtfüssig vorwärts zu kommen. Es wurde dunkler, der Schnee verlor an Leuchtkraft. Er sprach sich guten Mut zu.

Vier Stunden zuvor und zwei Kilometer weiter südlich hatte Julius Leen erneut Raja gepeilt, vor allem um sicher zu sein, dass die gestrige Jagd ein Ausflug gewesen war. Beste Signale erhielt er aus der Holzersflue, somit bestand kein Zweifel, wo sie ihre Jungen aufzog. Zufrieden füllte Leen das Peilformular aus, er hatte eine nicht sehr genaue, aber mit den vorhergehenden Koordinaten gut übereinstimmende Dreierpeilung erzielt. Es war die letzte, bevor er zusammen mit Gellert und Stalder Ende Juni zu Rajas Wurfplatz hochsteigen würde. Jedenfalls hoffte er, man werde die Jungenmarkierung noch im Juni vornehmen, ehe sein Zivildienst zu Ende sein würde.

Mehr als eine Stunde war Fritz Rusterholz bereits unterwegs, als er das Felsband erreichte, bei dem sie in der Nacht zuvor auf die frischen Luchsspuren gestossen waren. Er betrachtete die Spuren, ging weiter. Wenige Schritte später hielt er inne. Vor ihm lagen frische Spuren. Er kniete nieder, seine Müdigkeit verflog augenblicklich. Er war sich sofort sicher, dass es Luchsspuren waren. Der Wind hatte etwas Schnee in die Pfotenabdrücke geweht, sie sahen aber bedeutend frischer aus als jene Spuren, die vom vergangenen Abend stammten. Rusterholz verfolgte die Spuren mit seinen Augen, sie führten um ein Felsband. Auch mit dem Fernrohr, in dem alles unglaublich wackelte, wenn er es nicht abstützte, konnte er nicht ausmachen, wohin der Luchs gegangen war.

Fritz Rusterholz atmete gut durch, zog das Béret tiefer und folgte den Spuren.

Sechsunddreissig Kilometer entfernt, an der Nordostflanke des Niesen, auf einer Höhe von elfhundert Metern, rund vierhundert Höhenmeter über Wimmis, sass der pensionierte Kantonspolizist Alois Glutz, den die Langeweile und die Suche nach einer Herausforderung in diesen von kleinen Tannen bestandenen Steilhang verschlagen hatte. Er sass bequem auf einer mitgeführten Decke, als wäre er nie anderswo gesessen, wartete ruhig hinter einem von der Abendsonne durchfluteten Dickicht, dachte lächelnd an den Brief zurück, den er mit Albrecht Fennler geschrieben hatte. Die Flinte lag ihm vertraut in der Hand.

Es dauerte nicht lange, bis Fritz Rusterholz unter einer der wenigen kleingewachsenen Tannen eine Stelle entdeckte, an der der Luchs gelegen haben musste. Auf einer Fläche von vielleicht sechzig auf vierzig Zentimetern war der Schnee eingedrückt, und als sich Fritz Rusterholz bückte und den Schnee berührte, spürte er einige Haare zwischen seinen Fingern. Nun war der letzte Zweifel verflogen. Doch beim Anblick dieses Ruheplatzes wurde ihm klar, wie gerne er sich nun hingelegt hätte. Schlafen gelegt, gleich hier im Schnee, so weiss wie das Bettlaken des Delfins.

Aber Fritz Rusterholz liess sich von einer kleinen Erschöpfung nicht irritieren. Er stand mitten in dieser Flanke des Rothorns, hatte den Schönebodemäder hinter sich gelassen, konnte auch den Hof auf dem Hundsrügg nicht mehr ausmachen, war weiter gegangen, als er jemals beabsichtigt hatte zu gehen, hatte aber guten Grund anzunehmen, dem Luchs näher zu sein, als er dies jemals war. Es war nicht die Zeit, über die Gefahren seines Unterfangens nachzudenken.

Bald fand er die Spuren, die der Luchs nach seiner Rast hinterlassen hatte. Das Gelände wurde steiler, felsiger. Schnee hatte sich hier nur in kleinen Mulden und in Lawinencouloirs gehalten. Alles war windzerfahren. Vereinzeltes Buschwerk stand am Hang wie vergessene, zugeschneite Schafe. Die Spuren hielten sich lange auf dieser Höhe, querten Felsbänder, das Tossetrittli, führten eine Weile durch den Wald, nahmen den wie hypnotisiert folgenden Rusterholz mit ins Weite, liessen ihn alte, verkrustete Schneefelder und unwegsame Matten traversieren und zogen ihn, gebückt und mit Schweissperlen unter dem Béret, auf einen gefährlichen Grat. Ein ungläubig blickender Fritz Rusterholz, vor dem sich wie ein Meer die Talsohle ausbreitete, erkannte weit unter ihm Lichter, die dem Hotel Lauenensee gehören mussten. Er wandte sich um. Er wollte nicht glauben, dass er den Sulzgraben passiert hatte, und, wenn er die Lichter genauer betrachtete, auch die Tungelmatte und die Arpeliflue. Konnte kaum glauben, dass er nun oben an der Holzersflue stehen sollte. Der Schönebodemäder jedenfalls lag in ferner Dunkelheit.

Das Béret in der linken Hand, stand Fritz Rusterholz über dem Abhang, fragte sich, ob er nicht besser von Anfang an statt vom Schönebodemäder vom Lauenensee her hier hinauf hätte steigen sollen. Eine unsinnige Frage. Er nahm das Sturmgewehr aus dem Rucksack, setzte das Magazin ein, atmete tief durch.

Eine Windböe schlug ihm in den Rücken. Das Rauschen, das er vernahm, musste der Tungelschuss sein. Nun verloren sich die Spuren in den steilen Felsen, tauchten wieder auf. Fritz Rusterholz atmete schwer. Fluchte. Setzte sich hin, ihm schwindelte. Er war sich sicher, dass der Luchs in seiner Nähe war. Kletterte weiter, mit aller Vorsicht, mit entsichertem Gewehr, stiess auf eine Hand voll Abdrücke, die zu einem Luchs passten. Dass sie nicht frisch waren, entging ihm. Er wollte nicht wissen, wie lange es noch dauerte bis zur Morgendämmerung. Er wusste bloss, dass er bis dann zurück auf dem Hundsrügg sein musste. Wusste bloss, dass er auf dem Heimweg einen Luchs auf der Schulter tragen wollte. Einen Luchs für den grossmäuligen Hugger.

Mit diesem Gedanken folgte der erschöpfte Fritz Rusterholz weiter den Spuren. Lange konnte es nicht mehr dauern. Er schritt langsam voran. Hielt seine Flinte im Anschlag, wenn er um ein Felsband bog. Selbst in schwierigen Passagen wich er nicht von der Fährte ab. Nicht jetzt, wo er so nahe dran war. Nicht jetzt, wo der Luchs hinter jedem Felsband sitzen konnte. Der Delfin würde stolz auf ihn sein.

Es passierte in der Tat hinter einem Felsband. Fritz Rusterholz rückte sein Gesicht um die Felskante, langsam, den Finger am Abzug, als er in unmittelbarer Nähe eine Bewegung auszumachen glaubte. Fritz Rusterholz schreckte zurück, erkannte gerade noch, dass es sich bloss um eine winzig kleine Tanne handelte. Aber da rutschte sein linker Schuh schon ab. Im Moment des Erkennens hatte Fritz Rusterholz sein Gleichgewicht bereits verloren. Er versuchte noch, sich mit der linken Hand an einen Felsvorsprung zu klammern, als unverhofft ein Schuss losging, der ihm das Sturmgewehr aus der Hand schleuderte und wenig über ihm ein kleines Schneebrett auslöste. Der niedergleitende Schnee füllte nicht einmal die Hälfte des Couloirs, war aber kraftvoll genug, den abrutschenden Fritz Rusterholz mitzureissen.

Sekunden später befand sich Fritz Rusterholz ein gutes Stück weiter unten im Hang der Holzersflue, das Kinn und die rechte Wange blutend, bis zur Hüfte zugeschüttet in dem zum Stillstand gekommenen Schnee, bewusstlos.

Die Nacht war etwas böig, sonst aber ruhig. Raja lag reglos unweit des niedergegangenen Schneebretts. Der Schuss hatte sie zusammenzucken lassen. Eine Zeit lang blieben ihre Muskeln angespannt und ihre Augen flackerten unruhig. Dann schien sie dem Zwischenfall keine weitere Aufmerksamkeit zu schenken und konzentrierte sich bloss noch auf die Gämsen, die sich etwas oberhalb von ihr zwischen den Felsen verteilt hatten.

Bald schon würden sich die ersten Sonnenstrahlen auf die Spitze des Wildhorns und entlang der langen Arme des Geltengletschers legen.

Ehe dies geschah, kam Fritz Rusterholz zu Bewusstsein. Er fühlte nichts, er konnte sich nicht bewegen. Wusste nicht, wo er war. Bemerkte bloss seinen Atem, merkte, dass er im Schnee lag. Dass er von seinen Händen nichts spürte. Es gelang ihm nicht auf Anhieb, seine Arme zu bewegen. Er konnte nicht sagen, was mit seinen Füssen geschehen war. Falls er diese überhaupt noch besass. Mit den Händen, die er kaum fühlen konnte, schaufelte, kratzte er den Schnee weg, in dem seine Beine steckten. Nach den ersten drei Handvoll gab er auf. Es war lächerlich. Der Schnee war beinhart, seine Beine waren einbetoniert, es würde ewig dauern, sich freizuschaufeln. Er lehnte sich in den Schnee, blickte um sich. Sah den Lauenensee, sah die ersten Sonnenstrahlen. Erinnerte sich plötzlich, weshalb er hier im Schnee steckte. Entdeckte einen festen Gegenstand gleich neben sich. Sein Sturmgewehr. Er schaufelte mit dem Kolben weiter, bekam seine Beine bald frei. Auf gefühllosen Füssen schleppte er sich schliesslich Richtung Hundsrügg.

Als er anderntags von seinem Bruder Ernst aus dem Schlaf gerissen wurde, weil jemand vor der Tür stand, um einen Jaucheanhänger abzuholen, hatte Fritz Rusterholz endlich wieder Gefühl in den Fingern, aber immer noch keines in den Zehen. Er wusste nicht, wie lange er im Schnee gelegen hatte. Mürrisch zeigte Fritz Rusterholz dem Landwirt den reparierten Anhänger, der Mann stellte einige Fragen, schien zufrieden, bezahlte die Arbeit. Als er von Ernst nach den Schürfwunden in seinem Gesicht und nach dem Grund seiner späten Heimkehr gefragt wurde, antwortete Fritz nicht. Er schwor, sich nie wieder auf eine derartige Verfolgung einzulassen.

21

Gekleidet wie jeden Tag – niemand wusste, ob er nur ein Hemd, nur eine Krawatte oder ob er unzählige gleich weisse Hemden und unzählige gleich rote Krawatten besass –, sass Rainer Wackernagel auf der sonnenbeschienenen Terrasse seines Hotels, blickte nachdenklich über den Lauenensee hinweg und hoch ins enge Geltental, über dem sich einige Quellwolken gebildet hatten, betrachtete den Tungelschuss, der jetzt, in der Schneeschmelze, äusserst mächtig die schräg zum Hang verlaufenden Felsbänder unterhalb des Chüetungels herabstürzte, schaute wieder auf die vor ihm ausgebreiteten Pläne der Landschaftsarchitektin und notierte neben dem mäandrierenden Verlauf des Louibachs einige Zahlen und Stichwörter. An einem der hinteren Tische bediente Sonja mit flinker Hand eine Familie, die nach einer Wanderung im unteren Geltental hier eine Rast machte.

Marc Fennler schlenderte auf die Terrasse zu, trug einen Rucksack, der schief an seiner rechten Schulter hing, hatte ein kummervolles Gesicht.

Als Sonja ihn erblickte, lachte sie ihm zu. Marc blickte auf, hob kurz seine Hand, um den Gruss zu erwidern, liess den Kopf wieder hängen. Als er die Terrasse erreicht hatte, ging er nicht auf Sonja zu, sondern zum Tisch von Rainer Wackernagel, kippte den Rucksack von der Schulter. Für die herantollende Leica hatte er keine Aufmerksamkeit übrig.

«Ich brauche ein Zimmer», sagte Marc mit einer sanften, nachdenklichen Stimme, die bei ihm nicht oft zu hören war.

Leica bellte. Marc tätschelte ihre Schulter.

Rainer Wackernagel schaute ihn an, als hätte er ihn nie zuvor gesehen, entdeckte die Verzweiflung, die Marc im Gesicht stand.

Sonja kam herüber, blickte Marc fragend an und wollte wissen, was passiert sei.

«Vater hat mich zum Teufel gejagt.» Marc sprach mit fast tonloser Stimme, zum Hund gebückt, als verstünde der ihn nun am besten. «Hab ihm die Geschichte erzählt mit der Aushebung, dem Röntgenbild und alles. Hab ihm gesagt, dass ich ins Tessin auf eine Theaterschule will.» Marc verstummte, die beiden anderen warteten.

«Dann hat er gesagt, ich solle mich im Haus nicht mehr blicken lassen.»

Eine Weile sprach niemand, sogar Leica war still, nur das Rauschen des Tungelschuss und das Kichern der Kinder vom hinteren Tisch waren zu hören.

«So schlimm wirds wohl nicht sein», tröstete Rainer Wackernagel mit kräftiger Stimme und gab Marc einen Klaps auf die Schulter. «Gib deinem Vater etwas Zeit. Lass deine Mutter mit ihm reden. Die wird doch wohl anderer Meinung sein.»

«Mutter hat bei uns nichts zu sagen», erwiderte Marc. «Vater lässt nicht mit sich reden. Wahrscheinlich hätte er Mutter schon lange zum Teufel geschickt, wäre er nicht mit ihr verheiratet.»

«Ja, dein Vater ...», begann Wackernagel und machte eine Pause, als sehe er ein, wie nutzlos es war, über Albrecht Fennler Worte zu verlieren. Marc Fennler schaute ihn an, unsicher, ob er zu viel verlangt habe, unsicher, ob er das Richtige tat.

«Gemeindeschreiber Tanner hat mir erzählt, deine Mutter habe sich beworben, um an Wochenenden auf dem Parkplatz Fünfliber einzukassieren, mir Gäste vom Leib zu halten.»

«Und sie hat den Job gekriegt», fügte Marc hinzu, beschämt, dass es ausgerechnet seine Mutter war, die nun ausführte, was die Gemeinde gegen den Willen Wackernagels beschlossen hatte, und dennoch froh, damit dem eigentlichen Thema ausweichen zu können. «Meine Mutter hat nichts gegen dich. Sie hat den Job doch nur genommen, weil sie damit aus dem Haus kommt. Weg vom Vater.»

«Ich weiss, deine Mutter hat nichts gegen mich. Mach dir kein Gewissen. Ich freu mich, dass sie es macht. Sie wird also keine hundert Meter von deinem Zimmer entfernt arbeiten.»

«Das heisst, ich kann hier ein Zimmer haben?»

«Um diesen Rucksack abzustellen, wirst du ja kein eigenes Zimmer brauchen. Wenn Sonja einverstanden ist, kannst du dich gerne bei ihr einquartieren», lachte er und blickte fragend zu Sonja.

«Bis Ende Oktober werde ich es mit ihm sicher aushalten», stimmte Sonja zu, gab Marc einen Kuss und drückte ihn an sich. «Und wenn du im Herbst nicht ins Tessin gehst, kommst du eben mit in die Innerschweiz und ich bringe dir endlich das Snowboarden bei.»

«Verschon mich mit deinem Snowboarden. Hilf mir lieber, meine Sachen aus dem Kofferraum zu holen.»

«Aus dem Kofferraum?», fragte Rainer Wackernagel. «Seit wann hast du ein Auto?»

«Schon lange», antwortete Marc. «Ein Opel Corsa. Ungeprüft, aber ganz charmant. Braucht noch etwas Zuwendung, vielleicht muss ich neue Kerzen kaufen.»

Wackernagel schien sich nicht für Details zu interessieren.

Marc blickte zum Parkplatz, der hinter den Tannen verborgen war. «Vielleicht wird meine Mutter noch heute versuchen, mit Vater zu reden», sinnierte Marc. «Ich weiss nicht.» Marc glaubte nicht daran, wollte aber Rainer Wackernagel gegenüber andeuten, dass er vielleicht doch nicht so lange bleiben würde.

«So, wie ich deinen Vater kenne, ist es nicht ganz einfach, mit ihm zu reden.» Rainer Wackernagel beugte sich wieder über die Pläne der Landschaftsarchitektin und grübelte. «Könntest du dir vorstellen, für mich zu arbeiten? Für meine Auenlandschaft?»

«Auenlandschaft?», fragte Marc.

Rainer Wackernagel schien Pläne zu schmieden. «Das werde ich dir bei Gelegenheit erklären, aber wenn es klappt und du damit einverstanden wärest, könntest du, so als Gegenleistung für Kost und Logis, mit Hand anlegen. Aber ich muss mir das erst durch den Kopf gehen lassen. Hol jetzt deine Sachen aus dem Opel».

Unschlüssig, ob er sich vor der Arbeit fürchten oder sich über sie freuen sollte, bedankte sich Marc bei Rainer Wackernagel für das Vertrauen.

Als er mit der ersten Tasche auf der Terrasse an Wackernagel vorbeiging, hielt ihn Wackernagel mit einem Handzeichen auf: «Und bei Gelegenheit wirst du mir dann mal erklären müssen, was du im Theater willst.»

«Was ich im Theater will?», fragte Marc, legte die Tasche auf einen Tisch und überlegte. «Theater spielen», sagte er unentschlossen. «Ich will darstellen, will nicht immer mich sein müssen.»

Rainer Wackernagel blickte ihm prüfend ins Gesicht. «Erklär mir das später mal, nicht jetzt. Bring deine Sachen in Sonjas Zimmer und ...», Rainer Wackernagel beugte sich zurück über die Pläne. «Später», sagte er leise. «Und nicht, bevor du dir eine bessere Antwort hast einfallen lassen.»

22

Alfred Huggenberger hielt das Steuer in der linken, den Ganghebel in der rechten Hand und seinen Blick auf diesen keine hundert Meter vor ihm fahrenden Wagen und auf dessen Dachantenne gerichtet.

Alfred Huggenberger grinste ein verstohlenes Grinsen. Wenn es schon, wie er von Gemeindeschreiber Samuel Tanner im Tungelhorn vernommen hatte, dem alten Glutz gelungen war, am Niesen einen Luchs zu schiessen, so war es Zeit, die Sache voranzutreiben, zu radikaleren Methoden zu greifen. Diesmal würde er ihm nicht bloss die Luft aus dem Reifen lassen.

Er war bester Laune. Gut alkoholisiert. Hatte dieses Mal tatsächlich mit Max Pulver einen Jass geklopft, dabei den Ärger ausgeschüttet, den sein Vater ihm bereitete. Er hatte diesem zwei Offerten professioneller Zaunbauer unter die Nase gehalten. Der alte Huggenberger aber fragte nur nach dem Preis und erklärte, man werde den Zaun selber aufstellen. Das waren zusätzliche Arbeitsstunden. Unzählige Stunden, die Alfred Huggenberger lieber verwendet hätte, um dem Luchs nachzustellen.

Bald würde das Nachstellen aber nicht mehr viel Zeit in Anspruch nehmen. Huggenberger hatte es auf die Landeskarten abgesehen, die er auf dem Beifahrersitz des Wagens gesehen hatte, dem er nun folgte. Er war überzeugt, auf diesen Karten verschiedenste Aufenthaltsorte der Luchse eingezeichnet zu finden. Er würde wissen, wo sich die Luchse mit Vorliebe aufhielten, dann brauchte er nur noch Geduld. Damit war ausserdem gesichert, dass er nicht irgendeinen Luchs, sondern einen mit Senderhalsband schiessen würde. Eine Schlagzeile in allen Schweizer Tageszeitungen war ihm damit gewiss. Er sah sich schon, wie er zusammen in der Runde mit Fennler, Tanner, Pulver, Büchi und vielleicht mit dem geschlagenen Rusterholz im Tungelhorn sass und mit einer Runde Bier auf den Artikel anstiess, den der «Blick» über ihn und seinen Luchs schreiben würde.

Als der Wagen mit der Dachantenne in Weissenbach abbog, beschleunigte Alfred Huggenberger kurz, um ihn nicht aus den Augen zu verlieren. Zwischen den Häusern konnte er den Wagen aber nicht mehr ausmachen. Huggenberger wollte nicht unvorsichtig sein und dieselbe Abzweigung nehmen. Er blieb auf der Hauptstrasse, drosselte seine Geschwindigkeit und befand sich gerade auf der richtigen Höhe, um zu sehen, wie der Wagen auf einen Parkplatz bog. Huggenberger kannte sich in Weissenbach nicht aus. Kannte aber die Käserei von Oskar Bohnenblust, weil dessen Spezialitäten im ganzen Simmental bekannt waren, kannte auch den Kiesplatz, auf dem der Briefträgerfiat parkte.

Um Zeit verstreichen zu lassen, schüttete Alfred Huggenberger im ihm bisher unbekannten Restaurant Rössli drei Stangen Bier in sich hinein, klopfte fremde Schultern, drückte fremde Hände, rauchte fremde Mary Longs, besah fremdes Frauenfleisch, auch wenn es nur die aus kurzärmliger Bluse herauswachsenden Arme und das bisschen Ausschnitt einer hasengesichtigen Wirtin war.

Wieder draussen, ging er zu seinem Wagen, öffnete den Hosenschlitz und liess das Bier in einem dicken Strahl auf den Parkplatz laufen. Dann stieg er ein und fuhr die enge Strasse hoch, die zur Käserei von Oskar Bohnenblust führte. In einigen Fenstern war noch Licht, die meisten Leute aber schliefen. Kurz vor der Käserei machte Huggenberger nicht weniger als vier Autos mit grossen Dachantennen aus.

Grosse Auswahl, dachte Huggenberger, stellte seinen Wagen so auf den Kiesplatz, dass er sofort würde losfahren können. Mit der Taschenlampe leuchtete Huggenberger in die Autos hinein. In jedem lagen einige Karten. Huggenberger entschied sich für den kleinen Panda. Dessen Scheibe würde dünner sein als die der anderen. In der Tat war es ein Leichtes, mit einem Stein die Scheibe des Beifahrersitzes einzuschlagen. Huggenberger griff hastig zum Kartenstapel, wurde von einem Licht überrascht. Es war das Licht vor dem Hauseingang der Familie Zulliger. Sekunden später ging die Tür auf, ein schlaftrunkener Hans Zulliger trat im knielangen Nachthemd auf die Strasse. Sofort fiel ihm der Wagen Huggenbergers auf, entdeckte er die eingeschlagene Scheibe. Instinktiv machte sich Hans Zulliger auf, den Mann aufzuhalten. Huggenberger aber, der sich in der Eile an den Scherben geschnitten hatte und blutete, sass schon am Steuer, die Reifen quietschten. Ehe sich Hans Zulliger das Nummernschild hätte merken können, jagte der Wagen Huggenbergers um die Hausecke.

In einer für ihn untypischen Aufregung hetzte Hans Zulliger die Treppe hoch, am reifenden Käse Scafidis und am tiefgekühlten Luchskot vorbei, klopfte die Biologen aus dem Schlaf.

Zurück auf dem Hof in der Hammerschwand und ausgenüchtert, suchte Alfred Huggenberger aus den Landeskarten jene heraus, auf der Lauenen zu sehen war, ging jeder Bleistiftlinie nach, die sich im Lauenental fand. Die Karte war voll solcher Linien, sie verliefen mehr oder weniger parallel, andere wiederum kreuzten sich. Huggenberger überlegte, was damit anzufangen war, liess sich verunsichern, dass nirgends ein Kreis oder ein Kreuz oder irgendetwas hingekritzelt worden war, was eindeutig auf einen Luchs hinwies.

Und nirgends ein Datum, das enttäuschte ihn am meisten. Er wollte sich nicht in den Wald setzen und irgendwo warten, wo sich möglicherweise vor drei Monaten ein Luchs aufgehalten hatte. Er hatte offenbar ziemlich unbesonnen gehandelt. Vielleicht war es doch ein Bier zu viel gewesen.

Wieso und vor allem wie war dem Glutz ein Abschuss gelungen? So ganz ohne Anstrengung, wie aus Tanners Schilderung zu schliessen war. Glutz hätte ihm sicher gesagt, in welches Tobel er den toten Luchs geschmissen hatte. Aber jetzt wusste Tanner schon davon. Das würde auffliegen.

Huggenberger tröstete sich: Immerhin mussten die Luchsforscher nun neue Karten und ein neues Autofenster kaufen.

Um die Wette zu gewinnen, brauchte er aber wohl doch von Känels Hilfe. Brauchte dessen Schafe als Köder.

23

Nach dem Raub der Landeskarten rechneten die Biologen jeden Tag mit der Nachricht von einem gewilderten Luchs. Zwar waren auf den Karten verdammt viele Bleistiftlinien zu sehen, mit denen nichts anzufangen war, aber es waren auch jene Linien eingetragen, die den wahrscheinlichen Wurfplatz von Raja in der Holzersflue und jenen von Mila am Bärentritt markierten und also auf eine Hektare genau den Standort preisgaben, den die beiden Weibchen in diesen ersten Wochen nach dem Wurf nur zur Jagd und auch dann kaum mehr als vier, fünf Kilometer weit verliessen.

Nach dem Einbruch liess niemand mehr Landeskarten über Nacht im Auto liegen. Auch schlossen sie nun abends die Wohnungstüre ab. Gellert hatte eine weitere schwarze Stecknadel an den Rand der Kartenwand gesteckt; eine Stecknadel, die darauf wartete, an eine ganz bestimmte Stelle gesteckt zu werden. Die Beschreibung des Mannes von Hans Zulliger half wenig; mit schlaftrunkenem Blick war ihm bloss die bullige Statur aufgefallen. Zulliger hatte dem Dorfpolizisten in Boltigen das Blut bringen wollen, das an den Scherben auf dem Beifahrersitz geklebt hatte. Der Dorfpolizist aber winkte ab. Es sei nutzlos, das Blut untersuchen zu lassen, wenn es nicht mindestens einen Verdächtigen gäbe, mit dessen Blut es sich vergleichen liesse. Zulliger ärgerte sich, dass man einem derartigen Halunken nicht nachstellen konnte, Stalder und Gellert dankten ihm für sein Engagement, luden die Familie Zulliger zu einem Abendessen ein.

Der Hochmoorperlmutterfalter verweilte regungslos auf dem Fenstersims, Nik Stalder brütete in seinem Zimmer über Fachliteratur, und Benjamin Gellert sass alleine und barfüssig am Stubentisch, auf dem die Nachmittagssonne die gerahmten Fenster nachzeichnete, hatte Wollsocken, Rucksack, Handantenne und Empfangsgerät neben dem Tisch liegen, schlenderte zur Küche, goss Pingu-Sirup in ein Glas, füllte es mit Wasser, setzte sich hin, nahm einen Schluck, spielte gedankenverloren mit den Heftpflastern, die kleine Schürfwunden an Handballen und Fingern abdeckten, und betastete erneut das Senderhalsband, das auf dem Tisch lag. Es war ein zerschnittenes Halsband, gefunden in einem Steilhang am Niesen, vierhundert Höhenmeter oberhalb von Wimmis. Zerschnitten war es so, dass die Verbindung zwischen Batterie und Sender nicht unterbrochen war.

Von Jule, die das Halsband getragen hatte, fehlte jede Spur.

Gellert hatte nahe an Jule herangehen wollen, in der Hoffnung, endlich eine genaue Dreierpeilung von ihr zu erhalten, damit die Jungenmarkierung weniger aufwändig werden würde, hatte sich von den Signalen in den Steilhang hochziehen, sich zu einer Kletterpartie verleiten lassen, auf der er unvermutet, auf einem Felsvorsprung – die Schürfwunden hatte er sich schon vorher zugezogen – die Signale so deutlich empfing, dass er der Lüchsin eigentlich hätte gegenüberstehen müssen. Beim nächsten Schritt stiess er mit dem Bergschuh auf das Halsband.

Gellert legte das Halsband hin, ging zum Regal, auf dem sich die Batterieladestationen befanden, griff zu einer schwarzen Stecknadel, entfernte die rote und steckte die schwarze in die Niesenflanke, fluchte französisch und kippte den restlichen Pingu-Sirup. Draussen war es sonnig und warm und mild und versöhnlich. Gellert wünschte sich Regen, Nacht und Nebel.

Rote und blaue Stecknadeln gab es jetzt nur noch zehn. Schwarze hingegen bereits sechs.

Es war anzunehmen, dass Jule Jungtiere hatte, da Tell während der Ranz lange bei ihr gewesen war.

Später an diesem Freitagnachmittag klingelte neben dem Schmetterling das Telefon. Wildhüter Carl Spitteler meldete sich. In einem Ton, der ahnen liess, wie wütend er war, erklärte Spitteler, von Känel in der Lenk habe drei Schafrisse gemeldet, auf seiner Alp in der Metschflue. So wie von Känel berichte, habe ganz klar ein Luchs zugebissen.

Wenn beim von Känel Schafe wegkommen, ist es immer der Luchs, dachte Gellert, die Stimme Spittelers an seinem Ohr. Er erinnerte sich an die Hausdurchsuchung bei von Känel letzten Herbst und sah grossen Ärger auf das Luchsprojekt zukommen.

Carl Spitteler fragte, wer morgen Zeit habe, mit ihm nach der Lenk zu fahren, um die toten Schafe zu begutachten. Er werde Stalder fragen, sagte Gellert und versprach Spitteler, es werde ihn heute noch jemand anrufen.

Stalder brütete in seinem Zimmer über dem Laptop, ordnete Texte und Bilder, die er in Kopenhagen präsentieren würde. Die Nachricht über die tote Jule hatte er mit einem «Granitschädel» quittiert, mehr fiel ihm dazu nicht ein, auch Gellert wusste nicht, was man hätte tun können. An den steilen nordwestlichen Flanken des Niesen nach einem toten Luchs zu suchen, hatte er keine Lust. Es würde nichts weiter als eine weitere Anzeige gegen unbekannt eröffnet werden. Der Hoffnung, jemand werde für fünftausend Franken handfeste Hinweise abgeben, mochte er nicht mehr nachhängen.

Gellert beneidete Stalder darum, nun für einige Tage dem Simmental entfliehen zu können. Sich mit anderen Grossraubwildbiologen zu treffen. In einem Kongresshotel in Kopenhagen, fern aller Luchsgegner.

Als ihm Gellert erzählte, wer eben angerufen hatte, blickte Stalder zu ihm auf, verzog das Gesicht. «Wunderbar. Jetzt geht das mit den Schafen wieder los. Ausgerechnet beim von Känel, der sicher wieder ein Heidentheater aufführt, obschon er für die gerissenen Schafe mehr Geld erhält, als er sonst aus ihnen machen könnte. Der Spitteler wird sich sicher auch wieder aufführen, als hätte der Luchs soeben das zweitletzte Schaf und das zweitletzte Reh im Oberland aufgefressen. Verdammter Kindergarten.»

Gellert stand eingeschüchtert auf der Türschwelle. «Ich will dir nicht den letzten Tag vor der Abreise versauen, Nik», hob er vorsichtig an, «aber wäre es nicht besser, wenn du morgen hingehst?» Er wollte seine geringeren medizinischen Kenntnisse andeuten.

«Ich hab keine Zeit», beschied Stalder und wandte sich dem Laptop zu. «Ausserdem hab ich doch mein Auto jetzt gerade zur Reparatur gebracht.»

Gellert entschuldigte sich, trottete zurück in die Stube.

Gellert wandte sich zur Kartenwand, suchte die Alp von Känels. Eine Weile war es still, dann kam Stalder aus seinem Zimmer, stellte sich neben Gellert.

«Du brauchst neue Stecknadeln», meinte Stalder, die Karte überfliegend. «Weisse, für die toten Schafe.»

«Da gibt es keinen Luchs in der Nähe», sprach Gellert wie zu sich und hielt seinen Zeigefinger nun zwischen Albristhorn und Hahnenmoospass, wo die Alp von Känels lag. Er prüfte die Distanzen zwischen seiner Fingerkuppe und den verschiedenen Stecknadeln der Luchse.

«Was ist mit Tito?», fragte Stalder und tippte auf die Stecknadel, die zuoberst im Kandertal steckte, für einen Luchs zwei Tageswanderungen vom Hahnenmoospass entfernt.

«Tito wird sich hoffentlich nicht mehr erfrechen, Schafe zu reissen», sagte Gellert. «Soll ich mit dem Spitteler gehen?»

«Ich mache das schon», gab Stalder nach. «Spitteler wird mich eben abholen müssen. Wird ja ohnehin hier in Weissenbach durchfahren, wenn er von Pfaffenried her kommt und nicht die ganze Nacht in einer Spelunke in der Lenk verbringt.»

24

Während Benjamin Gellert sich am nächsten Tag in Spiez mit Nadja Orelli traf, um das Konzept und die Materialressourcen für eine Pro-Natura-Wanderausstellung zum Thema Luchs, Wolf und Bär zu besprechen, während sich Uliano Scafidi in Basel und Julius Leen in Bern herumtrieben, stand Nik Stalder mit Rucksack, Handantenne und Empfänger vor der Tür der Feldstation, biss in einen Nussgipfel und strich sich mit präzisen Handbewegungen die an ihm herunterfallenden Blätterteigkrümel von seiner Windjacke. Hans Zulliger trat um die Hausecke, grüsste freundlich, blieb breitbeinig in seinen Gummistiefeln stehen. «Wie bestellt und nicht abgeholt», lachte Zulliger.

«Ja», sagte Stalder zögerlich. «Mein Auto ist in der Werkstatt. Ich verreise am Montag nach Kopenhagen, und jetzt muss ich mich von Wildhüter Spitteler abholen lassen.»

«Der Spitteler holt dich ab?» Zulliger staunte nicht schlecht. «Bis der kommt, kannst du noch ein paar Nussgipfel essen», spottete er. Er trat etwas näher, strich die rechte Hand an der Hose ab, um sich anschliessend die Wange zu reiben: «Der Spitteler kommt sicher nicht grundlos zu den Luchsforschern. Hat der Luchs die ersten Schafe gerissen?»

Stalder bestätigte Zulligers Vermutung und bemühte sich nicht, so auszusehen, als freue er sich darauf, im Beifahrersitz Spittelers zum jähzornigen von Känel zu fahren.

Den letzten Tag vor der Abreise nach Kopenhagen hatte Stalder ausschliesslich mit den letzten Vorbereitungen für diesen Kongress verbringen wollen – das war ihm nun nicht gegönnt. Stalder wollte aber sicher sein, dass jemand dem Spitteler verdammt gut auf die Finger schaute, wenn er zusammen mit von Känel ein Schadensformular zu einem Luchsriss ausfüllte, und am sichersten konnte er sein, wenn er die Sache selber in die Hand nahm.

Hans Zulliger hatte Stalder längst schon einen guten Tag gewünscht und war im Stall verschwunden, als Carl Spitteler leicht verspätet vorfuhr. Sein geländegängiger und oft entsprechend genutzter Subaru stoppte abrupt vor Zulligers Haus. Spitteler lehnte sich zum Beifahrersitz hinüber und öffnete die Tür. Stalder erkannte zuerst bloss Spittelers breiten Oberkörper und ihm fiel das Grobe auf, das in Spittelers Bewegungen lag. Erst dann kam dessen Gesicht zum Vorschein, ein wuchtiges, ungeschliffenes, unrasiertes, aber dennoch nicht richtig bärtiges Gesicht. In seinen Augen war kaum Licht.

Stalder und Spitteler grüssten einander wie zwei, die es nicht nötig haben, viel zu reden, um zu wissen, dass sie einander nichts zu sagen haben. Stalder stieg ein und fühlte sich auf sonderbare Art zufrieden und zuversichtlich, da Spitteler genau das misslaunige Gesicht trug, das er von ihm erwartet hatte.

Sich anzugurten, hielt Spitteler offenbar für grundsätzlich unangebracht. Das Steuerrad hielt er mit Händen, deren Finger den Eindruck machten, als könnten sie sich nicht einzeln bewegen.

Der Beifahrersitz war bedeckt mit einem beigefarbenen, muffig riechenden Schaffell. Wahrscheinlich lag auch auf Spittelers Sitz ein Schaffell, wegen Spittelers breitem Rücken war es aber nicht zu sehen. Im Auto vermochte die kleine, am Rückspiegel baumelnde Lufterfrischer-Tanne nicht darüber hinwegzutäuschen, dass in diesem Wagen merklich mehr tote als lebendige Tiere transportiert wurden.

Zuerst redeten die beiden gar nichts. Stalder lag ein paar Mal etwas auf der Zunge, hielt es dann aber doch nicht der Rede wert. Stalder wusste, für Spitteler stand wie immer von vornherein fest, dass die auf von Känels Sömmerungsweide gerissenen Schafe auf das Konto eines Luchses gingen. Spitteler war gegen den Luchs, das wussten alle, nur Spitteler selbst beteuerte gegenüber den Grossraubwildbiologen und Wildhüter Bänninger immer wieder angestrengt das Gegenteil. Stalder hielt Spitteler für ein Naturtalent der widersprüchlichen Rhetorik. Ihm bei seinen Widersprüchen zuhören zu können, war ihm in den vergangenen Jahren nebst der Verärgerung, dass er es mit einem einflussreichen Wildhüter zu tun hatte, auch immer wieder ein Vergnügen gewesen.

«Haben Sie den ganzen Vormittag Zeit?», fragte Stalder in einem Augenblick, als der Verkehr ruhig war und die Strasse gerade verlief.

«Wieso sollte ich den ganzen Vormittag Zeit haben?», erwiderte Carl Spitteler, ohne den Blick von der Strasse zu nehmen.

«Falls die Schafe nach Bern müssen», erklärte Stalder, und ihre Blicke trafen sich kurz. «Falls die Todesursache unklar ist und im Berner Tierspital abgeklärt werden muss.»

Spitteler fixierte die Strasse, als sässe er allein im Wagen. «Es wird nicht viel abzuklären sein», brummte er. «Ich kenne von Känel. Der weiss, wie ein Schaf aussieht, das der Luchs gerissen hat. Er hat ja letzten Sommer …»

«Letzten Sommer hatte er auch zwei Schafe, deren Todesursache nicht mehr schlüssig festzustellen war. Völlig verwest.»

«Die von heute werden nicht verwest sein. Er hat sie vor zwei Tagen gefunden.»

«Wie sehen sie aus?»

«Das eine bloss getötet, vom anderen hat der Luchs etwas gefressen.»

Stalder erwiderte nichts, blickte nun fast so ausdruckslos wie Spitteler auf die Strasse, selten blickte er nach links, wo auf seiner Augenhöhe ein granitfarbener Eckzahn in Spittelers Mund stand, braun an den Rändern.

Sie kannten einander. Sie waren letzten Sommer mehr als ein halbes Dutzend Mal zusammen auf Schafweiden in der Lenk, oberhalb von Zweisimmen oder bei Boltigen unterwegs gewesen und hatten frisch gerissene, halb zerfleischte, teilweise verweste oder fast nur noch aus Knochen und Wolle bestehende Schafe gemeinsam untersucht. Spitteler musste wissen, dass Stalder in seiner Haltung unbestechlich war und dass er auch diesmal das Formular erst dann unterschreiben und damit die toten Schafe einem Luchs zur Last legen würde, wenn alle Umstände seinen wissenschaftlichen Ansprüchen genügten.

Diese Gutachten über die toten Schafe waren wichtig für die Schafhalter, da sie nur mit diesem Papier eine Entschädigung erhielten. Die Entschädigung lag etwas höher als der Fleischpreis. Wer einen beglaubigten Stammbaum eines Zuchttieres vorweisen konnte, erhielt den Wert eines Zuchttieres zugesprochen. Die Gutachten waren aber auch entscheidend für das Luchsprojekt. Der Luchs, der während einer Saison nachweislich über fünfzehn Haustiere riss, wurde im Umkreis von fünf Kilometern der betreffenden Schafweide zum Abschuss freigegeben.

Schweigend erreichten sie hinten in der Lenk den Metschgraben, an dem von Känels Hof stand. Ein stolzes, zweigeschossiges Haus mit grünen Fensterläden, das Kellergeschoss gemauert, das Obergeschoss in dunklem Holz. Rechts und links der Eingangstüre türmte sich, säuberlich gestapelt, exakt zugeschnittenes Brennholz, zwischen

Stall und Wohnung lag die mit Brettern bedeckte Jauchegrube. Direkt hinter dem Haus stieg der Bergweg zu von Känels Alphütte an, die hoch oben auf der Metschflue lag, wenig unterhalb des Grates zwischen Albristhorn und Hahnenmoospass.

Spitteler wollte neben von Känels Schopf parken, dort stand aber bereits ein ramponiertes Auto mit Aargauer Nummernschild. Spitteler brummte ärgerlich etwas in sich hinein, parkte auf der anderen Strassenseite.

Der gemeinsame Fussmarsch durch den Wald hinauf zur Alphütte von Känels verlief zunächst wortlos. Erst als Stalder in einer Lichtung die Handantenne hervornahm, fragte Spitteler, wie viele Luchse hier in der Lenk unterwegs seien.

Stalder erwiderte nichts, betrachtete mit emotionsloser Miene die Landschaft, liess die Handantenne über seinem Kopf kreisen und stellte der Reihe nach sämtliche Frequenzen der besenderten Luchse ein. Bei der fünften Frequenz war im üblichen Knistern ein Signal auszumachen. Stalder hielt inne, veränderte leicht die Frequenz, bewegte die Antenne und erhielt unvermittelt ein klares, deutliches Signal.

Es war Kanal 76 minus 1, der Kanal von Tito.

Stalder schaltete den Empfänger aus, liess die Handantenne sinken, zögerte etwas, ehe er zugab, dass Tito in der Nähe sei.

Diesen Namen habe er irgendwo schon mal gehört, sagte Spitteler.

Stalder erwiderte nichts, kontrollierte noch die anderen Frequenzen. Spitteler musterte ihn argwöhnisch.

Es verhiess nichts Gutes, hier, unweit von der Alp von Känels, die Signale eines Luchses zu vernehmen, der im Vorjahr schon Schafe gerissen hatte, und es ärgerte Stalder besonders, dass es ausgerechnet Titos Signale waren. Weil Tito schon einmal zum Abschuss freigegeben worden war, musste er dieses Jahr schon nach zwölf nachweislich von ihm gerissenen Tieren geschossen werden. So stand es im Vertrag des Luchsprojekts, so hatten es Marianne und Paul Hiltbrunner mit dem Buwal ausgehandelt.

Stalder verabscheute Situationen dieser Art, in denen er aufgrund von Bestimmungen handeln musste, die bloss existierten, weil sich irgendwelche Leute eines angeknickten Selbstvertrauens wegen, aus Gründen der Anbiederung oder aus anderen, Stalders Logik zuwiderlaufenden Motiven zu irgendwelchen Kompromissen hatten verleiten lassen. Für Stalder war immer klar, dass Bär, Wolf und Luchs in der Schweiz geschützt waren und dass es unsinnig war, schon ein, zwei Jahrzehnte nach der Aussetzung einzelne Tiere zum Abschuss freizugeben.

Stalder verzichtete vorerst darauf, die Signale zu prüfen, und marschierte in zügigen, präzisen Schritten voraus. Der Wald hatte sich noch kaum gelichtet, als vor ihnen, mitten auf dem Pfad, ein Schaf auftauchte. Stoisch, mit neugierigen Augen, stand es da.

«Wenn der von Känel seine Schafe so gut im Griff hat, erstaunt es mich nicht, wenn sie umkommen», meinte Stalder.

«Würde mich erstaunen, wenn dieses Schaf zu von Känels Herde gehörte», gab Carl Spitteler zu bedenken.

Sie mussten sich nicht anstrengen, das Schaf voranzutreiben. Es ging ihnen voraus, als hätte es auf sie gewartet. Ehe der Bergpfad ganz aus dem Wald führte – sie waren vielleicht eine Dreiviertelstunde unterwegs –, kam ein zweites Schaf zum Vorschein, bald darauf, in einer kleinen Lichtung, eine Hütte, die Spitteler zu interessieren schien. Stalder hatte die Hütte bisher nie sonderlich beachtet. Bis zu von Känels Hütte war es noch ein gutes Stück weiter.

«Die sind neu hier», sagte Spitteler, der den neuen Zaun rings um die Hütte bemerkt hatte. «Ich will mich kurz umsehen.»

Stalder folgte Spittelers ausladenden Schritten. Als sie bei der Hütte angekommen waren, hielten sie inne. Musik war zu vernehmen. Stalder blickte an Spittelers Rücken vorbei durch die offen stehende Tür. Als sich seine Augen an das Halbdunkel gewöhnt hatten, erblickte er eine düstere Küche, mit Suppenkellen, schmutzigen Topflappen und verbeulten Kochtöpfen an den Wänden. Sie traten ein. Stalder bemerkte die auf einem russigen Holzofen stehende Kaffeemaschine, daneben einen Plattenspieler, auf dem sich, wenn sich Stalder nicht täuschte, eine Platte von Led Zeppelin drehte. Es roch nach Schafstall, nach starken Zigaretten, und es roch nach etwas, das Stalder nicht einordnen konnte. Kaum hatten Stalder und Spitteler einen zweiten Schritt getan, trat ihnen aus einem angrenzenden Zimmer ein erstaunliches Wesen entgegen. Stalder sah sich unvermittelt diesem hochbeinigen, mit zottigen braunen Haaren überwachsenen Geschöpf gegenüber. Das Lama kam auf Spitteler und ihn zu, den Kopf auf Spittelers Augenhöhe, schnaubte ruhig, blickte aus grossen, trockenen Augen. Grossraubwildbiologe Stalder, Wildhüter Spitteler und das schnaubende Lama mit den zottigen braunen Haaren standen einander eine Weile unbeweglich gegenüber. Vom Lama ging ein strenger Geruch aus. Stalder wollte etwas zu Spitteler sagen, aber da stand bereits das zweite Lama in der Tür. Noch etwas grösser als das erste. Hinten auf dem Holzofen heulten die Stromgitarren von Led Zeppelin.

Spitteler gab sich einen Ruck, schob sich an den beiden Lamas vorbei, trat in den nächsten Raum. Dort stand in einem Überkleid, umgeben von einigen Schafen und weiteren Lamas ein Mann Mitte dreissig, mit dunklen, wie dicke Hobelspäne geformten Locken, mit einer selbst gedrehten Zigarette im Mundwinkel und einer Zementkelle in der linken Hand. Mit glasig leuchtenden Augen wandte er sich von der Backsteinmauer ab, die er gerade baute, näherte sich den beiden erstaunten Besuchern so selbstverständlich, als wäre man verabredet, stellte sich als Manuel Vögtlin vor und drückte sowohl Stalder wie auch Spitteler die Hand, ohne die Zigarette aus dem Mundwinkel oder die Zementkelle aus der Hand zu nehmen.

Vögtlin reagierte erfreut, den Wildhüter zu treffen, erzählte von den neu gekauften Schafen und Lamas, mit denen er zusammen mit seinem Freund, der gerade nicht hier sei, vielleicht einmal ein Lama-Trekking anbieten wollte, zeigte ihm die Baupläne und nicht ohne Stolz die Baubewilligung für den Stall und erzählte, er und sein Freund hausten erst seit einigen Wochen hier, sie hätten das Leben im trüben Aargau, die Berufe des Schriftsetzers und Bürogummis und das ganze Wohlstandselend und den Luxusschrott des neoliberalen Lebens hinter sich gelassen, um hier in den Bergen eine neue Zukunft zu verwirklichen.

Spitteler fragte ihn, ob er denn das ganze Jahr über hier oben wohnen wolle. Vögtlin bejahte und erzählte von isolierten Wänden, von einem Solardach, das entstehen solle, von einem kleinen Windkraftwerk und vom Schafkäse, den sie hier produzieren und genau so bemessen wollten, dass er ins zweitkleinste Postpaket passe und sich in die ganze Schweiz verschicken lasse.

«Ambitiöse Pläne», meinte Spitteler nur. «Die Hütte musst du noch gehörig aufmöbeln, bis die hygienischen Vorschriften erfüllt sind. Und gib Acht auf deine Schafe. Der Luchs geht um.»

«Ja?», fragte Vögtlin erstaunt. «Der soll sich noch etwas gedulden. Bis der Stall steht und das Tor repariert ist, sind die Schafe und die Lamas noch ein bisschen überall.»

«Lamas sind gute Aufpasser», erklärte Stalder. «Sind neugierig, und der Luchs kehrt um, wenn er beim Anschleichen bemerkt wird.»

Spitteler erzählte von Nachbar von Känel, der wegen des Luchses letztes Jahr ein knappes Dutzend und dieses Jahr bereits zwei Schafe verloren habe. Falls er ein totes Schaf auffinde, sei er verpflichtet, dies sofort mitzuteilen, sagte Spitteler und gab ihm seine Nummer. «Schaden stiftende Luchse müssen von Gesetzes wegen geschossen werden, und Schafhalter haben Anrecht auf Entschädigung.»

Stalder war nicht versucht, Spittelers Formulierung zu korrigieren. Er fragte Vögtlin schon einmal vorsorglich, ob er sich vorstellen könne, eines seiner Lamas dem von Känel, sofern dieser damit einverstanden sei, zu vermieten. Damit liesse sich wahrscheinlich der eine oder andere Riss vermeiden.

Vögtlin reagierte überrascht, schien sich die Sache zu überlegen, sagte dann, er wolle diesen von Känel erst einmal kennen lernen.

Stalder gab ihm die Nummer der Feldstation, dann verabschiedeten sie sich.

«Gesellschaftsflüchtige Aargauer, die in den Bergen Lamas züchten, Windkraftwerke bauen und unhygienische Milch zu Käsebrei verdicken», fasste Spitteler seine Meinung zusammen, als sie wieder auf dem Bergweg waren. «In fünf Jahren sind die ein schöner Fall für die Sozialhilfe.»

«Oder ein beispielhafter Fall für nachhaltige Alpwirtschaft und sanften Tourismus», konterte Stalder.

Spitteler schenkte ihm kein Gehör. Wortlos gingen sie weiter.

Dreiviertel Stunden später erreichten sie die grosse, vorwiegend baumlose Metschflue, auf der von Känels Alphütte stand. Von Känels alter Schäfer-Sennen-Mischling bellte ihnen entgegen wie schon im letzten Sommer. Die Hütte war gross, in gutem Zustand, von Känel weniger. Sein Bauch quoll unter einem olivgrünen Unterhemd der schweizerischen Armee vor, als er breitbeinig, mit verschränkten Armen und einer roten Knollennase bei den beiden toten Schafen stand, die er vor die Hütte geschleppt hatte. Er drückte Spitteler kräftig und Stalder eher widerwillig die Hand. Der Hund stellte sich neben von Känel und blickte unruhig.

Stalder kannte diese Knollennase, diese prallen Wangen, die blass waren, wenn von Känel nachdenklich war und sein Gesicht einen kreuzfahrtsehnsüchtigen Ausdruck zeigte, und die ganz rot wurden, wenn er fertig war mit Nachdenken und von seinem Jähzorn eingeholt wurde. Und von Känel war jähzornig. Drei Mal hatte Stalder letzten Sommer seine toten Schafe begutachten müssen. Sieben Schafe hatte er dem Luchs zuschreiben müssen, für sieben Schafe hatte von Känel eine vom Buwal entrichtete Entschädigung erhalten. Bei zwei Schafen aber, bei denen es sich bloss noch um Knochen und Wolle gehandelt hatte, liess sich Stalder auch von einem aufgebrachten, rotwangigen von Känel nicht zu einem Luchsriss überreden, hatte sich strikt an die Regelung gehalten, dass nur dann ein Luchsriss gutgeheissen werden konnte, wenn die Bissverletzung ersichtlich war oder wenn andere, klar auf einen Luchs hinweisende Spuren zu erkennen waren.

Stalder hatte sich gegenüber von Känel nie zu irgendwelchen Beleidigungen oder zu persönlichen Äusserungen verleiten lassen. Er hatte nie auch nur angedeutet, von Känels Hund könnte für das eine oder andere tote Schaf, das nicht mehr untersucht werden konnte, verantwortlich sein. Ihm war seine distanzierte, ganz seiner Aufgabe gewidmete Art auch in Momenten, in denen von Känel seine gröbsten Fluchtiraden losgetreten hatte, nie abhanden gekommen. Stalder interessierte sich nur dafür, ob es tatsächlich der Luchs gewesen war und unter welchen Bedingungen der Luchs Haustiere seiner üblichen Beute vorzog.

«Wo wurden die Schafe gerissen?», fragte Stalder sachlich.

«Oben auf der Weide», entgegnete von Känel scharf. «Nahe beim Waldrand hat der verdammte Krüppelluchs zugeschlagen.»

Er solle tote Schafe in Zukunft unbedingt liegen lassen, sagte Stalder.

«Was soll das heissen, in Zukunft? Sie wissen also schon, dass der Lump nächste Nacht wiederkommt?» Über dem olivgrünen Leibchen wurde von Känels Kopf merklich röter.

«Ich hab Ihnen das schon letzten Sommer erklärt», sagte Stalder in einem Ton, der erkennen liess, dass Stalder bar aller Hoffnung war, sein Gegenüber jemals belehren zu können. «Sie müssen die Schafe, von denen Sie vermuten, der Luchs habe sie gerissen, unbedingt liegen lassen, wo Sie sie vorfinden. Sie am besten gar nicht berühren. Der Standort und die Art, wie sie liegen, kann mir wichtige Informationen darüber liefern, ob der Luchs als Täter in Frage kommt.»

«Ob der Luchs als Täter in Frage kommt», äffte ihn von Känel nach. «Natürlich wars der Luchs! Oder sollen es etwa die doofen Lamas von meinen neuen Nachbarn sein?»

«Immer mit der Ruhe», beschwichtigte Carl Spitteler.

«Es kommt auch vor, dass ein Fuchs ein Schaf reisst», sagte Stalder wie nebenbei und bückte sich über die Fleischwunde an der Hüfte des einen Schafes.

«Lass uns den Tötungsbiss sehen», verlangte Spitteler.

Von Känel kniete zum ersten Schaf nieder, fasste es am Kopf und legte diesen so hin, dass der Hals gut zu sehen war. Spitteler und Stalder beugten sich vor.

Als von Känel sich daranmachte, die unter den dichten Wollhaaren verborgene Bisswunde zu suchen, sagte Stalder, er solle sich für diese Arbeit besser Handschuhe anziehen.

«Wieso?», fragte von Känel. «Beisst der Luchs mit einem Giftzahn?»

Stalder liess die Fürsorge, den Mann vor einer möglichen Blutvergiftung zu warnen, fallen, zog sich Plastikhandschuhe über, griff ins Fell und sah sich die Wunde an. Im zottigen, dreckigen und blutigen Haar war nicht viel zu sehen.

«Sieht ganz nach einem Luchs aus», konstatierte Spitteler und blickte zu von Känel.

«Ich sehe nichts», sagte Stalder. Er wusste, von Känel und Spitteler würden sich ärgern wie letzten Sommer schon, aber er bestand darauf: Er nahm das Skalpell aus seinem Rucksack, zog dem Schaf das Fell ab.

Während er dies tat, füllte Spitteler bereits das Schadensformular aus. Stalder schnitt dem Schaf auch noch den Rachen auf und sah deutlich, wie sich vier Reisszähne zweimal kräftig ins Fleisch gegraben hatten. Die Abstände der einzelnen Stellen, an denen ein Reisszahn das Schafsfleisch durchdrungen hatte, die Stelle der Wunde, die vergleichsweise geringe Zahl der Bisse – alles deutete auf einen Luchs. Beim zweiten Schaf verhielten sich die Umstände nicht anders.

«Sind eindeutig von einem Luchs gerissen», bestätigte Stalder, reinigte das Skalpell und zog die Handschuhe aus.

Spitteler streckte ihm das Formular hin zur Unterschrift. Auf jener Zeile, die für die Anzahl der gerissenen Tiere vorgesehen war, hatte er bereits die Ziffer zwei hingeschrieben. Spitteler händigte sowohl von Känel als auch Stalder eine Kopie aus.

Stalder liess sich von einem widerwilligen von Känel die Stelle zeigen, wo er die beiden Schafe gefunden hatte. «Recht nah am Waldrand, ideal für den Luchs», sagte Stalder.

«Wann können wir den Lump schiessen?», fragte von Känel.

«Wenn er nachweislich zehn weitere Schafe gerissen hat», antwortete Stalder.

«Nachweislich zehn weitere Schafe», spottete von Känel. «Wollen Sie damit sagen, ich soll untätig zuschauen, wie der Haderlump mir zehn Schafe reisst, bevor ich ihn abschiessen darf?»

«Treiben Sie nachts Ihre Herde zusammen, lassen Sie die Schafe nicht am Waldrand weiden, sorgen Sie dafür, dass die Herde von einem Esel oder von einem Lama bewacht wird. Das Buwal trägt die Kosten. Auch mit Ihrem Nachbarn liesse sich bestimmt etwas arrangieren. Kennen Sie ihn?»

«Die beiden jungen Rocker mit den Lamas?», fragte von Känel. «Die können mir gestohlen bleiben. Mit dahergelaufenen Aargauern, die von Alpwirtschaft nichts, aber auch gar nichts verstehen und die ihre Schrottmühle neben meinem Hof parken, ohne mich zu fragen, will ich nichts zu tun haben.»

Stalder zögerte. «Eine andere Möglichkeit wäre, die Schafe nachts in den Stall zu nehmen. Dann werden Sie kein einziges Schaf mehr verlieren.»

«So etwas kann auch nur einer sagen, der weder vom Sömmern noch von dieser Alp eine Ahnung hat», erwiderte von Känel mit immer farbigeren Wangen. «Wissen Sie, wie gross diese Alp ist? Wenn Sie jeden Abend alle hundertzwanzig Schafe im Stall haben wollen, dann müssen Sie bei Sonnenaufgang damit beginnen. Ich arbeite meist alleine hier, bin nicht mehr der Jüngste und kann es mir auch zeitlich nicht leisten, jeden Tag hier hochzukommen.»

«Verstehe», nickte Stalder. «Aber solange Sie Ihre Schafhaltung nicht anpassen an die Tatsache, dass es wieder Luchse gibt, so lange müssen Sie damit rechnen, Schafe zu verlieren.»

«Und Sie müssen damit rechnen, Luchse zu verlieren. Wir Jäger achten schon darauf, dass es den Luchs im Oberland nicht mehr lange geben wird.»

Stalder verstummte. So direkt hatte sich von Känel bisher nicht geäussert. Von Känel wiederum schien sich über Stalders Verstummen zu freuen. Er fragte Spitteler, ob er noch auf ein Bier bleiben wolle. Spitteler verzog entschuldigend das Gesicht und erklärte, Stalder sei mit ihm mitgefahren, er müsse zusammen mit ihm zurück.

Ein wenig enttäuscht verabschiedete sich von Känel mit einem guten Händedruck bei Spitteler, der ihm sagte, er solle sich sofort bei ihm melden, wenn etwas vorfalle.

Stalders Hand drückte von Känels nur widerwillig.

Die Fahrt zurück nach Weissenbach schien Stalder unerträglich lang. Er freute sich auf Kopenhagen.

25

Wie immer Mitte des Monats trug Benjamin Gellert in grosser Geduldsarbeit all die Daten zusammen, die er für den Monatsbericht benötigte. Er ging alle Peilformulare durch, erstellte eine Datenbank, zeichnete schliesslich auf einer digitalen Karte die aktuellen Streifgebiete der besenderten Luchse ein. Blau die Reviere der Kuder, rot jene der Weibchen.

Nik Stalder betrat die Feldstation, legte Rucksack, Empfänger, Handantenne und die Kopie des von Carl Spitteler ausgefüllten Schadensformulars auf das Tropfbrett, erwähnte wie nebenher, Tito halte sich tatsächlich auf der Metschflue auf.

Gellert fluchte auf Französisch und hatte schon Titos Abschuss vor Augen. Warnblinkanlagen rings um die Schafherde, Schutzhunde vom Buwal oder ein Esel: Etwas müsse nun unternommen werden. Stalder winkte ab.

Keine Minute später stand unvermittelt Paul Hiltbrunner an der Tür. Er begrüsste die beiden, die erstaunt waren, ihn unangekündigt in der Feldstation zu sehen. Ohne sich darum zu kümmern, welches Gespräch er gerade unterbrochen hatte, zog Hiltbrunner in einer überschwänglichen Geste eine gelbe, kaum fingergrosse und fragil aussehende Figur aus dem Rucksack und überreichte sie Gellert.

«Die goldene Antenne», sagte Hiltbrunner feierlich. «Für deine tausendste Peilung.»

Gellert, seine Gedanken noch bei Schutzhalsbändern, Fotofallen und Schutzhunden, verstand nicht.

«Ich hab mir in deiner Mail die Datenbank angeschaut und festgestellt, dass du vor einigen Tagen deine tausendste Peilung geschafft hast. Willkommen im Klub!», rief Hiltbrunner anerkennend.

«War die tausendste wenigstens eine Viererpeilung?», wollte Stalder wissen und grinste sparsam.

«Leider nicht», antwortete Hiltbrunner, «aber ich hab sie trotzdem gelten lassen. Wir haben ja sonst nichts zu feiern.»

Gellert nahm die goldene Antenne entgegen und schmunzelte verlegen.

«Du bist aber nicht extra wegen Gellert und dieser mickrigen Antenne nach Weissenbach gekommen?», fragte Stalder, an Hiltbrunner gewandt.

«Nicht nur wegen Gellert, aber doch hauptsächlich», erwiderte Hiltbrunner. «Hab schliesslich lange gebraucht, bis diese komische Antenne zusammengeleimt war. Aber ich hab auch noch zwei neue Halsbänder mitgebracht.»

«Von der neuen Generation?», fragte Gellert.

«Von der neuen Generation», bestätigte Hiltbrunner. «Wurden gestern geliefert. Die Batterien sollten dreissig Monate halten.»

«Abgerundet also zwanzig», sagte Stalder.

«Ja», gab Hiltbrunner zu. «Für Pessimisten vergeht die Zeit schneller.»

«Pessimisten haben Konjunktur», erwiderte Stalder. «Ich habe soeben die beiden ersten Schafrisse der Saison verbucht. Gehen auf das Konto von Tito.»

Da fielen Gellert gleich die Schutzhunde wieder ein. Er hielt die goldene Antenne wie ein Stück Unrat in der Hand und setzte sich nun auch gegenüber Hiltbrunner für Präventivmassnahmen ein.

Hiltbrunner teilte Gellerts Ansichten in dieser Sache nicht: «Willst du von Känels riesengrosse Weide nächtelang überwachen? Willst du fünf Esel oder ein halbes Dutzend Schutzhunde dort hinstellen? Der von Känel weigert sich doch prinzipiell gegen derartige Vorschläge, auch wenn man ihm siebenfach garantiert, dass ihn dies alles nichts kostet. Und selbst wenn von Känel einlenken würde: Bis alles organisiert ist, bis das Buwal die Tiere aufgetrieben hat und sie ihre Pflicht tun, ist Tito längst nicht mehr dort. Wir müssen langfristig denken, Benjamin. Der Luchs soll mindestens das nächste Jahrhundert hier in den Alpen überleben, und von mir aus solange es die Alpen noch gibt, wir dürfen nicht bloss an den nächsten Monat denken. Wenn sich abzeichnet, dass sich ein Luchs im Sommer aus irgendwelchen Gründen auf Schafe spezialisiert, so müssen wir den ausgehandelten Kompromiss eingehen und den Luchs abschiessen. Wir müssen politisch denken, Benjamin. Im Herzen kannst du Biologe sein, so viel du willst, aber das hier ist eine politische Angelegenheit.»

Stalder, sowohl politischen Kompromissen wie auch kurzfristigen Schadensbegrenzungen abgeneigt, äusserte die Meinung, es wäre sinnvoller, von Känel eine Beruhigungsspritze zu verabreichen, als Tito von der Alp zu vertreiben. «Von Känel ist der Prototyp aller Granitschädel. Der kriegt all seine gerissenen Schafe bezahlt, verdient so noch mehr, als wenn er sie selber schlachten müsste, und ruft dennoch aus wie ein Rohrspatz.»

«Es geht hier um Grundsätzlicheres», sagte Hiltbrunner, die beiden neuen Halsbänder in den Händen hin und her drehend.

«Es geht überhaupt nicht um Grundsätzlicheres. Es geht darum, dass einer auch dreissig Jahre nach der Wiederansiedlung eines Raubtieres nicht einsehen will, dass er seine Schafhaltung umstellen muss. Und weil er es nicht tut, wandern wir jeden Sommer auf seine Alp und bescheinigen, dass der Luchs seine Schafhaltung verändert – quantitativ, nicht qualitativ.»

«Solche Aussagen kommen vielleicht in Kopenhagen gut an, in der Lenk aber müssen wir mit einem anderen Vokabular arbeiten.»

«Ich weiss», fügte Stalder fast tonlos hinzu. «Es ist ohnehin Zeit, dass ich meinen Koffer packe.» Er wandte sich ab, zog die Zimmertür hinter sich zu.

Durch die Tür hindurch fragte Hiltbrunner Stalder, ob er ihm eine Diskette mit einigen Daten nach Kopenhagen mitgeben könne, für einen Österreicher, dessen E-Mail-Adresse er verloren habe.

Stalder öffnete die Tür, besah Hiltbrunner aus missbilligenden Augenschlitzen, nahm die Diskette kommentarlos entgegen.

Hiltbrunner fragte Stalder, ob er ihm seinen Text zur Durchsicht geben wolle, Stalder lehnte dankend ab.

«Bleibst du zum Abendessen, Paul?», fragte Gellert, dem keine Argumente mehr einfielen, um Hiltbrunner zu überzeugen, dass für Tito sofort etwas unternommen werden musste.

«Nur wenn es etwas Anständiges gibt.»

«Ist Risotto anständig genug?»

«Aber nimm guten Weisswein zum Abschmecken.»

Gellert brummte etwas in den Küchenschrank hinein, und Hiltbrunner studierte die Karte auf Gellerts Bildschirm.

«Ich hab noch nicht alle Gebiete», sagte Gellert, wie um sich zu entschuldigen. «Und von Balu weiss ich nicht, ob ich überhaupt ein Revier einzeichnen soll. Die Punkte der Wanderhode sind über siebzehn Täler verteilt.»

«Zeichne ein Revier, auch wenn man nicht von einem Revier reden kann. So sieht man immerhin, welche Distanzen Balu im letzten Monat zurückgelegt hat.»

Gellert nickte pflichtbewusst.

Hiltbrunner wandte sich ab, betrachtete die Stube wie einer, der gerne alles unter Kontrolle hat, schritt hinüber zur Wand mit den sechs genau zusammengefügten Landeskarten. Dass ein verletzter Schmetterling auf dem Fenstersims neben dem Telefon lag, entging ihm. Allerdings nicht die schwarzen Stecknadeln, die er noch nie an der Kartenwand gesehen hatte.

«Was ist mit den schwarzen Dingern da?», fragte Hiltbrunner.

«Das war Gellerts Idee», antwortete Stalder, der auf der Suche nach den Fahrkarten für den Nachtzug, die er in seinem Rucksack vermutete, aus seinem Zimmer kam. «Für jeden toten Luchs eine schwarze Gedenkstecknadel.»

Hiltbrunner blickte Gellert fragend an.

«Keine Gedenkstecknadel, sondern einfach eine Stecknadel», korrigierte Gellert. «Damit wir im Auge behalten, wo die Luchsgegner an der Arbeit sind.»

«Das ist Benjamins neuer Teilzeitjob», spöttelte Stalder. «Fahnder bei der Kriminalpolizei. Ausschliesslich undercover.»

Hiltbrunner ging nicht auf Stalder ein, schaute sich die Orte, die durch eine Stecknadel gekennzeichnet waren, genauer an, hielt seinen Zeigefinger auf die Karte, führte diesen von der Nadel weg der kleinen Strasse entlang, die zum Hof von Hans Rölli führte. «Zerbrichst du dir immer noch den Kopf über Renas Vergiftung?», fragte Hiltbrunner.

«Eigentlich nicht mehr», erwiderte Gellert. «Aber es schadet ja nichts, sich den Ort in Erinnerung zu halten.»

«Und wo steckt die Nadel für die abgehackten Luchspranken?»

«Die steckt am Rand. Zusammen mit jener für den Einbruch ins Auto.»

Hiltbrunner wusste nichts vom Kartendiebstahl und liess sich die Geschichte erzählen.

Mit sorgenerfüllter Miene zupfte Hiltbrunner die Stecknadel aus dem Kartenrand und hielt sie nachdenklich zwischen Daumen und Zeigefinger. «Hast du noch mehr solche Stecknadeln?»

«Willst du, dass noch ein Luchs geschossen wird?», fragte Gellert.

«Nein, nein, ich brauche eine für Zico, der immerhin eine Ladung Schrot abbekommen hatte.»

«Auf dem Regal rechts neben den Batterieladestationen.»

Hiltbrunner nahm sich eine schwarze Stecknadel, zog mit ihr nach Blumenstein und liess sich von Stalder zeigen, wo er Zico gefunden hatte.

«Eine andere Frage ...», Hiltbrunner wandte sich von der Kartenwand ab. «Wie sieht es mit den Frauen aus?»

«Frauen?», fragte Gellert.

«Welche Weibchen sind stationär?»

«Rajas Jungtiere können wir schon bald markieren», sagte Stalder, die Fahrkarten in der Hand. «Jule fällt jetzt weg, so wird es eine Woche nach Raja Mila sein, beim Bärentritt eingangs Iffigtal, und Kora unter dem Schopfenspitz, bei Jaun. Von Raja haben wir recht genaue Dreierpeilungen in Lauenen hinten, an einem steilen Hang, kurz vor dem See.»

Hiltbrunner suchte Rajas Stecknadel auf der Karte, fand sie bald, musterte den Steilhang beim Tungelschuss. «Holzersflue» stand dort geschrieben. «Kann ja abenteuerlich werden.»

Hiltbrunner fragte, wann man sich aufmachen solle, die Jungen zu markieren. Stalder, schon auf dem Weg zurück in sein Zimmer, erwiderte, man könne schon in den nächsten Tagen gehen, wann genau, sei ihm egal. Wichtig sei ihm bloss, dass nicht zu viele Leute dabei sein würden. Sagte es und schaute Gellert an in der Erwartung, nun etwas von Nadja Orellis Wunsch zu hören, selber zu fotografieren.

Gellert aber sagte nichts.

Hiltbrunner, gebeugt über seine Agenda, schlug den letzten Freitag im Juni vor. Das war in fünf Tagen.

«Dann bist du doch noch in Kopenhagen, Stalder?», fragte Gellert.

Stalder schaute ebenfalls in seine Agenda. Ja, er komme wahrscheinlich erst am Samstag zurück. Aber er müsse schliesslich nicht dabei sein. Bei einer Jungenmarkierung müsse man ja nichts betäuben.

Die Männer vereinbarten den letzten Freitag im Juni, treffen würden sie sich auf dem Parkplatz vor dem Wispilegrat in Gstaad.

Wie gerufen traf Uliano Scafidi zum Abendessen in der Feldstation ein. Julius Leen würde noch bis am Montagabend in Bern bleiben. Er kompensierte Überstunden, hielt nach Arbeit Ausschau, die er im Juli oder im August beginnen könnte, blätterte aber eher lustlos im Stellenanzeiger, durchforstete ebenso unmotiviert das Internet.

In der Feldstation erzählte Paul Hiltbrunner beim Essen von einem Anruf des Buwal-Chefs Philipp Roche, der zugesichert habe, das neue *Konzept Luchs Schweiz* sei auf gutem Weg. Intern habe man offenbar einen Kompromiss gefunden und wolle die Abschusskompetenzen an die Kantone delegieren. Aus St. Gallen und Zürich habe Roche optimistische Signale erhalten. Wenn alles klappe, werde das Konzept nächste Woche politisch verankert.

Gellert freute sich. Stalder, der nach wie vor gegen die Abgabe der Abschusskompetenzen war, mochte sich das Abendessen nicht mit erneuter Diskussion verderben und schwieg. Scafidi, Gellert und Hiltbrunner blickten den Schweigenden einige Male prüfend an.

Noch ehe die Pfanne mit dem Risotto leer war, nahm Gellert einen Anruf von Wildhüter Bänninger entgegen. Dieser berichtete, er habe soeben im Hirschen in Wimmis erfahren, dass Wildhüter Spitteler gestern im Färmeltal einen Riss gefunden habe, und weil er nicht sicher sei, ob Spitteler den Riss gemeldet habe, rufe er an.

Gellert bestätigte, dass Wildhüter Spitteler, obschon er noch am Vormittag mit Stalder unterwegs gewesen sei, nichts von einem Riss erzählt habe, und dankte Bänninger.

Stalder fluchte über Spitteler, wollte ihn unverzüglich anrufen und zur Rede stellen. Hiltbrunner hielt ihn davon ab und sagte, es habe keinen Sinn. «Wir sind schliesslich auch in Zukunft auf die Zusammenarbeit mit Spitteler angewiesen.»

«Zusammenarbeit?», wuchtete ihm Stalder entgegen. «Der kümmert sich einen Dreck um unsere Anliegen! Für jedes verschollene, erkrankte oder vom Blitz erschlagene Schaf rennen wir seinetwegen auf die hinterallerletzte Alp, aber wenn er ein totes Reh findet, mit dem wir einen Luchs fangen und besendern könnten, ist es der Bänninger aus dem Saanenland, der uns anruft!»

«Ich weiss, Spitteler ist nicht der beste Wildhüter. Das ändert aber nichts daran, dass er für das Simmental zuständig ist», beschwichtigte Hiltbrunner.

«Aber so einen kurzsichtigen, konservativen Bock können wir nicht brauchen.»

«Vergiss nicht, dass wir hier als Städter gelten und uns mit den Gegebenheiten arrangieren müssen. Spitteler wird noch ein paar Jahre Wildhüter sein. Wenn du ihm an den Karren fährst, wird er dir nie einen Riss melden.»

Uliano Scafidi schöpfte noch einen Löffel Risotto.

«Wenn du mich fragst, sollten wir den Spitteler abschreiben und dem Bänninger aus unserer Kasse seinen Lohn aufbessern und ihm sagen, er solle auch im Simmental die Augen offen halten.»

«Ist das ein ernst gemeinter Vorschlag?»

«Meine Vorschläge sind immer ernst.»

«Wenn der Bund und die Kantone davon erfahren, können wir unser Projekt gleich umtaufen in Luchs-Mafia.»

«Mir ist egal, wer unser Projekt wie nennt. Ich will einfach verhindern, dass uns wegen einem Wildhüter wie dem Spitteler jährlich fünf Fangversuche durch die Lappen gehen und wir unsere Zeit vergeuden mit Schafen, die der Blitz getroffen hat.»

«Diese fünf Fangversuche und die paar Schafe müssen uns den Ruf des Projekts wert sein.»

«Der Ruf des Projekts! Hier geht es um den Fortbestand einer gesamten Spezies, nicht bloss um den Ruf des Projekts!»

«Dir ist offenbar noch nicht aufgefallen, dass ich dir nur deshalb Lohn zahlen kann, weil wir eben vom Bund und den Kantonen unterstützt werden. Oder willst du deine Reisespesen nach Kopenhagen selber berappen?»

Nun blieb es eine Weile ruhig.

Gellert nutzte die Stille: «Sollten wir nicht einfach Spitteler anrufen und ihn ganz sachlich nach den Koordinaten fragen, damit jemand noch heute Fallen aufstellen kann?», fragte er in die Runde.

Hiltbrunner blickte Gellert musternd an, nahm den Hörer, suchte kurz Spittelers Nummer, die auf einem der Zettel beim Telefon notiert war, erblickte verdutzt den Schmetterling, meldete sich, ehe er Gellert nach dem Insekt befragen konnte, ohne den geringsten Vorwurf in seiner Stimme bei Spitteler und liess sich nach einigen erklärenden Worten von einem widerwilligen Spitteler die Koordinaten geben.

«Da ist ein Schmetterling auf dem Sims. Ist das nicht ein Perlmutterfalter?», fragte Hiltbrunner, den Hörer noch in der Hand.

«Ein Hochmoorperlmutterfalter. Aber seine Geschichte erzählt dir Benjamin ein andermal», sagte Stalder. «Zeig die Koordinaten.»

Stalder blickte rasch auf den Notizzettel Hiltbrunners, wandte sich zur Kartenwand. Sein Finger landete nicht weit von einer Stecknadel entfernt.

«Der Riss liegt im Revier von Hera», triumphierte Stalder. «Die holen wir. Braucht ein neues Halsband.» Unverzüglich eilte er in sein Zimmer, um den Medizinkoffer und das Blasrohr vorzubereiten.

«Was heisst wir? Dein Zug fährt doch in einer Stunde!», fragte Hiltbrunner.

«Verdammt.» Stalder stand mit dem Blasrohr wie angewurzelt in der Stube, als gälte es abzuwägen, ob dieser Fangversuch wichtiger sei als der Kongress in Kopenhagen.

«Ich springe gerne ein», brachte Scafidi leise hervor und schaute vorsichtig Gellert an, Gellert wiederum Hiltbrunner: «Dann soll ich allein zu Tito?»

«Du kommst mit zu Hera», sagte Hiltbrunner. Tito könne er auch morgen noch vertreiben. Überhaupt halte der sich vielleicht schon ganz woanders auf.

Stalder drückte Hiltbrunner das Blasrohr in die Hand.

«Diesmal ist Benjamin an der Reihe», sagte Hiltbrunner und streckte Gellert das Blasrohr hin. «Du hast doch geübt, oder?»

Gellert bejahte zögerlich. Stalder empfahl ihm, die Spritze genauso entschlusskräftig abzuschicken, als würde Nadja Orelli ihm ein Kissen hinter dem Sofa hochhalten.

Gellert wusste nicht ganz, ob er dies als ernst gemeinten Vorschlag deuten sollte, nahm Blasrohr und Spritze nickend entgegen.

Drei Stunden später sass Nik Stalder mit dem Laptop auf dem Schoss in einem mässig belegten Nachtzug, der sich ächzend aus der Basler Bahnhofshalle wand. Zur selben Zeit sassen Paul Hiltbrunner, Benjamin Gellert und Uliano Scafidi rund zweihundert Meter von der Falle entfernt und warteten, die meiste Zeit wortlos. Hofften, es werde Hera sein, die ihnen in die Falle gehen würde.

Knapp neun Kilometer weiter südlich warteten und hofften andere: Martin von Känel und Alfred Huggenberger, den Waldrand im Rücken, die Flinten im Anschlag, die Schnapsflasche vor ihnen im Gras; auch sie die meiste Zeit wortlos. Hofften, jenes Krüppelvieh, das die Luchsschützer Tito nannten, werde ihnen vor die Zieleinrichtung laufen.

Das nächste Frühstück in der Feldstation war ein spätes: Alle waren müde vom geglückten Fang. Nach der langen Reihe schlechter Nachrichten brachte die von Gellert souverän betäubte und neu besenderte Hera wieder ein wenig Schwung in die Feldstation; von dieser Lüchsin hatten die Biologen fast zwei Jahre lang Daten sammeln können. Damit konnte sie genau jene langfristige Beobachtung sichern, die Grundlage ihrer Arbeit war.

Weniger Glück war dem nächtlichen Ausharren auf der Metschflue beschieden: Martin von Känel und Alfred Huggenberger gingen leer aus. Tito hatte sich allerdings nicht von ihnen abhalten lassen, am anderen Ende der Alp erneut ein Schaf zu reissen. Von Känel fand es kurz vor Mittag, verwarf fluchend die Hände.

26

Drei Tage nach der verhängnisvollen Verfolgung konnte Fritz Rusterholz erstmals seine Zehen wieder spüren. Fast ein wenig ungläubig und dankbar bewegte er sie. Die Freude über die Zehen schaffte ihm aber nicht den Ärger vom Hals, den er verspürte, und zog ihn nicht aus der Bredouille, in der er steckte. Er verfluchte die Wette, spürte immer noch Huggenbergers breite, behaarte Hand, in der ihm seine eigene Hand beim folgenschweren Händedruck im Tungelhorn klein und verloren erschienen war. Es wurde ihm immer deutlicher: Der Händedruck war kein Händedruck gewesen, sondern eine Umklammerung, eine Gefangennahme.

Er glaubte nach dem Zwischenfall in der Holzersflue kaum mehr daran, die Wette zu gewinnen, wollte die Sache dennoch nicht ganz aufgeben. Die Frequenz eines Luchses herauszufinden, war offenbar eine Illusion, die Idee, Spuren zu verfolgen, hatte sich als waghalsiges Abenteuer entpuppt, und er wusste nicht, was vom Vorschlag Robert Richners zu halten war, über das Internet den Aufenthaltsort eines Luchses herauszukriegen.

Auf dem Rückweg in jener Nacht, als er lange Zeit bewusstlos im Schnee gelegen hatte, war er nahe daran gewesen, sein Sturmgewehr in einer Felsritze zu versenken. War nahe daran gewesen, das Ganze aufzugeben. Nicht nur den dämlichen Hugger diese dämliche Wette gewinnen zu lassen, sondern auch wegzuziehen, sich in diesem Tal nie mehr blicken zu lassen, sich irgendwo irgendeine Frau zu holen und mit ihr irgendwo hinzuziehen, seinetwegen auf die Malediven. Ja, abzuhauen mit einer Frau an seiner Seite: Das würde die Schande der verlorenen Wette schmälern. Der Delfin würde auf den Malediven sicherlich eine gute Figur abgeben. Aber das waren nur Träumereien. Ganz abgesehen von den Malediven: Er glaubte nicht, dass er beim Delfin Chancen hatte. Mit seinen dünnen Armen, einem goldenen Eckzahn und schütterem braunem Haar, das er am liebsten unter seinem Béret verborgen hielt. Wahrscheinlich würde er nicht einmal den Mut aufbringen, den Delfin anzusprechen. Vielleicht würde er etwas sagen, wenn sie den Käse wieder so genau zuschnitt, aber sie würde nüchtern antworten, er würde bezahlen und aus dem Laden treten.

Seit jener elenden Nacht im Schnee liess sich Fritz Rusterholz kaum noch im Dorf blicken. Er fürchtete, im Dorf habe man etwas vom Schuss oder aber vom Schneebrett mitbekommen. Er dachte nicht daran, einen Fuss ins Restaurant Tungelhorn zu setzen. Eine zufällige Begegnung mit Gemeindeschreiber Samuel Tanner auf der Post hatte er knapp verhindern können. Wer Samuel Tanner begegnete, hatte es mit dem ganzen Dorf zu tun. Der würde alles in seine Dorfchronik hineinwursteln.

Während Stunden verbarrikadierte er sich in den nächsten Tagen im Keller, baute Jaucheverteilerstutzen um Jaucheverteilerstutzen und hatte bald doppelt so viele an Lager, wie bestellt waren. Er würde das Geld brauchen können. Wenn er jetzt auf Vorrat arbeitete, würde er es verschmerzen, dem Hugger dreitausend Franken hinzublättern. Wenn er im Keller sass, versuchte er, die Wette aus seinen Gedanken zu verbannen. Die Vorstellung von seiner bevorstehenden Niederlage ertrug er nur schlecht.

An einem jener Abende – er zog gerade eine der letzten Schrauben eines Jaucheverteilerstutzens fest – kam Bruder Ernst mit seinem steifen Rücken zu ihm in den Keller, setzte sich demonstrativ neben den Jaucheverteilerstutzen auf die Werkbank, schaute Fritz prüfend an und stellte ihn zur Rede.

Er wolle wissen, was los sei mit ihm.

Fritz erzählte in knappen Worten von zahlreichen Aufträgen, die er in den letzten Tagen erhalten habe, von den neuen, aufwändiger zusammenzustellenden Jaucheverteilerstutzen und vom Geld, das man immer gut gebrauchen könne. Ernst liess sich nicht abspeisen, blieb hartnäckig, bis Fritz den Schraubenzieher hin- und die Karten auf den Tisch legte. Erzählte von der Wette und von der misslungenen Verfolgung Rajas im Schönebodemäder.

Fritz hatte eigentlich damit gerechnet, Ernst würde kopfschüttelnd nach oben gehen und ihn mit seiner Wette allein lassen. Stattdessen schien Ernst neugierig. Er wollte genau wissen, warum er sich zum Händedruck hatte verleiten lassen, wollte wissen, was auf dem Spiel stand. Wollte auch von der Begegnung mit dem jungen Luchsschützer im Schönebodemäder wissen, liess sich von der Idee Robert Richners erzählen.

Fritz war vollends verblüfft. So kannte er seinen Bruder gar nicht. Verstand nicht, wieso ihn Ernst unbedingt unterstützen wollte, liess sich von diesem erzählen, er kenne Alfred Huggenberger nicht gut, aber gut genug, um zu wissen, dass er ein Grossmaul sei.

Wenig später sassen die beiden Brüder im Internet-Café «cyber-surf» in Gstaad. Inmitten des jugendlichen Publikums kamen sie sich unendlich alt und deplatziert vor. Ernst verstand nicht mehr von Computern als Fritz, zusammen aber waren sie zäh, erfinderisch und geduldig, wenn es darum ging, Fehlermeldungen zu ignorieren und zum x-ten Mal dieselbe Adresse hinzuschreiben. Einmal meldete Fritz Bedenken an, weil ihm einfiel, dass Huggenberger ja wahrscheinlich per Internet Spermien für seine Zuchtschweine bestelle und daher Tito mit derselben Taktik schon längst geschossen hatte, während sie gerade eben ein erstes Mal vor so einem Internet-Computer sassen.

Ernst aber ging davon aus, Huggenberger bestelle die Spermien für seine Schaf- und Schweinezucht aus einem grossen Katalog, den es bei Max Pulver in der Landi zu kaufen gab, verfüge sicher nicht über Internetanschluss und hätte keine Ahnung, dass man im Internet etwas über den Aufenthaltsort eines Luchses erfahren konnte. Beruhigt von diesem Argument, setzte sich Fritz wieder voller Konzentration hinter den Bildschirm.

Der herbeieilende Betreiber des Internet-Cafés, dem die beiden Unversierten aufgefallen waren, verhalf ihnen schliesslich zur Seite von Pro Natura. Sie wählten den Link zu Tito, sahen wenig später die Karte vor sich, auf der eingezeichnet war, wo der Luchs sich aufhielt. Die Freude über diese Karte war jedoch nur von kurzer Dauer. Am Kartenrand war zu lesen, dass der jeweils angegebene Punkt den Standort bezeichnete, an dem Tito vor vier oder fünf Tagen gepeilt worden war. Unterhalb der Karte befanden sich einige Texte. Es war darin oft vom Peilen die Rede – die Texte stammten offenbar aus der Feder eines Luchsschützers. In einem dieser Texte lasen sie, dass Tito, wie andere Luchse auch, über Nacht bis zu vierzig Kilometer zurücklegen konnte. Theoretisch konnte sich Tito also in den letzten Tagen zweihundert Kilometer von diesem Punkt entfernt haben.

Mit dieser Einsicht war die Idee Richners gestorben. Beschämt, schon wieder zu gehen, aber auch erlöst, endlich gehen zu können, verabschiedeten sie sich verzweifelt lächelnd aus dem «cyber-surf», fuhren heim auf den Hundsrügg.

Fritz verzog sich in den Keller zu seinen Jaucheverteilerstutzen, zog einige Schrauben nach, die es nicht nötig hatten, nachgezogen zu werden, und fluchte leise vor sich hin.

Als einige Tage später Robert Richner anrief, war Fritz Rusterholz zu überrascht, um seinen Ärger über dessen Idee loszuwerden. Richner schien nun seiner Wette gegenüber positiv eingestellt, behauptete jedenfalls, er rufe an, weil er ihm bei der Wette helfen könne, falls es noch nicht zu spät sei. Es sei noch nicht zu spät, leider, sagte Fritz Rusterholz und machte sich auf eine noch schlechtere Idee gefasst.

Es habe ihn gefuchst, nicht genau zu wissen, wie jene Frequenzmessgeräte des Bakom funktionierten, und das habe schliesslich seinen technischen Ehrgeiz geweckt, sagte Robert Richner. Er habe einige Abende lang technische Beschreibungen, theoretische Abhandlungen, physikalische Erläuterungen, nicht immer vertrauenswürdige Installationsanleitungen studiert, elektronische Bauteile zusammengesucht, sich an die Werkbank gesetzt und stehe nun kurz vor der Fertigstellung einer Konstruktion, von der er glaube, sie werde nicht nur in der Lage sein, ein enormes Spektrum von Frequenzen einzufangen, sondern sich auch eignen, einzelne Frequenzen zu isolieren. Damit, so hoffe er, sollte es gelingen, die Frequenz eines Luchshalsbandes zu eruieren.

Fritz Rusterholz wusste nicht, was er von Richners Schilderungen halten sollte.

«Mich interessiert nicht sonderlich, ob du diese Wette gewinnst, Fritz», sagte Richner ehrlich, um dem Zögern in Rusterholz' Stimme zu begegnen. «Mich interessiert bloss, ob mein Universalempfänger etwas taugt. Das ist keine Arbeit für irgendeinen Kurzwellenamateur, das ist höhere Schule. Und falls die Einheit funktioniert, kannst du dir durchaus Hoffnungen machen: Wenn wir die Frequenz eines Luchshalsbandes haben, müssen wir nur noch ein Gerät basteln, das in der Lage ist, die Frequenz nicht nur zu empfangen, sondern auch deren Sender zu orten. Das wäre dann nur noch ein kleiner Schritt. Ein umgebautes Autoradio und eine tragbare Antenne würden reichen.»

Fritz Rusterholz wog ab, erinnerte sich an den jungen Luchsforscher und die Handbewegungen, die dieser mit der Antenne vollführt hatte. Er wollte nicht Zeit investieren in eine Idee, die nichts einbrachte. Wollte sich nicht von Richners fachmännischem Ton zu einem nutzlosen Unterfangen verleiten lassen. Allerdings schien allein Richner den Aufwand zu haben, er musste bloss mit ihm durchs Tal fahren, um zu wissen, ob die Sache etwas taugte.

«Wann ist dein Universalfrequenzempfangswunder denn einsatzbereit?», fragte Fritz Rusterholz. Er war gespannt herauszufinden, ob er Richner mit dieser Bezeichnung beleidigt hatte. Richner aber antwortete lediglich, es sei zurzeit noch schwer abzuschätzen, er beeile sich und werde sich wieder melden. Mehr als drei, vier Tage aber werde es nicht mehr dauern.

Fritz Rusterholz hätte vier Stunden als Antwort vorgezogen, bedankte sich, obschon er nicht zu hoffen wagte, dass das Warten sich lohnen werde.

27

Nik Stalder gelang es, mit seinem Vortrag in Kopenhagen zu beeindrucken. Unter wissenschaftlich engagierten Grossraubwildbiologen fühlte er sich wohl, knüpfte Kontakte, drückte Hände. Bloss auf all die Biologinnen und Biologen, die ihn nur deshalb ansprachen, weil er aus der Schweiz kam, weil es in der Schweiz einen Hiltbrunner gab, die nach diesem Hiltbrunner fragten, Stalder mehrmals für Hiltbrunner hielten oder Hiltbrunner einen Gruss ausrichten lassen wollten – auf all diese Leute hätte er verzichten können. Alles in allem war der Kongress für Stalder erfreulich, und er war zu beschäftigt, als dass er Zeit gehabt hätte, seine E-Mails zu lesen. Dort hätte er erfahren, was das Schicksal mit dem Luchs in der Schweiz anstellte. Aber nicht nur dort. Einiges hätte er sogar am Fernsehen gesehen.

Von Paul Hiltbrunner hatte er die Zustimmung für eine derartige Aktion nicht erhalten, aber Gellert wollte sich nicht vorwerfen lassen, nicht alles getan zu haben, um Tito von der Metschflue wegzukriegen. Das hatte er auch dem ungehaltenen Carl Spitteler versprochen, der den neuen Schafriss meldete.

Zusammen mit Carl Spitteler und Uliano Scafidi auf der Alp von Känels angekommen, untersuchte Gellert das Schaf, konnte Titos Reisszähne eindeutig ausmachen, versicherte von Känel, er werde die Schadenersatzzahlungen umstandslos erhalten, und liess Scafidi die Tretfallen und die Blinklichter heranschleppen.

Gellert erklärte einem rotwangigen von Känel, Tito befinde sich in einer aussergewöhnlichen Situation, habe noch kein Revier, streune umher. Das sei sicherlich auch ein Grund, warum er Schafe reisse. Man könne nur hoffen, dass er sich bald ein Revier sichern könne, dann sei es wahrscheinlich, dass er nicht mehr auf Haustiere ausweiche.

«Auf Haustiere ausweichen!», explodierte von Känel. «Wenn die Bestie so weitermacht, gibts hier bald einen, der dem Gesetz ausweicht.»

Gellert versuchte von Känel zu beruhigen. «Haben Sie gestern Nacht Unregelmässigkeiten beobachtet?»

«Unregelmässigkeiten?», ereiferte sich von Känel. «Ein verdammter Luchs frisst mir hier Sommer für Sommer ein Schaf ums andere, und zwar regelmässig! Ich mache keinen Schritt mehr ohne meine Flinte, falls ich das Tier sehe, werde ich nicht warten, bis mir der Bund die Bewilligung gibt, es zu schiessen.»

Gellert blieb ruhig.

Von Känel wollte Gellert von der Alp haben, sodass Huggenberger, der sich in der Hütte versteckt hielt, dem Luchs nochmals würde auflauern können. Gellert aber, fest entschlossen, Tito von dieser Alp zu vertreiben, blieb hartnäckig. Schliesslich wies von Känel Gellert an, wo er die Blinklichter aufzustellen habe, zerrte das jüngst gerissene Schaf Gellerts Wunsch entsprechend nahe an den Waldrand. Zusammen mit Scafidi platzierte Gellert die Tretfallen rund ums Schaf. Anfänglich wehrte sich von Känel gegen die Idee Gellerts, am anderen Ende der Alp Blinklichter aufzustellen. Gellert aber liess sich nicht beirren, erklärte, er wolle nichts unversucht lassen, und versicherte von Känel, dass sich damit der nächste Schafriss werde verhindern lassen. Trotzig liess von Känel die beiden gewähren.

Die Nacht war kühl und windig. Scafidi schlief bald im Schlafsack, Gellert machte kein Auge zu, dachte an Stalder, der nun in einem komfortabel eingerichteten Hotelbett seine Beine streckte.

Gellert malte sich mit mulmigen Gefühlen aus, wie er, bloss mit der Unterstützung Scafidis, Tito in der Falle bändigen würde.

Aber es blieb ruhig auf der Metschflue.

Es lässt sich nicht sagen, was genau Tito diese Nacht davon abhielt, sich den Schafen zu nähern, ob es die Blinklichter waren oder der nach Hochprozentigem riechende Alfred Huggenberger, der sich eines Luchsforschers wegen nicht von der Alp hatte vertreiben lassen und knapp dreihundert Meter von Gellert und Scafidi entfernt unter einer allein stehenden Tanne sass. Tito liess sich jedenfalls in dieser Nacht auf der Metschflue nicht blicken.

Dafür auf der Hauptstrasse zwischen Frutigen und Adelboden, in einer langgezogenen, eigentlich übersichtlichen Rechtskurve. Sybille Schütz, Verkäuferin im Lauener Dorfladen, Delfin genannt, war zu später Stunde auf dem Heimweg nach Adelboden. Zu mehr als einem reflexartigen Stoss auf das Bremspedal reichte es nicht.

Es dauerte eine Weile, bis das Klingeln des Telefons Julius Leen aus dem Schlaf holte. Und er brauchte einige Hand voll kaltes Wasser im Gesicht, ehe er begriff, was ihm Wildhüter Bänninger soeben gesagt hatte.

Es war vier Uhr in der Früh. Leen war allein auf der Feldstation. Ein Glas Wasser in der Hand, blickte Leen auf die Zahlen, die er schlaftrunken notiert hatte. Er nahm den Notizblock zur Hand, und darunter, auf dem Fenstersims, kam ein flach gedrückter Schmetterling zum Vorschein. Der Hochmoorperlmutterfalter. So flach vielleicht, wie Tito nach dem Autounfall, von dem Bänninger berichtet hatte.

Als Leen die Unfallstelle auf der Landeskarte gefunden hatte, wählte er Gellerts Nummer. Vom Schmetterling sagte er vorerst nichts. Gellert reagierte alarmiert, liess Warnblinklichter und Fallen stehen, verliess zusammen mit Scafidi die Metschflue, besichtigte den Unfallort, den toten Tito. Der junge Kuder sah übel aus. Dass er unter ein Auto geraten war, sah man sofort. Er habe Namen und Telefonnummer der Autofahrerin notiert, berichtete Bänninger.

«Die Autofahrerin hat dich angerufen?»

«Ach. Faule Hunde bei der Polizei. Die wollten sich doch nicht wegen einem Luchs aus dem Bett holen lassen.»

«Oder sie wollten sich nicht am bekanntesten Luchs die Finger verbrennen», meinte Gellert, der mit Gummihandschuhen Tito hilflos hin und her drehte, die Schnauze öffnete, übers Fell strich. «Was war das für eine Autofahrerin?»

«Eine junge Frau», sagte Bänninger, «freundlich, zierlich und schockiert. Hätte des Luchses wegen fast die Leitplanke mitgenommen.»

Die Mediziner der Pathologischen Abteilung im Tierspital Bern diagnostizierten innere Blutungen als Todesursache. Weder Schusswunden noch toxische Substanzen wurden gefunden. Für den unbegreiflichen Tod des bekanntesten und beliebtesten Luchses der Alpen gab es nichts als die banalste Erklärung: eine Kollision mit einem Auto.

Die Fangemeinde Titos reagierte bestürzt und schockiert, so jedenfalls drückten sich die Medien aus, die dem Vorfall ungemein viel Platz einräumten. Pro Natura wurde mit E-Mails und Briefen Betroffener zugeschüttet, die Homepage Titos verzeichnete ungekannte Besucherzahlen. Die Hoffnungen Nadja Orellis von Pro Natura richteten sich rasch auf Raja, die dank ihren Jungtieren eine gebührende Internet-Nachfolgerin abgeben sollte. In drei Tagen durfte mit der Jungenmarkierung der Grundstein für eine erfolgreiche Internet-Karriere Rajas gelegt sein.

Auf den Landeskarten in der Feldstation befanden sich noch neun farbige Stecknadeln, aber bereits sieben schwarze.

Einen Tag nach diesem Vorfall lancierte der Bund nach Absprache mit den Kantonen im Osten sein neues *Konzept Luchs Schweiz* und investierte anderthalb Millionen Franken für ein dreijähriges Luchsprojekt in den Ostalpen. Für die Grossraubwildbiologen war das wie Weihnachten.

Gellert aber, verstört durch den Tod Titos, konnte sich gar nicht recht freuen, auch dann nicht, als Marianne und Paul Hiltbrunner mit Champagner in der Feldstation aufkreuzten, überschwänglich vom neuen Konzept sprachen und davon, dass ihre Zukunft gesichert sei.

In der Tat war die Existenz des Luchsprojektes und damit auch seine Arbeitsstelle gesichert, das sah auch Gellert. Aber falls die Landwirte und die Jäger in den Ostalpen so viel Ärger machten wie hier, sah er keinen Grund, Champagner zu trinken.

Hiltbrunners waren sich sicher, in den Ostalpen auf geringeren Widerstand zu stossen, und liessen sich in ihrer Fröhlichkeit nicht beirren, sorgten vielmehr dafür, dass Gellert, Scafidi und Leen mit ihnen in der Stube der Zulligers gemeinsam vor dem Fernseher sassen, wo zur besten Sendezeit auf dem Schweizer Fernsehen Paul Hiltbrunner zu sehen war, der über die jüngsten Vorfälle und über den politischen Erfolg referierte. «Mit diesem Konzept ist der Schritt vom Schutz der Raubtiere zum Management der Raubtiere vollzogen», war da zu hören. Und abschliessend: «Ein politischer Sieg in schwierigen Zeiten.» Hans Zulliger, in Stallkleidung, nickte anerkennend und liess sich das Champagnerglas nachfüllen.

Weil alle wussten, dass sich Stalder kaum über die politischen

Entwicklungen freuen würde, wählte niemand die Nummer seines Mobiltelefons.

Erst als sich Gellert anderntags klarmachte, dass sie nun im kommenden Winter vier oder sechs Luchse einfangen und umsiedeln würden, taute er wieder etwas auf.

Die eingesandten Pranken, die vergiftete Rena, die gewilderte Jule – all das wog nun nicht mehr ganz so schwer. Möglich, dass er auch an den in zwei, drei Tagen zurückkehrenden Stalder dachte, als er Adressen von Sekundarschulen organisierte. Wenn er Stalder damit würde überraschen können, dass die einzige Aufklärungsarbeit, die dieser für sinnvoll hielt, in vollem Gang war, so dürfte dies Stalders Unmut über das kompromisslerische neue Buwal-Konzept etwas mildern. Gellert fragte verschiedenste Schulen im Berner Oberland und in der Ostschweiz an, wollte wissen, ob Interesse vorhanden sei an einem Vortrag über den Luchs, und rannte offene Türen ein. Darüber hinaus setzte er zusammen mit Nadja Orelli durch, dass die Pro-Natura-Wanderausstellung zum Thema Luchs, Wolf und Bär, die am kommenden Wochenende in Thun ihre Tournee beginnen sollte, via Spiez und Zweisimmen auch in Zürich, Wattwil, Appenzell und St. Gallen gezeigt wurde.

Zahlreiche Leserbriefschreiber meldeten sich zum Thema Luchs. Jemand rechnete vor, dass anderthalb Millionen für drei Jahre nicht weniger als tausenddreihundertneunundfünfzig Franken pro Tag entsprächen, und war wütend, dass diese Unsumme bloss verwendet würde, um ein paar Luchse «zu beaufsichtigen». Gellert, Scafidi und Leen amüsierten sich, klebten ihre Lieblingsleserbriefe in der Toilette an die Wand, neben das Poster von Jacques Sélavy.

Frustriert darüber, dass nun ausgerechnet dieser Delfin, wie Gemeindeschreiber Samuel Tanner zu berichten wusste, einen Luchs mit dem Auto erledigt hatte, entschied Alfred Huggenberger, Max Pulver und die Luchsschützer selbst in seine Dienste zu stellen. Max Pulver, der vom Lagerraum der Landwirtschaftlichen Genossenschaft die Strasse am Dorfeingang bestens überschauen konnte, beauftragte er, ihm künftig jedes Fahrzeug mit einer auffälligen Dachantenne zu melden. Dann hätte er auch Zeit, um mit seinem Vater auf dem Chüetungel für diese Schafe von der Migros einen Zaun aufzustellen. Pulver würde ihn benachrichtigen, er müsste nur noch das Fernglas bereithalten und aus sicherer Distanz ausmachen, wo die Luchsschützer peilten. Und sobald sie abzogen, mit der Flinte im Anschlag in denselben Hang ziehen. So einfach würde es gehen.

28

Der Himmel über dem Parkplatz am Fuss des Wispilegrats war wolkenlos, die Luft noch kühl. Paul und Marianne Hiltbrunner, Gellert, Leen und Scafidi: Sie waren alle bereits hier. Luchsprojekt-Mitarbeiter Pierre Pussieux aus Montreux würde mit den beiden Filmern eintreffen, denen Paul Hiltbrunner zugesagt hatte, und Gellert wartete auf Nadja Orelli, die er in Absprache mit Hiltbrunner eingeladen hatte. Tagesziel war es, den Wurfplatz Rajas zu finden, das Junge oder die Jungen medizinisch zu untersuchen und mit einer Ohrmarke zu versehen, damit die Jungtiere später, bei einem allfälligen Fang, identifiziert werden konnten.

Man hatte sich überschwänglich begrüsst, Paul Hiltbrunner hatte immer noch Champagner auszuschenken, der Tod Titos vermochte die Freude über das neue *Konzept Luchs Schweiz* und das zugesprochene Geld nicht zu überschatten.

Gellert fragte Paul Hiltbrunner, ob die letzten Analysen Titos zu neuen Erkenntnissen geführt hätten. Paul Hiltbrunner wollte gerade antworten, als unvermutet Nik Stalders Wagen einbog.

Der früher als geplant von seinem Kongress zurückkehrende Stalder war gut gelaunt, strahlte wie selten, sprach von einem anregenden Kongress und den zahlreichen Kontakten, die er geknüpft habe. Mit ungewohnter Begeisterung erzählte er weiter von einem Luchsprojekt in den rumänischen Waldkarpaten und den unterprivilegierten Arbeitsbedingungen der dortigen Biologen.

Paul Hiltbrunner und Gellert, an die sich Stalder vor allem wandte, schauten den Begeisterten ein wenig verwundert an. Stalder fragte nach dem Grund für die Sektgläser.

Gellert gestand, es gebe gute und schlechte Nachrichten; zuerst die schlechte: Tito sei tot. Die beiden guten: Hera trage ein neues Halsband, der Fang habe gut geklappt, das Blasrohr habe er jetzt im Griff. Die zweite gute Nachricht: Das Buwal habe das neue Konzept in Kraft gesetzt, damit liessen sich vier bis sechs Luchse in die Ostalpen umsiedeln. Darüber hinaus seien anderthalb Millionen Franken gesprochen worden.

Nik Stalders Miene verhärtete sich. Noch bevor er wissen wollte, welche Granitschädel Tito geschossen hätten, fragte er, ob der Bund mit dem neuen Konzept die Kompetenzen für den Abschuss von Schaden stiftenden Luchsen an die Kantone abgetreten habe.

Paul Hiltbrunner sprach ein stolzes «Ja», Stalder senkte den Kopf wie ein schlecht behandeltes Tier.

Gellert erzählte Stalder, wie Tito ums Leben gekommen war, wie er sich mitten in der Nacht aufgemacht habe, die Unfallstelle zu besichtigen. Fast hätte Gellert auch den toten Schmetterling erwähnt.

Nach einer Weile, die ganz von der Stille auf dem Parkplatz eingenommen worden war, fragte Stalder, wie um sich von seinen eigenen Fragen abzulenken, ob man nun zu Rajas Jungen gehen könne.

«Wir müssen noch etwas warten», sagte Hiltbrunner.

«Auf was?»

«Auf Pierre und auf Jacques Sélavy», antwortete Hiltbrunner.

«Sélavy?»

«Ein Freund von mir», erklärte Hiltbrunner. «Der beste Fotograf und Naturfilmer, den ich kenne. Hat im französischen Jura unglaubliche Bilder von Luchsen eingefangen, nun möchte er noch Jungluchse filmen.»

Stalder stutzte: «Und das muss er ausgerechnet hier und heute tun?»

«Habs ihm versprochen.» Hiltbrunner war die Ablehnung in Stalders Gesicht nicht entgangen.

«Und was will Pussieux?»

«Pierre wohnt in der Nähe von Jacques Sélavy, er kann mit ihm mitfahren.»

Stalder schüttelte den Kopf, wandte sich ab.

Marianne Hiltbrunner fragte Gellert, wo sich die übrigen Luchsweibchen umtrieben.

Ausser Stalder waren bald alle in ein Gespräch über die letzten Peilungen verwickelt, über die Route der Wanderhode, über Fehlinterpretationen von Signalen, über Begegnungen mit einem Luchs, mit einem Jäger oder Schafhalter, die ihnen besonders in Erinnerung geblieben waren. Noch ehe Gellert sich entscheiden konnte, ob er den Medizinkoffer – bisher stets von Stalder betreut – nun ihm übergeben sollte, fuhr ein robuster Pick-up vor, die klobigen Reifen zerrieben den feinen Kies auf dem Asphalt. Pierre Pussieux, Filmemacher Jacques Sélavy und sein Kameramann Gilbert Cornu stiegen aus. Alle drei sprachen französisch.

Jacques Sélavys Gesicht war auf sonderbare Weise knabenhaft, es thronte über einem drahtigen Körper, dem kein Alter anzusehen war. Sein Kameramann Gilbert Cornu war von gedrungener Statur, blickte aus ungesund grossen Augen und sah überhaupt nicht aus, als wäre er fähig, steile Bergflanken zu erklimmen.

Kaum waren die beiden ausgestiegen, bog ein Kleinwagen mit einem Aufkleber von Pro Natura auf den Parkplatz, weisser Steinbock auf grünem Grund: Nadja Orelli.

«Nein. Die Orelli kommt auch noch», entwich es Stalder, bevor sie ihren Wagen zum Stillstand gebracht hatte.

Er stellte sich vor Paul Hiltbrunner hin: «Zuerst zwei Leute mit

Kameras, dann Pussieux, der hier eigentlich auch nichts zu suchen hat, jetzt noch Orelli. Wieso laufen wir nicht noch ein wenig in Gstaad herum und sammeln noch ein paar Leute ein? Vielleicht finden wir Roger Moore. Der hätte sicher Freude, mit uns ein bisschen klettern zu kommen und ein paar hübsche Kätzchen zu sehen!»

«Immer mit der Ruhe, Stalder», beschwichtige Hiltbrunner.

«Das ist eine Jungenmarkierung, keine Schulreise!»

«Jetzt mach keinen Aufstand wegen den paar Leuten. Dir hat wohl der Kongress nicht gut getan. Ich hab schon lange vorher angekündigt, dass ich Sélavy eingeladen habe. Seine Bilder haben eine ziemlich gute Chance, im Schweizer Fernsehen ausgestrahlt zu werden, und wenn das passiert, können wir endlich zeigen, welche Arbeit das Luchsprojekt leistet. Damit erreichen wir hundertmal mehr Leute, als wenn du in Zweisimmen in der Schule etwas über den Luchs erzählst. Zudem hab ich auch nicht gewusst, dass er noch einen Kameramann mitnimmt.»

«Und ich hab von gar nichts gewusst. Hab gedacht, wir würden zu dritt oder viert losgehen, mit so wenig Leuten wie möglich. Filmchen drehen und Homepage laden und was weiss ich was alles, ist ja gut und recht, aber hier geht es um eine Jungenmarkierung. Dir müsste ich ja eigentlich nicht erklären, wie heikel diese Arbeit ist und wie gross das Risiko, dass die Luchsmutter die Jungen aufgibt, wenn sie gestört wird.» Stalder stand vor Hiltbrunner, jeder einzelne Gesichtszug gespannt.

Hiltbrunner schaute ihm gelassen und selbstsicher ins Gesicht. «Richtig, mir musst du das nicht erklären. Aber dir muss ich vielleicht sagen, dass wir es bisher noch nie geschafft haben, mit anständigen Bildern im Fernsehen zu kommen. Mehr als abgehackte Luchspranken, eine von einem Fuchs fast bis auf die Knochen abgefressene Rena, ein zerschnittenes Halsband von Jule und einen überfahrenen Tito hat man bisher nicht zu sehen gekriegt. Alles negative Bilder. Bilder, die uns in einer passiven Funktion zeigen, gerade als ob wir nichts anderes tun würden, als tote Luchse zusammenzutragen. Verstehst du? Falls Sélavy hier neben all seinen Aufnahmen, die er im Jura schon gedreht hat, auch noch Jungluchse filmen kann, haben wir das Material zusammen, das für eine Dokumentarsendung im Schweizer Fernsehen ausreichen wird, die unsere Arbeit endlich richtig würdigt. Und uns vielleicht auch hilft, von den Kantonen noch mehr Beiträge zu erhalten. Eine Jungenmarkierung darf in einem solchen Film nicht fehlen, eben gerade weil dabei aufgezeigt werden kann, wie aufwändig und heikel unsere Arbeit ist. Darüber hinaus geht es immer noch darum, das Wissen über die Lebensform des Luchses zu verbreiten. Dazu gehört eben auch das Wissen, dass eine Luchsmutter nicht jedes Jahr sieben Junge zur Welt bringt, sondern eines oder zwei, und dass davon auch nur selten alle den ersten Winter überleben.»

Stalder starrte den mit seiner Rede zu Ende gekommenen Hiltbrunner eine Weile an. «Das liesse sich auch einfach mit einer Statistik zeigen. Für etwas sammeln wir die Daten schliesslich.»

«In einem Film können aber neben den Daten auch Emotionen vermittelt werden. Von Daten allein lässt sich niemand überzeugen.»

«Emotionen.» Stalder blieb die Luft weg. «Wenn es darum geht, allen naiv-romantisch verblendeten Tierliebhabern in den Städten zu zeigen, wie flauschig das Fell eines Jungluchses ist, kannst du auf meine Mitarbeit verzichten. Es wird kein akzeptabler Film sein, wenn er nicht auch zeigt, wie ein Luchs ein Reh in Stücke reisst. Abgesehen davon hast du vielleicht vergessen, dass man uns hier die Luft aus den Reifen lässt, dass man uns die Dachantennen abknickt, die Karten aus den Autos klaut und dass wir bald den Empfänger und die Liste mit den Frequenzen unters Kopfkissen nehmen müssen, um sicher zu sein, dass nicht plötzlich einer mit der Flinte unsere Luchse peilen geht. Wenn wir mit einer Autokolonne in Lauenen einfahren, die so lang ist wie jene vom Zirkus Knie, dann provoziert das eine Menge Ärger. Es gibt genug alte Jäger, die den lieben langen Tag am Fenster stehen und beobachten, was sich im Dorf tut. Ich will die Feldstation nicht mit Stacheldraht umzäunen. Wir müssen unauffällig arbeiten. Wegen Raja und wegen den Granitschädeln hier.»

Während Stalder seine Unmissverständlichkeiten kundtat, stieg Nadja Orelli aus, grüsste alle und wurde von allen gegrüsst bis auf Stalder, der sie bloss stumm musterte.

Entnervt fuhr Stalder weiter: «Aber ich muss dir keine Begründungen liefern. Ich stelle einfach fest, dass hier zu viele Leute sind. Jemand muss gehen. Damit es keine langen Diskussionen gibt, werde ich gehen. Raja wird es mir danken.»

Er wandte sich ab, stapfte zu seinem Wagen.

«Wenn mich jemand sucht: Ich bin beim Peilen», sagte Stalder. «Vino oder Saba. Wir sehen uns bei der nächsten Jungenmarkierung mit weniger Leuten. Oder beim Luchsprojekt in den rumänischen Waldkarpaten. Wenn das so weitergeht hier, schreibe ich bald meine Kündigung.»

Stalder liess den Motor aufheulen, stob davon.

Paul Hiltbrunner schüttelte den Kopf, brummte etwas von einem Autisten und wandte sich Jacques Sélavy und Gilbert Cornu zu. Gellert stand da wie eine Salzsäule, Stalders Medizinkoffer in der Hand.

Leen bedauerte, nicht schnell genug reagiert zu haben. Sonst würde er nun neben Stalder sitzen.

Wenn man nahe am Wurfplatz sei, werde man sich in Gruppen nähern müssen, sagte Paul Hiltbrunner, schenkte den letzten Champagner aus, teilte die Leute so ein, dass alle in drei Autos Platz fanden. Auf der Fahrt nach Lauenen sprach bloss Hiltbrunner eifrig mit Sélavy und Cornu. In fliessendem Französisch warnte er die beiden vor zu hohen Erwartungen. Es könne gut sein, dass weder die Jungen noch Raja zu finden seien.

Sie seien es gewohnt, Tiere zu filmen, die sich nicht ans Drehbuch hielten, sagte Jacques Sélavy und lächelte ein Lächeln, dem Hiltbrunner nichts entgegenzuhalten wusste.

Am Dorfeingang stand Max Pulver hinter einem staubigen Fenster der Landwirtschaftlichen Genossenschaft und musterte die einfahrende Autokolonne. Der grosse Pick-up von Sélavy fiel ihm sogleich auf. Als er auf den beiden folgenden Wagen grosse Dachantennen bemerkte, schlug er Alarm. Wie besprochen, wählte er Huggenbergers Nummer. Am Apparat meldete sich allerdings nicht Alfred Huggenberger, sondern dessen Mutter. Max Pulver liess sich erklären, Alfred sei mit seinem Vater auf dem Chüetungel und stelle den Zaun auf; die Schafe der Migros seien eingetroffen. Pulver verneinte, als sie fragte, ob sie Alfred etwas ausrichten könne. Er solle ihn einfach möglichst rasch anrufen, wenn er vom Chüetungel zurück sei.

Fritz Rusterholz arbeitete im Keller wie vergiftet an einem Jaucheverteilerstutzen. In Gedanken sah er sich mit einer selbst kreierten Handantenne und seinem Sturmgewehr durch den Wald streifen, ohne Umwege einem ruhenden Luchs entgegen. Robert Richner hatte ihn heute Vormittag angerufen und mitgeteilt, sein Universalempfänger sei nahezu fertig. Am Samstag werde er die letzten Testserien schalten, am Sonntag ins Oberland kommen. Weil Fritz Rusterholz nicht wollte, dass jemand im Dorf ein fremdes Auto vor seinem Hof zu sehen bekam, würde er Richner in Gstaad treffen. Robert Richner klang am Telefon äusserst zuversichtlich. Fritz Rusterholz hatte sich davon anstecken lassen.

Leen sass eingeklemmt neben Gilbert Cornu und zwei grossen Kameras auf einem der hinteren Sitze im schwarzen Pick-up und blickte zum Nadelwald an den Talflanken, der das Autofenster bis oben füllte. Er fühlte sich mulmig. In der Ferne sah er den Tungelschuss, dachte an den Mann mit der rot-blau-weissen Mütze der Schweizerischen Kreditanstalt, dachte an seinen Unfall in der ersten Linkskurve, an die schwarze Stecknadel. Leen fragte sich, weshalb Raja gerade hier ihre Jungen zur Welt gebracht hatte, weshalb sie in wenigen Minuten gerade auf jenen Parkplatz einbiegen würden, auf dem jemand sich an seinem Wagen zu schaffen gemacht hatte. Zu seiner Beruhigung war der Parkplatz leer bis auf den alten, königsblauen Opel Corsa mit den selbst gebastelten Nummernschildern, der immer hier stand und vermutlich Rainer Wackernagel gehörte.

Als Gellert breitbeinig auf dem Parkplatz Rajas Frequenz einstellte, wurde rasch klar, dass sich die Luchsmutter nicht bei ihren Jungen, sondern auf dem gegenüberliegenden Hang aufhielt, schätzungsweise drei Kilometer vom vermuteten Wurfplatz entfernt.

Paul Hiltbrunner erklärte dem Regisseur und seinem Kameramann, dass es in diesem Fall besser war, zu warten. Es sei nicht unmöglich, dass sich die Lüchsin in den nächsten zwei Stunden zum Wurfplatz aufmachen werde.

Schliesslich machten sich Scafidi und Gellert auf, Raja zu suchen. Die anderen blieben auf dem Parkplatz zurück und warteten.

Marianne hatte sich auf dem Beifahrersitz ausgestreckt, liess die Beine aus der offenen Tür baumeln und begutachtete ihre Fingernägel. Paul Hiltbrunner verwickelte Jacques Sélavy in ein Gespräch über die Populationen des Grosswildes in Europa, während sich Pierre Pussieux mit Gilbert Cornu unterhielt und Nadja Orelli ihre Digitalkamera ausprobierte.

Leen wusste nicht so recht, was er mit der Zeit anfangen sollte. Er blickte um sich, studierte den Verlauf des Tungelschuss, rätselte, wem der königsblaue Opel gehören könnte, wenn es doch nicht Wackernagels Wagen war, betrachtete den gegenüberliegenden Hang, auf dem als kleine Figuren Gellert und Scafidi auszumachen waren.

Leen glaubte nicht, dass Raja in den nächsten Stunden zurück zum Wurfplatz gehen würde. Er war der Meinung, dass man entweder das Glück hatte, die Luchsmutter beim Wurfplatz vorzufinden, oder akzeptieren musste, wenn sie sich anderswo aufhielt. So hätte sicher auch Stalder argumentiert, wenn er hier gewesen wäre. Überhaupt hätte sich Stalder an den gelangweilten Gesichtern gefreut, hätte sich amüsiert zu sehen, dass diese Schulreise misslungen war. Er dachte wieder an das kleine Holzstück, das ihm hier jemand ins Reifenventil gesteckt hatte.

Ein Auto mit einer Basler Nummer bog auf den Platz, und dann gleich noch eines, mit einem deutschen Nummernschild. Leen steckte seine Hände in die Hosentaschen, betrachtete gelangweilt die Touristen, für die der kurze Fussweg vom Parkplatz zum Hotel Lauenensee offenbar bereits eine Wanderung darstellte, beobachtete anschliessend die kleiner gewordenen Figuren von Scafidi und Gellert, die bald in einem Waldstück verschwanden.

Leen musste schon eine Weile in Gedanken versunken gewesen sein, als Paul Hiltbrunners Telefon klingelte.

Gellert berichtete, Raja liege ruhig im halb offenen Wald, und es sehe nicht danach aus, als würde sie sich demnächst zu irgendwelchen Aktivitäten aufraffen.

Hiltbrunner verkündete diese Neuigkeit wie eine Siegesmeldung und versprach Sélavy, dass es nun doch etwas zu filmen gebe.

Unverzüglich hefteten sich alle an die Fersen von Gellert und Scafidi. Der gedrungene Gilbert Cornu blickte Leen mit fragenden Augen an. Die Kamera könne er selber nehmen, aber er wäre froh, wenn ihm jemand mit dem Stativ, den Akkus, den Objektiven und all dem Rest helfen könnte. Leens Französisch war nicht so schlecht, dass er hätte vorgeben können, er habe ihn nicht verstanden, und er liess sich von Cornu den Rucksack über die Schulter legen.

Bald standen sie oben auf der Anhöhe, die sich Hiltbrunner von Gellert hatte beschreiben lassen. Paul Hiltbrunner und Jacques Sélavy mit der kleinen Kamera auf der Schulter waren als Erste oben, der stark schwitzende Gilbert Cornu mit der grossen Kamera folgte am Schluss der Gruppe, noch hinter der wenig sportlichen Marianne.

Auf der länglichen, fast baumlosen Anhöhe sassen Gellert und Scafidi im Gras und starrten in den gegenüberliegenden Hang, der sich nach einer grösseren Mulde vor ihnen erhob. Scafidi starrte durchs Fernglas, Gellert erklärte dem sofort fragenden Sélavy, wo genau Raja zu sehen war. Erklärte, dass er am besten bei den beiden grossen Felsbändern beginne, die in der mittleren der kleinen Lichtungen zu sehen seien, und dass er anschliessend der rechten Kante des linken Felsbandes folgen, also den Blick etwas senken solle, damit er zu einem kleinen Geländevorsprung mit drei einzeln stehenden kleinen Tannen gelange. Sélavy nickte unsicher, Gellert erklärte weiter: Nun müsse er bei der dritten Tanne rechts, beinahe zuunterst am hellbraunen Stamm, dem untersten, leicht herabhängenden Ast folgen, dann werde er Rajas Gesicht erkennen.

Sélavy stiess ein knappes, erfreutes «oui» aus, erklärte dem schweissgetränkten Gilbert Cornu, dem es in der Zwischenzeit gelungen war, zu Sélavy aufzuschliessen, welches Objektiv er für diese Distanz verwenden solle.

Nach einer Weile gelang es auch Leen, die ruhende Raja zu erkennen. Ihre Vorderpranken waren durch Grasbüschel, der Rumpf war halb von Ästen verdeckt.

Nach ein paar Minuten hatten sich alle satt gesehen.

Nadja Orelli hatte einen Versuch, durch das Objektiv von Sélavys Kamera mit ihrer Digitalkamera ein Foto zu machen, leicht enttäuscht aufgegeben, während Sélavy von gelungenen Aufnahmen schwärmte.

Das Warten zog sich dahin.

Einige blickten in die Wolken, andere kauten auf einem Grashalm, Leen genoss die Aussicht. Gesprochen wurde wenig.

Raja rührte sich nicht. Lag auch nach einer vollen Stunde noch auf demselben Felsvorsprung. Gellert und Paul Hiltbrunner entschieden, umzukehren und am nächsten Tag nochmals nach Lauenen zu fahren.

29

Es war Dora Fennlers erster Arbeitstag heute, der letzte Sonntag im Juni. Albrecht Fennler hatte sie lange und nicht ohne Verwunderung angeschaut, als sie voller Tatendrang aus dem Haus ging, just zu jener Zeit, zu der er normalerweise das von ihr aufgetischte Frühstück zu sich nahm.

Sie marschierte ins Dorf, ging auf Eugen Hächlers Automobilwerkstätte zu. Hächler, ein ölverschmiertes Gesicht unter einem aufgebockten Toyota, grüsste mürrisch und brummte, der Tanner sei schon da. Im engen Hinterzimmer, wo die Gemeindeschreiberei untergebracht war, sass Samuel Tanner inmitten von Bundesordnern, alten Zeitungen, Fotografien, Urkunden, Dorfplänen und Geschichtsbüchern. Es roch nach Benzin und Motorenöl. Tanner, dem es nichts ausgemacht hatte, am Sonntagmorgen rasch ins Büro zu gehen, begrüsste Dora Fennler erfreut, übergab ihr allerhand Dinge, die sie für ihre Arbeit auf dem Parkplatz benötigen würde. Zusammen mit dem Pflichtenheft, einigen Broschüren zum Naturschutzgebiet Geltental und etwas Wechselgeld liess sich Dora Fennler ein blaues Jackett mit dem aufgenähten Wappen Lauenens mitgegeben, das sie sich anziehen solle, wenn sie auf dem Parkplatz stehe. Das mache einen guten Eindruck, wirke seriös und werde dazu beitragen, auch von jenen umstandslos fünf Franken einzukassieren, die es seit vielen Jahren gewohnt waren, ihr Auto beim See gratis hinstellen zu können. Wichtig sei zu betonen, es zeichne die freundliche Art Lauenens aus, dass man sich entschieden habe, nicht einfach einen Automaten hinzustellen, sondern die Gebühr von freundlicher Frauenhand zu verlangen.

Samuel Tanner drückte Dora Fennler kräftig die Hand und wünschte ihr einen guten Start. Sie könne sich auf eine Menge Autos gefasst machen, der Wetterbericht sei ausgezeichnet.

Als Dora um 8.30 mit dem Jackett und der blauen Bundfaltenhose, die sie sich dazu ausgesucht hatte, auf dem Parkplatz stand, war sie nicht überrascht, den königsblauen Opel ihres Sohnes zu sehen. Sie hatte noch am selben Abend, an dem Marc seine Sachen gepackt hatte, bei Sonja angerufen. Dora verstand sich ausgezeichnet mit der jungen Hundeliebhaberin, wusste auch, dass sie Sonja anrufen musste, wenn sie etwas über ihren Sohn wissen wollte. Sie ging davon aus, dass auch Albrecht wusste, wohin sich sein Sohn verzogen hatte, mit ihrem Mann sprach sie aber nicht darüber. Sie freute sich schon auf ihre Mittagspause, in der sie kurz zum Hotel gehen und nach Marc fragen würde. Zuerst aber galt es, die Arbeit hier zu verrichten. In ihrer Hüfttasche hielt sie drei Mal fünfzig nummerierte Billette, Noten und Kleingeld parat, zusammen mit Prospekten über das Naturschutzgebiet Geltental. Dora Fennler war selber noch nie im Geltental wandern gegangen, sie hatte immer genug Bewegung auf dem Hof, kannte auch die Bemühungen der auswärtigen Umweltschützer nicht und las deshalb interessiert in einer dieser Broschüren, als ein maisgelbes Briefträgerauto mit einer grossen Dachantenne auf den Parkplatz bog.

Dora Fennler war etwas aufgeregt. Sie hatte sich nicht überlegt, mit welchen Worten sie die fünf Franken verlangen und rechtfertigen sollte. Sie fühlte sich gut in ihrem Jackett und in der Hose und entschied sich für die freundliche Variante. Aber der junge Mann mit den Rasta-Haaren, der sich, kaum ausgestiegen, ein Gerät um den Hals legte und eine Antenne in den Himmel streckte, fragte bloss ungläubig, seit wann hier fürs Parken bezahlt werden müsse.

Dora Fennler erklärte, seit heute, es sei schon beim Dorfeingang angeschrieben. Sie wiederholte den Preis, erwähnte all die Dinge, die Samuel Tanner aufgezählt hatte, all die Umstände, die eine Parkgebühr hier unerlässlich machten, die enge, in ihrem Unterhalt äusserst kostspielige Strasse, das hohe Verkehrsaufkommen in den Sommermonaten, der Wunsch der Gemeinde, dass die Leute auf dem Dorfplatz parken und mit dem Postauto zum See fahren sollten. Als sie mit ihrer Aufzählung fertig war, glaubte sie, nun gute Überzeugungsarbeit geleistet zu haben.

Der junge Mann mit den Rasta-Haaren erklärte, er arbeite für das Luchsprojekt, es würden bald noch mehr Autos kommen, und gab zu bedenken, dass sie doch für eine staatlich unterstützte Organisation keine Parkgebühr verlangen könne.

Dora Fennler war verunsichert. Der erste Wagen, der hier parkte, war der alte Opel ihres Sohnes, von dem sie sicher nichts verlangen würde, und der erste richtige Wagen, von dem sie etwas hätte verlangen sollen, war offenbar der Wagen eines Mitarbeiters eines halbstaatlichen Projekts. Dora Fennler blickte verlegen auf den Faltprospekt vom Naturschutzgebiet im Geltental und war schliesslich einverstanden, den jungen Mann gratis parken zu lassen.

Leen dankte herzlich, kontrollierte nochmals die Signale von Raja, die sich beim Wurfplatz aufzuhalten schien, und meldete sich in der Feldstation.

Eine knappe Stunde später waren wieder alle auf dem Parkplatz versammelt. Vier Autos insgesamt. Marianne Hiltbrunner war in Bern geblieben, Nik Stalder wollte von dieser Jungenmarkierung ohnehin nichts mehr wissen, studierte in der Feldstation wissenschaftliche Artikel und schrieb erste E-Mails nach Rumänien.

Leen erzählte den Übrigen vom Wohlwollen der Frau im blauen

Jackett, und Jacques Sélavy mit seiner sportlichen Statur fand Dora Fennler offenbar auf den ersten Blick sympathisch, dankte ihr und versprach, sie die Bilder von den jungen Luchsen sehen zu lassen, falls sie heute tatsächlich welche zu sehen bekommen würden.

Dora Fennler hatte zwar Samuel Tanner gegenüber ein schlechtes Gewissen: fünf Autos auf dem Parkplatz und noch keinen Rappen in der Tasche. Aber sie freute sich über diesen Jacques und war gespannt, was dieser Mann mit seiner Kamera einfangen würde. Sie schaute Sélavy nach, bis die Gruppe im Wald verschwand.

In ihrer Mittagspause ging Dora zum Hotel Lauenensee und freute sich, ihren Sohn zu sehen. Sie traf zuerst auf Sonja und ihren Hund Leica, grüsste die beiden herzlich, auch wenn sie sich etwas vor dem Hund fürchtete. Marc, der bald auf der Terrasse auftauchte, freute sich auch, seine Mutter zu sehen. Sie erzählte ihm von den Luchsforschern, er erzählte ihr vom Luchs-Trail auf Wackernagels Auenland-Projekt, für das er eventuell werde arbeiten können. Marc fragte Dora, wie man den Vater überzeugen könnte, das ohnehin wenig lukrative Land im Oberen Louimoos dem Wackernagel zu verkaufen.

Dora, die ihrem Sohn keine Antwort auf diese Frage wusste, stand bald wieder auf dem voller werdenden Parkplatz, suchte nach Autos, die in ihrer Abwesenheit aufgetaucht waren. Es waren eine ganze Menge, unter ihnen auch ein alter Saab mit zwei Männern, einer trug eine randlose Brille, der andere ein Béret, und den erkannte sie erst auf den zweiten Blick: Fritz Rusterholz, so mutmasste sie, zeigte offenbar einem alten Freund aus dem Seeland seine neue Heimat.

Als wenig später die Gruppe der Biologen zurückkam, musste Dora nicht erst fragen, wie es geklappt hatte. Jacques Sélavy ging sofort auf sie zu, hielt ihr den kleinen Bildschirm seiner Kamera hin. Bald erschienen zwei hellbraune, kleinen Hauskatzen nicht unähnliche Jungluchse. Im Nacken wurden sie von einer Menschenhand aufgehoben, in unkoordinierten Bewegungen wehrten sie sich dagegen, fauchten und zappelten, kriegten eine kleine Marke ins Ohr gedrückt.

Dora Fennler war hell begeistert von den Tieren, und Sélavy zeigte ihr gerne noch mehr. Bilder von den medizinischen Untersuchungen, Bilder vom Wurfplatz, den Raja gut geschützt in einer kleinen Felshöhle gefunden hatte, Bilder von Raja selbst, die sich während der gesamten Untersuchung keine dreissig Meter von den Biologen entfernt auf einer Anhöhe aufgehalten und alles äusserst genau verfolgt hatte.

Dora Fennler bestaunte die Bilder, bestaunte auch das Gesicht Sélavys und den Charme, mit dem er die Bilder kommentierte. Gilbert Cornu, Pierre Pussieux, Nadja Orelli und Gellert, Leen und Scafidi standen schon bereit zur Abfahrt, als sich Sélavy und Dora Fennler endlich verabschiedeten. So spannend hatte sich Dora Fennler die Arbeit auf dem Parkplatz nicht vorgestellt.

Eine halbe Stunde zuvor, als mit dem gegen Höhenangst ankämpfenden Leen der letzte Biologe aus den Felshängen der Holzersflue in den Wald abgetaucht war, hatte der an einen Baum gelehnte Alfred Huggenberger sein Fernrohr beiseite gelegt.

30

Fritz Rusterholz fühlte sich auf dem Beifahrersitz in Robert Richners Saab nicht besonders wohl. Auf seinem Schoss lagen seit über einer Stunde ein Laptop und der schwergewichtige, schuhschachtelgrosse Universalempfänger, der über unzählige Kabel mit sieben unterschiedlich geformten, auf den Rücksitzen verstauten Antennen verbunden war.

Fritz Rusterholz begegnete der Apparatur skeptisch, mochte aber gegenüber Richner keine Zweifel äussern. Die ganze Fahrt über von Gstaad, wo sie sich an diesem Sonntagmorgen getroffen hatten, bis ins Lauenental erzählte Richner von Abstrahlwinkeln, Richtwirkungen, Lambda-Werten, Polarisationen, magnetischen Kopplungen und über Vor- und Nachteile von Vertikal- und Horizontalantennen. Rusterholz hatte in den vergangenen Nächten schlecht und wenig geschlafen. Der Wettlauf gegen Huggenberger, den er seit dem Handschlag im Tungelhorn nicht mehr gesehen hatte und den er auch gar nicht sehen wollte, dieser Wettlauf gegen einen unsichtbaren und dennoch stets präsenten Gegner setzte ihm langsam, aber sicher zu. Tagsüber fand er keine Ablenkung, nachtsüber keinen Schlaf. Vergangene Nacht hatte er von einem Luchs geträumt, der über die offenen Felder des Hundsrügg zog, bald aber zusammensackte, und als er mit dem Stolz eines erfolgreichen Jägers zu ihm hinging, standen die Gummistiefel Huggenbergers Besitz markierend auf dem toten Tier.

Robert Richners Ausführungen hörte er deshalb erst wie von ferne zu und liess die Landschaft ohne hinzusehen vorbeigleiten, versank schliesslich in einen wohligen Dämmerzustand, bis vor ihm der Bus des starrnackigen Büchi auftauchte; eine Begegnung, die Fritz Rusterholz hellwach werden liess. Er sagte Richner, er könne seinen Erklärungen nicht folgen, sei auch nicht daran interessiert, sondern wolle bloss wissen, auf welcher Frequenz dieser Luchs sende, der in der Lauenen sitze.

Robert Richner verwies auf die gedanklichen Anstrengungen, welche die Konstruktion des Universalempfängers gefordert habe und in die er immer noch vertieft sei. Richner interessierte sich nicht für den Luchs, auch nicht dafür, ob er von Fritz Rusterholz einen Anteil der gewetteten Summe erhalten würde. Wichtig war ihm allein der technische Erfolg.

Bei der nächsten Kreuzung bog Richner mit seinem Saab rechts ab. Sie befanden sich noch etwa vier Kilometer von Lauenen entfernt. Richner hielt am Strassenrand an, stieg aus und machte sich an den Antennen zu schaffen, die er neben dem Auto auf ein Stativ stellte. Rusterholz blieb im Wagen hinter hochgekurbelten Fenstern sitzen. Er wollte nicht gesehen werden.

Eine gute Stunde später war Richner überzeugt, dass die Frequenz, der er bei den letzten siebzehn Messungen all seine Aufmerksamkeit geschenkt hatte, von einem Luchshalsband stammte.

«Hat sich doch gelohnt, oder?», fragte Robert Richner mit zufriedenem Gesicht. Er parkte seinen Saab am Strassenrand und schaute mit stolzerfüllten Augen, die übergross hinter den randlosen Brillengläsern hervorstrahlten, seinen Beifahrer Fritz Rusterholz an.

«Für mich wird es sich erst noch zeigen, ob es sich gelohnt hat», sagte Rusterholz. «153,7. Vielleicht hast du Recht, und es ist wirklich ein Luchs.»

«Natürlich ist es ein Luchs. Ich kann mir nichts anderes vorstellen, das in diesem Frequenzbereich mit dieser Impulsstärke sendet.»

«Aber wir haben ja trotzdem keine Ahnung, wo der Luchs steckt.»

«Dazu wirst du nun eine Dipol-Antenne brauchen.»

«Eine Dipol-Antenne», sagte Rusterholz matt, erschöpft von den sprachlichen Verrenkungen Richners. «Und dann soll ich wahrscheinlich mit diesem Laptop, dieser komischen Universalfrequenzkiste, mit sieben unterschiedlichen Antennen und mit meinem Sturmgewehr auf Luchsjagd. Dazu brauche ich eine Motorsäge, damit ich eine Schneise in den Wald schlagen kann, um mit so viel Gepäck überhaupt durchzukommen.»

«Ich hab dir doch gesagt, dass du nur ein kleines, robustes Autoradio und eine lächerlich einfache Dipol-Antenne brauchst, deren Länge auf die Frequenz des Senders am Luchshalsband abgestimmt ist. Dann kannst du loslegen.»

«Kannst du mir diese Dinge noch heute konstruieren?», fragte Rusterholz unsicher.

«Das ist so einfach, das kannst du selber. Warst doch auch einmal Elektromech, oder? Ich werd dir alles erklären. Aber zuerst will ich ein Bier. Will meinen Lohn für meinen Universalempfänger. Im Dorfkern sind wir doch an einer Beiz vorbeigefahren?»

Fritz Rusterholz dachte ans Tungelhorn, an den Stammtisch, an die Vitrine mit dem einzelnen, auf seinen Namen gravierten Zinnbecher der Feldschützen, an die mächtige ausgestopfte Gämse von Huggenberger, an den Amtshausblick Tanners, an die kräftige Hand Huggenbergers. «Beim See gibt es auch eine Beiz», sagte Fritz Rusterholz.

Sie fuhren zum Parkplatz vor dem Lauenensee. Sofort erkannte Fritz Rusterholz den maisgelben Fiat Panda, der dem jungen Luchsschützer gehörte. Das machte ihm Mut. Der Luchsschützer würde nur hier parken, wenn der Luchs in der Nähe war. Es konnte kein Zufall sein, dass sie gerade kurz vor dem Parkplatz die besten Signale eingefangen hatten. Richner hatte also doch ganze Arbeit geleistet.

Fritz Rusterholz schaute hoch an die Flanke der Holzersflue, hoch zum Tungelschuss, hoch in diesen schroffen Abhang, in dem sich der Luchsschützer und der Luchs vielleicht befanden, in dem er eine Nacht lang im Schnee gelegen hatte.

Richner drückte einer mit freundlicher Miene grüssenden Frau, die in einem blauen Jackett mit einem aufgenähten Wappen Lauenens auf dem Parkplatz stand, fünf Franken in die Hand, und Fritz Rusterholz schaute die Frau lange an, wusste nicht, wo er sie schon einmal gesehen hatte.

Im Hotel Lauenensee liessen sich Robert Richner und Fritz Rusterholz auf der Terrasse von einem zuvorkommenden Rainer Wackernagel zwei Bier an einen sonnigen Tisch bringen. Die Tische waren gut besetzt, ausser dem Wirt servierte auch eine junge Frau, die für seinen Geschmack etwas anzüglich gekleidet war und ihn also etwas nervös machte und der jener Hund zu gehören schien, der unter einem Tisch lag und döste.

Vor ihnen und vor dem Hintergrund der immer noch schneebedeckten Flanken, die über dem Geltengletscher thronten, schimmerte grünlich der Lauenensee. Erst jetzt erkannte Fritz Rusterholz, dass der Delfin direkt am Tisch neben ihm sass. Allein, eine Tasse Kaffee vor sich.

Nervosität befiel ihn. Er wagte nicht, in ihre Augen zu blicken, besah bloss ihre schmale, die Tasse umfassende Hand, ihren entblössten, sonnenbeschienenen Unterarm und ganz kurz den Saum ihrer kurzärmligen Bluse.

Robert Richner redete über Vergangenes im Seeland, fragte Rusterholz über Künftiges in Lauenen. Fritz Rusterholz konnte sich nicht konzentrieren, erzählte gehemmt, in bröckelnden Silben, glaubte, der Delfin höre jedes Wort. Als Richner ihm vorschlug, sich eine Frau zu suchen, errötete er. Wagte nicht mehr, seinen Blick zum benachbarten Tisch wandern zu lassen. Die von Rusterholz an den Tag gelegte Zurückhaltung spornte Richner noch mehr an. Er müsse aktiv werden, sagte Richner, er könne nicht daheim in einem erbärmlichen Keller hocken, Handlanger eines Arbeitsunfähigen sein, speckige Rösti und Kartoffelstock in sich hineinstopfen, Mutterkühe züchten und Jaucheverteilerstutzen montieren, wenn er eine Frau wolle. Man dürfe nicht auf eine Frau warten wie ein Hund vor dem Einkaufszentrum. So, wie er sich anstelle, so, wie er seinen Alltag beschreibe, könne man ja meinen, er arbeite hinter Klostermauern.

Fritz Rusterholz wünschte sich einen Erdrutsch unmittelbar hinter der Terrasse, ein Geschwader tief fliegender Kampfflugzeuge oder das Auftauchen eines Seeungeheuers – irgendetwas, das höllischen Lärm verursacht und alle abgelenkt hätte. Als der Delfin die Rechnung verlangte und die Terrasse verliess, war sich Fritz Rusterholz sicher, dass sie seinetwegen ging. Dass sie nicht länger neben so einem sitzen wollte.

Immerhin liess er sich dann von Richner zum Reden ermuntern. Eigentlich war er es nicht gewohnt, über persönliche Dinge zu reden, Auskunft zu geben über sich und sein Befinden. Er montierte Jaucheverteilerstutzen, er wohnte auf diesem renovierungsbedürftigen Hof zusammen mit seinem Bruder Ernst und dessen unmöglichen Schwiegereltern, den Baerwarts; als Handlanger hatte er sich eigentlich nie gefühlt, und dass nach dem Umbau des Stalls kein Geld mehr für die Renovation der Wohnung übrig geblieben war, störte ihn schon, aber das war einfach so, da liess sich nichts machen. Mit knappen Einkünften zu leben, das kannte er. Und der Stall war doch wichtiger. Ohne den Stall umzubauen, hätte man gar nicht von Milch- auf Mutterkühe umstellen können. Und ja, er züchtete mit Ernst eben diese Mutterkühe, blondrot, Rasse Limousin, von sanftem Wesen, anspruchslos, leichtkalbig und fruchtbar. Ihre Kälber liefen ihnen übers Freiland nach, soffen ihre Milch, das erzählte er allen hier, er erzählte es auch Richner und wusste nicht recht, ob er es ihm schon bei seinem Besuch in Müntschemier erzählt hatte, möglicherweise, und er fragte sich, wieso er es überhaupt erzählte. Wahrscheinlich weil er schätzte, was er hier besass, weil es nichts anderes gab, das zu schätzen würdig war in seinem Alltag. Und wie er darüber nachdachte und immer weiter erzählte von seinen Arbeiten auf dem Hof, von den Dingen, die sein Leben hier auszeichneten, zweifelte er an sich, zweifelte mehr mit jedem Wort, und die Zuneigung zu diesen blondroten Viechern, dieser Schorrgrabenalltag, dieses Jaucheverteilerstutzen-Dasein schien ihm mehr und mehr unwürdig. Sein ganzes Leben schien ihm – so, wie er es erzählte, und er wusste keine andere Art, davon zu erzählen – klein, lächerlich und unwürdig, er hing an ein paar blondroten Kühen, die im Dorf wahrscheinlich höchstens mit einem mitleidigen Lächeln erwähnt wurden, Rasse Limousin, von sanftem Wesen, anspruchslos und leichtkalbig, er sagte es auf, wie man Gedichte in der Schule aufsagt. Nun erkannte er, je mehr er Richner von sich erzählte – in diesen friedliebenden, in ihrer Ruhe oft erstarrt wirkenden Mutterkühen ein Sinnbild für sein eigenes, stehen gebliebenes Leben. Er fragte sich zum ersten Mal, was das denn für ein Leben war, wenn es nichts gab als einige Kühe, wovon man stolz erzählen konnte?

Er schaute zu Richner hinüber, konnte sich nicht erinnern, was dieser zuletzt gesagt oder ob er selber das letzte Wort gesprochen hatte. Schliesslich fragte ihn Richner, ob er noch ein Bier nehme. Rusterholz bejahte, blickte um sich, wie um sich zu vergewissern, dass niemand da war, der dem Delfin etwas erzählen würde, senkte den Kopf, um Richner nicht in die Augen schauen zu müssen. Es sei ihm gar nicht klar, was er mit einer Frau, wenn er denn eine hätte, anstellen würde. Richner sagte, er solle jetzt keine Witze machen. Er mache überhaupt keine Witze. Er sei sich eigentlich überhaupt nicht sicher, wonach er sich sehne, wenn er an eine Frau denke. Heute fehlte einfach etwas, das früher, als er verheiratet gewesen war, ihn umgeben, ihn eingekleidet hatte. Er meinte nicht nur das Geschlechtliche. Sondern eine Grundstimmung. Etwas, das mit der Scheidung verloren gegangen war. Eine Art, die Welt und den Tag zu betrachten. Eine Art, morgens Butter aufs Brot zu streichen. Eine Art, am Abend aus dem Fenster zu schauen. Ein Aufgehobensein.

Ein Aufgehobensein, das er mit der Wette, wenn er sie gewinnen würde, vielleicht erlangen könnte. Das war eine Spekulation. Vielleicht sogar eine Hoffnung. Er war seit zwei Jahren hier, aber man schimpfte ihn immer noch Seeländer. Für den auf seinen Namen gravierten Zinnbecher der Lauener Feldschützen interessierte sich niemand. Wenn Huggenberger vor der Vitrine sass, sah man ihn ohnehin nicht.

Fritz Rusterholz war aufgewühlt nach dem Gespräch mit Richner. Nun liess er sich detailliert erklären, wie er eine tragbare Antenne bauen konnte, wie lang deren Arme sein sollten und welche Drähte seines Autoradios er kappen musste, um den Frequenzbereich des Luchshalsbandes empfangen zu können. Es schien nicht unkompliziert, für einen gelernten Elektromechaniker aber machbar. Er schöpfte Mut.

Auf dem Parkplatz sprang ihm wieder das maisgelbe Auto des

jungen Luchsschützers in die Augen. Er schaute erneut zur Holzersflue hoch, stieg in den Saab. Im Dorfkern fuhren sie am Tungelhorn vorbei, Huggenbergers Wagen war nicht zu sehen.

Auf dem Hundsrügg angekommen, demontierte Fritz Rusterholz unverzüglich sein Autoradio, zupfte erste Kabel weg, entfernte Widerstände, fügte andere hinzu, schloss zwei Batterien an, schraubte dem Kasten einen kleinen Lautsprecher auf, verlötete Kabel, die bisher getrennt verliefen, und trennte Kabel, die bisher verbunden waren – genau nach Richners Anleitung.

Eine knappe Stunde später verkabelte Fritz Rusterholz das umgebaute Autoradio mit den genau zugesägten Stangen des Wäscheständers, versah das Radio mit einem Gurt, sodass es sich wie eine Tasche tragen liess, ging zusammen mit Ernst, der ihn nicht ohne Skepsis beobachtet hatte, hinter den Hof, wo sie vor Blicken aus dem Dorf geschützt waren. Fritz streckte die Antenne über den Kopf, schaltete das Autoradio ein. Dessen Empfangsspektrum war gemittelt auf die 153,7 Megahertz und liess sich stufenlos verändern.

Fritz und Ernst Rusterholz standen mucksmäuschenstill nebeneinander, lauschten dem kleinen Lautsprecher. Zuerst war bloss ein fernes Rauschen und Knacken zu hören, später, nachdem Fritz den Lautsprecher etwas lauter gestellt hatte, unvermittelt ein lautes Heulen, dann ein unregelmässiges Knacken. Fritz Rusterholz drehte seine Antenne über dem Kopf, blickte ungeduldig in die Umgebung, in den hinter dem Hof ansteigenden Hunzenwald. Drehte verärgert am Rad, um die Frequenz minim zu verändern, drehte die Antenne über dem Kopf, so wie es der junge Luchsschützer getan hatte.

«Stimmt etwas nicht?», fragte Ernst vorsichtig.

«Hinter dem Haus können wir wahrscheinlich noch lange so herumstehen», murrte Fritz und schob sein Béret aus der Stirn.

«Wir brauchen eine geeignete Stelle. So etwas wie einen Aussichtspunkt.»

«Also, ab in den Schönebodemäder», sagte Ernst.

Ungeduldig wies Fritz seinen Bruder auf den Beifahrersitz seines Renaults, fuhr mit ihm auf der kleinen Strasse zum Schönebodemäder, öffnete das Zauntor, bei dem der junge Luchsschützer geparkt hatte, bog bei der ersten Verzweigung rechts ab, fuhr einen Forstweg hoch, der steinig und ruppig war, sich lange hinzog und sonst nur von Traktoren befahren wurde. Bald geriet der Wagen an seine Grenzen. Fritz aber liess unbeeindruckt den Motor aufheulen. Ernst hörte die unter seinen Füssen schleifenden Steine.

Am Ende des Forstwegs angekommen, standen die beiden an einer Geländekante. Sie überblickten beinahe das gesamte Lauenental, ganz hinten silbern der Geltengletscher, ganz vorne die schrottumstandene Automobilwerkstätte von Eugen Hächler. Fritz liess ewig seinen Blick schweifen, als gelte es, dem Schicksal Zeit zu lassen, hielt schliesslich Daumen und Zeigefinger am Knopf des Autoradios und schaute Ernst prüfend an. «Drück mir die Daumen», sagte er.

Ernst nickte.

Fritz schaltete mit Daumen und Zeigefinger das Autoradio ein. Leises Knacken. Ein Säuseln folgte. Dann ein Knistern. Etwa so, wie wenn jemand in mittlerer Entfernung mit einem entschiedenen Fusstritt eine Hand voll Kartoffelchips zermantscht. Ein Säuseln, dann wieder das Knistern. Deutlich und regelmässig. Fritz blickte ins Tal, schwenkte leicht die Antenne, das Knistern blieb regelmässig, und es war deutlich, dass er vom Lauenensee hinten die besten Signale empfing.

Fritz Rusterholz fühlte sich grossartig.

«Du genialer Hund! Hier hast du deinen Luchs», rief Ernst aus und gab Fritz mit dem Ellbogen einen Stoss in die Seite.

Fritz sagte gar nichts, grinste bloss, liess den goldenen Eckzahn aufblitzen, stellte den Lautsprecher so zurück, dass das Säuseln im Hintergrund verschwand, dass die Stille nur vom regelmässigen Knistern unterbrochen wurde. «Beim Luchsschützer wars ein knapper Piepston», meinte Fritz, «dieses Knistern gefällt mir aber viel besser. Lass uns zurückfahren. Ich brauche mein Sturmgewehr. Und du kannst Richner anrufen. Der soll sein Universalfrequenzwunder patentieren lassen.»

31

Gut drei Stunden später – im Lauenental waren die letzten Milchkannen des Tages in der Käserei, die ersten Fuder Heu der Saison im Schopf – fuhr Alfred Huggenberger vom Hof in der Hammerschwand zum Parkplatz beim Hotel Lauenensee. Er hatte gewartet, bis alle Touristen und auch Dora Fennler abgezogen waren, bis auf dem Platz bloss noch der alte Opel stand. Gemeindeschreiber Samuel Tanner hatte in den letzten Tagen Verschiedenes über Marc Fennler zu berichten gewusst, dass er kiffe zum Beispiel und dass ihm die rote Krawatte Asyl gewähre, seit er sich zu Hause nicht mehr blicken lassen dürfe – aber diese Dinge interessierten ihn nicht, jedenfalls nicht jetzt.

Huggenberger stieg aus dem Wagen, fuhr sich mit der Hand um den Hosenbund, blickte hoch zur Holzersflue, deren oberste Felsen von der Abendsonne in gleissendes Licht getaucht wurden. Alfred Huggenberger war aufgelegt, sich auf einen städtischen Tierschützer einzulassen, auf irgendeinen halbwüchsigen Romantiker, der die Jagd verteufelte, der von den Bergen keine Ahnung und der vergessen hatte, dass man ein Tier töten musste, bevor ein Stück Fleisch im Teller lag. Er war in der Laune, ein paar Sonntagsflüchtlinge mit seiner Stimme niederzumähen – so wie damals diesen wildbehaarten, naiven Luchsknaben.

Alfred Huggenberger war überzeugt, heute beweisen zu können, dass der Rusterholz besser ins Seeland zurückginge. War überzeugt, dem Luchs hier in der Lauenen keine Chance zu geben, sich eines seiner seit Freitag auf dem Chüetungel sömmernden Schafe zu holen. Rechtlich gesehen gehörten die sechzig Schafe zwar der

Migros, und im Gegensatz zu seinem Vater hielt Alfred Huggenberger nichts von der Schafhaltung, ihm waren die Tiere egal, er würde, sobald er den Hof in eigenen Händen hielt, seinem Vater schonend beibringen, dass er sich auf Schweinezucht und Milchwirtschaft konzentrieren werde. Er wollte Kühe im Stall stehen haben, wie die Bauern im Mittelland: Kühe, denen man Mais verfüttern konnte. Nur so waren anständige Milchleistungen zu erzielen. Mit Gras, Heu und etwas Kraftfutter aus der Landwirtschaftlichen Genossenschaft waren schlicht keine anständigen Literzahlen zu erreichen. Er würde sich tiefgekühltes Sperma aus Kanada und den USA einfliegen lassen. Die Umstellung der Kuhmägen, damit die Tiere Mais anständig verdauen konnten, war zwar kein Kinderspiel, aber auch kein Kunststück. Würde er keine Schafe mehr sömmern, bliebe die neu renovierte Alphütte auf dem Chüetungel leer. Er wusste nicht, was er dann mit ihr anfangen sollte. Er könnte ja dem Fennler einige seiner im Stroh schlafenden Kunden streitig machen, könnte die Hütte einigen Sonntagsflüchtlingen zur Miete anbieten. Wie auch immer. Der Vater würde sich sträuben, aber wenn es sein Hof war, war es seine Entscheidung. Er würde dem Vater keinen Süssmost erzählen. Wer sich nicht anpasste, überlebte nicht. Und wer von den verdammten Direktzahlungen wegkommen wollte, der musste sich etwas einfallen lassen. Und immerhin: Auf die Alp und die Schafe zu verzichten, war immer noch entschieden besser, als irgendwelche fremdländischen, schmächtigen Mutterkühe auf der Weide herumrennen zu lassen.

Alfred Huggenberger fuhr sich mit der Hand durch die staubigen Haare, schwang sich den Rucksack, in dem er den Luchs heruntertragen würde, über die breite Schulter, griff zur Flinte, die klein erschien, wenn sie einer von der Gestalt Huggenbergers in den Händen hielt, und kontrollierte die Munition. Ein milder Abendwind wehte, vom Dorf her waren noch einige Heuwender zu vernehmen, sonst lag alles ruhig unter dem sich senkenden Baldachin der Dämmerung.

Er ging über den Parkplatz und suchte nochmals die Stelle, wo die Luchsschützer so lange gesessen hatten. Er konnte sie mühelos ausmachen. Er kannte den Hang, hatte vor drei Jahren hier einen prächtigen Rehbock geschossen.

Er überquerte mit ausladenden Schritten auf dem Holzsteg den Tungelbach, stieg in den Hang. Noch vor der ersten Serpentine machte sich ein kläffender Hund bemerkbar, der sich ihm offenbar vom Hotel Lauenensee her näherte. Huggenberger kümmerte sich nicht, blickte nur kurz, als er bereits in der zweiten Serpentine stand, zurück zum Holzsteg, an dessen anderem Ende der Hund, ein kläffender Schatten, stehen geblieben war und noch eine ganze Weile keine Ruhe gab.

Sein Jagdgewehr, das geladen, aber noch gesichert war, geschultert, näherte er sich der Waldgrenze. Es würde nicht lange dauern, und die Sache war erledigt. Er wusste, wo er den Pfad, der zum Chüetungel führte, verlassen und quer zum Hang gehen musste, um am Fuss des Geröllfeldes aus dem Wald zu gelangen.

Als er unter den Tannen hervortrat, war er froh, dass es hier auf dem Geröllfeld deutlich heller war. Nun trennten ihn vielleicht noch zweihundert Höhenmeter vom Luchs. Der Hang war hier zu steil, um zu sehen, wo genau sich das Felsband befand, das er sich eingeprägt hatte. Es gab keinen Pfad mehr hier, nur Buschwerk, Gras, vereinzelte Jungtannen, Geröll, Felsen.

Er wusste nicht, was für Filmer das waren, hatte auf ihren Wagen keine Aufschrift lesen können, aber es musste sicherlich interessanter sein, einen Luchs zu schiessen, der kurz zuvor noch gefilmt worden war.

Auf dem lockeren Gestein trat er vorsichtiger auf. Je höher er stieg, desto unruhiger wurde er.

Er wusste schon, was er mit dem Halsband anstellen würde. Der Gedanke daran erfüllte ihn mit einem breiten, dunklen Lachen. Er würde dem Luchs das Halsband über den Kopf ziehen, würde es in einem soliden Postpaket nach Bern schicken. Und eine hübsche Karte dazupacken. Genau so, dass alle wieder an die eingesandten Tatzen denken mussten, dass die Medien nicht anders konnten, als ganze Seiten zu füllen mit Mutmassungen über den heldenhaften Luchshacker. Für landesweite Aufmerksamkeit wäre gesorgt.

Mittlerweile hatte er sicher hundertfünfzig Höhenmeter überwunden. Regelmässig hielt er nun inne, blickte um sich, hoch zu den Felsen, an deren Fuss er den Luchs schiessen würde. Er wusste genau, wo er sich befand, und diese Fähigkeit, sich im dunkler werdenden Hang zu orientieren, überzeugte ihn. Er würde nicht lange zaudern, hatte sein bestes Schrot in der Flinte.

Er kam den Felsen näher. Die Flinte trug er nun so, dass er jederzeit abdrücken konnte. Zwei gelblich leuchtende Augen vor ihm – und er würde sie auslöschen.

Mehrere Male wandte er den Kopf unwillentlich zur Seite, als ob er befürchtete, der Luchs greife ihn an. Aber immer war es nichts weiter als ein kleiner Ast, irgendein heller Fleck, der seinen Augen im mattgrauen Fels aufgefallen war. Bis sich vor den Felsen ein Schatten abzeichnete, den er nicht zu deuten verstand.

Instinktiv ging Huggenberger in die Knie, hielt den Atem an, lauschte, starrte in die Dämmerung. Er konnte nichts hören, nichts Klares erkennen, die Felsen im Hintergrund waren praktisch schwarz. Huggenberger nahm mit sorgfältigen Bewegungen die Flinte in Anschlag, stützte sich mit dem linken Ellbogen auf dem rechten Knie ab, blickte durch die Zieleinrichtung, in welcher er den Schatten nicht auf Anhieb fand, hielt den Zeigefinger locker am Abzug und wartete, dass sich etwas bewege.

Es bewegte sich etwas. Ein kurzes Rascheln war zu vernehmen. Alfred Huggenberger kniff das linke Auge zu, straffte seinen Zeigefinger. Eine Ewigkeit lang war nichts zu hören.

«Nicht schiessen!», hallte es unvermittelt und unerhört laut von den Felsen, bei denen er den Luchs vermutet hatte.

Danach war es ruhig wie nie zuvor in dieser Nacht. Alfred Huggenberger nahm sein Auge von der Zieleinrichtung und den Kolben von der Schulter.

«Nicht schiessen», wiederholte die Stimme, leiser nun, aber dringender.

Jetzt erkannte Alfred Huggenberger die Stimme: «Gottverdammtnochmal, Rusterholz!»

«Hugger!»

«Verhenkerte Hodenhälfte!»

Fritz Rusterholz löste sich aus der Starre, in die ihn die Begegnung versetzt hatte, blieb sofort wieder wie angewurzelt stehen, schritt schliesslich langsam auf Huggenberger zu und hörte immer deutlicher die Flüche, die dieser von sich gab.

«Ich hab dich seit Wochen nicht mehr gesehen, Rusterholz. Du setzt ja keinen lahmen Fuss mehr ins Tungelhorn. Aber wenn ich drauf und dran bin, einen Luchs zu schiessen, tauchst du prompt aus deiner Versenkung und schreist wie am Spiess, sodass alle Viecher, die so etwas wie ein Ohr haben, im Umkreis von zehn Kilometern verscheucht sind.» Alfred Huggenberger war ausser sich, stand breitbeinig da, hielt die Flinte auf Fritz Rusterholz gerichtet, den Finger nach wie vor am Abzug.

Fritz Rusterholz kam näher heran, ungelenk, rutschte zwei, drei Mal aus. «Hätte ich etwa nicht schreien sollen?», rief er empört, als ihn noch etwa fünfzehn Meter von Huggenberger trennten. «Nimm deine Flinte weg.»

«Was trägst du da für ein lächerliches Gestell?», polterte Huggenberger, ohne die Flinte abzuwenden.

Fritz Rusterholz stutzte. Er hatte ganz vergessen, dass er die Antenne in der rechten Hand hielt, als gelte es immer noch, Signale einzufangen. «Nimm jetzt die Flinte von mir weg!» Fritz Rusterholz klang verzweifelt.

«Schön, dich so nervös zu sehen», lachte Huggenberger hämisch. «Der Luchs hier in der Holzersflue gehört mir. Ich werde morgen Nacht wieder hier sein. Ich rate dir, nicht aufzukreuzen. Am Abzug hab ich einen unruhigen Finger», und er bewegte seine Flinte im Arm. «Übermorgen kannst du hier herumturnen, wie du willst. Dann gibt es nämlich keinen Luchs mehr. Der liegt dann vor deiner Tür. Mit einem Einzahlungsschein zwischen den Zähnen.»

Alfred Huggenberger wandte sich ab, liess Fritz Rusterholz stehen, wo er war, und ging verärgert und aufgebracht zurück. Er war sich sicher, dass es keinen Sinn machte, zu warten und später nochmals den Berg hochzuklettern. Der Luchs war aufgeschreckt, die Nacht zu dunkel.

Alfred Huggenberger wusste, Fritz Rusterholz würde nun rasch abziehen. Dass Rusterholz eine Antenne trug, die aussah, als hätte er sie den Luchsschützern geklaut, ärgerte ihn. Er konnte diesen Seeländer immer weniger einschätzen. War der Kerl damit in der Lage, einen Luchs zu finden? Immerhin war er ihm offensichtlich so nahe, dass sie einander in die Quere gekommen waren.

Bei der Abzweigung, wo er wieder zurück auf den Bergweg

gelangte, hielt Huggenberger inne und ordnete seine Gedanken. Auf einmal befürchtete er, Rusterholz sei ihm gegenüber im Vorteil. Er selbst wusste nur, wo sich der Luchs tagsüber aufgehalten hatte. Rusterholz aber, falls seine Antenne oder was das auch immer hätte sein sollen, tatsächlich funktionierte, konnte dem Luchs nachsteigen. Wenn er nicht zu doof dazu war. Huggenberger konnte das alles nicht so richtig einschätzen. Klar war bloss, dass es unsinnig war, gleich nochmals hier heraufzukommen. Mürrisch machte er sich an den Abstieg.

32

Albrecht Fennlers Schritt war ein ökonomischer. Die rheumatische Hüfte erlaubte es ihm nicht anders. Langsam war er deshalb nicht. Er atmete durch die rostroten, bis zur Unterlippe reichenden Schnauzhaare. Durch die Tannenäste blickte er immer wieder um sich. Von den Felsen der Holzersflue war nichts zu sehen, zu dunkel war es. Unter ihm strahlten kleine gelbe Punkte, die Strassenlaternen von Lauenen.

Albrecht Fennler wollte die Gelegenheit nutzen, die sich ihm bot. Seine Frau Dora hatte ausführlich von dem sympathischen Filmer und den Luchsschützern erzählt, hatte berichtet, wie niedlich die Jungluchse ausgesehen hätten. Albrecht hatte ihr interessiert zugehört. Ihrer Tonlage nach musste es sich um einen weiteren Versuch seiner Frau handeln, das eisige Klima aufzutauen, das im Haus herrschte, seitdem er Marc zum Teufel gejagt hatte. «Gehe Gottes Wege. Albrecht Fennler, geboren am 12. August 1945», stand auf der Schlafzimmertür, gleich neben dem Stuhl, auf dem sie immer sass, um den Tag ausklingen zu lassen. Albrecht schlief schon seit längerer Zeit nebenan im Gästezimmer. Für einen Gottlosen hielt er sich nicht, aber mit dieser Frau und diesem Sohn kam er nicht mehr zurecht. Wenigstens war da noch die Tochter, die aber lebte in Lausanne und zeigte sich nicht oft zu Hause. Ein kleiner Trost. Seiner Tochter gegenüber hatte er auch nicht grosse Erwartungen gehabt, aber Marc erfüllte ja nicht einmal die allerbescheidensten.

Seit der jämmerlichen Darbietung seines Sohnes bei der militärischen Aushebung war Albrecht Fennler nicht mehr bereit, sich mit seiner Frau über mehr als das Notwendige zu unterhalten. Aber als er hörte, wovon sie redete, hatte er kurz gezögert, sich dann angeschickt, ein bisschen freundlich zu sein, hatte sie erzählen lassen, Fragen gestellt, nicht nur jene zum Ort, an dem sich die Luchsforscher aufgehalten hatten, sondern auch allgemeiner Art, sogar solche, die ihre Arbeit auf dem Parkplatz betrafen. Gerade so viele Fragen, dass sie einigermassen angenehm von seiner Freundlichkeit überrascht sein musste, und dennoch so wenige, dass sie keinen Anlass hatte, Verdacht zu schöpfen. Als er erfahren hatte, was er hatte hören wollen, schien Dora neugierig, ob er nun auch über ihren Sohn mit sich reden liesse, da ging hinten in der Küche die Türe auf, und Dora wurde von einem Wunsch jener Gäste unterbrochen, die gerade das Schlafen im Stroh ausprobierten. Albrecht war froh darum. Ganz allgemein war er froh, wenn jemand in der Scheune übernachtete. Die Anwesenheit von Gästen nahm er als Vorwand, sich unentschuldigt zurückzuziehen, während Dora sich mit ihnen noch über das Nachtessen hinaus unterhielt, und meistens wollten sich die Gäste etwas übers Nachtessen hinaus unterhalten, sofern es sich nicht um frisch Verliebte handelte, die ihrem Geschlechtsdrang ins Stroh folgten. Heute war dies aber nicht der Fall: Dora musste den Gästen ihr Rezept für das feine Kräuterjogurt verraten, und Albrecht hatte sich ohne Worte aus dem Staub machen, das Nachtsichtgerät und die Flinte vorbereiten können.

Die Beschreibungen von Dora hatte Albrecht Fennler nicht eindeutig zuordnen können, aber er trug dieses Nachtsichtgerät bei sich, das er an einem seiner letzten Tage als Korporal hatte mitlaufen lassen. Zuversichtlich und gelassen erklomm er Meter um Meter.

Er würde in aller Stille und Souveränität einen Luchs schiessen, zugleich auch eine ganze Luchsfamilie auslöschen, würde in Lauenen, was den Luchs anbetraf, für einen ruhigen Sommer sorgen.

Denn bis Huggenberger und Rusterholz, die beiden Halbschuhe, es fertig brächten, endlich einen Luchs zu schiessen, würde noch viel Wasser den Louibach hinunterfliessen.

Wenig später stand Fennler am Fuss der Geröllhalde, blickte hoch in die schwarze Holzersflue. Er atmete schwer, gönnte sich einen Schluck aus der Flasche, rückte den Lederriemen des Gewehres auf der Schulter zurecht und setzte den Aufstieg fort. Dieser wurde ruppiger, hin und wieder musste er bereits seine Hand gebrauchen, um ein Stolpern und damit ein Herabkullern von Steinen zu verhindern. Er kannte den Hang hier. War schliesslich hier aufgewachsen, nun aber schon seit Jahren nicht mehr hier unterwegs gewesen, hatte zwar oft die Gamsherde beobachtet, aber seit sich der Luchs hier herumtrieb, zeigte sich die Herde weniger häufig.

Eigentlich sollte er dem Huggenberger für diesen Dienst eine Rechnung stellen, dachte Fennler. Huggenberger war es ja, der hier in der Nähe seine sechzig Schafe sömmerte, er war derjenige, der sich am meisten Sorgen machen musste.

Fennler selbst ging es ums Prinzip. Er war gegen den Luchs, gegen die Erhaltung eines Raubtieres, das seinen natürlichen Lebensraum verloren und in den Schweizer Alpen nichts mehr zu suchen hatte.

Ganz in seine Gedanken versunken, stand er unvermittelt unterhalb eines Felsvorsprunges, der unüberwindbar schien. Es war unsinnig, auf der Suche nach dem nächsten Tritt das Nachtsichtgerät zu verwenden. Fennler griff zur Taschenlampe, suchte das nahe Gelände nach einer geeigneten Route ab. Als der Schein der Lampe schräg über das Felsband hinwegging, reflektierte ein Augenpaar gelblich das weisse Licht seiner Lampe. Albrecht Fennler stand wie versteinert. Es waren schmale, giftgelb leuchtende Katzenaugen. Sofort löschte er die Taschenlampe. Von einer Silhouette war nichts zu erkennen. Er war sich aber sicher, dass es sich um einen Luchs handelte.

Mit einem Blick durch das Nachtsichtgerät wurde alles klar. Der Luchs stand vielleicht vierzig Meter entfernt über einem Felsvorsprung, schien sein Herankommen bemerkt zu haben.

Fennler stand wie gefroren, musterte das Tier. Er konnte dessen Umrisse nur schwach ausmachen, die schimmernden Augen aber sah er deutlich. In ruhigen, ausgewogenen Bewegungen griff Fennler nach seiner Flinte, entsicherte sie, lehnte sich an den Fels. Die Augen Rajas schlossen sich kurz, es war nur ein Blinzeln. Fennler drückte ab.

«Jetzt soll er zeigen, ob er Theater spielen kann», sagte sich Albrecht Fennler, als er das Halsband, mit Sorgfalt vom Luchs gelöst und Fingerabdrücke mit Benzin verwischt, in den erwartungsgemäss unordentlichen Kofferraum des maroden Opels legte, der alleine auf dem Parkplatz beim Hotel Lauenensee stand.

Sein Sohn, dieser tagediebische, militärdienstuntaugliche Theateraspirant, würde von den Behörden kaum verdächtigt werden, einen Luchs geschossen zu haben, aber es wäre doch schön zu sehen, was die Kantonspolizisten, aufgeboten wegen des Luchshalsbandes, zu Marcs selbst gebastelten Nummernschildern auf dem ungeprüften Wagen sagen würden. Dass der Verdacht der Behörden auf ihn selber fallen würde, war auszuschliessen. Eher konnte er sich vorstellen, dass der Besuch der Kantonspolizisten einem Krawattengesicht wie dem Wackernagel auch noch etwas Ärger einbringen würde.

Erstaunt über die mit dem unverhofft rasch geglückten Abschuss in ihm aufgekommene Verwegenheit, verunsichert, ob sein Vorhaben wirklich so unproblematisch war, wie ihm das jetzt vorkam, aber auch amüsiert über seinen Einfall, knipste Albrecht Fennler die Taschenlampe aus und übergab sich der mondlosen Nacht. Er blickte noch einmal hoch zur Holzersflue, von der nichts mehr zu erkennen war und in der nun zwei junge Luchse ungesehen verenden würden, strich sich zufrieden den Schnauzbart zurecht und machte sich auf den kurzen Weg nach Hause. Den toten Luchs trug er in einem Kartoffelsack auf der Schulter.

Er war keine fünfzig Meter von seiner Haustüre entfernt, als vor ihm, es musste auf der kleinen Strasse sein, ein Hund bellte. Fennler stand das Herz still, der tote Luchs wäre ihm beinahe von der Schulter gefallen. Weiter hinten, in der Nähe seines Hauses, hörte er die Stimme einer jungen Frau. In der Dunkelheit waren weder Hund noch Frau auszumachen, in ihrer Stimme aber bemerkte er die gleiche Verunsicherung über diese Begegnung, wie er sie empfand. Die Frau, die offenbar ihrem Hund hinterherrannte, entschuldigte sich schon von weitem für den Hund, den sie Leica nannte, und rief diesen zurück.

Albrecht Fennler ahnte, dass das Tier nicht gehorchen würde. Bald schon hörte er das Bellen ganz nah, der Hund umrundete ihn in wilden Sprüngen. Musste den Luchs gerochen haben.

«Entspann dich!» Die Frau rief den Namen des Hundes jetzt energischer, stiess einen Seufzer aus, entschuldigte sich wiederholt. Sie war jetzt in Umrissen zu erkennen. Fennler verbarg die Flinte unter der Jacke, sagte kein Wort, wollte seine Stimme nicht preisgeben. Nach einer Weile, die ihm ewig erschien und während der ihn Gedanken quälten, weil er nicht wusste, was er tun sollte, nicht wusste, ob die junge Frau den Schuss gehört hatte, ob sie seine Tat erahnen würde, stand die Frau direkt vor ihm.

Als er das Reiben des Zündsteins an ihrem Feuerzeug vernahm, zuckte er zusammen. Instinktiv hob er den Ellbogen vors Gesicht, hätte dabei beinahe die Flinte fallen lassen, machte einen Schritt zur Seite. Das Feuerzeug brannte nur kurz, beleuchtete ein junges Frauengesicht. Der Hund aber war seinem Schritt gefolgt, und er liess erst von ihm ab, als es Fennler gelang, ihn mit einem wuchtigen Fusstritt zu treffen.

Der Hund jaulte nicht, aber er verzog sich, hörte auf zu bellen, seine sich auf dem Asphalt wetzenden Krallen waren nicht mehr zu hören.

«Alles in Ordnung?», fragte die junge Frau in einem besorgten, auch misstrauischen Ton.

Albrecht Fennler machte sich wortlos davon.

Hörte hinter sich nochmals das Feuerzeug, ansonsten war da nichts mehr. Energisch schritt er aus, bis er bei seinem Hof angekommen war. Weshalb bloss brannte bei Dora im Schlafzimmer noch Licht? Ohne dass er lange hätte warten müssen, wurde das Fenster im Schlafzimmer dunkel. Die Kirchglocken, so leise, als stünde die Kirche zuunterst im Tal, schlugen fünf Mal. Vier Mal die kleine Glocke, für die volle Stunde, ein Mal die grosse. Ein Uhr. Sorgfältig trug Albrecht Fennler den unförmigen Kartoffelsack in die Scheune.

33

Geweckt vom scheppernden Geschirr Therese Baerwarts wachte Fritz Rusterholz am nächsten Morgen auf, grüsste die am Spültrog stehende Schwiegermutter seines Bruders knapp und schleppte sich schlaftrunken vor die Haustür. Dort stand er, zerknitterte Unterwäsche, zerknittertes Gesicht, und blickte. Die Sonne stand noch nicht lange am Himmel, der von losen, dünnen Wolkenstriemen durchzogen war. Es schien ein warmer, sonnenreicher Tag zu werden, doch er hatte keine Augen für das Wetter. Er starrte bloss auf die verstaubte Bodenmatte vor der Schwelle; es lag kein Luchs vor der Tür.

Fritz Rusterholz blieb ungelenk im Türrahmen stehen. Er hatte schlecht geschlafen. Klare Gedanken gab es wenig, eigentlich nur einen einzigen: Alfred Huggenberger war entweder noch nicht dazu gekommen, ihm den Luchs vor die Tür zu legen, oder er hatte den Luchs tatsächlich nicht geschossen.

Letzteres schien Fritz Rusterholz trotz allem wahrscheinlicher. Weshalb hätte Huggenberger zögern sollen, ihm den Kadaver hinzulegen? Mit einem Einzahlungsschein zwischen den Zähnen?

Fritz Rusterholz schlurfte zurück in die Küche, sagte, es sei ihm auch schon besser gegangen, als Therese Baerwart nach seinem Befinden fragte, setzte Kaffee auf, urinierte wie immer im Sitzen, liess das Gesicht in die Hände fallen.

Er wusste, das Leben rinnt wie ein Urinstrahl in eine übel riechende Schüssel, wenn es zu Ende geht, schliesst jemand den Deckel und spült.

Wie er so auf der Kloschüssel sass, musste er sich eingestehen, dass er insgeheim gehofft hatte, die Wette heute Morgen verloren zu haben. Wie er gehofft hatte, die ganze Sache wie diesen Urin wegspülen zu können. Er hatte gehofft, sich nun auf eine neue Zukunft einlassen zu können, auch wenn er nicht im Geringsten wusste, wie diese hätte aussehen sollen.

Wenig später kam Ernst Rusterholz aus dem Stall in die Küche, trug den vertrauten Kuhgeruch mit sich, setzte sich mit fragender Miene zu Fritz an den Küchentisch, auf dessen anderes Ende Therese Baerwart bald unentwegt frisch gespültes Geschirr legte.

Fritz Rusterholz erzählte von der vergangenen Nacht, ohne sich in Details zu verlieren, er wollte seinem Bruder und vor allem dessen Schwiegermutter die Dramatik vorenthalten. Zumindest so lange, wie die Wette weder gewonnen noch verloren war. Den aufmunternden Worten seines Bruders schenkte er wenig Gehör. Er prüfte in Gedanken die Möglichkeit, mit dem Autoradio einen anderen Luchs zu finden. Er kannte aber nur diese eine Frequenz, wusste vom jungen Luchsschützer, dass jeder Luchs seine eigene Frequenz hatte, überlegte, ob er Robert Richner um Rat fragen sollte.

Fritz Rusterholz drückte geistesabwesend den Daumennagel zwischen seine Zähne. Ernst Rusterholz sass neben ihm und rührte, länger als dies nötig war, im Kaffee. «Ruf den Richner an», versuchte es Ernst. «Der wird sich nicht scheuen, dir zu helfen. Ist jedenfalls besser, als hier herumzuhocken und Kaffee zu schlürfen.»

Die Reaktion von Fritz liess auf sich warten. Richner warte doch längst schon auf die Nachricht von der gewonnenen Wette. Ausserdem sei Montag, Richner bestimmt an der Arbeit, im Seeland, und habe Besseres zu tun, als einem Verlierer ein zweites Mal unter die Arme zu greifen.

Fritz Rusterholz schlürfte Kaffee, der nicht mehr zu heiss war, um in grossen Schlücken getrunken zu werden, blickte fragend zu

Ernst Rusterholz. Abwesend grummelte er, dass er auch nicht wisse, welche Alternativen noch offen standen, um Huggenberger zuvorzukommen.

Falls Huggenberger letzte Nacht keinen Erfolg gehabt hatte, so würde er mit einem zweiten Versuch nicht warten, bis es dunkel wurde. Darüber waren sich die Brüder im Klaren. Huggenberger würde wieder in denselben Hang steigen. Wahrscheinlich stand er schon jetzt mitten in der Holzersflue, die Flinte im Anschlag. Dem war zuzutrauen, dort oben zu übernachten. Er wusste nicht, wie man den Hugger daran hindern konnte, zuzuschlagen.

Jedenfalls würde er, Rusterholz, nicht nochmals in die Holzersflue steigen.

Oder eben doch. Ja. Es gab keinen Ausweg. Verdammt, es musste sein. Fritz Rusterholz schlug fluchend die Faust auf den Tisch. Therese betrachtete furchtsam die scheppernden Gläser, die sie eben auf den Tisch gestellt hatte. Fritz Rusterholz stand auf, erklärte mit aufbrausender Stimme, er werde in der Holzersflue stehen, bevor die Spätgotische neun Uhr schlage.

Ernst Rusterholz nickte lediglich und ersäufte seine Sprachlosigkeit im Kaffee. Fritz Rusterholz packte Autoradio, Handantenne und Sturmgewehr, die noch neben seinem Bett lagen. Ernst half ihm, sein Béret zu suchen, es war aber nicht zu finden. Er war noch nie ohne Béret aus dem Haus gegangen, aber jetzt musste er. Auch mit Béret hätte er sich miserabel gefühlt. Er bemühte sich, konzentriert zu handeln. Möglicherweise war die Wette noch nicht verloren.

Fritz Rusterholz zog los in Richtung Schönebodemäder, damit man ihn vom Dorf aus nicht sehen konnte. Er war unsicher, stolperte oft und wusste nicht, wie er mit den übermüdeten Augen einen Luchs erkennen, geschweige denn schiessen sollte. Während des Aufstiegs wälzte er ungeordnete Gedanken über Huggenberger, den Luchs und das Leben. Ziemlich erschöpft an der Geländekante angekommen, wo die Felsen der Holzersflue abfielen, stand er breitbeinig hin, streckte die Handantenne über den Kopf, schaltete das Autoradio ein, lauschte dem wirren Knistern, blickte um sich, blickte ins Tal hinunter, zum Lauenensee, zum Geltengletscher. Sein Mund stand leicht offen, sein goldener Eckzahn schimmerte in der Morgensonne. Der Hang unter ihm, der ganze Geländekessel um den nahen Lauenensee: Alles lag ausgebreitet in grosser Ruhe, alles am richtigen Ort, in den richtigen Proportionen, zu keinem anderen Zweck, als um den Betrachter zu erfreuen. Von fern waren die Glocken der Spätgotischen zu vernehmen, sie schlugen neun Uhr. Ein leichter Wind zog talaufwärts, abends würde derselbe Wind das Tal wieder verlassen. Es ist das Ein- und Ausatmen der Landschaft, dachte Fritz Rusterholz, und hielt sich für einen ausgemachten Idioten. Er schaute wieder auf das Autoradio, horchte.

Er vernahm kein einziges Signal. Der kleine Lautsprecher gab nichts von sich, das den gestrigen Signalen auch bloss entfernt ähnlich gewesen wäre. Fritz Rusterholz blickte zu den Drähten der Antenne, zu diesen Wäscheständerdrähten. Er liess seine Augen dem Wispilegrat, diesem langen, gleichförmigen Horizont entlang wandern, liess sie zum Talausgang Richtung Gstaad gleiten, hinüber zum Lauenehore, zum Hundsrügg, hinab zum Dorfkern. Dort würde der Delfin jetzt hinter dem Ladentisch stehen, lächelnd, würde auf Kunden warten, aber nicht auf ihn. Das war sicher. Sicher war auch, dass hier kein Luchs mehr zu finden war. Kein Signal, kein Halsband, kein Luchs. Huggenberger war ihm zuvorgekommen.

Fritz Rusterholz liess die Antenne sinken. Den Lautsprecher liess er weiterrascheln, sich selbst überliess er der Verzweiflung. Ohne

Signal hatte er nichts mehr in den Händen, ohne Signal war seine Geschichte beendet. Es hatte doch so gut funktioniert, er war so stolz gewesen, auch auf die Freundschaft mit Richner, der dies alles für ihn erarbeitet hatte, der sich die Mühe gemacht hatte, den er auch mit einem gelungenen Abschuss dafür hätte entlohnen wollen. Sie wären dicke Freunde geworden, Richner hätte ihm wahrscheinlich eine Funkanlage eingerichtet, sie hätten abends zusammen funken können. Oder Richner hätte ihn hier in Lauenen besucht, hätte ihnen geholfen, die Wohnung zu renovieren, hätte ihm geholfen, den Delfin anzusprechen, hätte ihm beigebracht, wie man es anstellte, bei Frauen anzukommen. Möglicherweise wäre es überhaupt ganz einfach gewesen, mit einer Frau ins Gespräch zu kommen, weil ihn die Frauen angesprochen hätten, weil sie hätten wissen wollen, wie er sich denn genau angeschlichen hatte, wie er gezielt habe, und so weiter, und er hätte eine Menge zu erzählen gehabt, eine Menge toller Dinge.

All diese Gedanken, all diese Hoffnungen, die er bisher nur unbewusst in sich getragen hatte, sie schienen endgültig geplatzt. An der Realität zerschellt. Keinen Augenblick lang versuchte er, am Autoradio irgendwelche Lötstellen oder ausgerissene Kabel zu suchen. Wenn er kein Signal empfing, war kein Signal zu empfangen. Dann war das Halsband zerstört, der Luchs tot.

Rusterholz lehnte sich an einen Fels. Er wusste nicht, ob er überhaupt zurück auf den Hundsrügg gehen sollte, oder ob er Büchis nächsten Bus besteigen und sich aus Lauenen wegschleichen sollte.

Mutlos blieb er sitzen, nahm einen Stein in die Hand, ritzte damit an einem Felsen, der zu hart war, um etwas darin einritzen zu können. Er betrachtete das Sturmgewehr, die Antenne, das Radio, betrachtete das Lauenental, das ungerührt in der Sonne lag.

Schliesslich machte er Anstalten, den Stein in hohem Bogen wegzuschleudern, liess ihn stattdessen kraftlos aus der Hand kullern. Er schwang das Sturmgewehr auf den Rücken, klemmte Antenne und Autoradio unter den Arm, ging schleppend und gequält zurück auf den Hundsrügg.

Gut zweihundert Höhenmeter weiter unten streifte Alfred Huggenberger durch die letzten Tannen, die den wurzelbeschlagenen Pfad säumten, ehe dieser den Schuttkegel erreichte; schwer atmend, Schweisstropfen in den dichten Augenbrauen, Rucksack und Jagdgewehr geschultert.

Auf dem Parkplatz beim Lauenensee hatte Huggenberger keinen einzigen Wagen gesehen, nicht einmal den maroden blauen Opel vom jungen Fennler.

Er arbeitete sich die Geröllhalde hoch, erklomm die ersten Felsen. Sein breiter Rücken dürfte im Sägemehl eines Schwingfestes eine bessere Figur abgegeben haben als hier in den steilen, von losem Buschwerk und kleinwüchsigen, zähen Tannen bestandenen Felsbändern. Er kletterte nicht direkt auf den Felsen zu, den er im Fernrohr fixiert hatte. Es könnte ungünstig sein, von unten her schiessen zu müssen.

Unversehens erkannte Huggenberger die Stelle, wo Fritz Rusterholz gestern Nacht gestanden haben musste. Die kleine Plattform am Fuss zweier wuchtiger Felswände, links eine schüttere, kaum mannshohe Tanne. Huggenberger wünschte sich den elenden Rusterholz weit weg. Er würde ihn erst wieder sehen wollen, nachdem diese Sache hier erledigt war.

Als er überzeugt war, beim richtigen Felsen angelangt zu sein, lehnte sich Huggenberger, halb hinter einer kleinwüchsigen Tanne versteckt, an einen Felsen, suchte mit dem Fernglas die Umgebung ab, ohne etwas zu erkennen, das auf einen Luchs hingedeutet hätte.

Er setzte sich, das Gesicht im lückenhaften Schatten der kleinen Tanne, die Beine in der Sonne über die Felskante baumelnd. Er rieb sich mit breitem Handrücken den Schweiss aus den Brauen, hielt seine Flinte bereit, musterte mit zugekniffenen Augen die Felsbänder, die viel Sonne reflektierten, mittlerweile musste es zehn Uhr sein.

Im Lauenental begann ein ganz normaler Sommertag. Landwirte sorgten sich um Vieh und Feld, verpackten mit modernem Gerät grosse Mengen Heu in mattgrüne oder weisse Siloballen, von denen die meisten auf den Feldern stehen blieben. Gemeindeschreiber Samuel Tanner erstellte die erste Statistik der Parkplatzgebühren, war nicht unzufrieden mit dem Resultat und freute sich auf den späteren Nachmittag, den er im Tungelhorn verbringen würde. Der starrnackige Beat Büchi chauffierte in seinem Linienbus einige Gäste von Gstaad zum Lauenensee und zurück, Max Pulver verrichtete Kleinigkeiten in der Landwirtschaftlichen Genossenschaft und hoffte auf gute Nachrichten von Huggenberger, der seine Mitarbeit bei gewonnener Wette vielleicht angemessen belohnen würde. Hotelier Rainer Wackernagel fügte seinen Plänen für die Auenlandschaft die letzten Details hinzu und studierte die Bedingungen des Kantonalen Fonds für Renaturierungen. Fritz Rusterholz schlich sich, ohne sich bei Bruder Ernst oder den Baerwarts zu zeigen, in den feuchten Keller, demontierte einen eben erst von ihm zusammengesetzten Jaucheverteilerstutzen, um ihn nochmals zusammenzuschrauben. Und Albrecht Fennler transportierte Siloballen von den Feldern im Unteren Louimoos, wo der Boden fester war und einen Traktor zu tragen vermochte, zu seinem Hof, wo er sich letzte Nacht mit Flinte, stolzer Miene und dem toten

Luchs auf dem Arm fotografiert und den Kadaver mit einem Kubikmeter Heu fein säuberlich in einer mattgrünen Siloballe verpackt hatte. Das war seiner Meinung nach die sicherste Methode, den Luchs spurlos verschwinden zu lassen und einer unerwarteten Hausdurchsuchung gelassen beiwohnen zu können. Darüber hinaus würde sich der Kadaver dank dem luftdichten Verschluss unter dem Kunststoff über Jahre hinweg erhalten, sodass sich später unter Freunden etwas beweisen liess.

Nach einigem Warten, währenddessen sich ausser einigen Traktorfahrten im Tal unten und einigen vorbeiziehenden Wolken über ihm absolut nichts ereignete, versetzte ein sonderbares Geräusch Huggenbergers Stirn unvermittelt in kerbige Falten: Es konnte sich nicht um Vogelgezwitscher handeln. Er konnte nicht sagen, ob das Geräusch eben erst eingesetzt oder ob es schon lange bestanden und er es erst jetzt wahrgenommen hatte. Es klang sonderbar. Wie wenn jemand langsam eine grosse, rostige Schraube aus einem alten Holzladen löste. Er stand auf, trat mit einem Schritt aus dem Schatten hervor, drehte den Kopf, schaute sich um. Geblendet, schmälerten sich seine Augen zu schmalen Balken. Er stellte nichts Aussergewöhnliches fest. Er griff zur Flinte, bewegte sich vorsichtig seitwärts, dem Geräusch entgegen. Wenig später stand er unvermittelt vor einem zottigen Pelzhäppchen: ein toter Schneehase. Neben diesem ein Murmeltier, ebenfalls tot, teilweise angefressen. Alfred Huggenberger bückte sich, um in die Felsritze zu sehen, die vor seinen Füssen lag. Dort krächzte und fauchte ihn aus dem Schatten ein kleines Tier an.

Das musste ein junger Luchs sein. Er war erstaunt, wie klein er war. Es war offensichtlich, dass so ein kleiner Wurf sich noch von Milch ernährte, noch kein Fleisch beissen konnte. Er sah davon ab, das Tier zu zertreten. Er wollte sich die Schuhe nicht schmutzig machen. Bei näherem Hinsehen erkannte Huggenberger einen zweiten jungen Luchs. Dem stand die Schnauze offen. Huggenberger gab dem Tier mit dem Gewehrkolben einen kleinen Stoss, schubste ihn ans Licht. Eine Ameise krabbelte dem Tier aus der Nase.

Alfred Huggenberger richtete sich auf, blickte sich um. Es war klar, was zwei verhungerte Jungluchse zu bedeuten hatten.

Ausser sich vor Wut über diesen verhenkerten seeländischen Hühnerbrüstling Rusterholz, der den Luchs noch letzte Nacht geschossen haben musste und nun mit dem Tier etwas ausheckte, ehe er die Wette gewinnen wollte, und einer nicht zu ermessenden Schmach entgegensehend, machte sich Alfred Huggenberger an den Abstieg. Auf der Hammerschwand angekommen, wich er den Fragen seines Vaters, wo er so lange geblieben war, aus und reinigte in stummer, mächtiger Wut den Schweinestall, wie er ihn noch nie zuvor gereinigt hatte.

34

Den Abend nach der geglückten Jungenmarkierung verbrachten Gellert und die dicht neben ihm sitzende Nadja Orelli vor dem Computer in der Feldstation, arrangierten zusammen die Bilder, die schon bald auf der neuen Seite von Pro Natura präsentiert werden sollten. «Du hättest eigentlich auch deinen Schmetterling fotografieren sollen, Beni», sagte Nadja. «Wie er da auf dem Sims posierte. Der hätte auch ein paar schöne Motive abgegeben.»

Gellert lächelte, sein Gesicht errötete. «Beni» hatte ihn noch niemand genannt.

Die beiden arbeiteten bis lange in die Nacht hinein an der Website, und sie wachten nebeneinander auf, als Oskar Bohnenblust seinen Molkereilastwagen auf dem Kiesplatz wendete. Julius Leen freute sich über die aufgerissene Packung Kondome, die er im Badezimmerschrank fand.

Die kalten Finger und die gefühllosen Füsse vermisste er nicht, aber die ersten Wochen im Luchsprojekt, die schneeverhüllten, von eisiger Kälte begleiteten Tage hatte Leen doch auch genossen. Nicht, dass er dieses endlose Schneeschuhstapfen lieb gewonnen hätte. Aber er vermisste die Momente, die ganz ihm gehörten, in zugeschneiten, unwohnlichen Gebirgswäldern, auf abgelegenen Hochebenen oder tief in vergessenen Seitentälern, wo er einem kaum auszumachenden Pfad oder einem vereisten Bergbach gefolgt war – diese Momente, die er mit nichts und niemandem geteilt hatte ausser mit einem Luchs und der Hoffnung, ihn zu finden, ihn vielleicht sogar zu sehen.

Nun ärgerte er sich darüber, wie die ganzen Alpen von zahllosen, überall hinführenden Strässchen durchzogen waren, sodass kein menschenleerer Flecken übrig blieb, und dass ihm überall ungesellige, streitsüchtige Landwirte und rotgesichtige Jäger aufwarteten, gewillt, seinen Wagen zu demolieren und seine Landeskarten zu klauen.

Aber in einer Woche schon würde er die Alpen hinter sich lassen, die letzten Tage wollte er noch geniessen. Er fuhr durch die engen Kurven des Simmentals, unbeeindruckt und rasant, wie ein Einheimischer. Während sein Blick der Strasse folgte, horchte er mit der Gewissheit, nichts zu überhören, auf das Knistern des Empfängers und bog in Zweisimmen Richtung Schönried ab. Er war auf der Suche nach Tell.

Möglicherweise erinnerte er sich vor allem deshalb an vergangene Peilungen, weil sein Zivildienst in einer Woche zu Ende sein würde. Weil bald alle Peilungen, bald alle Begegnungen mit einem Luchs, alle Fangversuche, alle Fondues mit Gellert, Stalder und Scafidi, all das Etikettieren von Kot, all die Schmetterlingsdiskussionen, alle Fernsehabende bei Zulligers Vergangenheit sein würden.

Leen fuhr weiter nach Saanenmöser, nach Saanen, nach Château-d'Eux. Die Strassen waren fast verkehrsfrei. Kurz vor Rougemont vernahm er erste Signale. Sie waren schwach und wirr, er wollte deswegen nicht gleich anhalten. Tells Halsband sendete eigentlich immer starke Signale, er würde sie bald noch besser einfangen. Der Empfänger aber verstummte bald, Rougemont lag bereits hinter ihm, und er hatte nicht mehr als diese zwei, drei schwachen Signale zu hören bekommen, die er am Dorfeingang aufgeschnappt hatte. Verunsichert hielt Leen bei der nächsten Gelegenheit an.

Daumen und Zeigefinger am kleinen Rad des Empfängers haltend, stand Leen am Strassenrand und stellte verblüfft fest, dass das Gerät nicht auf dem Kanal von Tell, sondern auf einer Frequenz eingestellt war, die jener Rajas nahe kam. Leen stutzte, drehte die Feineinstellung nun genau auf die Frequenz Rajas. Es konnte nicht sein, dass sich Raja hier aufhielt. Hier hatte sie sich noch nie herumgetrieben, und jetzt, da sie sich um ihren Nachwuchs zu kümmern hatte, konnte sie unmöglich derartige Wanderungen unternehmen. Leen schwenkte die Handantenne, es war nichts zu hören. Beruhigt durch diesen Befund, griff er zur WC-Rolle. Sie bestätigte, dass er sich nicht geirrt hatte: Der eingestellte Kanal war jener von Raja.

Es musste sich um eine Störung gehandelt haben, vorhin, auf dieser äusserst nahe an Rajas liegenden Frequenz, obschon er noch nie eine Störung mit einem Signal verwechselt hatte. Er stellte Tells Frequenz ein, dort war nichts als das übliche Rauschen zu hören, zu sehen war nichts als die welschländisch anmutende Dorfeinfahrt von Rougemont.

Er wechselte zurück auf die Frequenz Rajas, schwenkte die Handantenne und blickte sich um. Ein Traktor zog am geparkten Panda vorbei, der Landwirt, wie in Deckung hinter dem Steuer sitzend, blickte Leen lange an. Leen konzentrierte sich auf den Empfänger, er konnte nichts hören. Er dachte an Rajas Wurfplatz, sah die hinter Rougemont hochziehenden Seitentäler, stellte sich die Täler vor, die zwischen ihm und der Holzersflue liegen mussten. Es war keine Weltreise für einen Luchs, aber mit geschätzten dreissig Kilometern für eine Luchsmutter mit Jungen, die kaum stehen, geschweige denn laufen konnten, sicher ausserhalb ihres Streifgebietes.

Wenn er sich richtig erinnerte, steckte auf den Landeskarten in der Feldstation unweit von hier eine schwarze Stecknadel. Hier in der Nähe waren Rena und ihre Jungen vergiftet worden. Leen dachte an Hans Rölli, an die geklauten Landeskarten und fragte sich, ob er seine Karten wohl auf dem Hof Röllis finden würde. Es schien ihm aber absurd. Einen Moment lang war er geneigt, Gellert anzurufen, um sich von jemandem bestätigen zu lassen, dass mit Raja alles in Ordnung war, dass er bloss einer Störung auf den Leim gekrochen war und dass er seine Suche nach Tell fortsetzen solle.

Während er Tell peilte, stellte er noch ein- oder zweimal die Frequenz Rajas ein, konnte sie aber nie hören und schenkte dem Zwischenfall keine weitere Aufmerksamkeit. Als er nach der Peilung Tells zurück nach Weissenbach kam, legte sich bereits die Dämmerung über das Simmental.

Zurück von einem Besuch bei seinen Beckett-Freunden im Freiburgischen, parkte Marc Fennler seinen alten königsblauen Opel Corsa wieder auf dem Parkplatz vor dem Lauenensee und war froh, den Wagen mit den handgemalten Nummernschildern aus Karton auch diesmal ohne polizeiliche Behelligungen durch die Oberländer Strassen gesteuert zu haben. Er langte nach den Kostümen, wollte sie im Kofferraum verstauen. Dort fand er einen seltsamen, recht gross bemessenen Ring aus verwittertem Plastik, der sich mit Schrauben zusammenhalten liess und seitlich einen kleinen Stab aufwies. Marc wusste mit diesem Gegenstand nichts anzufangen. Immerhin schien klar, dass er nicht zum Auto gehörte. Er nahm ihn mit aufs Zimmer, zeigte ihn Sonja, die ihn in der Hand haltend musterte.

«Sieht aus wie ein futuristisches Hundehalsband», kommentierte Marc, der in Sonjas Gegenwart oft gesprächig wurde. «Eines aus dem Jahr 2050, wenn wir unsere Hunde fernsteuern können. Wenn nebst Fernseher, Stereoanlage und anderem Haushaltgerät auch Hunde einer Fernbedienung unterworfen sind. All diese Fernbedienungen werden zentral übers Mobiltelefon gesteuert werden. Das Telefon wird bis dahin ohnehin Kamera, Rasierapparat, Kreditkarte, Staubsauger, Vibrator und Urne gleichzeitig sein.»

Sonja hörte ihm nicht recht zu, der Ausdruck «Hundehalsband» liess sie stutzen. Ihr fiel eine Fernsehsendung ein, die sie im März oder Februar gesehen hatte: Sonja vermutete, es hier mit einem Luchshalsband zu tun zu haben. Mit einem Halsband, das Biologen ermöglichte, einen Luchs aufzuspüren.

Marc hörte Sonja interessiert zu, schien die Glaubwürdigkeit ihrer Vermutung abzuwägen. Er erinnerte sich nicht, eine Sendung über den Luchs und dessen Halsbänder gesehen zu haben. Sonja wollte den Fund Rainer Wackernagel zeigen. Dieser mochte weder bestreiten noch bestätigen, dass es sich um ein Luchshalsband handle. Sie sollten es aufbewahren, griffbereit, er werde es das nächste Mal, wenn der junge Luchsforscher auftauche, diesem zeigen. Die Forscher hätten es vielleicht verloren, als sie hier parkten, um in die Holzersflue zu steigen.

35

Abends, als der Schweinestall so sauber war wie schon lange nicht mehr und weder Fritz Rusterholz noch dessen toter Luchs aufgekreuzt waren, wurde Alfred Huggenberger von unerträglicher Unruhe heimgesucht. Um herauszufinden, was los war, begab er sich ins Tungelhorn.

Ohne die Gummistiefel oder die Stallkleider auszuziehen, stieg er in den Wagen, fuhr die kurze Strecke zum Tungelhorn, hielt vergebens Ausschau nach dem Wagen von Fritz Rusterholz, parkte neben Büchis Bus. Alfred Huggenberger überlegte, ob es eine Erklärung dafür gab, dass dieser Rusterholz manchmal mit dem Renault, manchmal zu Fuss ins Tungelhorn kam. Das konnte nur damit zu tun haben, dass Rusterholz ein komischer Seeländer war.

Als Alfred Huggenberger eintrat, wirbelte er mit der aufgestossenen Tür dichten Zigarettenrauch auf und blickte nach zwei Schritten, die ihn vor den runden Tisch zu stehen brachten, hastig in die Runde. Neben Max Pulver, der wie gewohnt eingeengt in der Arbeitskleidung der Landwirtschaftlichen Genossenschaft dasass, eine Mary Long an den Lippen kleben hatte und die Glatze unter einer Mütze verbarg, befanden sich auch der schnauzbärtige Albrecht Fennler, Gemeindeschreiber Samuel Tanner mit dem zeitlosen Seitenscheitel und der starrnackige, milchgesichtige Buschauffeur Beat Büchi am schweren, mit einem grossen Aschenbecher, drei Stangen und einem Rivella rot belegten Tisch. Fritz Rusterholz aber war entgegen Huggenbergers Erwartung nicht da.

«Wo ist der Rusterholz?», fragte Alfred Huggenberger schnell und in einem Ton, als stehe sein Schweinestall in Flammen.

Es war nicht ungewöhnlich, dass jemand in einer Stallkutte ins Tungelhorn trat. Aber diese jedenfalls für Huggenberger äusserst untypische Art, ins Tungelhorn zu platzen, loszureden, ehe man sich an den Tisch gesetzt hatte, diese unruhigen Augen, die atemlose Stimme, dazu die jaucheverschmierten Gummistiefel, aus deren Schaft der Bund der Stallhosen gerutscht war, was ihn aussehen liess, als sei er auf panischer Flucht quer durchs Dorf über alle Misthaufen gerannt – all dies musste jedem Einzelnen am Tisch auffallen und sorgte für eine sonderbare, einige Momente anhaltende, absolute Stille. Nichts bewegte sich ausser dem vor sich hin kringelnden Rauch der Mary Long; eine absolute Stille, in der sogar Wirtin Mary, die im Allgemeinen nicht leicht von der Lektüre der Illustrierten abzulenken war, verstört aufblickte.

«Wieso so aufgeregt, Hugger?» Samuel Tanner sprach als Erster und musterte Alfred Huggenberger verwundert.

«Rusterholz ist nicht hier», warf Pulver recht leise ein, offenbar besorgt um den Zustand Huggenbergers.

«Nein, der ist nicht hier», wiederholte Tanner etwas lauter und suchte mit bohrenden Augen Huggenbergers Gesicht ab. «Aber so, wies aussieht, legt er dir jetzt gerade einen Luchs vor die Haustür.»

Huggenbergers Gesicht versteinerte sich, seine Arme baumelten wie schwere Schläuche von den breiten Schultern.

«Was?» Albrecht Fennler horchte auf, der Mund hinter dem grossen Schnauzbart verschloss sich aber gleich wieder.

Huggenberger blieb stumm, jede Regung in seinem Gesicht war erstorben.

Tanner strich sich den Seitenscheitel zurecht, begutachtete erneut Huggenbergers dreckige Gummistiefel. «Hock dich doch erst einmal hin», bat er ihn, und Huggenberger setzte sich nach anfänglichem Zögern mit breitem Rücken vor der Glasvitrine, schob die Hemdsärmel hoch, als gelte es, Zeit zu gewinnen und den Fingern Arbeit zu geben, legte die mächtigen Unterarme auf den Tisch und blickte geduckt und unsicher in die Runde.

«Erzähl schon», forderte Max Pulver. «Du hast dir doch nicht von einem Seeländer den Luchs wegschnappen lassen.»

«Ich weiss nicht», brummte Huggenberger schleppend. «Ich weiss nicht, was der Rusterholz anstellt.»

«Aha», freute sich Samuel Tanner auf einmal. «Jetzt weiss ich, warum der Rusterholz heute Morgen gefragt hat, wo Tierpräparator Chèvre genau wohnt.»

«Was hat er?» Huggenberger riss den Kopf hoch, streckte den Rücken und wirkte so merklich grösser. «Der ist zum Chèvre gegangen?» Huggenberger war entsetzt, die anderen am Tisch äusserst erstaunt.

«War nur ein Witz, Hugger», beschwichtigte Tanner und lachte schelmisch. «Ich hab den Rusterholz heute noch nicht gesehen.»

Huggenberger blickte entgeistert drein, sein Rücken entspannte sich wieder. Die Runde starrte ihn unablässig an. Die Wirtin stand nun am Tisch. Alfred Huggenberger fuhr mit der Hand durch sein kurzes, schwarzes Haar, blickte abwesend an den Gesichtern vorbei aus dem Fenster, zu Büchis Bus, bemerkte die Wirtin und bestellte sich beiläufig eine Stange, wie um die Wirtin vom Tisch zu jagen. «Drecksruster», sagte er mehr zu sich selbst.

«Jetzt rück heraus mit der Geschichte!», forderte Max Pulver und drückte den Stummel in den Aschenbecher.

Huggenberger räusperte sich, begann zu erzählen. Erzählte, dass Rusterholz und er denselben Luchs im Visier gehabt hatten, berichtete vom Zusammenstoss mit Rusterholz in der Holzersflue und davon, dass er heute die jungen Luchse gefunden habe. Erzählte, dass sich Rusterholz erfrecht habe, die Nacht im Hang zu bleiben und den Luchs zu schiessen, während er abgezogen und erst heute Morgen wieder in die Holzersflue gestiegen sei. «Das war mein Hang, mein Luchs», schloss Alfred Huggenberger, energisch und resigniert zugleich.

«Und jetzt sind es deine dreitausend Franken, die der Rusterholz absahnt», lachte Samuel Tanner. Die Runde lachte zaghaft mit.

Es dauerte nicht lange, ehe Fritz Rusterholz mit vorsichtigem Schritt, unsicherem Blick ins Tungelhorn trat. Die ihm von der alarmierten Tischrunde entgegengeworfenen Blicke raubten seiner feingliedrigen Statur die letzte Kraft. Zitternd trafen seine Augen jene Alfred Huggenbergers. Das genügte, in Fritz Rusterholz den dringenden Wunsch zu wecken, das Lokal eilends zu verlassen. Er wollte zwar wissen, wo zum Henker der Hugger mit seinem Luchs geblieben war, aber diese Blamage musste er nicht auch noch vor den Augen einer voll besetzten Tischrunde über sich ergehen lassen.

«Ich gratuliere», durchbrach Albrecht Fennler in einer Lautstärke, die man sonst eher von Huggenberger gewohnt war, die entstandene Stille. «Herzliche Gratulation.» Albrecht Fennler blickte Fritz Rusterholz wohlwollend an, stand auf und streckte ihm die Hand hin.

Fritz Rusterholz verstand nicht. Stand da, noch in der entkräfteten, vom Wind zerfahrenen Statur, mit der er über der Holzersflue vergeblich auf Signale gewartet hatte. Er liess Albrecht Fennlers Händedruck geschehen, blickte wortlos in die um ihn versammelten Gesichter. Vor allem Beat Büchi und Albrecht Fennler schauten ihn wohlwollend an, in Max Pulvers und Samuel Tanners Augen lag seinem Eindruck nach eher Neugierde, in Huggenbergers Augen mochte er nicht sofort ein zweites Mal blicken.

«Muss ich dir wirklich die Hand schütteln?», fragte Alfred Huggenberger dunkel.

«Die Hand musst du ihm nicht unbedingt geben, aber die dreitausend Franken», lachte Albrecht Fennler und bat Fritz Rusterholz, der keine Silbe aus dem Mund brachte, sich auf den freien Stuhl neben Beat Büchi zu setzen.

«Ich glaub es nicht», sagte Huggenberger im Ton der ehrlichen Anerkennung. «Du hast den verdammten Krüppelluchs tatsächlich geschossen?»

Fritz Rusterholz blickte in die ihn umgebenden Gesichter, setzte sich ganz vorsichtig neben Beat Büchi, als wäre ein Stuhlbein angesägt.

«Man kann dir wirklich gratulieren?», fragte Büchi und legte seine Hand auf Rusterholz' Schulter.

Fritz Rusterholz blickte unsicher vor sich auf den Tisch, um für Momente allen Gesichtern auszuweichen, zog die rechte Hand vom Oberschenkel, in der Absicht, das Béret vom Kopf nehmen, das er nicht trug, und fand seine Hand, als er sie nur wenig angehoben hatte, umschlossen von den kurzen Fingern Büchis, die ihm zum Sieg gratulierten.

Fritz Rusterholz war fassungslos.

«Herrgottdonner, Rusterholz», rief Max Pulver, der sich schon eine Weile vorgelehnt hatte, um Fritz Rusterholz besser ins Gesicht zu sehen. «Nichts gegen dich, Rusterholz, aber ich hätte es einem dahergelaufenen Seeländer nicht zugetraut, hier in Lauenen einen Luchs zu schiessen. Lass mich gratulieren!»

Max Pulver drückte ihm die Hand, bot ihm eine Mary Long an.

Fritz Rusterholz, seit zehn Jahren Nichtraucher, sah eine brennende Zigarette an seinen Lippen hängen.

«Eigentlich hab ich …», stiess Fritz Rusterholz hervor und suchte nach Worten.

«Eins zu null für dich, Rusterholz», unterbrach ihn Alfred Huggenberger, der dessen Gedruckse gar nicht bemerkt hatte, und drückte Rusterholz' Hand.

Dieser Händedruck, nicht ganz so stark und lang wie jener, den er bei Abschluss der Wette von Huggenberger erhalten hatte, blockierte Fritz Rusterholz' Gedanken vollends.

Huggenberger nahm seine Hand zurück auf den Tisch. «Ich hätts dir nicht zugetraut, schon gar nicht in der Holzersflue. Kannst froh sein, dass ich abgezogen bin. Wenn du mir in dieser Nacht nochmals über den Weg gelaufen wärst, hätt ich dich abgeknallt.»

«Der Rusterholz hat das sehr schön gemacht», sagte Albrecht Fennler. «Die Wette ist gewonnen, das gibt eine Runde, auf Kosten von Rusterholz!»

«Eine Runde?», fragte Rusterholz verwirrt. Sein Blick war noch fixiert auf Alfred Huggenberger. Er begriff gar nichts. In den Augen dieser Männer schien er diese Wette tatsächlich gewonnen zu haben. Er verstand nicht, ahnte bloss das Unheil, das über ihn kommen würde, wenn er sich nicht anstrengte, der Wahrheit augenblicklich zum Durchbruch zu verhelfen.

«Ich nehme mindestens zwei Stangen», sagte Alfred Huggenberger. «Ist ja schliesslich mein Geld, das wir nun versaufen.»

«Wie hast du den Luchs erwischt?», fragte Max Pulver.

«Mich würde viel eher interessieren, wo du den Luchs überhaupt hast», sagte Samuel Tanner. «Wieso trägst du den nicht auf der Schulter?»

«Ich möchte den Luchs auch sehen», schloss sich Beat Büchi an, dem Kadaver ansonsten zuwider waren, weil jene unansehnlichen Dinge nach einer Vollbremsung mitten vor oder unter seinem Bus auf der Strasse lagen.

Fritz Rusterholz' Mund stand leicht offen, der goldene Eckzahn schimmerte, Zigarettenasche fiel ihm unbemerkt aufs Hosenbein, seine Gedanken stockten, auf seiner Zunge fand sich keine einzige Silbe.

«Der Luchs ist sicher auf dem Hof Huggenbergers, wie abgemacht», kam Albrecht Fennler ihm zuvor und blickte Fritz Rusterholz komplizenhaft an.

«Wenn die Wette gelten soll, dann liegt der Luchs beim Huggenberger vor der Tür», unterstrich Samuel Tanner im Tonfall, den er sich für amtliche Angelegenheiten zugelegt hatte.

«Der Luchs ... ich hab ja gar nicht ...», versuchte Fritz Rusterholz, musste husten, weil er die Zigarette nicht vertrug, und machte mit den Augen die Runde, darauf wartend, dass diese Lügengeschichte, die die Männer ihm vorgaukelten, sich auflösen möge.

«Ist es eine schöne Katze?», wollte Beat Büchi wissen.

«Tot ist jeder Luchs schön», posaunte Alfred Huggenberger, löste Gelächter aus, mit dem er sich seiner Sympathien versicherte. «Aber ich kanns noch immer fast nicht glauben, Rusterholz. Du hast es wirklich getan? Du bist wirklich so frech gewesen und hast dich, nachdem ich dich fast über den Haufen geschossen hatte, weiter in der Holzersflue umgetrieben? Wie hast du in dieser verdammten Dunkelheit das Viech überhaupt noch sehen können?»

«Ich hab ...», stammelte Fritz Rusterholz und wurde von der Wirtin unterbrochen, die die Stangen auf den Tisch stellte.

«Wir sind froh, hat dich der Hugger nicht über den Haufen

geschossen», meinte Beat Büchi. «Es sterben ja schon auf der Strasse …»

«Büchi, leer jetzt dein dämliches Rivella und trink ein anständiges Bier mit uns», fiel ihm Alfred Huggenberger ins Wort. «Sofort die zweite Runde! Auf die Kosten von Ruster!»

«Na ja», warf Albrecht Fennler ein, «im Grunde auf Kosten von dir. Wie hättest du die Wette gewinnen wollen, wenn du den Luchs nicht von Fritz Rusterholz unterscheiden kannst?»

«Halt deinen Schnauz, Fennler. Ich hätte den Luchs wenigstens ehrlich und traditionell erlegt, nicht mit so Elektrofirlefanz wie der Rusterholz.»

«Mit dem Firlefanz war er aber schneller als du», entgegnete Samuel Tanner erneut in diesem Amtshauston und wandte sich an Fritz Rusterholz. «Wie hast du das also geschafft, Rusterholz?»

«Ja, Rusterholz, erzähl endlich. Wie hast du den Luchs gefunden?», fragte Büchi.

«Ich will zuerst wissen, wo du den Luchs hingeschleppt hast», sagte Alfred Huggenberger. «Nicht dass meine Mutter wegen dem Viech einen Herzinfarkt kriegt!»

«Hast du den Luchs tatsächlich mit einem Gerät gefunden, wie es die Luchsschützer haben?», wollte Max Pulver wissen.

«Was interessiert dich das?», fragte Alfred Huggenberger leicht gereizt. «Ich will zuerst den Luchs sehen. Vorher ist ja gar nicht …»

«Pulver hat schon Recht», sagte Samuel Tanner. «Hier wird eure Wette für uns erst wirklich interessant. Wenn Rusterholz ein Gerät hat, mit dem sich Luchse finden lassen, wird man damit auch andere Luchse schiessen können.» Samuel Tanner schnitt ein für ihn ungewöhnlich interessiertes Gesicht, als rede er als Laie mit einer Fachperson. «Falls das gelingt, haben wir einen Apparat, mit dem wir den Luchs im grossen Stil bekämpfen können.»

Es blieb still. Alle am Tisch blickten nun zu Fritz Rusterholz, der sich von den Fragen in die Enge getrieben fühlte. Die Männer schauten ihn an wie einen, den man zwar schon oft gesehen, aber noch nie richtig betrachtet hat.

«Das Gerät ist eben …», begann Rusterholz und zögerte, hielt den Kopf etwas schief, als suche er als Fachperson nach einer dem Laien verständlichen Antwort. «Das Gerät … die Antenne ist nur für eine bestimmte Frequenz eingerichtet. Damit lassen sich keine anderen Luchse finden.»

«Und wie bist du zu dieser Frequenz gekommen?», fragte Tanner.

«Das hat mich ein paar Anstrengungen gekostet», hörte sich Fritz Rusterholz sagen.

«Ein paar Anstrengungen!», sagte Huggenberger wegwerfend. «Bist du sicher, dass du dir damit ein Bier verdient hast?»

«Aber er bezahlt doch die Runde», sagte Beat Büchi.

Die Runde lachte schallend, die Männer prosteten einander zu.

«Ja, Büchi», sagte Alfred Huggenberger abwinkend, noch inmitten des Gelächters, «mach jetzt vorwärts mit deinem Rivella, Herrgottnochmal. Nach dieser Runde gehen wir alle zu mir, damit uns der Rusterholz den Luchs vorführen kann.»

Albrecht Fennler verschluckte sich am Bier.

«Den Luchs vorführen?», fragte Fritz Rusterholz.

«Wirst ihn ja nicht so geschossen haben, dass er aussieht wie ein Löchersieb», sagte Alfred Huggenberger.

«Nein, nein», erwiderte Rusterholz und verzog das Gesicht zu einer verzweifelten Grimasse. «Er sieht überhaupt … ich meine … es ist …»

«Für ein kleines Gruppenfoto ist die Katze sicher fotogen genug», unterbrach ihn Samuel Tanner.

Ohne dass jemand einen Klingelton bemerkt hätte, hielt Albrecht Fennler unvermittelt sein Mobiltelefon am Ohr, sprach einige «ja, sofort» und nickte Zustimmung. «Ich muss rasch ins Louimoos», erklärte er. «Irgend so ein Idiot aus dem Flachland hat das Tor zum Schweinestall offen gelassen, meine Schweine ins Louimoos geschickt.» Hinter dem rostroten Schnauz Fennlers war keine Gemütsregung auszumachen.

«Und dein Bier?», fragte Pulver.

«Das soll der Büchi saufen», sagte Fennler, «ich bin in fünf Minuten zurück. Wartet auf mich. Ich will den Luchs auf keinen Fall verpassen.» Er verabschiedete sich mit einem Blick in die Runde, der auf Rusterholz' Gesicht länger als auf den anderen verweilte.

«Wie wärs, wenn ich Fennlers Bier trinken würde?», fragte Fritz Rusterholz. Er war immer noch fassungslos, und er konnte in keiner Weise abschätzen, in was für eine Geschichte er da hineingezogen wurde. Klar war lediglich, dass er sie alkoholisiert besser ertragen würde.

«Nein, Büchi soll das trinken», polterte Huggenberger wieder. «Du kriegst jetzt einen Schnaps, einen doppelten, verdammter Luchsschütze.»

Seinen Blick wiederholt in den Rückspiegel gerichtet, als könne er weiterhin ein Auge auf die Tischrunde im Tungelhorn werfen, fuhr Albrecht Fennler mit einer Tourenzahl, die sein Subaru Kombi nicht lange mitgemacht hätte, ins Untere Louimoos. Er war sonderbar aufgeregt und amüsiert zugleich. Wenn seine rechte Hand nicht gerade den Gangknüppel betätigte, strich er sich mit Daumen und Zeigefinger über den Schnauzbart, immer wieder, als wäre damit etwas Ungestümes, das ihn jetzt antrieb, zu besänftigen.

Es hätte Albrecht Fennler egal sein können, ob dieser schmalbrüstige Seeländer oder der bullige Hugger die Wette für sich entschied, aber in dem Augenblick, als er den verwirrten Huggenberger ins Tungelhorn hatte eintreten sehen, war ihm klar, dass er es gerne sehen würde, wenn der Huggenberger in dieser Geschichte den Kürzeren zog. Und als wenig später Fritz Rusterholz auftauchte, verdattert, weich in den Knien, mit Ringen unter den Augen, war ihm nicht nur klar geworden, wen er lieber als Sieger dieser Wette sehen wollte, sondern erkannte in einem Gedankenblitz auch eine Möglichkeit, sich ein perfektes Alibi für seinen Abschuss zu schaffen.

Es war keine rationale Angelegenheit, aber sie sagte ihm zu. Er genoss es, genau jenen Luchs mit Leichtigkeit geschossen zu haben, dem die beiden mit so viel Aufwand nachgestellt hatten, genoss es, den Ausgang einer Geschichte in der Hand zu haben, die man sich im Tungelhorn auch in Jahren noch erzählen würde.

Albrecht Fennler schnitt die Kurve beim Feuerweiher, schaltete auf der Geraden beim Werkhof kurz in den vierten Gang. Das Louimoos rückte näher. Je mehr Gedanken er sich darüber machte, desto besser gefiel ihm seine Idee. Der grossmäulige Huggenberger verdiente es, für einmal unten durch zu gehen, und Fritz Rusterholz würde ihm helfen, den Schatten wegzuwischen, der sich in jener Nacht auf seinen Erfolg gelegt hatte. Die lästige Begegnung auf dem Heimweg – er den toten Luchs auf der Schulter, die junge Frau den Dreckskšter nicht an der Leine –, diese Begegnung, auch wenn er nicht hätte sagen können, wie sie ihn denn gefährden sollte, ärgerte ihn immer noch. Er musste davon ausgehen, dass die Frau den Schuss gehört hatte. Er glaubte nicht, dass sie sein Gesicht erkannt hatte, aber bei seinem Schnauz war Vorsicht geboten. Wie flüchtig die Begegnung auch gewesen sein mochte, jemand hatte ihn gesehen in jener Nacht.

Falls Fritz Rusterholz weiterhin nicht zu Wort kam – woran seiner Meinung nach nicht zu zweifeln war, der Kerl war hoffnungslos überfordert, und zu viele Hände hatten die seine geschüttelt –, und falls er, Fennler, es schaffte, die Runde im Glauben zu lassen, Rusterholz habe den Luchs geschossen, dann wäre er aus dem Schneider. Wenn die Sache entsprechend fortgeschritten war, würde er eines Tages auf den Hundsrügg gehen, bei Fritz Rusterholz ein Bier aus dem Kühlschrank nehmen und sich die dreitausend Franken aushändigen lassen, die im Grunde ihm gehörten. Keine Wette riskiert, im Stillen einen Luchs geschossen, dreitausend Franken verdient und ein perfektes Alibi erhalten: Bei diesem Gedanken spreizte sich Fennlers Schnauzbart zu einem breiten, rostroten Fächer.

Vor seinem Hof im Unteren Louimoos parkte er, ohne den Motor abzustellen, schnitt mit einem Taschenmesser die Siloballe auf, was etwas dauerte, wühlte den Luchs hervor. Dessen Fell war voller Heu, das Tier roch eher nach Heuschober als nach Kadaver. Die Glieder des Luchses waren ungelenk, liessen sich nur mühsam in einen Kartoffelsack stecken. Aufgeregt versicherte sich Albrecht Fennler, dass ihn niemand sah, legte den Sack auf den Beifahrersitz und fuhr los.

Als er in den zweiten Gang schaltete, war ihm klar, er konnte den Luchs unmöglich so auf den Hof Huggenbergers bringen. In der Hammerschwand würde man ihn auf jeden Fall sehen. Derart unbesonnen zu handeln, war nicht seine Art, es blieb aber keine Zeit, nachzudenken. Instinktiv fuhr er Richtung Tungelhorn. Er rief sich in Erinnerung, dass er selber nichts zu verlieren hatte. Irgendwie würde es ihm schon gelingen, den Fritz Rusterholz zum Amüsement aller als Sieger darzustellen.

Der Werkhof stob an seiner Seite vorbei, Albrecht Fennler schaute auf seine Uhr. Viertel vor. Büchi würde fahrplangemäss jeden Augenblick aus dem Tungelhorn treten. Wanderer würden vor seinem Postauto warten. Das gefiel Fennler nicht.

Er zog am Feuerweiher vorbei, bog um die Kurve, sein Blick erhaschte den vordersten Zipfel des Parkplatzes vor dem Tungelhorn. Die Autos waren noch immer da. Wartende Fahrgäste waren keine zugegen. Büchis Bus, bereit für die letzte Fahrt nach Gstaad, stand noch auf dem Platz. In dessen Schatten, nicht zu sehen von den umstehenden Häusern aus, stand Huggenbergers Wagen. Albrecht Fennler verbot sich, jetzt zu zögern. Das Alibi und die dreitausend Franken waren das Risiko wert. Er hielt abrupt an, versicherte sich, nicht gesehen zu werden, machte sich in Huggenbergers Wagen zu schaffen und schritt wenig später ins Tungelhorn.

Ein arg betrunkener Fritz Rusterholz und ein nicht minder besoffener Beat Büchi begrüssten ihn überschwänglich, prosteten ihm mit Schnapsgläsern entgegen. Fritz Rusterholz verlangte nochmals eine Runde Schnaps, fragte Albrecht Fennler in einem beschwipsten Ton, wieso er weg gewesen war, und Max Pulver wollte wissen, ob er auch einen Luchs geschossen habe. Albrecht Fennler freute sich unheimlich an den angetrunkenen Gestalten, freute sich, dass sein Plan aufgehen würde, kam kaum dazu, sich zu überlegen, wie er weiter vorgehen musste, wusste einfach, dass er die Männer so schnell wie möglich nach draussen bringen musste und dass er weiterhin für Fritz Rusterholz zu sprechen hatte, falls es brenzlig werden sollte. Albrecht Fennler fand es wie alle am Tisch so umwerfend, Buschauffeur Beat Büchi einmal im Leben betrunken zu sehen, dass ihn niemand an den Fahrplan erinnern mochte.

Die paar erschöpften Bergwanderer, die bei der Landwirtschaftlichen Genossenschaft vorne auf Büchis Bus warteten, ihre Tickets ungeduldig um die Finger rollend, gelangten per Anhalter nach Gstaad.

Albrecht Fennler brauchte Alfred Huggenberger nur kurz darauf anzusprechen, dann forderte dieser die Runde bereits lauthals auf, mit ihm mitzukommen, es sei Zeit, sich den Luchs anzusehen.

Albrecht Fennler mimte den Neugierigen. Er konnte den Augenblick kaum erwarten. Der Anblick des Luchses würde auch die letzten, allenfalls bei Tanner noch vorhandenen Zweifel an Rusterholz' Sieg beseitigen.

Alfred Huggenberger forderte Fritz Rusterholz auf, die stolze Rechnung zu begleichen.

«Gib ein anständiges Trinkgeld», sagte Max Pulver.

«Ich zahl noch nicht, ich trink noch mehr», wehrte Fritz Rusterholz ab, noch nicht betrunken genug, die Ahnung des nahenden Unheils zu vertreiben. Albrecht Fennler wusste nicht, ob ihm der Kerl Leid tun sollte. Aber er würde dafür sorgen, dass er die Rechnung nicht umsonst bezahlte.

Max Pulver zerrte an Fritz Rusterholz, wollte ihn vom Stuhl holen, er müsse jetzt zahlen und ihnen den Luchs zeigen. Fritz Rusterholz sträubte sich mit aller Kraft. Alfred Huggenberger blickte ihn argwöhnisch an.

«Lass ihn», sagte Albrecht Fennler. «Wir werden den Luchs auch ohne ihn finden.»

«Ja», meinte Samuel Tanner. «Lass ihn sitzen, wir bringen den Luchs sowieso ins Tungelhorn. Ich will das Ereignis fotografisch dokumentiert haben. Für die Chronik.»

Diese Aussage versetzte Albrecht Fennler in Besorgnis. Sein Luchs durfte kein Aufsehen erregen. Schon gar nicht landesweit. Er wollte keine Fotos, die ein betrunkener Huggenberger oder Tanner dem «Blick» für teures Geld verkaufen würde. Das musste er unter allen Umständen verhindern. Er würde den Luchs in seine Hände nehmen müssen. Genau wie die ganze Geschichte hier musste der Luchs in seinen Händen bleiben.

Kaum waren sie draussen auf dem Parkplatz, verharrte der zuvor schwankende Beat Büchi in einem ohnmächtigen Staunen. Er hatte seinen Bus und damit seine Pflicht entdeckt.

«Mein Bus», stammelte er, «mein Bus.»

«Zu spät jetzt, Büchi», tröstete Samuel Tanner fürsorglich, der Büchis Schock sofort begriff. Er nahm den Versteinerten, dessen Gesicht nun äusserst nüchtern aussah, bei der Hand. «Dein Bus geht heute nirgendwo mehr hin. Du fährst mit mir mit.»

Wenige Schritte später lachte Samuel Tanner los, holte tief Luft, bloss um erneut loszuprusten, was seinen ohnehin aus der zeitlosen Form gerutschten Seitenscheitel endgültig zerzauste. Als sich alle anderen ihm zukehrten, zeigte er auf Huggenbergers Wagen.

Dort sass ein Luchs auf dem Fahrersitz, angegurtet, den Kopf aufrecht, die Pranken am Steuerrad, als wolle er im nächsten Augenblick losfahren.

«Ein Tausendsassa, unser Ruster!», rief Samuel Tanner, vom Anblick überwältigt. «Und dann tut er so scheinheilig und will gar nicht recht erzählen! Elender Tiefstapler!»

«Wirklich göttlich!», lobte Max Pulver, der wie alle das Tier durch die Autoscheibe betrachtete.

Sogar Alfred Huggenberger war beeindruckt, obschon ihm der Lobgesang aller auf Fritz Rusterholz zuwider war.

«Das kommt in die Dorfchronik!», bestimmte Samuel Tanner. «Ich brauche meinen Fotoapparat.»

Max Pulver eilte zurück ins Tungelhorn, um Fritz Rusterholz zu holen.

«In die Dorfchronik?», fragte Albrecht Fennler und musterte Tanners verrutschten Seitenscheitel. «Das meinst du doch nicht ernst? Der Luchs gehört augenblicklich versteckt.»

«Jawohl, in die Dorfchronik», rief Samuel Tanner noch triumphierender. Er schnitt dem auf den Wagen zusteuernden Fennler den Weg ab, öffnete die Tür, hielt ungeniert den Luchs in den Armen und sagte, das müsse anständig gefeiert und dokumentiert werden. Den vor ihm stehenden Fennler liess er wissen, er sei Gemeindeschreiber, sei hier vollamtlich zuständig und wolle das Tier im Tungelhorn zusammen mit seinem Bezwinger fotografieren.

Albrecht Fennler sah bereits die Schlagzeile im «Blick»: «In Lauenen: Toter Luchs in der Beiz!» Er versperrte Samuel Tanner den Weg, gewillt, ihm den Luchs aus den Armen zu reissen. «Ihr seid doch alle zu betrunken, um klar zu denken, verdammt», schimpfte Albrecht Fennler und blickte um sich, auf der Suche nach Unterstützung. «Der Luchs darf nicht ins Tungelhorn, sondern gehört versteckt in einen Kofferraum. Die Sache darf nicht für Schlagzeilen sorgen.»

Samuel Tanner wandte sich ab wie ein Korbballspieler, liess sich den Luchs nicht aus dem Arm nehmen.

«Ja, Fennler», bestätigte Alfred Huggenberger. «Das gibt eine verdammt schöne Schlagzeile: Toter Luchs am Steuer! Gib den Luchs her, Tanner, wir gehen zurück ins Tungelhorn.»

«Jemand soll auf der Gemeindeschreiberei meine Kamera holen», befahl Samuel Tanner, «dann wird hier fotografiert. Das macht meine Dorfchronik zum Bestseller.»

Albrecht Fennler holte Luft: «Wenn du im Tungelhorn einen Luchs fotografierst, wirst du in deiner Dorfchronik ein ganzes Kapitel denen widmen müssen, die deswegen vor Gericht sassen, ihr Patent abgeben mussten, verdammt hohe Bussen zahlten und alle Aufmerksamkeit der kantonalen Behörden auf Lauenen richteten, sodass sich im ganzen Tal keiner mehr traute, einen Luchs auch nur ins Visier zu nehmen. Dazu auch gleich noch ein Kapitel über all die neuen Luchse, die sich hier in den folgenden Jahren niederliessen, und ein Kapitel über die Rotwildjagd, die nicht mehr stattfindet, weil der Luchs weder Rehe noch Gämsen übrig gelassen hat.» Albrecht Fennlers Schnauzbart bebte, während er diese Worte sprach. Er stand immer noch in voller Grösse vor Samuel Tanner, bereit, ihm den Luchs abzunehmen.

«Kantonale Behörden?», fragte Samuel Tanner, als habe er von so einer Sache noch nie gehört. Er schien nachzudenken.

«Verhenkerte Hodenhälfte!», rief Alfred Huggenberger aus. «Was hast du überhaupt mit diesem Luchs zu tun, Fennler? Der gehört mir und dem Rusterholz. Wir können damit machen, was wir wollen. Können ihn hier auf dem Dorfplatz ausstellen, ihn grillieren und das ganze Dorf einladen. Hilfssigrist Pulver kann ihn kreuzigen, wir können ihn auf mein Auto binden, ihm eine Lauenen-Fahne in den Arsch stecken und so nach Bern fahren. Meinst du eigentlich, wir müssten hier stets nach deiner Pfeife tanzen? Schiess doch selber einen Luchs, wenn du uns die Freude nicht gönnst.»

Albrecht Fennler mochte nicht hinhören, hoffte nur noch auf die Vernunft des Gemeindeschreibers.

«Der Huggenberger hat Recht, Fennler», fügte Samuel Tanner hinzu. «Der Luchs wird uns keinen Ärger machen. Ich will ja nur ein paar Bilder von ihm haben, dann können wir ihn von mir aus unter den Tisch legen und totschweigen. Der Huggenberger wird keine Tatzen nach Bern schicken, es wird keine Schlagzeilen geben.»

«Dass ich keine Tatzen nach Bern schicke, steht nirgends geschrieben», murrte Alfred Huggenberger und fixierte die steinerne Miene Albrecht Fennlers.

Diese Provokation zog eine Stille nach sich, in der Max Pulver aus dem Tungelhorn trat, einen schwankenden Fritz Rusterholz mit neuer Mary Long und altem Schnapsglas hinter sich her ziehend.

Fritz Rusterholz stierte den Luchs in Samuel Tanners Armen an. Albrecht Fennler, verunsichert über Tanners Vorhaben, verärgert über Huggenbergers Grossmaul, konnte die Verwunderung, die nun in Fritz Rusterholz' Gesicht aufflackerte, kaum geniessen. Zu deutlich war die Ahnung, dass die Situation, die er eben noch – wenigstens seinem Eindruck nach – beliebig zu lenken verstanden hatte, möglicherweise bereits vollständig aus seiner Kontrolle geraten war.

«Einen schönen Luchs hast du da geschossen, Ruster!», lobte Samuel Tanner, den Blick auf den toten Luchs in seinen Armen gerichtet. «Mit dem hast du dir die dreitausend Franken wirklich verdient! Komm, du sollst ihn ins Tungelhorn tragen.»

Fritz Rusterholz stand wie festgewachsen da, die Zigarette fiel ihm aus dem Mundwinkel, seine Augen schimmerten. Max Pulver nahm ihm das Schnapsglas ab, Samuel Tanner legte ihm den Luchs in die Arme.

Nur der Gedanke an sein Alibi hielt Albrecht Fennler davon ab, den Luchs an sich zu reissen.

«Was du mit den Tatzen willst, musst du wissen, Hugger», sagte Samuel Tanner. «Aber bevor jemand mit einer Säge auf den Luchs losgeht, will ich Fotos machen.»

«Es wird keine Fotos geben», entgegnete Albecht Fennler. «Wenn ihr Fotos macht, könnt ihr sie gleich dem ‹Blick› und dem Buwal schicken und euch einen Termin für den Untersuchungsrichter freihalten.»

Alfred Huggenberger verschränkte die Arme vor seiner Brust, stellte sich breitbeinig vor Albrecht Fennler. «Klingt nach einem guten Plan, Fennler, wirklich. Ich weiss einfach nicht, wieso du dich aufführst, als hättest du den Luchs geschossen. Du hast ja keine Untersuchungsrichter zu fürchten. Also lass das unsere Sorge sein.»

«Ich versuche bloss zu verhindern, dass ihr euch in die Scheisse reitet. Es geht mir um den Luchs. Wenn wir ihn ausrotten wollen, können wir nicht schon beim ersten ein derartiges Brimborium veranstalten», erklärte Albrecht Fennler.

«Spiel dich nicht so auf, Fennler», warf Samuel Tanner ein. «Ruster hat uns alle verblüfft, hat tatsächlich einen Luchs geschossen, das will gefeiert sein, und ich wüsste nicht, warum wir das nicht im Tungelhorn tun sollten. Oder bist du der Meinung, das brauche eine Genehmigung vom Gemeinderat?»

Alfred Huggenberger wandte sich von Albrecht Fennler ab, klopfte Samuel Tanner auf die Schulter und betrachtete ein erstes Mal eingehend den Luchs in Rusterholz' Armen. Max Pulver murmelte Unterstützung und der betrunkene Beat Büchi fragte den einsam dastehenden Albrecht Fennler, ob vielleicht er mit seinem Bus nach Gstaad fahren könnte, falls er nicht zurück ins Tungelhorn kommen wolle.

«Wo hast du eigentlich das Halsband, Rusterholz?», fragte Alfred Huggenberger, nachdem er den Luchs betrachtet hatte.

«Das Halsband?», fragte Fritz Rusterholz.

«Der Luchs trug doch ein Halsband, einen Sender. Sonst hättest du ihn ja gar nie gefunden.»

«Das Halsband ...», sagte Rusterholz und blickte Alfred Huggenberger erstaunt an.

«Das Halsband wird er uns sicher morgen vorführen», unterbrach Albrecht Fennler die beiden, hastig und ohne den Versuch, seine Resignation zu verbergen. «Morgen, wenn ihr eure Fotos gemacht habt und ausgenüchtert seid.»

Abgesehen von einer Gewaltanwendung, die ihn verdächtig machen würde, sah Albrecht Fennler keine Möglichkeit mehr, die Männer daran zu hindern, seinen Luchs ins Tungelhorn zu tragen. Er fühlte sich von sich selbst betrogen. Er hatte sich etwas Geniales ausgedacht, alles hatte seinen Wünschen entsprechend begonnen, und nun, wenige Augenblicke später, wurde er bereits von Konsequenzen überfahren, die er nicht hatte erahnen können. Alles bloss dieser uneinsichtigen Halbschuhe wegen. Er hätte sich die Sache besser überlegen müssen, hätte wissen sollen, dass er nicht mit dem gesunden Menschenverstand dieser Männer rechnen konnte. Er hatte seinen Einsatz verspielt, seine besten Karten aus der Hand gegeben, nun würde er bloss noch zuschauen können, was sich aus dem Spiel ergab. Er ging davon aus, die Kantonspolizei werde nun bestimmen, wer die Wette wirklich gewonnen hatte. Er verabschiedete sich von den anderen, wollte sich nicht zusammen mit einem Luchs im Tungelhorn sehen lassen.

Was ihm zu tun übrig blieb, würde rasch erledigt sein. Er musste das Halsband holen, es dem Rusterholz bringen, damit er, Fennler, nichts mehr mit dem Fall, der zu einem Gerichtsfall werden würde, zu tun hatte. Je ärger sich Fritz Rusterholz in die Sache hineinreiten würde, desto sicherer würde sein eigenes Alibi werden. Immerhin.

Dumm war nur, dass er nun das Halsband aus dem Kofferraum des alten Opels holen musste.

Auf dem Weg zu seinem Hof auf dem Hundsrügg – Fritz Rusterholz trug seinen Luchs sorgsam und beschützend in den Armen, als wärs ein Kleinkind – kreisten seine Gedanken in wirren Schleifen, er sah alle Bilder des Abends aufs Mal, erinnerte sich an alles und an nichts, sah das grimmige Gesicht Huggenbergers und das auf ihn gerichtete Gewehr in der Holzersflue, spürte den starken Händedruck Huggenbergers, hörte Richner über Frequenzen fachsimpeln, sah den sonnenbeschienenen Unterarm des Delfins, genoss nochmals alle Hände, die auf seine Schulter klopften, all die Schnapsgläser, die ihm zuprosteten, die Stimmen, die ihn «Ruster» nannten, und konnte sich angesichts dieser Fülle von Empfindungen nicht entscheiden, ob er sich zusammen mit all den andern nur einbildete, einen Luchs geschossen zu haben, oder ob er es tatsächlich geschafft hatte. An die vor Stunden empfundene Ahnung des mächtigen Unheils, auf das er zielgenau zusteuerte, konnte er sich in diesem Moment nicht erinnern. Er hatte soeben den besten Abend seines Lebens erlebt.

Mit der Taschenlampe im Mund und beiden Händen in diesen lächerlichen Stofffetzen, die sein Sohn wahrscheinlich auf der Bühne trug, stand Albrecht Fennler gebeugt über dem Kofferraum. Er merkte auf, als ein Hund anschlug. Das Kläffen war ihm vertraut. Er nahm die Lampe aus dem Mund, hielt sie weiterhin in den Kofferraum gerichtet, während er seinen Blick hinaus in die Dunkelheit richtete, wo er ausser dem Kies auf dem Parkplatz, den Tannen und dem von einem schwachen Mond erhellten Himmel nichts sah. Der

Hund kläffte erneut. Albrecht Fennler überlegte gerade, ob er die Taschenlampe ausschalten sollte, da traf ihn von fern das Licht einer Lampe. Er hörte die Pfoten des rennenden Hundes, hörte den Ruf einer jungen Frau und sah im nächsten Moment im Lichtkegel seiner Taschenlampe einen unablässig bellenden Hund wenige Meter hinter sich stehen; ein Hund, der aussah, als erinnere er sich an frühere Fusstritte.

Nun rief auch eine junge Männerstimme nach dem Hund, es war die Stimme seines Sohnes. Der schwankende Lichtkegel einer Taschenlampe näherte sich. Albrecht Fennler hielt seine Lampe auf den Hund gerichtet, der sich dadurch auf Distanz halten liess. Nun traf ihn der Lichtkegel der fremden Lampe ein erstes Mal scharf ins Gesicht.

«Vater, du?», brach Marc hervor.

Sonja, wenige Meter hinter Marc und ebenfalls ausser Atem, befahl ihrem Hund, der unablässig bellte, endlich zu schweigen.

«Was … was soll das?», fragte Marc. Er hatte seinen Vater nicht mehr gesehen, seit ihn dieser aus dem Haus geschmissen hatte. Im grellen Licht der Taschenlampe schien ihm dessen Schnauz mächtiger, dessen Gesichtszüge härter als sonst.

«Blend mich nicht so», fuhr Albrecht Fennler ihn an.

Marc nahm den Lichtkegel weg, erkannte den durchwühlten Kofferraum, führte den Lichtkegel sofort zurück in Vaters Gesicht. «Was machst du mit meinem Kofferraum?»

Albrecht Fennler richtete nun das Licht seiner Lampe in Marcs Gesicht. «Was willst du hören?»

Eine kurze Weile war es ruhig. Sonja gelang es, den Hund an die Leine zu nehmen und zum Schweigen zu bringen.

«Was soll die Frage?», setzte Marc wieder ein.

«Ja ...» Albrecht Fennler zündete mit seiner Taschenlampe an Marc vorbei in den Wald, als wäre dort eine Antwort zu finden.

«Sag mir jetzt, was das hier soll!», fragte Marc, nun energischer. «Was treibst du dich nach Mitternacht hier auf dem Parkplatz umher und wühlst in meinem Kofferraum? Hast du zu wenig Kleider?»

«Wart rasch», sagte Sonja, gab Marc die Hundeleine in die Hand, verschwand in der Dunkelheit.

«Was ist los?», schrie Marc hinterher.

«Bin gleich zurück!», rief sie.

Der Hund bellte auf, dann waren nur noch ihre eilenden Schritte zu hören, weiter hinten das stetige Rauschen vom Tungelschuss. Marc kam sich seltsam verlassen und albern vor, hier mit Sonjas Hund und seinem Vater auf dem Parkplatz zu stehen, nach Mitternacht, und keine Ahnung zu haben, worum es bei diesem unfreiwilligen Treffen eigentlich ging. Was sollte er seinem Vater sagen? Dass er vielleicht für Wackernagel würde arbeiten können? Fragen, ob es ihm gut ging? Ob er es bereue, ihn aus dem Haus geschmissen zu haben? Ob es für ihn nun in Ordnung sei, dass er sich habe untauglich stempeln lassen? Ob er Putzwut habe und seinen Opel staubsaugen wolle?

Albrecht Fennler ahnte Unheil. Jetzt, da er seinen Theater spielenden Sohn vor sich hatte, kam ihm all sein Bestreben, in die Wette einzugreifen, den Fritz Rusterholz zum Sieger zu machen, sich dreitausend Franken und ein hieb- und stichfestes Alibi zu ergattern, den Sohn den Fragen der Kantonspolizei ausgesetzt zu wissen; all dies kam ihm nun als müdes, schlecht inszeniertes Theater vor.

«Ich wohne mit Sonja zusammen», unterbrach Marc die Stille. «Ist meine Freundin. Mutter hat es dir wahrscheinlich erzählt. Aufnahmebestätigung von der Theaterschule hab ich noch keine. Weiss nicht, ob das was wird.»

Albrecht Fennler ging nicht darauf ein.

Sonja kam keuchend zurück. «Was du suchst, ist nicht mehr im Kofferraum», sagte Sonja ausser Atem, als sie wieder neben Marc stand. Albrecht Fennler richtete seine Taschenlampe auf ihr Gesicht, erkannte das Luchshalsband in ihrer ausgestreckten Hand.

«Was ist dir das Luchshalsband wert?», fragte Sonja und trat einen Schritt näher an Albrecht. «Oder muss ich dir zuerst sagen, dass ich in jener Nacht einen Schuss gehört habe, oben in der Holzersflue?»

Auch Marc lenkte die Taschenlampe auf ihr Gesicht, blickte sie überrascht und ängstlich an. Er hielt forsche Töne im Moment für eher unangebracht. Seiner Meinung nach sollten sie dieses lächerliche Verhör oder was das hier werden sollte, einfach sein lassen. Mit ihm ein Bier trinken gehen, normal miteinander reden. Sein Vater war zwar stockkonservativ, uneinsichtig und stur, liess in vielen Dingen nicht mit sich reden, aber man konnte es doch immerhin versuchen.

«Was soll das? Was ist das für ein Ding?», fragte Albrecht Fennler.

«Wir versuchen dich aus dem Ärger rauszuhalten, der auf dich zukommt», sagte Sonja. Marc richtete den Lichtkegel auf seinen Vater.

«Was willst du von mir?», fragte Albrecht Fennler.

Anerkennung, Achtung, Geld, dachte Marc. Er wusste nicht, was er sagen sollte. Das hier war absurder als Beckett. Aber es musste etwas zu bedeuten haben, seinen Vater nach Mitternacht dabei zu ertappen, wie er sich im Kofferraum des Sohnes zu schaffen machte. Es gefiel ihm nur nicht, dass Sonja die Regie übernommen hatte. Es war sein Vater, nicht ihrer.

«Du kennst doch das Projekt von Rainer Wackernagel», fing Sonja an. Marc verstand nicht, auf was sie hinauswollte.

«Hab schon davon gehört», antwortete Albrecht Fennler.

Marc konnte seinen Vater nicht einschätzen. Er konnte sich einfach nicht ausdenken, in welche Geschichten sein Vater verstrickt war.

«Also», sagte Sonja forsch, «ich fänds schön, wenn Marc für Wackernagel arbeiten könnte.» Marc traute seinen Ohren nicht.

«Fänd ich auch schön, wenn Marc einmal etwas arbeiten würde», erwiderte Albrecht Fennler.

«Marc wird für Wackernagel arbeiten, falls das Auenland-Projekt realisiert werden kann.»

Eine Pause entstand, Marc hielt die Taschenlampe unverändert auf Sonja gerichtet. Fast wäre ihm ein «Entspann dich!» herausgerutscht.

«Deshalb ...» Sonja schien für irgendetwas Grosses, das er nicht erahnte, Anlauf zu holen. «Deshalb machen wir dir dieses Angebot: Entweder du verkaufst Wackernagel das Land im Oberen Louimoos, das er für das Auenland braucht, und zwar zu einem anständigen Preis, oder wir bringen das Luchshalsband mit einigen Hinweisen zur Kantonspolizei.»

Marc brachte kein Wort hervor. Sonja nahm ihm die Taschenlampe aus der Hand, um sie auf Albrecht zu richten.

36

Es war gegen elf Uhr an diesem Dienstagmorgen. Mit kleinen, lichtscheuen Augen und einem hängenden Kopf sass Fritz Rusterholz am Küchentisch, verkatert und unansprechbar. Vor ihm ein dampfender, schwarzer Kaffee, neben ihm auf der Holzbank, als wärs ein Kissen, der starre Luchs. Der materielle Beweis für den gestrigen Abend, an den er sich zu seiner eigenen Verwunderung noch ausgesprochen gut erinnerte, dessen Geschehnisse er aber deswegen nicht besser verstand. Er hatte nun mal keinen Luchs geschossen und verstand nicht, wie für alle anderen so klar sein konnte, dass er gewonnen hatte. Das alles hatte ihm unglaublich geschmeichelt, ein erstes Mal, seit er hier in Lauenen lebte, hatte er sich wahrgenommen gefühlt, verdammt gut wahrgenommen, aber diese Geschichte war gefälscht. Unecht. Er hatte sie seinem Bruder Ernst noch am Abend erzählen wollen. Nach den ersten paar Sätzen aber hatte Ernst abgewunken und ihn gebeten, ihm diese Geschichte zu erzählen, wenn er wieder nüchtern sei.

Es war zu früh, um klare Gedanken zu fassen. Auch diese erste Tasse Kaffee würde nicht ausreichen, aber er ahnte, dass er sich bald wünschen würde, gar nicht erst aufgewacht zu sein, um sich nicht mehr mit dieser absurden Geschichte, in der ausgerechnet er die Hauptrolle spielte, befassen zu müssen.

Hinter ihm ging die Tür auf, Fritz Rusterholz drehte sich um. Entgegen seiner Erwartung war es nicht sein Bruder, sondern Therese Baerwart, die von draussen in die Küche trat. Sie war wie immer um elf Uhr zum Briefkasten unten an die Strasse gegangen, um die Post zu holen.

«Ich weiss nicht, wo das noch hinführen soll, Fritz», sagte sie und legte ihm in vorwurfsvoller Geste ein Jagdgewehr und einen schwarzen Ring aus Plastik auf den Tisch.

Er hocke nächtelang bei seinen Jaucheverteilerstutzen im feuchten Keller, zerlege ihren einzigen Wäscheständer, klaue Theobald das wertvolle Fernrohr, wecke mit seinem späten Heimkommen das ganze Haus, und dann schockiere er sie, indem er einen toten Luchs auf den Küchentisch lege. «Vielleicht hältst du es in den nächsten Tagen einmal für angebracht, mir zu erzählen, was du nachts für Sachen anstellst. Wieso hier tote Luchse auf den Tisch kommen. Wieso dein Gewehr vor der Tür liegt, als wärs Bubenspielzeug. Sonst sehe ich mich gezwungen, den Gemeindeschreiber anzurufen.» Mit besorgtem, vorwurfsvollem Blick verschwand sie in der Stube.

Fritz Rusterholz blickte ungläubig zwischen dem Türrahmen hindurch, in dem Therese Baerwart eben verschwunden war, rieb sich mit beiden Händen die Augen. Langsam, aber sicher verlor er das Vertrauen in seine Wahrnehmung. Er drehte das Luchshalsband in seinen Händen, betrachtete das Jagdgewehr, das er noch nie zuvor gesehen hatte, führte seine Hand zur Tasse, nahm einen ersten Schluck. «Das also sind meine Beweismittel», erklärte sich Fritz Rusterholz. «Diesen Luchs hier habe ich geschossen. Mit dieser Flinte. Und dieses Halsband hab ich dem Luchs abgenommen.» Er betrachtete die um sich versammelten Gegenstände immer ungläubiger.

«Mit wem redest du?», fragte Ernst Rusterholz, der aus der Stube trat.

Fritz Rusterholz blickte kurz zu ihm auf. «Mit diesen Dingen hab ich die Wette gewonnen, für diese Dinge werde ich bewundert.»

Ernst Rusterholz betrachtete seinen Bruder verständnislos. «Was hast du hier für eine Flinte?»

«Damit hab ich den Luchs geschossen, ist doch klar», entgegnete Fritz Rusterholz.

Sein Bruder schaute ihn besorgt an, setzte sich zu ihm an den Tisch, bat ihn zu erzählen.

Fritz schilderte ausführlich, was sich am gestrigen Abend im Tungelhorn zugetragen hatte.

«Ich weiss nicht, Fritz», sagte Ernst Rusterholz nach der langen Erzählung. «Wenn ich den Luchs hier nicht sähe, würde ich dir kein Wort glauben.»

Er sei sich ja auch nicht sicher, ob er das alles glauben solle.

«Ich würds erst glauben, wenn ich die dreitausend Franken auf dem Tisch hätte», meinte Ernst Rusterholz.

Fritz Rusterholz hob die Schultern, goss den restlichen Kaffee in sich hinein, packte den Luchs, begab sich vors Haus, stellte den starren, etwas übel riechenden Kadaver ans Rad eines Jaucheanhängers, schritt rund zwanzig Meter zurück, brachte die Flinte in den Anschlag, blickte durch die Zieleinrichtung, nahm den Luchs ins Visier. Ernst Rusterholz liess ihn machen, hielt nichts davon, noch mehr mit dieser seltsamen Geschichte zu tun zu haben.

Fritz Rusterholz war aufgeladen von einer sonderbaren Stimmung. Als ob jetzt alles möglich wäre. Als müsste er bloss einmal mit dem Finger schnippen, und die Welt würde sich nach ihm richten. Aber wer zum Henker hatte ihm diese Dinge vor die Tür gelegt? Musste es der Huggenberger sein, der ihn diese Wette gewinnen lassen wollte, um ihn später zu erpressen? Musste es etwas mit Fennler zu tun haben, der ihm gratuliert hatte, kaum hatte er einen Fuss ins Tungelhorn gesetzt? Dieser hinter seinem Schnauzbart verschanzte Fennler, der so ungewöhnlich laut gesprochen hatte?

Fritz Rusterholz konnte sich keinen Reim aus all dem machen. Es kam ihm alles verdammt unglaubwürdig vor, als habe er immer noch auf einen Hinterhalt zu warten, der ihn unsanft in die Realität zurückbefördern würde. Aber er hatte einen toten Luchs, er hatte das Halsband, das er heute noch im Tungelhorn vorführen würde, zusammen mit dem Autoradio, und er hatte diese Flinte, die zu seiner weiteren Verwunderung sonderbar gut, beinahe vertraut in seiner Hand lag, als er nun das eine Auge zukniff und den Luchs nur noch durch die Zieleinrichtung betrachtete. Spielerisch legte er den Zeigefinger sanft an den Abzug.

«Übst du schon für den nächsten Luchs?», fragte eine grobe Stimme in seinem Rücken. Fritz Rusterholz fuhr zusammen, hätte beinahe einen Schuss ausgelöst, fühlte sich ertappt.

Es war Alfred Huggenberger, der unerwartet um die Hausecke gebogen kam. Fritz Rusterholz wusste nicht, was er sagen sollte, wusste nicht, ob die Geschichte der gewonnenen Wette nun beendet und von einer wahren Geschichte abgelöst werden würde.

Alfred Huggenberger kam näher, schien alles andere als misslaunig, betrachtete interessiert die Flinte: «Aha, hast dir also doch ein richtiges Jagdgewehr gekauft, Ruster.» Und als er das Gewehr näher betrachtet hatte: «Exakt das gleiche Modell wie Fennler. Ein guter Kauf. Gratuliere.» Fritz Rusterholz musste dem Gast das Halsband zeigen, ihm ein Bier auf den Tisch stellen. Ohne viel Aufsehens legte ihm Alfred Huggenberger einen Umschlag hin, sagte, es sei ein kleiner Beitrag für die Rechnung im Tungelhorn.

Nachdem Fritz Rusterholz Halsband und Autoradio von viel Applaus begleitet vorgeführt hatte, legte Alfred Huggenberger das Halsband seinem Gamskopf aufs Geweih, es sah aus wie ein Heiligenschein. Wirtin Mary amüsierte sich zusammen mit den Männern über den geschossenen Luchs, Fritz Rusterholz liess sich feiern, genoss die Komplimente, die Hände auf seiner Schulter, besonders jene der Wirtin, den Schnaps. Gemeindeschreiber Samuel Tanner war stolz auf sein Dorf. Seiner Meinung nach sollten alle wissen, dass Fritz Rusterholz einen Luchs geschossen hatte. Albrecht Fennler liess sich nicht blicken.

Auf der Suche nach Raja, die er nun, das erste Mal seit der Jungenmarkierung, peilte, empfing Leen sonderbare Signale. Dumpf, aber regelmässig empfing er sie von einem komplett unmöglichen Ort: mitten aus Lauenen. Wollte er die Schnittpunkte seiner Bleistiftlinien ernst nehmen, so kamen die Signale direkt aus dem Restaurant Tungelhorn.

Verunsichert und Böses ahnend, parkte er seinen Wagen bei der Post, liess Empfangsgerät und Handantenne im Wagen liegen und marschierte auf die Gaststube zu. Er trat ein, suchte den Raum nach einem leeren Tisch ab. Noch bevor er einen freien Tisch sah, den es durchaus gab, und nicht nur den einen, sondern mehrere, erkannte er das hagere Gesicht jenes Mannes, der ihn begleitet hatte damals, als er spätabends noch in der Holzersflue Raja gepeilt hatte; der Ornithologe. Kaum hatte er das üble Erschaudern bei diesem Wiedersehen überwunden, entdeckte er ein zweites Gesicht, das ihm auch ohne rot-blau-weisse Mütze vertraut erschien; ein wuchtiges, mit über der Nase zusammengewachsenen Brauen. Der Hagere musterte ihn kurz mit einem verstörten Blick, der andere mit einem herausfordernden.

Beunruhigt durch die Anwesenheit dieser ihm bekannten Gesichter, schob sich Leen eilends an der Tischrunde vorbei in den hinteren Teil des Raumes. Setzte sich so hin, dass er die Runde zwar sehen konnte, ihr aber nicht zugewandt war. Hilflos sass er da, die Arme wie störende Auslappungen seines Körpers auf dem Tisch.

Niemand, auch nicht ein leiser, aber deutlich fluchender Samuel Tanner, der erkannte, dass Alfred Huggenberger jetzt zu weit gehen würde, konnte diesen daran hindern, aufzustehen, nach dem auf dem Gamsgeweih thronenden Halsband zu greifen und mit diesem in der Hand zum Tisch des jungen Luchsschützers zu schreiten.

«Hier, schau, was ich hab», sagte Alfred Huggenberger, «von deinem Freund, dem Luchs. Ein schönes Halsband. Das suchst du doch, oder? Deshalb hockst du doch hier. Weil du den Luchs nicht finden kannst. Der ist eben frisch geschossen, genau so, wie ichs dir versprochen hab.»

Alfred Huggenberger schwang das Halsband locker in seiner breiten, behaarten Hand vor den Augen Leens hin und her.

Scheisse, dachte Leen. Erstarrt sass er da, brachte kein Wort heraus, stand schliesslich auf, ging mit schnellem Schritt zuerst am breit grinsenden Alfred Huggenberger, dann an der sprachlosen Tischrunde mit dem Ornithologen vorbei und stürzte aus dem Tungelhorn.

Alfred Huggenberger brach in lautes Gelächter aus. Ausser Max Pulver, der nur ein knappes Lachen hervorstiess, lachte sonst niemand.

«Musste das wirklich sein?», fragte Samuel Tanner aufgebracht. «Hast du uns diesen Ärger einbrocken müssen?»

«Diesen Spass lass ich mir nicht verbieten», brummte Alfred Huggenberger glücklich und schlurfte, immer noch mit dem Halsband spielend, zum Tisch zurück. «Der kommt jedenfalls so schnell nicht mehr nach Lauenen.»

«Der nicht, aber die Kantonspolizei», warf Samuel Tanner ein.

«Ja, endlich», gluckste Alfred Huggenberger, «auf die Kantonspolizei warte ich schon lange. Das gibt eine lustige Unterhaltung. Zu verlieren gibt es nichts. Wir erklären einfach, das Halsband irgendwo auf einem Wanderweg gefunden zu haben.»

«Das Halsband wird das kleinere Problem sein. Der Ruster muss seinen Luchs loswerden. Und zwar schnell und sauber.»

«Ach was. Den Luchs haben wir doch auch irgendwo am Strassenrand gefunden. Ich amüsiere mich schon jetzt. Meinst du, das geht lang, bis die Bullen kommen?»

«Ich hab das Gefühl, es wird lang gehen, bis die wieder abziehen. Die werden den Luchs auseinander nehmen, dem Ruster seine Kugel finden und uns allen die Hütte durchsuchen.»

«Jetzt redest du auch schon wie der alte Fennler», beklagte sich Huggenberger. «Was ist eigentlich los? Wegen ein paar Uniformierten bekommst du weiche Knie? Die haben doch nichts in der Hand. Dem Ruster seine Flinte werfen wir den Tungelschuss hinab, und basta, die Tatwaffe ist verschwunden. Mit so ein paar verstückelten Indizien lässt sich doch keiner verurteilen. Vielleicht machen die dann noch ein schönes Foto. Ich halte den Luchs für die schon im Arm, wenn du nicht willst, Ruster.»

Leen, der das Gesehene nicht wahrhaben wollte, machte sich augenblicklich auf zum Wurfplatz Rajas. Er war völlig aufgewühlt und wusste nicht, was er dort oben in den Felsen anzutreffen hoffte. Vielleicht hoffte er einfach, durch diesen Einsatz einen Teil der Schuld, die er fühlte, abarbeiten zu können. Oder hoffte er tatsächlich, Raja zu finden? Diesem grobschlächtigen Schwätzer war alles zuzutrauen und nichts zu glauben. Leen konnte sich aber schwer vorstellen, weshalb Raja ihr Halsband verloren haben sollte. Klar, auch ein ausgewachsener Luchs konnte sich irgendwie mit dem Halsband verheddern und es mühevoll abstreifen. Aber es war doch verdammt unwahrscheinlich.

Je näher er dem Wurfplatz kam, desto grösser wurde seine Verzweiflung. Er konnte keinen klaren Gedanken fassen, in einem Moment wagte er nicht zu hoffen, dass Raja noch lebte, im anderen wollte er nicht voreilig Alarm schlagen in der Feldstation. Raja konnte sich schliesslich, falls sie denn das Halsband tatsächlich verloren haben sollte, auch im gegenüberliegenden Hang aufhalten. Wie aber wäre dann das Halsband in die Hand schiesswütiger Luchsgegner geraten? Er würde Gellert anrufen müssen, so oder so.

Er wusste nicht, was er davon halten sollte, dass er zwei dieser Männer schon einmal getroffen hatte, dass er diesen Ornithologen sogar auf eine Peilung mitgenommen hatte.

Viel rascher und müheloser, als er den Aufstieg in Erinnerung hatte, erreichte Leen den Wurfplatz. Erst sah er einen gerissenen Schneehasen. Als er näher trat, schwirrten Hunderte von fetten Fliegen, die auf den Überresten eines Murmeltieres gesessen waren, um ihn herum. Dies waren offenbar die letzten Beutetiere, die Raja an den Wurfplatz geschleppt hatte.

Leen kniete nieder. Sah die beiden toten Jungluchse. Nahm seinen Blick rasch wieder weg. Blickte ins Tal hinaus, spähte nach dem Dorfkern, dem Restaurant Tungelhorn, es war nicht zu sehen. Er fühlte sich verantwortlich für Rajas Tod. Hatte ihn dieser Ornithologe ausgenutzt? Oder hatte doch Stalder Recht mit seiner Wut, dass so viele Leute an der Jungenmarkierung teilgenommen hatten? So viele, dass dies im Dorf aufgefallen sein musste? Oder war gar der Filmer schuld, dieser Sélavy, der der Frau auf dem Parkplatz sein

Filmmaterial gezeigt hatte? Der ihr vielleicht nicht gerade erklärt, aber ihr mit den Bildern doch einen Hinweis gegeben hatte, wo sich der Wurfplatz befand?

Leen konnte sich nicht entscheiden. Immerhin gab es mehrere Möglichkeiten. Aber die Männer hatten ihn erkannt. Er war derjenige, der in den vergangenen Wochen und Monaten immer wieder auf der Suche nach Raja hier in Lauenen unterwegs gewesen war. Ihm hatte man die Luft aus dem Reifen gelassen, die Dachantenne geknickt. In seinen Wagen war eingebrochen worden. Leen. Nicht Scafidi, nicht Gellert, nicht Stalder. Und Raja. So klar war ihm das bislang nie gewesen: Raja war sein Tier. Sein Luchs.

Urs Mannhart, geboren 1975, lebt als Velokurier in Bern.

«Mein Dank gilt den Autören Christoph Simon, Lorenz Langenegger, Markus Stähli»

KulturStadtBern

Autor und Verlag danken der «KulturStadtBern» für den Druckkostenzuschuss.
Dem Bundesamt für Landestopographie danken wir für die Abdruckgenehmigung der Ausschnitte aus dem Kartenblatt «Lenk», Massstab 1.25'000.

4. Auflage 2007

www.bilgerverlag.ch

Lektorat: Alice Grünfelder, Berlin
Korrektorat: Esther Mattille, Zürich
Satz: Barbara Herrmann, Freiburg im Breisgau
Schrift: Garamond Bertold
Cover: Zico bei Reutigen, Simmental. © Programm KORA. (Kora, Muri)

Buchgestaltung: Dario Benassa, purpur, Zürich
Druck: Friedrich Pustet KG, Regensburg
ISBN 978.3.908010.70.8

Stand
Gruenholz
Unders
Schwändli
Schwand
Chasper
Sunnigi
Salde
Heimweid
Piggenerweid
Bodmi
Site
Tannli
Uf der
Hubel
Burreguet
Schlössli
Lauene
Bode
Waldmatte
Loupi
Armelmädli
Lauenen
Grüenbüel
Öy
Ufem Grabe
Ijegrabe
Chüngi
Büeli
Trüli
Halte
Schwand
Brandschüpfi
Sattelgrabe
Schädelbode
Rohrbrügg
Usseri
Alts Läger
Sattel
Fang
Schüpfe
Bergmoos
Mittagblätz
Reinels Öy
Brüchliläger
Weidli
Fängli
Furbachsweideni
Brüchli
Im Erli
Senggi
Chuenenegg
Brüchliritze
Höhe Schache
Höhi
Haltevorschessli
Mäder
Brandegg
Rossweidli
Hinderem See
Ufem Büel
Chrine
Drosleloch
Chrine
Rohr-Öy
Sodersegg
Bränteweidli
Acherli
Brandsberg
Bränd
Falksmatte
Weldmad
Richli
Lauenensee
Wysstannegg
Hind. Wispile
Usseri Lirri
Spitzi Egg
Seeläger
Hinderi
Länge